傅愛蘭　周荐◎主編

# 潮平兩岸闊

## 第十二屆海峽兩岸
## 現代漢語問題學術研討會文集

中 華 書 局

# 目錄
CONTENTS

## 致辭



## 論文

# 附 錄

## 詩 歌



## 書 法



## 照 片

# 致　辭

# 第十二屆海峽兩岸現代漢語問題學術研討會開幕式致辭

教育部語言文字信息管理司副司長　劉　宏

尊敬的韋蔚書記、李宇明先生，尊敬的各位領導、各位專家，大家上午好！

第十二屆海峽兩岸現代漢語問題學術研討會今天召開。本次研討會得到有關方面的高度重視和大力支持，會議內容豐富、參與廣泛、令人期待。

加強兩岸語言文字交流合作，始終是國家語委的一項重點工作。在《國家語委「十四五」科研規劃》中，將「加強港澳臺地區語言政策和語言生活研究」作為重大研究專題，組織實施一批科研項目，爭取形成一批標誌性成果。在語言文字信息管理司 2023 年工作要點中，明確要加強內地和港澳、大陸和臺灣地區語言文化交流合作，支持開展兩岸語言文字科研合作與學術交流，推進兩岸語言文化政策研究。

經過長期努力和多年積累，海峽兩岸現代漢語問題學術研討會已經成為一個重要的學術交流平臺，對加強兩岸語言文字溝通交流發揮了不可替代的積極作用。今年的研討會，又是因疫情中斷 5 年之後，會議重新開啟，大家再次相聚，我們特別希望能夠呈現一些與以往不同的新氛圍、新氣象、新特點，當然，更加期待取得新成果，從而開拓兩岸學術交流的新局面。剛才，韋蔚書記的講話令人鼓舞。李宇明書記回顧歷史，令人感慨，也令人充滿信心。我們能夠做到風雨無阻，辦法總比困難多。在此，我謹代表教育部語言文字信息管理司，向研討會的召開表示熱烈祝賀！向主辦方北京師範大學珠海校區表示衷心感謝！

當前，教育部正在全力謀劃教育強國建設規劃綱要，語言文字工作面臨新形勢新要求，兩岸語言文字學術交流合作也有新機遇新挑戰，我們要深刻認識，全面把握。

一是認真學習習近平總書記重要講話精神，進一步提高兩岸語言文字交流合作的工作站位。習近平文化思想、習近平總書記關於教育和語言文化的重要講話和重要論述，為語言文字工作指明兩大努力方向：一個是推廣普及國家通用語言文字；一個是傳承發展中華優秀語言文化。兩大方向也是兩大着力點、兩大任務，二者是相輔相成的，根本目的就是實現國家語言文字事業高質量發展。兩岸語言文字是中華文化的載體和鮮明標誌，具有重要的根脈作用和維繫作用。在兩岸語言文字交流合作中，我們要進一步挖掘語言文字的文化功能、文化屬性，進一步挖掘語言文字的育人功能、語教融合的特殊作用，發揮好語言文字在兩岸和平統一進程中積極的獨特作用。

二是對標對表教育強國建設要求，準確把握兩岸語言文字交流合作的工作重點。搭建內地與港澳臺地區大中小學生語言文字交流合作平臺、加強港澳臺地區語言政策和語言生活研究、建好兩岸中華語文知識庫網站、推進兩岸和平統一進程中語言文化戰略儲備研究等內容，是兩岸語言文字學界當前和今後一個時期應予以關注並開展研究的重點。希望各位專家學者，能夠結合自身研究專長，全面系統地對標對表教育強國建設規劃，對上述重點領域加強研究闡釋，努力產出高質量研究成果。

三是充分發揮特色優勢，不斷創新兩岸語言文字交流合作的工作舉措。首先，發揮學者專長，加大合作科研力度。持續推動兩岸學者共同開展漢字研究、甲骨文整理、字源研究等方面的學術合作。其次，發揮學術組織優勢，夯實民間交流之基。進一步增進兩岸有關語言文字學會、基金會、高校和科研機構之間的交往交流。還有，積極為青年學者搭建平臺、創造機會。在科研經費、科研項目等方面，加大對青年學者的支持力度，鼓勵引導他們更好更快地成長。

以上是我們一些工作考慮，供大家參考。兩岸語言文字交流合作，需要兩岸語言文字專家學者共同商議、共同參與。廣大專家學者在這方面有什麼想法需求、意見建議，歡迎大家提出來，我們共同推動。

最後，預祝第十二屆海峽兩岸現代漢語問題學術研討會取得圓滿成功！祝北京師範大學、北京師範大學珠海校區有更好更大的發展！

謝謝大家！

# 第十二屆海峽兩岸現代漢語問題學術研討會開幕式致辭

北京師範大學黨委副書記、珠海校區黨委書記　韋　蔚

尊敬的劉宏副司長，各位專家，老師們、同學們：

大家上午好！

北方迎冬藏萬物，南方暖陽仍宜人。在這樣一個爽朗的天氣裏，鳳凰山谷、南國北師迎來了各位貴賓，也迎來了闊別五年的海峽兩岸現代漢語問題學術研討會。我謹代表北京師範大學珠海校區，對祖國各地遠道而來的語言學專家學者和各位來賓，表示熱烈的歡迎！對第十二屆海峽兩岸現代漢語問題學術研討會的召開，表示熱烈的祝賀！

中華文化燦爛輝煌，綿延五千年，在包括臺灣地區在內的中華大地上薪火相傳、生生不息。中華文化「人同種，語同源，字同根。」海峽兩岸語言相同、習俗相近、文化相承，彼此之間的血脈關係難以割捨，是休戚與共的「命運共同體」。可以說，兩岸語言生活，差異是相對的，聯繫是絕對的。二十大報告強調「要始終尊重、關愛、造福臺灣同胞，繼續致力於促進兩岸經濟文化交流合作，推動兩岸共同弘揚中華文化，促進兩岸同胞心靈契合。」第十二屆海峽兩岸現代漢語問

題學術研討會的舉辦是應有之義、正當其時，是民間語言文字協商的有益實踐，必將促進海峽兩岸語言文字和文化交流，充分發揮語言文字傳承和弘揚中華優秀文化的載體作用，共同推進漢語與世界各國、各地區語言文化的深入交流與合作，共同為增強中華文化國際影響力貢獻力量。

北京師範大學作為一所以哲學社會科學為優勢特色的高等學府，在中國語言文學和語言學領域積累了近百年的學科優勢和學術傳承，魯迅、錢玄同、黃藥眠、鍾敬文、啟功等一大批學術巨擘，在這裏教書育人、摹畫耕耘，鑄就了北師大語言文學學科深沉樸實的氣質和燦爛輝煌的歷史。現在，「章黃學派」傳人王寧先生帶領的教師團隊，以中國語言文字學和古代典籍為核心，致力於中華優秀傳統文化的傳承與弘揚，在青年一代心中播撒下文化自信的種子，一代代北師人繼往開來，為推動中國語言學科現代化和語言教育事業作出了「師大」貢獻。

當前，北京師範大學正在構建以北京校區和珠海校區為兩翼的一體化辦學格局，按照「高標準、新機制、國際化」的原則將珠海校區打造成為與北京校區同一水平的南方校區和增量改革示範區。珠海校區從 2019 年建設至今，雖然只有四個年頭，但在對標世界一流、匯聚優質資源中始終以奮進的姿態前進。依託師大中國語言文學悠久的學科歷史和雄厚的師資、科研與教學實力，珠海校區充分利用地處粵港澳大灣區的區位優勢與創新氛圍，着力培養「新文科」視野下的漢語言文學拔尖創新人才和師範教育骨幹人才，打造國際化、高水平的創新發展平臺和多學科有機融合的學術共同體，在珠海校區形成中國語言文學學科嶄新而又有特色的發展增長點。

各位專家，各位來賓，

海峽兩岸現代漢語問題學術研討會自 2005 年起已成功舉辦十一屆，受到兩岸學術界廣泛關注，成為語言學領域研究交流的重要平臺。我們相信，在接下來的兩天裏，在一場場學術盛宴中，我們將進一步深化兩岸四地漢語語言的學術交流，凝心聚力，共同謀劃現代漢語的創新發展，共同推進中華文化的傳承和發展。

最後，預祝第十二屆海峽兩岸現代漢語問題學術研討會圓滿成功！祝各位來賓身體健康，事業順利，萬事如意！

謝謝大家！

# 第十二屆海峽兩岸現代漢語問題學術研討會閉幕式致辭

北京師範大學珠海校區語言科學研究中心主任　傅愛蘭

各位專家，各位來賓：

大家好！

過去一天半的時間裏，來自兩岸四地的專家學者齊聚一堂，精彩的報告，熱烈的討論，為我們帶來了一場異彩紛呈的學術盛宴。現在，第十二屆海峽兩岸現代漢語問題學術研討會即將圓滿閉幕。在這裏，我想談談對此次會議的一點感想，和大家分享。

首先是選題的豐富多樣。本次會議的主要議題有三個：1. 兩岸語言生活研究；2. 大華語地區語言學術語的對比研究；3. 中文作為外語的教學問題。圍繞這三個議題，專家們所做的報告選題多樣，內容豐富。在兩岸語言生活方面，我們看到了對社區詞、閩南語、港式中文、臺灣語音狀況、兩岸三地異名詞語、兩岸語言服務狀況、大灣區粵語 DNA、臺灣青年的語言認同、中文世界裏的植物意象及其比德意義體系、臺灣語言政策的社會落地、呂叔湘詞彙學思想、兒童語言學等話題的關注；在語言學術語方面，本次報告涉及了海峽兩岸及港澳地區術語政策規劃、兩岸學術話語等內容的討論；在中文教學方面，湧現了國際中文學習詞典的編纂、中文作為外語教學的機遇與挑戰、《青年活頁文選》的設計理念、中文詞彙教學、全球化中文師資培養、港澳地區報紙媒體中有關「普教中」的公開討論、留學生漢語國際教育碩士論文中的作者自稱與身份建構問題、臺灣華語文教育發展的歷史經驗等選題。這些豐富多樣的選題充分體現了上述三個議題的內涵。

其次是選題的與時俱進。其中一個突出的表現就是對修訂工作的重視。李志江教授關注新詞語，對二十年來的新詞語與《漢語新詞語詞典》進行了深入探討，郭銳教授為《漢語拼音方案》貢獻了修訂建議，這些修訂工作旨在使原稿更加完善，是與時俱進的表現。另一個突出的表現是現代科技的發展在選題上的滲透。李斐先生討論了中文課程 AI 智能介入的問題、亢世勇教授將融媒體和漢語學習詞典的資源整合及平臺建設結合在一起進行研究，劉雅芬教授則關注到微軟文書操作系統（Microsoft）繁簡字詞自動轉換錯誤的問題。

再次是研究視角上的宏觀和微觀相結合。趙世舉教授以大家耳熟能詳的「土豆」一詞入手，考察臺灣的「土豆」語情，以小見大；而田小琳教授對社區詞 30 年來的研究情況的概覽，徐傑教授對多元一體的世界華語的論述、張屏生教授對臺灣近代閩南語研究概況的討論，潘家榮教授對 21 世紀以來臺灣學者對語言問題的研究情況的綜述，陳茜研究員對兩岸語言研究情況的綜述等，則從宏觀角度對某一領域進行了高屋建瓴的把握。

總之，本次會議取得了圓滿成功。

回望首屆海峽兩岸現代漢語問題學術研討會的召開，是在 2005 年。研討會至今已走過了 18 個年頭，這是不斷探索的 18 年，18 年來社會高速發展，海峽兩岸新的語言現象不斷噴湧，在這個過程中，我們欣喜地看到，越來越多的學者加入到這個系列的會議中，越來越多的朋友們開始關注兩岸語言問題，會議中不斷湧現出新選題，新方法。今年海峽兩岸現代漢語學術問題研討會的第十二屆會議在珠海召開，會議成果豐碩，會議取得圓滿成功。我們相信，這一系列的會議在以後的歲月裏一定會越辦越好，熱切歡迎更多的朋友，尤其是年輕的朋友加入到我們中間來。

各位專家，各位同仁，秋高氣爽之時，我們相聚在南國北師，共襄盛會，現在會議即將圓滿閉幕。本次會議是一場成功的會議，而這份成功是大家共同努力的成果，在此，我要感謝遠道而來的各位專家朋友，感謝你們的精彩發言，感謝各位同仁的積極參與，也感謝會務組人員的辛苦付出。此刻，我們共同分享這份成功，共同分享這份喜悦。讓我們相約下一屆會議再次相聚！

# 論　文

# 語言生活研究與中國語言學的歷史使命 *

北京語言大學語言政策與標準研究所教授　李宇明

**提　要**　本文討論中國語言生活研究的理念與成果，認為解決社會發展中的語言問題應作為語言學研究的出發點、驗證處和歸宿地，提倡到田野、社會、實驗室、互聯網上去調查語言現象，去發現、研究和解決語言問題。語言學要關注、吸收、整合相關學科對語言的研究，並為科學共同體做出貢獻。社會建立並支持學科發展，是為了更好解決社會發展中的問題，社會的學科評價是強有力的指揮棒，但「五唯」之類的非科學評價會給學科發展帶來極大副作用，會誘導人片面追求「科研GDP」而忘卻學術真諦。評價學科與學人，主要應看其提出、解決了什麼問題，應看其研究對本學科的學術提升力、對相關學科的學術穿透力和對社會發展的學術推進力。中國語言生活有其獨特的中華特點，中國語言學身負重要的歷史使命。我們

---

* 本研究得到國家社科基金「新時代中國特色語言學基本理論問題研究」（19VXK06）、國家社科重大基金「『兩個一百年』背景下的語言國情調查與語言規劃研究」（21&ZD289）、北京語言大學校級重大專項「中國語言文字規範化標準化學術史研究」（21ZDJ04）的支持。

已經在有些領域走在了世界前列。以中國語言生活為研究對象，以改善中國語言生活為研究目標，相信可以發展出更多原創性的概念、理念、理論和研究范式，繁榮中國的語言科學，推進社會進步。

**關鍵詞**　語言生活研究　中國語言學的歷史使命　學科評價　學術原創

中國一批研究語言政策和語言規劃的學者，20 年來重視對語言生活的研究，提出了一些原創性的概念和理念，提升了語言規劃學的學科品位，得到了國際同行的密切關注和積極評價；而且，這些研究也為國家的語言規劃提供了堅實的學術支撐，推動了國家語言事業的發展，為人民富裕、國家強盛、為中國式的現代化建設做出了語言學貢獻。

本文梳理語言生活理念的萌生與發展歷程，論述社會發展、學科廓定、學科評價中語言學的三類問題，提倡到田野、社會、實驗室和互聯網上去發現和研究解決語言問題；最後提出，在全球視野下，中國語言生活具有許多獨特性，在一些領域一些方面還具有先進性。中國語言學身負重要的歷史使命。我們已經在有些領域走在了世界前列；以中國語言生活為研究對象，以改善中國語言生活為研究目標，相信可以發展出更多原創性的概念、理念、理論和研究范式，繁榮中國的語言科學，推進社會進步。

# 一、語言生活

「語言生活」這個術語可以溯源到第二次世界大戰前後的日本。特別是 1951 年，日本國立國語研究所創辦了《言語生活》月刊（1988 年停刊），也開始出版《言語生活之實態》的語言調查報告。① 日語的「言語」相當於漢語的「語言」，依照當時日本學者的理解，「言語生活」可指人類語言交流的所有問題。人們的生活有衣食住行，在不同生活場景中需要不同的語言交際，加起來就是語言生活。

## （一）中國語言生活的研究概覽

據筆者所見，中國最早使用「語言生活」的文獻是 1955 年羅常培、呂叔湘的《現代漢語規範問題》②。當時使用時帶有引號，表明「語言生活」還是一個比附性用法，是個臨時性的新詞語。之後很少見人使用，使用時也是「語言生活、語文生活」交替互用。如：周有光《語言生活的現代化》（1979）、《我看日本的語文生活》（1986）、《語言生活的五個里程碑》（1989）③，陳章太《論語言生活的雙語制》（1989）、《四代同堂的語言生活——陳延年一家語言使用的初步考察》（1990）、《語文生活調查芻議》（1994）、《再論語言生活調查》（1999）。眸子 1997 年發表《語言生活與精神文明》④，文章不長，但被認為是對語言生活做

① 感謝劉海燕教授提供日本的有關材料。
② 載《現代漢語規範問題學術會議文件彙編》，科學出版社，1956 年。
③ 見羅天華等編著《周有光年譜》，浙江大學出版社，2019 年。
④ 載《語文建設》1997 年第 1 期。

出了基礎性定義。[①]

「語言生活」廣泛使用並成為中國語言規劃的基本概念，是 2005 年之後。2005 年，國家語委組編的《中國語言生活狀況報告》（俗稱「綠皮書」）開始出版，它是關於中國語言生活的年度報告，已經持續出版了 17 年。以綠皮書為「學術底盤」，相繼形成了反映中國語言生活的九大「皮書方陣」[②]：2015 年—2017 年，《中國語言政策研究報告》（俗稱「藍皮書」）、《世界語言生活狀況報告》（俗稱「黃皮書」）、《中國語言文字事業發展報告》（俗稱「白皮書」）次第創辦，國家語委這四大皮書年年發佈，從不同角度展示中國與世界的語言生活及其研究狀況；2016 年《北京語言生活狀況報告》出版，2018 年《廣州語言生活狀況報告》出版，2020 年《上海語言生活狀況報告》出版，京穗滬三市皮書不定期出版，展示我國大都市的語言生活景觀；2020 年，《中國語言服務發展報告》出版，這是我國首部領域語言生活皮書；2021 年，《粵港澳大灣區語言生活狀況報告》出版，這是我國首部跨區域的語言生活皮書。

與「皮書方陣」同行互助的，是國家語言資源監測與研究中心對語言生活的研究。2004 年，「國家語言資源監測與研究中心」正式成立，逐漸建起平面媒體、有聲媒體、網絡媒體、教材、民族語言、華

---

① 見郭熙《〈中國語言生活狀況報告〉十年》，《語言文字應用》2015 年第 3 期。

② 參見李宇明《關於〈中國語言生活綠皮書〉》，《語言文字應用》2007 年第 1 期；郭熙《〈中國語言生活狀況報告〉十年》，《語言文字應用》2015 年第 3 期；蘇新春、劉鋭《皮書的語言使用與語言特色》，《語言文字應用》2015 年第 3 期；李宇明《中國的語言生活皮書新陣容——序 <廣州語言生活狀況報告（2018）>》，屈哨兵主編《廣州語言生活狀況報告（2018）》，商務印書館 2018 年。

語、開發應用等分中心，用動態流通語料庫的理念和方法[①]，對主要領域的語言生活進行長期的監測研究，並不斷發佈監測數據。發佈方式除了撰寫諮詢報告和學術論著論文之外，還有教育部每年一次的關於中國語言生活狀況的新聞發佈會、作為綠皮書的年度內容之一的「漢語盤點」活動。

「漢語盤點」活動是 2006 年由國家語言資源監測與研究中心和商務印書館聯袂發起的，其宗旨是讓網民用一個字、一個詞描述當年的中國與世界，藉以體驗漢字漢語魅力、復盤社會變遷、關心國家與世界。在漢語盤點之時，還發佈當年的新詞語、媒體十大流行語、網絡十大流行語；這些「三語」數據是國家語言資源監測與研究中心對報紙、廣播、網絡語言情況統計分析的成果。十餘年來，「漢語盤點」形成了一個品牌，甚至是「文化年俗」，由之引發了中國報刊雜誌在年終歲尾用字詞的方式來梳理、評點當年要事的風氣。「漢語盤點」用它特有的方式向社會報告語言生活情況，自己也成為語言生活的組成部分。

語言生活的重要研究和實踐還有許多，例如：利用網絡技術監測語言輿情，跟蹤研究語言生活熱點，預防或減緩語言衝突；[②]2008 年國家語委啟動的「中國語言資源有聲數據庫建設」和 2015 年啟動的「中國語言資源保護工程」，具有對中國漢語方言和民族語言情況的普查作用；2016 年以來全力開展的「語言扶貧」工作，對西部地區、民族地

① 動態流通語料庫理論是第三代語料庫研究的基本理論。它以「流通度」和「語感」為出發點，通過對語言現象的「流通度」的計算，讓計算機模擬和量化人們的語感，從而揭示語言發展變化的內在規律，為語言知識的動態更新開闢了可操作的途徑。參見隋岩《動態流通語料庫理論的概念和方法》，《語言文字應用》2000 年第 2 期；張普《動態語言知識更新研究》，商務印書館，2009 年。

② 參見魏輝主編《語言輿情與語言政策研究》，商務印書館，2016 年；趙世舉《中國語言觀測研究的實踐及思考》，《語言戰略研究》2016 年第 5 期。

區的語言狀況有了深層了解；《全球華語詞典》《全球華語大詞典》[①] 的編寫和「全球華語語法研究」[②]「海外華語資源庫建設」[③] 等項目的設立，有助於全面深入了解海外華人的語言生活狀況。

## （二）語言生活理念

幾十年來，特別是近 20 年來，通過語言生活皮書系列的編寫、國家語言資源監測與研究中心的監測研究及其他一些重大語言規劃行動、語言項目的開展，運用數據的和經驗的多種方法手段，對中國語言生活狀況有了全方位的深入了解。在了解的過程中也推進了中國語言生活的進步，並凝練出關於語言生活的一些學術理念。

李宇明在《語言生活與語言生活研究》[④] 一文中，根據半個多世紀關於語言生活的研究，根據近 20 年語言生活的發展變化，將語言生活定義為「運用、學習和研究語言文字、語言知識和語言技術的各種活動。」這一定義有兩個顯著特點：第一，把語言學習、語言研究納入語言生活範疇，過去基本上只考慮語言運用；第二，「運用、學習、研究」的對象不僅是「語言文字」，也包括「語言文字知識」和「語言技術」，突顯了數字時代「語言文字知識」和「語言技術」在語言生活中的重要地位。

---

① 《全球華語詞典》，商務印書館，2010 年。《全球華語大詞典》，商務印書館，2016 年，獲得第四屆中國出版政府獎提名獎・圖書獎。

② 邢福義主持，國家社科基金重大項目「全球華語語法研究」（11&ZD128）。見邢福義、汪國勝《全球華語語法研究的基本構想》，《雲南師範大學學報》（哲學社會科學版）2012 年第 6 期。

③ 郭熙主持，北京語言大學高精尖創新中心 2017 年重大項目。

④ 載《語言戰略研究》2016 第 3 期。

語言規劃（語言管理、語言治理）的對象嚴格來説不是語言與文字本身，而是語言生活；即使在語言規劃中涉及語言與文字的規範等，也是因為語言生活的需要。國家語言文字工作不只是「話怎麼説、字怎麼寫」的工作，而是關於語言生活的工作。語言規劃學就是要關注語言生活，解決語言生活問題，滿足語言生活需求，引導語言生活發展。語言生活有哪些問題與需求？什麼是理想的語言生活？引導語言生活向何處發展？就成為語言規劃要回答的問題。在回答這些問題的過程中，中國學者逐漸形成了五個與語言生活相關的重要理念：①

第一，構建和諧語言生活。中國的語言生活十分複雜，妥善處理語言關係，包括普通話與方言的關係、簡化字與繁體字的關係、國家通用語言與民族語言的關係、本土語言與外語的關係、國內漢語與海外華語的關係等。構建以國家通用語言為主導的多語並存共用的和諧生活，通過語言生活的和諧促進社會生活的和諧，逐漸成為共識，並發展為新時期國家語言規劃的工作目標。

第二，提升語言能力。語言能力是過好語言生活的能力。提升個人語言能力，就是培養「多言多語」人。自幼掌握方言和民族語言，深扎文化之根；入學學好國家通用語言文字，鑄牢中華民族共同體意識；還要掌握一兩門外語，為人類命運共同體的構建貢獻力量。國家語言能力是國家處理海內外事務所需要的語言能力。中國的發展應具有 20/200 的語種能力，具有在行政、外事、軍事安全、新聞輿論、科技教育、經濟貿易等領域的話語能力。②

---

① 參見李宇明《語言規劃學説略》，《辭書研究》，2022 年第 1 期。

② 參見李宇明《試論個人語言能力和國家語言能力》，《語言文字應用》2021 年第 3 期；魏輝《國家語言能力有關問題探討》，《語言文字應用》2015 年第 4 期；文秋芳、張天偉《國家語言能力理論體系構建研究》，北京大學出版社，2016 年。

第三，保護和開發語言資源。語言如同水、礦產、森林、旅遊等是國家的重要資源，需要保護和開發利用。語言資源是文化資源，保存着人類舊日的世界圖景。語言資源是語言教育的基礎，特別是外語教育、國際中文教育和線上語言教育的基礎。信息化時代，語言資源幫助計算機進行信息加工，「飼餵」計算機獲取語言智能。數字經濟的關鍵生產要素是數據，語言資源是重要數據，具有生產力的性質。①

第四，全面精準開展語言服務。語言服務是利用語言（包括文字）、語言知識、語言技術及語言的所有衍生品來滿足語言生活的各種需要。在災難、事故、公共社會衞生事件、社會突發事件等特殊情境下，提供應急語言服務。

第五，構建信息無障礙社會。大力推廣國家通用語言，以實現漢語方言區、民族語言地區和特別行政區的信息無障礙溝通。通過精準語言服務，實現與老年人、外來人等信息特殊人羣和盲聾等語言障礙者的信息溝通無障礙。通過外文教育和海外華文教育、國際中文教育等，方便中外信息溝通。重視人的信息技術教育，實現人與機器信息溝通無障礙。

## （三）語言生活理念的國際影響

中國語言生活的研究，已經走出國門，得到國際學界的關注，產

① 參見徐大明《語言資源管理規劃及語言資源議題》，《鄭州大學學報》2008 年第 1 期；張普、王鐵琨主編《中國語言資源論叢（一）》，商務印書館，2009 年；王世凱《語言資源與語言研究》，學林出版社，2009 年；李宇明《中國語言資源的理論與實踐》，《語言戰略研究》2019 年第 3 期；李宇明《語言數據是信息時代的生產要素》，《光明日報》2020 年 7 月 4 日第 12 版；馮志偉《神經網絡、深度學習與自然語言處理》，《上海師範大學學報（哲學社會科學版）》2021 年第 2 期。

生了一定的國際影響。例如：

以《中國語言生活狀況報告》為底稿，德古意特出版社與商務印書館聯合出版英文版《The Language Situation in China》，從 2013 年開始已經陸續出版 6 部；《中國語言生活狀況報告》還相繼引入日本、韓國和俄羅斯，有日文版、韓文版和俄文版。德古意特出版社還出版了李宇明《Language Planning in China》（《中國語言規劃》2015）、周慶生《Ethnic Minority Languages in China：Policy and Practice》（《中國少數民族語言：政策與實踐》2020）等反映中國語言規劃研究的著作。著名語言政策學家斯波斯基對這些著作做序或著文給以高度評價。[①]

俄羅斯科學院語言學研究所主辦的學術刊物《社會語言學》（Социолингвистика, Sociolinguistic Studies），2020 年第 3 期推出中俄兩國學者合作的專刊，刊發了中國學者 5 篇關於語言生活研究的文章，這些文章都是近些年發表在《語言戰略研究》上的：郭熙《七十年來的中國語言生活》，李宇明《中國語言資源的理念與實踐》，劉媛媛、鄧飛、趙蓉輝《改革開放以來中國英語教育「文化認同」規劃研究》，王春輝 《語言與貧困的理論與實踐》，趙世舉《中國語言觀測研究的實踐及思考》。俄羅斯《社會語言學》2021 年第 4 期，又譯載李宇明的《提升國家語言能力的若干思考》（原載《南開語言學刊》2011 年第 1 期）。俄羅斯科學院成立於 1724 年，是近 300 年來世界最重要的研究機構之一；語言學研究所是俄羅斯最重要的語言研究機構。

2014 年，聯合國教科文組織與中國政府在蘇州共同舉辦「世界語言大會」，主題是語言能力與人類文明和社會進步，發佈了《蘇州共

① 例如：博納德 · 斯波斯基《政府應當管理的是語言生活，而不是語言本身——序〈中國語言規劃論〉》（英文版），《語言戰略研究》2016 年第 1 期。

識》。2019 年，聯合國教科文組織與中國在長沙共同舉辦「世界語言資源保護大會」，發佈了《保護和促進世界語言多樣性嶽麓宣言》。這兩個國際大會，是對中國語言生活研究與語言規劃實踐的認可；這兩個會議文件，都融入了中國語言生活研究的成果，是中國智慧做出的國際貢獻之一例。

類似這樣的事例還有不少。這些事例説明中國語言生活及其研究成果越來越受到國際關注，中國語言生活學者「就語言生活為語言生活而研究語言和語言生活」[①] 的主張是有學術魅力的，是值得堅持和發揚的。

## 二、語言學的三類問題

在解決社會發展問題的過程中，科學得以誕生與發展，學科逐漸建立與完善。學科的建立與完善，是為了更好解決社會發展問題。為了支持和促進學科發展，使其更好解決社會發展問題，社會也會支持學科建設。社會支持學科建設的依據是學科評價，通過學科評價明確該支持誰、該如何支持、支持的效果如何等。如此一來，學科和學者就會面臨三類問題：1. 社會發展中的問題；2. 學科自身要解決的問題；3. 學科評價問題。如何看待這三類問題，涉及到「學科觀」；怎樣處理這三類問題，影響到學科能否健康發展。這三類問題投射到語言學科上，就形成了語言學的三類問題。[②]

① 語出李宇明《語言生活與語言生活研究》，《語言戰略研究》2016 第 3 期。

② 參見李宇明《驅動語言學發展的三類問題》，《當代外語研究》2020 年第 2 期。

## （一）社會語言問題

在人類羣體的社會進程中，在人類個體從幼到老的一生歷程中，都會遇到諸多語言問題，特別是語言運用、語言技術、語言學習、語言決策、語言意識、語言疾病等方面的問題。這些問題統稱為社會語言問題。

社會語言問題是學術發展的「本源問題」，是驅動語言學發展的原動力，也是語言學需要專心解決的問題。在學科認識上，首先要把學術注意力放在語言生活中，把社會語言問題看作學術研究的起點；還要把學術研究成果放回語言生活中去檢驗，放回語言生活中去解決問題，推進語言生活進步。

在研究上有三大關鍵：第一，要長期深入語言生活，仔細觀察語言生活，敏銳發現社會語言問題。第二，要把問題「問題化」，將社會語言問題轉化為學術問題。① 社會語言問題轉化為學術問題，首先是把問題與學科曾經處理過的學術問題關聯起來，將問題植入到一個相關、相近的學科體系中。一旦把問題納入一個學科體系，就可以用學術的辦法來處理，就可以考慮用什麼方法來研究它。社會語言問題往往都是「複雜問題」，原有的學科框架裝不下，已有的研究方法不太管用，解決這些問題需要學術創造力，更需要學者的忍耐力。因為研究新問題不能「輕車熟路」，可能面臨合作者少、立項較難、出成果慢、學界認可度低等困窘之境，故而需要學者的忍耐力。第三，要用好學術成果。學術成果有內化、外化兩大途徑。內化途徑就是將學術成果

① 關於問題的「問題化」，參見李宇明《語言學研究：問題的「問題化」》，《東北師範大學學報（哲學社會科學版）》2020 年第 5 期。

「學科化」，用於學科發展，增加學界共識，逐漸成為學科的一個研究方向甚至是分支學科。外向途徑是將學術成果放回到語言生活這一「問題來源處」，在那裏接受學術檢驗，在那裏發揮解決問題的作用；並在檢驗成果、解決問題的過程中，發現語言生活中的新問題，開啟新一輪的問題「問題化」歷程。

這種由現實問題驅動、將社會問題「問題化」、將學術成果放回社會的學術研究，已經涉及新的學科觀，是超出傳統的新學術範式，是真正把論文寫在大地上。

## （二）學科的語言問題

當語言學科（及分支學科）建立之後，就產生了學科問題。學科問題可分為兩類：其一，學科框定的語言問題，亦即學科研究對象；其二，為完善學科、發展學科而需要解決的問題，亦即學科建設問題，主要包括學科內部的分支設置、研究方法和研究手段、理論假說、學術範式、學術歷史、人才培養、學術交流等。學科（分支學科）是學術研究發展到一定水平的產物。解決學科問題，是為了讓學術力量更強大，可以更好地研究和解決社會問題，因此學者致力於語言學科問題研究，是應當受到社會尊重的。但是也應當注意三個問題：

第一，關注社會語言問題。社會語言問題被框定入語言學成為學科研究對象，是在學術史上發生的，當時就不可能將所有社會語言問題都囊入學科之中，而且語言生活也在不斷發展變化，故而語言學家需時時關注語言生活，將需要研究、可以研究的問題及時納入學科之中。如果學科不能及時關注社會語言問題，一方面社會發展會因一些語言問題沒有較好解決而受到影響，另一方面語言學科也可能成為脫離社會的象牙塔，其研究話題遠離社會，甚至得不到社會應有的支持，失去與其他學科共情聯袂的機遇，陷入「學科孤島」。

第二，注意吸收相關學科成果。語言是一種社會現象，與認知、信息等也關係密切，因此，語言不只是語言學的研究對象，也為諸多學科所關注所研究。心理學、認知科學、神經科學、病理學、哲學、符號學、邏輯學、政治學、法學、社會學、民族學、人類學、教育學、歷史學、地理學、文化學、文學、民俗學、藝術學、新聞學、國際關係、數學、信息科學、計算機科學、數據科學等，都在語言研究領域做出過或正做出貢獻。這些貢獻表現在，或是創新了研究語言的方法、手段、技術，或是揭示了語言某方面的特點、性質、規律，或是開發了語言的某種新功能。語言學應當關注這些學科的語言研究，或借用其研究方法，或借鑒其研究成果，或擴展對語言其他屬性的認識，吸收、整合這些學科對語言的研究，才能對語言的面貌有「全面」觀照。時至今日，語言學不應當只有語言學家研究語言的成果，而應當包涵所有科學對語言的研究。

第三，重視學科交叉。2020 年 7 月 29 日，全國研究生教育會議召開。之後不久，交叉學科成為我國的第 14 個學科門類。2020 年 11 月 29 日，國家自然科學基金委員會交叉科學高端學術論壇在京召開，正式成立交叉科學部，這是基金委成立的第 9 個科學部。這些情況顯示，學科交叉已經成為當今科學的普遍現象，是每個學科都必須認真對待的。《語言戰略研究》2021 年第 1 期編發了陳平主持的「語言交叉學科」專欄，陳平教授根據學科交叉的緊密程度及交叉結果，把學科交叉分為四個類型：A、多學科同現，如多學科的論文集；B、跨學科，即某學科單向跨出，主要是借用其他學科的工具、觀點等；C、交叉學科，學科雙向的交叉結合;D、超級學科，學科交叉之後創建新學科。[①]語言學自古以來就比較重視學科交叉，中國語言學也是如此，甚至可以說，近 40 年中國語言學的發展很大一部分源自學科交叉。但是就交叉的緊密程度而言，幾乎一直處在陳平所述的 A、B 兩類型，特別是那些「對象學科」似乎沒有表現出應有的熱情。現在許多國家的語言學系或語言學專業，直接設立在計算機科學院、網絡學院、認知科學院、心理學院、醫學院、法學院等，這是學科交叉的新趨勢，也是交叉培養語言學人才的新趨勢，值得特別關注。

### （三）語言學的學科評價問題

為了使學科更好地解決社會發展問題，為了使學科健康發展，社會對學科會提供力所能及的支持，特別是科學技術成為「第一生產力」[②]的當下時代，更是如此。社會對學科的支持主要體現在物質的和精神的兩個方面：第一，提供科研所需要的條件，包括：提供經費，幫助建立研究室、實驗室等，支持創辦學會、雜誌、出版社等以促進學術交流和成果發表，支持研究成果的大面積實驗和推廣，維護知識產權，支持學術人才的培養等。第二，給予科研工作者及其所在單位以榮譽，包括：學術職稱制度，學術人才稱號，實驗室、學科、學術

① 見陳平《語言交叉學科研究的理論與實踐》，《語言戰略研究》2021 年第 1 期。

② 1988 年 9 月 5 日，鄧小平在會見來華訪問的捷克斯洛伐克總統胡薩克時，提出了「科學技術是第一生產力」。同年 9 月 12 日，他在聽取關於價格和工資改革初步方案彙報時再次明確指出，科學技術是第一生產力。1992 年初，他在視察南方時的講話中也多次強調科學技術是第一生產力。

期刊的等級評定，各種科研獎勵，用科學發現、科技產品、大樓、道路、城市、小行星等為科學家命名。

社會支持一般以學科評價為基礎，獲得良好學術評價者往往可以得到較大的社會支持。為了得到較大支持，學科學人不得不面對第三類問題，即「學科評價問題」。學科評價會受到不同時代、不同學科特點及發展水平、不同歷史文化傳統、不同管理體制而具有各個國家、各個學科及學科羣落的特點，但是尊重科學發展規律是基本準則，推進科學進步是共同目標。當今時代，對語言學科（甚至也包括其他學科）的評價應當着重三點：

第一，對語言學學科的學術提升力。一個優秀的研究者，不是看發多少文章，得多少項目，有什麼頭銜，而是看提出了、解決了什麼樣的問題，這些問題的提出與解決對於本學科的發展具有什麼樣的意義。就某種意義而言，提出問題往往比解決問題更為重要，因為只有戰略科學家等「關鍵少數」才能提出引領學術新潮的問題。

第二，對相關學科的學術穿透力。學科之交若人之交，是雙向的而非單向的，不能只做索取者、受益者，還需要做相關學科的貢獻者。關注相關學科，了解相關學科，建立交叉學科，才有可能成為相關學科的貢獻者。而且科學（包括文科、理工科等）是一個共同體，科學共同體往往會形成一些共同解決的科學問題和社會問題，比如 2005 年《科學》（Science）雜誌在其創刊 125 周年之際公佈了 125 個最具挑戰性的科學問題，2021 年上海交通大學在建校 125 周年之際與《科學》雜誌又聯合發佈了 125 個科學問題，這些問題仔細分析其實也包含有語言問題。提出和回答這些問題是科學共同體的共同義務與責任，每個學科也都應為之做出貢獻。一個學科只有具有學術穿透力，才能對其他學科發生影響，才能對科學共同體有所貢獻。

第三，對社會發展的學術推進力。推進社會進步是人類發展科學的本原目的，語言生活是語言研究的出發點、驗證處和歸宿地。所以對語言學的學科評價，還應當看對語言生活的貢獻，對社會發展的學術影響。

## （四）三類問題的不等式

社會語言問題（A）、學科語言問題（B）和語言學科的學科評價問題（C），這三類問題根據其重要性，理論上應形成不等式 I ）：

I ）：A ≧ B>C

解決社會發展中的語言問題，本來是語言學科建立的本源目的，社會語言問題本來是本源問題，但是當學科建立之後，特別是當學科發展得比較強大時，人們往往會忘卻本源目的，忽視甚至輕視本源問題，更有甚者會把 AB 兩類問題對立起來，認為研究學科問題才是學問。語言學界當前也有此種傾向，比較重視學科問題，相對輕視社會語言問題。隨手舉個例子：我國有文字研究所，但是很少見研究當代漢字的研究所；我國有語言研究所，但是似乎沒有普通話研究所；當代漢字和普通話是十幾億人正在使用的語言文字。相對輕視社會語言問題的傾向，在學術「跟跑」的國家是較為普遍的現象，因為這樣的國家很少能夠設置學術話題、指引學術方向，只能聚精會神地追趕領跑者。而事實是，只有重視對本源問題的研究，跟跑者才不會永遠只是「跟跑」，才有機會「彎道超車」成為領跑者。

現在流行一種說法，叫「服務社會」。服務社會是應當的且應受到尊敬，但如果說解決社會問題不是學術的本職，是一種身有餘力時的「額外工作」，甚至是「本職」之外的一種「學術慈善」甚或是「學術施捨」，就有點本末倒置。與此相似的還有「科普」之說。當社會以文盲為主體時，「科普」是合適且必要的，體現了科學之責和科學之善。但是，今天的中國不僅普及了義務教育，也實現了高等教育的大眾化，社會生活的科技含量不斷增加，特別是信息化的發展、元宇宙概念的提出、終身學習社會的形成，整個社會的科技水平會與過去顯著不同。關心社會語言生活，滿足社會語言需求，已經不是「科普」的意義所能涵蓋的。[①]

學科評價是連接學術與社會的紐帶，學界重視學科評價是為了獲取更多的學術資源，促進學科的發展壯大，從而使學科能夠更好地解決語言學科問題和社會語言問題。但是，如果學術評價體系出了問題，如果學術的評價結果應用不當，對學科建設、學術發展也會發揮負作用。現在學科評審、學人評價上存在嚴重的「五唯」現象，只看發表論文或申請專利的數量，只看文章發表的刊物級別和引用率，而不問提出了什麼問題，解決了什麼問題。片面追求「學術 GDP」的傾向，用「利益化的方式」做科研，造成了學術異化不等式 II）：

II）：A<B<C

這種怪異的不等式，在某些學人、學科團隊中有表現，也許會成為學科通病。一位科學家甚至感歎說，我們的科學圈裏有這樣一個怪異的現狀：當他（她）有創造力真正能做科研的時候，是在以利益化

① 2022 年北京冬（殘）奧會的吉祥物是「冰墩墩」和「雪融融」，他們的拉丁字母名字分別是 Bing Dwen Dwen 和 Shuey Rhon Rhon。學界無幾人可以說出他們「洋名字」的命名之由。由此可以提出「科普」在現代社會的合用性問題。

的方式在做科研；當他（她）做到功成名就，立馬會反過來再去做一些真正的科學工作。由此可見破「五唯」的重要性，建立科學的學科評價體系的重要性。

## 三、從田野、社會到實驗室、互聯網

語言學總體上看還是個經驗學科，需要大量的科學材料作支撐。語言學工作者要深入語言生活，到田野裏和社會中去做調查研究，到實驗室去做語言學實驗，而今還要到互聯網這一新興起的語言田野去。

### （一）田野調查

田野語言調查是語言研究的基本手段，也具有悠久的歷史傳統。早在2500多年前，周代就設有調查方言俚俗的「輶軒使者」。他們每年秋收後遊走各地，採集民歌、童謠和方言異語，供朝廷考察民情之用。西漢時，給事黃門郎揚雄「常把三寸弱翰，賫油素四尺，以問其異語，歸即以鉛摘次之於槧」，歷時27年，編就世界最早、影響至今的方言著作《輶軒使者絕代語釋別國方言》。

1956年，新中國的「輶軒使者」[①] 在全國範圍內開展漢語方言普查，歷時兩年多，普查方言點1849個，編寫方言概況等綜合性調查報

① 參見戴慶廈《語言國情調查的理論與方法問題》，《語言政策與語言教育》2015年第1期。李宇明、王莉寧主編《軒使者：語言學家的田野故事》（商務印書館，2020年）收集了新中國「軒使者」的一些故事，也可參看。

告 18 種，分點調查報告近 1200 份，普通話學習手冊等 300 多本。還組建 7 個調查隊進行少數民族語言普查，調查了 42 個民族的 50 多種語言，並幫助壯、布依、苗、傈僳、哈尼、佤、拉祜、納西、黎、載瓦、侗等民族設計了文字方案。這是人們第一次較為全面了解了中國的語言狀況。

此後，我國又先後進行了「中國新發現語言」調查、《普通話基礎方言基本詞彙集》調查、中國語言文字使用情況調查[①]、中國瀕危少數民族語言調查、《中國語言地圖集》編制、中國語言資源有聲數據庫建設等。在此基礎上，2015 年，教育部、國家語委組織中國語言資源保護工程，一期建設週期歷經五年，參與的高校和科研機構 350 多家，組建專家團隊 1000 多個，投入專業技術人員 4500 多名，語言發音人 9000 多名，完成 1712 個調查點（包括港澳臺在內的全國所有省區市）、123 個語種及其主要方言的調查，得到原始音視頻語料文件 1000 多萬條，總物理容量達 100TB，是迄今為止世界上規模最大的語言資源數據庫。

田野語言調查今後仍有很多任務，比如我國自 2013 年開始建設了 21 個自貿區，2020 年開始建設海南自由貿易港，2015 年逐漸開始了京津冀首都經濟圈、粵港澳大灣區、長江經濟帶、長三角一體化、黃河流域生態保護和高質量發展等跨區域建設，這都需要了解其語言需求，提升其語言能力、制定語言規劃以支撐其經濟建設。前面所述的田野調查，多是以某一語言或某一方言為對象進行的，其目的是為了了解「語言」自身；而這裏所要做的田野調查，是以一個區域的語言、

① 見中國語言文字使用情況調查領導小組辦公室《中國語言文字使用情況調查資料》，語文出版社，2006 年。

方言為調查對象，其目的是為了通過處理語言問題、發揮語言作用來促進自貿區（港）和跨省域地區的經濟社會發展。這種可稱為「區域語言學」的語言調查，其調查的方法手段、調查內容、調查目的都有頗多特殊性。如果考慮到邊境語言調查以助成邊睦鄰、一帶一路語言調查以助人類命運共同體構建，跨境的和國際區域的田野語言調查，還是中國𬨎軒使者較為生疏但也更為廣闊的學術田野。

語言學的田野，其實不限於語言和方言的調查。考古文獻的整理，文獻中的例句蒐集，語料庫語言學的語料蒐集與建庫，社會語言學的社會調查，實驗語言學的語言實驗室等，都是語言學的廣義田野。語言生活和語言學涉及的各種場地，都可視作語言學的田野。不過，隨着研究方法的精進和語言學的發展，一些「田野」逐漸分割出來。

## （二）社會語言調查

隨着社會語言學的發展，「方言」的概念不再只指地域方言，也指各種社會人羣的語言特色，甚至也可以包括語言態度、語言認同、語言需求等等。社會方言所涉及的人羣早年主要指不同階層、不同職業、不同性別、不同年齡等，而現在可以涉及各種社會身份。社會語言調查不僅可以進行社會方言的調查，也可以調查語言與社會的各種關係，常用的調查方法除問卷法、訪談法之外，也使用文化人類學的「實地參與觀察法」，也會根據調查對象和目標進行特殊的方法設計。有些學者設計的方法之精妙，讓人拍案叫絕，成為後人研究的經典方法，如拉波夫（William Labov）1966 年報告的紐約市百貨公司（r）的社會分層調查方法、1960 年蘭伯特（Wallace E. Lambert）為測試語言態度而創立的「變語配對法」等 。

社會語言調查，可以獲取書本上得不到的資料，可以對語言生活做出獨到的觀察，可以為語言學做出獨特貢獻。比如，郭熙主持的「海外華語資源庫」從 2017 年開始立項建設，重點採訪有聲望的海外華人華僑老人，請他們講述華語傳承及親歷的華人華僑故事，他們的故事及敘事語言本身，都是帶有搶救性的華語資源。目前課題組利用各種機會，訪問了 33 個國家和地區的 270 位人士，年齡最長者 93 歲，平均年齡 73 歲以上。這個資源庫的建設已獲批國家社科基金重點項目「海外華語資源的搶救性蒐集與整理」，將對華僑華人華語研究做出獨特貢獻。

李宇明的《人生初年》①，用日記法記錄了一名中國女孩 0—6 歲多的 2200 餘天的語言發展，近百萬字，被譽為「一個動物人到社會人的全景式記錄」②。父母觀察孩子的「日記法」，是比「實地參與觀察法」更為深入細緻的觀察法。《人生初年》不僅是對嬰幼兒語言發展時間最長的觀察，也是家庭語言教育實驗錄，是 20 世紀 80 年代中國社會的掠影。最近頒佈的《中華人民共和國家庭教育促進法》，發揚中華民族重視家庭教育的優良傳統，引導社會注重家庭、家教、家風，促進未成年人全面健康成長。家庭是第一個課堂，家長是第一任老師。兒童發展最重要者是身體、心智和語言，言傳身教是最為基本的教育方法。要發展好兒童的心智與語言，要發揮好「言傳」的最大成效，必

① 李宇明《人生初年——一名中國女孩的語言日志》上、中、下卷，商務印書館，2019 年。
② 見郭熙為《人生初年》所做序言。

須了解兒童的語言發展規律。

再如趙春燕的《鄉村振興視域下理塘縣中扎村的語言生活》[①]，是對四川省理塘縣中扎村語言生活的研究。中扎村是一個藏族鄉村，她與村中一位歸國藏胞有師生關係，這位藏胞回鄉創業，趙春燕 2019 年 7 月曾隨其住進中扎村，進行過為期 10 天的試調查，頗得村民信任。兩年後的 2021 年 7 月，趙春燕再赴中扎村進行了 20 多天的實地參與觀察和深度訪談。兩次考察共訪談了 36 位藏族村民，採集了 52 段訪談錄音資料（其中最長的 326 分鐘），獲得了 96 份語言景觀資料和 31 份觀察日誌，獲取了中扎村語言使用、語言態度、語言困境等一手資料，對藏族鄉村的語言民生、語言教育、鄉村產業的語言問題等有了深入的切身了解，特別是因語言不通引發的出行難、看病難、維權難等最讓村民憂心的語言問題，感同身受。研究者對中扎村的實地觀察，認識到社會是一個語言市場，信息就是力量，對鄉村振興中如何發揮語言作用、掃除村民的語言文字障礙提出了很好的建議。

### （三）語言實驗室

語言的説與聽，涉及發音器官和聽覺器官的生理運動，與生理學相關；語言的理解與腦神經機制等相關；語言通過空氣傳播，與聲學相關；因盲、聾、弱智、自閉症、阿爾茨海默病等引發的語言障礙，與病理學、心理學相關。語言的屬性決定了語言研究不能只是人文科學、社會科學的事情，也牽涉到理學、工學、醫學等科學門類。特別

① 載《語言戰略研究》2022 年第 1 期。

是隨着語言信息處理和互聯網的發展，語言學與信息化的關係異常密切，計算語言學發展為一個新學科，語料庫的建設、計算機文字識別、計算機字庫設計及其調用、字符顯示與文字輸入、語音識別與合成、文本檢索與信息抽取、自動翻譯、機器寫作、機器語言行為識別等，都是計算語言學的重要內容。語言學已經是一個橫跨人文社會科學和理工科學的「大學科」，應該建立各種語言學實驗室。

學界先行者對此早有認識。1950 年，中國科學院語言研究所成立之時，就設立了語音實驗小組，發展到今天成為中國社會科學院的「語音與言語科學重點實驗室」。1985 年，國家語委語言文字應用研究所就成立了「計算語言學研究室」。1986 年，南開大學文學院成立語音實驗室。2001 年，南京師範大學成立語言科學及技術系。2005 年徐州師範大學成立「江蘇省語言科學與神經認知工程重點實驗室」。這都是早年文科成立的語言實驗室一類的科研機構，現在當然是更多了；理工醫科與語言相關的實驗室恐怕也不在少數。

但總體上看，語言學是由傳統的語文學發展而來，學科設置在文學門類中，研究人員的學科背景多為文科，「語言實驗」的意識不濃厚。但是，隨着語言科學的發展，沒有實驗室的語言學，沒有濃厚「語言實驗」意識的語言學，沒有從事實驗的語言學研究人員，語言學要滿足當今社會需求、成為科學共同體的稱職成員、得到不負時代的發展，是十分困難的。

### (四) 互聯網

互聯網已成為語言學研究者的新田野。2012 年，南開大學《實驗語言學》創刊，筆者曾與創刊主編石鋒教授交流，羨慕他早早把學術方向轉向實驗語音學，還成立了語音實驗室，又創辦《實驗語言學》雜誌，語言學不僅要走向田野、走向社會，還要走向實驗室。2021 年 11 月，筆者應邀為他主持的「實驗語言學＋」雲上論壇作報告，我們兩個又「舊話新說」，認為語言學還要走向互聯網。很快《實驗語言學》期刊網頁上就有了這樣的話：「新時代的語言學者要走向社會，走向田野，走向實驗室，走向互聯網。」我在演講中，把這個網頁的截圖放在 PPT 上，以為響應之舉。幾乎同時，羅仁地（Randy J. LaPolla）在「2021 北京師範大學珠海校區交叉學科前沿論壇」上作《論學科交叉融合在研究語言與科技時的必然性 —— 走向以人為中心的研究》的主旨報告，報告的結尾是，新時代的語言學研究要「走向社會！走向田野！走向實驗室！走向互聯網！」

隨着互聯網和語言智能的發展，互聯網上的語言生活越來豐富，越來越重要。書刊、報紙、廣播、電視等傳統媒體遷移到網絡上，伴隨網絡也產生了微博、短信、微信、微視頻等各種新媒體。現今的網絡具有「全媒體」性質，人類以往創造的所有信息負載方式都可以進入互聯網，而且全媒體又逐漸發展為「融媒體」，人類進入一個全新的媒體時代。

網絡上存在大量的且與日俱增的語言資源，這些語言資源有許多是田野調查和社會調查不能獲得的，甚至語言資源的性質也有所不同。網絡產生着大量新的語言現象，產生着現實生活中鮮有的新的語言生活功能，出現許多新的語言需求和新的語言問題。這些新現象、新功能、新需求、新問題值得特別研究。網絡空間成為此前任何時代的輶軒使者都未曾見識過的新田野，而且也是最為富饒的田野。如何利用互聯網發展語言學，語言學如何促進網絡語言生活的和諧進步，都是當代輶軒使者要回答的時代課題。

## 四、中國語言生活的研究優勢

中國語言生活研究，已經產生了一些理論成果，並推動了中國語言規劃的實踐發展，促進了中國語言生活的進步。就全球語言生活而言，中國語言生活具有兩個明顯的特點：

### （一）具有中華特色

中國語言生活具有自己的諸多特色，是語言科學研究不可多得的材料。試舉例如下：

第一，語言關係處理。中國有 56 個民族上 100 種語言，跨境語言有 54 種（按照國外的語言標準看有 90 來種，這些數據還不包括鄰海國家的跨境語言）。歷史上和近現代在處理漢語各方言、中華各語言以及跨境語言的關係上，在減少語言矛盾與衝突等方面積累了豐富的經驗。

第二，語言與文字關係的認識。中國自古以來形成了「重視文字」的語言意識。漢字在語言生活中的地位十分重要。漢字由甲骨文、金文、篆書、隸書到楷書的歷史演化以及清末以來漢字的改革、整理、簡化，都是世界其他國家難以同比的現象。語言與文字的關係，也只有通過漢語漢字才能得到很好解釋。

第三，古今語言的關聯。中國有浩如煙海的古代文獻，這些文獻都是用楷書漢字或可轉化為楷書漢字保存下來。文獻的連續性使得古今漢語之間、文言文與白話文之間沒有鴻溝，語言表達可文可白、可雅可俗，古代的詞語、成語、典故可以順利引入現代漢語，詞語的內部構造常需藉助古代漢語解釋，這對漢語的學習、運用和計算機語言處理，都帶來了獨特問題。

第四，普通話的推廣。中國歷史上的語言統一主要是書面語的統一，口語的規範和統一是從清朝末年開始提出，歷經 130 來年才逐步實現的，當前普通話普及率已超過 80%。中國人口世界最多，漢語方言分歧巨大，民族語言眾多，東西部的經濟、教育條件差距很大，世界上不少國家推廣國語都沒有如此的普及率，甚至還出現不少的矛盾衝突。中國推廣普通話的理論、實踐及其對國家認同、國家進步發揮的作用，都是人類的語言奇觀。

第五，海外華語的傳承。華人華僑走到世界各地，也把華語華文中華文化帶到世界各地，並在一些地區形成了有特色的地區變體，在北美和歐洲正在形成新變體。華語向世界的傳播傳承方式及未來前景，與英語、法語、西班牙語、葡萄牙語、俄語等的海外傳播皆不相同，有其獨特性。

### （二）某些領域某些方面具有先進性

中國的語言生活，不僅有許多方面體現中華特色，而且也因為中國社會的快速發展，使有些語言生活具有國際先進性。例如：

第一，語言扶貧。2021 年 2 月 25 日，中國宣告脫貧攻堅取得全面勝利，現行標準下 9899 萬農村貧困人口全部脫貧，832 個貧困縣全部摘帽，12.8 萬個貧困村全部出列，區域性整體貧困得到解決，完成了消除絕對貧困的艱巨任務。在中國減貧脱貧的道路上，語言發揮了重要作用。2016 年，教育部、國家語委制定了語言扶貧規劃，學界、社會積極行動，深入我國貧困地區開展語言教育，傳播脱貧致富科技，推廣現代語言技術。這條扶貧的語言大道是負載知識、信息與機遇的大道，具有提升語言能力阻斷貧困代際傳遞的特效功能。語言可以扶貧，源自語言與教育的密切關係，源自語言與信息的密切關係，源自語言與人與互聯網的密切關係，源自語言與人的能力和機會的密切關係。在語言扶貧事業中，中國學人認識到語言與貧困的理論關係，認識到語言作用於貧困或經濟發展的機制與規律，這些理論與實踐經驗，可以引入當今的鄉村振興成就美麗中國的新事業中，也可以為人類消滅貧困貢獻中國智慧。①

第二，應急語言服務。己亥與庚子之交，新型冠狀病毒突襲中國，為害世界，後又有德爾塔、奧密克戎病毒變體，對人類的政治、經濟、生活都造成極大影響。疫情剛一發生，「戰疫語言服務團」無召而成伍，利用湖北「語保」資源，利用微信、微視頻、融媒體、即時翻譯等現代語言技術，利用網絡隔空發力，迅速製作《抗擊疫情湖北方言通》支援抗疫一線。面對國際新冠肺炎疫情日趨嚴重的新局面，又緊急研發《疫情防控外語通》、《疫情防控「簡明漢語」》等系列產品

① 2000 年，Widdowson（威竇森）在他的論文 The limitation of linguistics applied（《語言學應用中的局限性》）中提出，自己根據「內省」得到的數據是「第一人稱數據」（first person data），使用「問卷調查」之類的「誘導」得到的數據是「第二人稱數據」（second person data）。語料庫數據，語言研究者不再充當數據的提供者或誘導者，而是充當數據的觀察者或檢驗者，是「第三人稱數據」（third person data）。見馮志偉《關於「第三人稱數據」的觀察和檢驗》，載陸曉蕾、倪斌《Python 3：語料庫技術與應用》，廈門大學出版社，2020 年。

向在華來華留學生和外籍人士提供疫情防控的語言服務。2022 年 4 月，國家應急語言服務團正式建立，正積極開發語言應急產品，開展應急語言服務教育，開展應急語言研究等。中國應對突發公共事件的語言應急服務，產生了許多經驗和理論探討，把應急語言服務概括為三大任務：1. 語言溝通，用各種語言及其變體保證救援現場、事件影響域的信息溝通；2. 語言撫慰，包括涉事者的語言撫慰和大眾羣體的語言撫慰；3. 急情預警，利用互聯網、大數據進行災情、疫情等語情預測。新冠疫情是災難，但在抗疫中推進了中國應急語言服務的發展。①

第三，網上語言生活。20 多年來，中國互聯網事業獲得了突飛猛進的發展，已擁有全球最大的信息通信網絡，形成了全球最為龐大、充滿生機的數字語言生活。據中國互聯網絡信息中心第 49 次《中國互聯網絡發展狀況統計報告》顯示：截至 2022 年 12 月，我國網民規模達 10.32 億，互聯網普及率達 73%，在線辦公、在線醫療、網上外賣、網約車的用戶規模增長顯著，網絡信息搜索、網絡新聞、網絡購物、網絡娛樂、網絡直播、網絡音樂、短視頻等構成了數字社會新的語言生活方式。

第四，語言數據的重要地位。2019 年 10 月，中國共產黨十九屆四中全會提出，「健全勞動、資本、土地、知識、技術、管理、數據等生產要素由市場評價貢獻、按貢獻決定報酬的機制」。把數據與「勞動、資本、土地、知識、技術、管理」並列為第七大生產要素，可以通過市場「按貢獻取酬」，這是重大的理論創新，體現着對信息化社會的本質認識。進一步分析數據可以發現，80% 的數據都是「語言數據」，因

① 參見李宇明主編《應急語言問題研究》，商務印書館，2020 年。

此，語言數據具有生產要素的性質。充分發揮語言資源生產要素的作用，支持數字經濟發展，需要研究語言數據的經濟屬性，建立語言數據產業，發展與之相關的語言職業；需要全面加強對語言資源的治理，建立語言數據集聚、管理、標準、產權、共享、取酬等若干方面的準則，促進語言數據的生產與市場流通，使其發揮最大作用。①

此外，中國在語言生活監測、語言保護等方面，無論其規模、方法還是所取得的社會成效與學術成效，在國際上也具有領先性。

### （三）學術話語權

具備一定研究條件之時，研究對象往往決定研究水平的高低。中國語言生活具有如此多的中華特色，特別是有許多方面許多領域甚至具有全球領先性。對這樣的語言生活進行研究，能夠發現大量的科學事實，發現這些事實背後的各種規則，解釋其成因，預測其發展，提出許多原創性的概念、理念及理論成果。這些原創性的概念、理念、理論可對他人研究提供參照與借鑒，甚至發揮更為重要的作用，推進人類這一領域的科學進步。

同時，這種把語言生活作為研究的出發地和研究成果歸宿地的學科理念，通過學術研究推進語言生活進步的學術觀念，或曰「語言生活理念」，具有「科學學」的價值，對其他同行、對其他學科具有借鑒價值。

---

① 參見李宇明《數據時代與語言產業》，《山東師範大學學報（哲學社會科學版）》2020 年第 5 期；李宇明、王春輝《從數據到語言數據》，《語言戰略研究》2022 年第 4 期。

科學發展是人類進步的重要表現，也是推進人類進步的重要力量，同時也是在國際上擁有話語權的一個方面。發展原創性的科學研究，為人類科學共同體多做貢獻，是我們這個時代應有的學術追求。

## 五、結語

中國語言生活的研究及其對中國語言規劃事業的學術支撐，是一個值得研究的學術現象。它把解決社會發展中的語言問題作為學術的出發點、驗證處和歸宿地，提倡學者到田野裏、到社會中、到實驗室、到互聯網上去調查語言現象，去發現、研究和解決語言問題。不片面追求學術 GDP，重視學術成果對本學科的學術提升力、相關學科的學術穿透力和對社會的學術影響力。

中國語言生活是語言學的學術沃土，有許多方面獨具中華特色，如妥善處理國家通用語言與方言、民族語言的關係，處理古代語言較自由進入現代語言的問題，強烈的「文字意識」及處理語言與文字的關係，普通話推廣的成效與經驗，海外華語的傳播傳承等；也有許多語言生活具有國際先進性，如語言生活監測、語言資源保護、語言扶貧與鄉村振興、應急語言服務、網上語言生活、語言數據的充分利用等。研究這些語言生活，可以觀察到特殊的語言生活現象，發現制約其存在與發展的規律，對這些規律進行科學闡釋，得到原創性的概念、理念、理論，創發新的研究方法及研究手段，形成新的研究範式等。

中國的國際作用日益增強，但是在國際話語權領域依然有一些待補的弱項，在國際學術領域的弱項更為明顯，比如中文出版物對國際科技成果的負載能力，中國學界的學術理論、學術范式的創新能力和學術話題設置能力，中國學界與國際學界平等對話的能力、中國學界為人類科學共同體的貢獻度等，都與中國的大國形象、大國地位不相稱。中國學者要在「跟跑」的奮力急追的同時，更要重視原創性研究，特別是要增強學術自信，不斷增加國際學術聲譽和學術貢獻。

當然，也不能將學術視野囿於學科，囿於國際學術界，更要重視對社會問題的關注。當前語言生活發展變化迅速，語言對社會各領域的影響越來越大，語言矛盾越來越複雜，語言衝突時有發生，而且關心語言問題的學科也越來越多，語言學必須重視社會發展中的語言問題，重視其他學科關於語言的研究，學術成果既要「內向」用於學科進步，更要「外向」用於改善語言生活，推進社會進步。中國從古代走到今天，世代都有一部傳奇的語言文字故事，中國的輶軒使者更要講好當代的語言文字故事。

# 中華文化圈與中華思想文化術語傳播

北京師範大學人文和社會科學高等研究院教授　黃　行

**提　要**　2014 年教育部等 10 部委開啟旨在對外展現中國核心價值的「中華思想文化術語傳播工程」，迄今已整理發佈 1100 條術語。文化術語傳播與指稱術語的語言所處的文化系統有密切的關係，本文擬討論文化術語在不同層級中華文化圈的傳播過程與特點。在漢語母語者的「內圈」，存在着文化術語古今中外多維的認知和傳播問題；在以漢語為第二語言的少數民族地區的「外圈」，文化術語採用本族詞還是借詞，以及借詞翻譯方式是衡量語言文化融合度的指標；在海外華語社區、周邊傳統「漢字文化圈」國家，以及中文國際推廣對象國等「擴展圈」，中華思想文化術語的有效傳播，根本上有賴於承載和稱説中華思想文化術語的中國語言的國際通用度和影響力的提升。

**關鍵詞**　思想文化術語　中華文化圈　語言通用度與影響力

2014 年經國務院批准，由教育部國家語委等 10 部委合作，在北京外國語大學、外語教學與研究出版社設立旨在對外展現中國核心價值的「中華思想文化術語傳播工程」（下稱「傳播工程」），迄今已經整理、翻譯、發佈英語為主及多種外國語言的中華思想文化術語 1100 條。該工程也被列為國家語言文字事業中長期發展規劃兩大重點任務之一的「弘揚傳承中華優秀語言文化」中三項具體舉措之一。(國務院辦公廳，2021) 文化術語傳播與指稱術語的語言所處的文化系統有密切的關係，本報告擬討論中華文化術語在不同層級中華文化圈的傳播過程與特點。

## 1. 中華文化圈及其層次

「中華思想文化」與「中華文化圈」為相輔相成、因果互動的範疇，「中華思想文化術語」的傳播是在「中華文化圈」內由近及遠、由內而外、逐級逐層地擴散和推進的，因此探討中華思想文化術語傳播需釐清「中華文化圈」的層級。

### 1.1 漢字文化圈

「文化圈」是上世紀初形成的特指具有相關文化叢的空間範圍的民族學概念，(楊心恆，2023)「漢字文化圈」是指歷史上使用漢字和文言書面漢語，接受中國漢文化和中華法系影響的東亞及東南亞部分國家文化地域相近的區域。(劉志剛，2020)

傳統「漢字文化圈」分為 3 個層次。

(1) 內圈：中國以漢語文為母語文的漢族地區；

(2) 外圈：歷史上使用漢字和文言書面漢語的越南、朝鮮半島、日本等國家和地區；

（3）擴展圈：位於漢字文化圈地區內，但不使用漢字的蒙古族、藏族等民族地區。

## 1.2 英語三圈

卡齊魯（Kachru）1985 年提出英語「三圈」理論。（李文新，2016）

（1）內圈（inner circle）：英語為本族語（ENL）的美國、英國、加拿大、澳大利亞和新西蘭等國；

（2）外圈（outer circle）：英語為制度化非本地語語言（大致相當於官方語言），通常作為第二語言（ESL）長期為英國殖民統治的地區；

（3）擴展圈（expanding circle）：英語作為外國語言（EFL）、不具官方語言地位、使用受到限制的國家和地區，英語的使用多限於受教育者。

擴展圈和外圈國家都是將英語作為第二語言（L2）使用，其人數明顯多於作為第一語言（L1）的內圈國家。而 L2 和 L1 的比值是衡量語言國際傳播力、影響力和通用度的重要指標，作為第一國際通用語言的英語，其二語使用人口的絕對優勢，對於英語承載的思想文化術語的傳播具有決定性的作用。

## 1.3 華語三圈

有中國學者參照英語三圈說，認為華語的國際化歷程也在經歷一個同心三環波浪式傳播的路徑。（徐傑、劉望冬，2020）

（1）內環：國內北方官話區；

（2）外環：中國南方方言區、少數民族地區以及港澳臺和海外華語社區；

（3）擴展環：把漢語當作外語學習的國家。

並認為，從各環區域普通話的實際使用狀況看，內環北方方言區漢語既是絕大多數人的母語，也是他們的第一語言，因此認同度最高；外環南方方言和少數民族地區的大多數語言使用人是成長於本地的語言方言環境，其母語是本地漢語方言和民族語言，地方普通話則是其第二母語。

## 1.4 中華文化圈

由於傳統的「漢字文化圈」國家紛紛去漢字化，因此屬於已經基本逝去的歷史範疇；現代「漢字文化圈」可以重新調整，並在其基礎上構建如下新的「中華文化圈」。

（1）內圈：中國以漢語為母語的漢族地區，其中北方漢語官話區與融合了古代百越民族語言底層的南方漢語方言區（潘悟雲，2004）可能存在差別。

（2）外圈：中國以漢語為第二語言的少數民族地區，其中歷史上漢化程度較高的侗臺、苗瑤和部分藏緬語族語言地區，與北方突厥、蒙古和滿—通古斯語族地區存在較明顯差別。

（3）擴展圈：

①海外華語社區（漢語一定程度還是海外華人的母語，但一般不是第一語言）；

②歷史上接受漢字和漢文化影響的日本、朝鮮半島及越南等東亞、東南亞傳統「漢字文化圈」的國家和地區；

③東南亞、東北亞及中亞與中國存在民族、歷史、語言、文化、宗教密切關聯的周邊國家；

④當前中文國際教育與中文國際推廣的對象國家地區。

中國周邊的「一帶一路」國家也包括在中華文化圈的「擴展圈」第（3）部分，同時由於中亞和東南亞國家分佈着許多與我國共有的民族和語言，這些毗鄰中國國家的官方語言以及相當多少數民族語言與中國共有語言之間有着密切的歷史、文化和語言文字的關聯，也即一些地處「擴展圈」的「一帶一路」國家與地處「外圈」的我國民族地區存在緊密的交集。

**表 1　中亞國家的主要語言與中國相關聯的語言**

| 國家 | 國語 | 官方語言 | 我國民族語言 |
|---|---|---|---|
| 哈薩克斯坦 | 哈薩克語 | 俄語 | 哈薩克語 |
| 吉爾吉斯斯坦 | 吉爾吉斯語 | 俄語 | 柯爾克孜語 |
| 烏茲別克斯坦 | 烏茲別克語 | 俄語（族際交際語） | 烏孜別克語 |
| 塔吉克斯坦 | 塔吉克語 | 俄語（族際交際語） | 薩利庫爾話、瓦罕話① |
| 土庫曼斯坦 | 土庫曼語 | 俄語（族際交際語） | 撒拉語② |

① 中國塔吉克族使用的薩利庫爾話和瓦罕話在中國被視為塔吉克語方言。

② 中國撒拉語與土庫曼語接近，同屬突厥語族西匈語支烏古斯語組。

**表 2　東南亞國家的主要語言與中國相關聯的語言**

| 國家 | 國語 | 官方或通用語言 | 我國同系屬語言 |
|---|---|---|---|
| 越南 | | 越南語 | 京語 |
| 老撾 | | 老撾語 | 傣語、壯語 |
| 緬甸 | | 緬語 | 載瓦語、阿昌語 |
| 泰國 | | 泰語 | 傣語 |
| 柬埔寨 | | 高棉語 | 佤語、布朗語、德昂語 |
| 馬來西亞 | 馬來語 | 英語、華語、馬來語 | 華語（官話與方言）[①] |
| 新加坡 | 馬來語 | 英語、華語、馬來語、泰米爾語 | 華語（官話與方言） |
| 菲律賓 | 菲律賓語 | 菲律賓語、英語 | 華語（官話與方言） |
| 文萊 | 文萊語 | 馬來語、英語 | |
| 印度尼西亞 | | 印度尼西亞語 | 臺灣諸南島語系印度尼西亞語族語言 |

「一帶一路」沿線國家使用較多的國際通用官方語言主要是俄語、阿拉伯語和英語，其中俄語（世界共 11 國使用，僅且皆分佈於「一帶一路」沿線國家），阿拉伯語（世界 26 國 /「一帶一路」14 國使用，多於世界平均數量），和英語（世界 90 國 /「一帶一路」11 國使用，少於世界平均數量）。（黃行、徐峰，2014）由於英語在「一帶一路」沿線國家的通用程度要低於世界平均水平，因此客觀上會影響以英語為主要外譯語言的「中華思想文化術語」的傳播效果。

① 海外華語一般指普通話或官話，廣義上還包括東南亞地區使用更廣泛的粵、閩、客家等漢語方言。（祝曉宏，2023）

## 2. 不同層次中華文化圈文化術語的傳播

文化術語傳播與指稱術語的語言所處的文化系統密切相關，中華文化術語在不同層級的中華文化圈中有不同的傳播過程。

### 2.1 漢語母語區（內圈）

「中華文化圈」的形成與基於古今漢語的「中華思想文化術語」傳播有密切關係。由於中華文化術語有相當多的文言漢語詞語，因此即使在漢語母語者的「中華文化圈」內圈，也存在古今漢語詞語的認知和傳承的問題。(黃行，2016)

例如在「傳播工程」《中華思想文化術語》前 2 輯（編委會，2015）發佈的 201 個術語中，現代漢語權威工具書《現代漢語詞典》收錄 112 個，未收錄的 89 個。限於篇幅僅列舉未收錄的雙音節詞如下：

隱秀、虛靜、美刺、六義、諷諭、悲慨、直尋、有無、陰陽、雅俗、玄覽、興象、體用、體性、神思、鎔裁、日新、良史、比德、辨體、辭達、非攻、剛柔、卦爻、畫道、活法、妙悟、名實、取境、三玄、四端、興寄、養民、知行、化工（畫工）。

這就意味着只有 56% 的中華思想文化術語是古今傳承的，另 44% 的思想文化術語並不在現代漢語的語境或話語體系中使用，因此會影響思想文化術語的傳播效力。更重要的是，即使《現代漢語詞典》收錄的中華文化術語，也多為古今漢語詞形相同、詞義已發生替代的詞語，致使古今同形詞語的詞義並不等同。

常舉的例詞如「經濟」，其古代漢語的「經世濟民」(to govern and

help the people）義早已無人知曉和使用，現代漢語的「經濟」皆用西語 economy 的「經濟」義；再如古代漢語「政治」主要是「政令和治理」（decree and governance）義，而現代漢語更多為西語 politics 的「政治」義。漢語中類似「經濟」「政治」這樣古義已經不用，今義已被西語取代的文化術語數量頗多，幾乎覆蓋全部古今同形同字詞，說明文化術語是輸出與輸入雙向傳播的。

## 2.2 我國民族地區（外圈）

由於普通話已從「現代漢民族共同語」提升為超民族的「國家通用語言」，（全國人大常委會，2000）因此隨着國家通用語言在我國少數民族地區使用程度的普遍提高，基於漢語詞語的中華文化術語在少數民族地區也有廣泛的傳播。民族地區中華文化術語傳播的指標和程度主要表現在以下 3 個方面。

**（1）民族語言中文化詞的詞源**

漢語傳統文化詞在少數民族語言中有不同的詞源形式，顯然借用古代漢語詞語音義的語言文化認知融合度高，以本族語詞形式存在或沒有該詞項的語言文化認知融合度低。通常歷史上漢語化程度較高的南方侗臺語族、苗瑤語族和部分藏緬語族語言的文化詞多從古代漢語借用，北方阿爾泰語系突厥、蒙古和滿通古斯語族語言及藏語多用本族詞，或沒有相對應的詞項。以「春夏秋冬、筆墨紙硯」等漢文化詞為例說明。（語料引自《中國少數民族語言簡志》，2009）

表 3 侗臺語、苗瑤語和部分藏緬語文化術語詞例

| 語言 | 春 | 夏 | 秋 | 冬 | 筆 | 墨 | 紙 | 硯 |
|---|---|---|---|---|---|---|---|---|
| 壯語 | ɕin1 | hɑ6 | ɕau1 | toŋ1 | pit7 | mok8 | ɕɑi3 | jien6 |
| 苗語 | tshuen33 | ɕa35 | tɕhu33 | toŋ33 | pi31 | mɛ31 | tu35 | 意借[①] |
| 瑤語 | tshun33 | ha13 | tshjou33 | toŋ33 | pat53 | maːt21 | tsei53 | 意借 |
| 白語 | tshṽh55 | ɣo42 | tɕhɯ55 | tṽh35 | fvh44/pi35 | mɯ̃44 | tsi33 | 意借 |

表 4 突厥、蒙古和通古斯語族語言及藏語文化術語詞例

| 語言 | 春 | 夏 | 秋 | 冬 | 筆 | 墨 | 紙 | 硯 |
|---|---|---|---|---|---|---|---|---|
| 藏語 | 第一季 | ja | 收穫季 | kỹ | pi | naʔtsha | ɕuku | — |
| 蒙古語 | xɑbɑr | ʤun | nɑmər | ɵbəl | piːr | — | ʧɑːʃ | — |
| 滿語 | niiniiri | dʊuwari | bolori | ruwri | fi | bɔhɔ | hooian | juwan |
| 維吾爾語 | ɛtijɑz | jɑz | kyz | qiʃ | qɛlɛm | sijɑ | qɛʁɛz | — |

以維吾爾語為例，其借詞在信仰伊斯蘭教以前，主要是吸收漢語、梵語、粟特語等語言借詞；11 世紀普遍信仰伊斯蘭教以後的喀喇汗王朝突厥文文獻語言和察合臺文文獻語言中，阿拉伯語、波斯語借詞大量出現，例如表 4 的「筆 qɛlɛm」借自阿拉伯語、「墨（水）sijɑ」借自波斯語、「紙 qɛʁɛz」輾轉波斯語借自漢語；在現代維吾爾語中，阿拉伯語、波斯語借詞所佔比重更大，大都成為基本詞彙中不可或缺的重要部分。同時，由於社會發展的需要，現代維吾爾語吸收借詞的主要方向轉為漢語和俄語，其中的漢語借詞多為與人民羣眾生活相關的事物，俄語借詞多為現代化社會帶來的新事物和科學技術術語。（陳宗振，2016）

① 所謂「意借」指用本族語「盛墨的容器」翻譯漢語詞「硯」。

**（2）語言間詞語翻譯的方式**

語言之間詞語不同的翻譯方式的認知和融合程度是有差異的，具體來説詞語譯入方式與母語融合度由近及遠的次序為：

意譯詞＞仿譯詞＞音譯詞＞字母詞（字母符號）

例如英語術語 kilometer 進入漢語的 3 種形式：公里（意譯）＞千米（仿譯）＞ km（字母符號）。意譯詞「公里」由於借用中國傳統長度單位詞「里」，因此和漢語長度詞的認知融合度很高；仿譯音譯詞「千米」（仿照英語 kilo-meter 的詞素和構詞結構翻譯），與中國傳統長度單位認知相距甚遠，但卻是國家術語標準化機構推薦的譯名（全國科技名詞審訂委員會，2019）和國家法定計量單位名稱；而字母詞（或字母符號）km（KM）雖然可以經常出現在中文語境（如中文公路交通標識）中，但只是純西文字母構成的國家法定計量單位符號，（參見《現代漢語詞典》）與中國語言的文化認知沒有關係。

文化術語詞語翻譯的具體案還有新冠疫情術語「口罩」的官方審訂。中國蒙古語、藏語審訂為漢語「口罩」的仿譯詞（構詞結構為：口＋覆蓋之物），中國維吾爾語、哈薩克語、朝鮮語和蒙古國的蒙古語審訂為俄語 macka（同英語 mask）的音譯詞，因此術語「口罩」在不同民族語言中的認知融合度也是有差別的。

**（3）漢語文化典籍的民族語言譯本**

《十三經》是漢語思想文化術語的重要文庫，也是「中華思想文化術語傳播工程」思想文化術語的主要語料來源。歷史上我國少數民族語言的《十三經》譯本，主要是元朝、清朝時期的蒙古語、滿語譯本，如元朝時期漢族名士趙壁及其他人將《論語》《大學》《中庸》《孟子》《尚書》等譯為蒙古文；現存滿文譯本「十三經」共計約百部，以清朝時期文獻為主，多為滿漢合璧對照本，兼有滿文單行本和滿、漢、蒙對照本。

元朝之前《十三經》的民族古文字譯本還有：敦煌所出的藏文文獻中，《尚書》和《春秋後語》等古藏文文書是儒家經典的譯文而頗受學者注目；西夏語翻譯的漢籍儒學文獻包括《論語》《孝經傳》《孟子》；女真文譯本有《易經》《尚書》《論語》《孟子》《孝經》《老子》《劉子》《揚子》《列子》《文中子》等。（趙小兵，2023）

中國四大古典文學名著創作於明清時期，清朝即有滿語和蒙古語早期的民族語言譯本，民國時期陸續有其他民族語言翻譯加入，而四大名著全面的民族語言翻譯是新中國改革開放以後完成的。無論是漢語儒學經典還是文學名著的民族語言翻譯，都局限於使用傳統民族文字的民族語言，而我國 90% 以上無傳統文字的少數民族，一般是通過閱讀漢文原文接觸漢文化的經典名著。四大古典文學名著民族語言譯本的具體情況如下表。（伊明阿．布拉，2008）

**表 5　中國四大古典文學名著的民族語言譯本**

| 民族語言 | 《三國演義》 | 《水滸傳》 | 《西遊記》 | 《紅樓夢》 |
| --- | --- | --- | --- | --- |
| 滿語 | 清早期 | 清早期 | 清早期 | 清晚期 |
| 蒙古語 | 清中晚期 | 清中晚期 | 清中晚期 | 清晚期 |
| 錫伯語 | 1940 後期 | 1940 後期 | 1940 後期 | — |
| 藏語 | 1982 | 1978 | 民國一節譯 | 1983—前 20 回 |
| 維吾爾語 | 1982 | 1978 | 1982 | 1975—1979 |
| 哈薩克語 | 1984 | 1978 | 1978 | 1975 |
| 朝鮮語 | 1979 | 1977 | 1992 | 1978 |

## 2.3 海外地區（擴展圈）

中國古典文學名著《紅樓夢》歷史上海外地區和語種由近及遠的翻譯狀況，也可反映海外華語社區、傳統「漢字文化圈」及中國周邊國家，以及中文國際推廣對象國等擴展圈中華文化術語的傳播歷程。據學界研究，《紅樓夢》現已有 34 種語言 152 種不同版本和篇幅的譯本，其中全譯本共有 36 種。乾隆五十八年（1793，約原著成書 50 年後），《紅樓夢》即由浙江傳入日本，在接下來的二百多年裏，《紅樓夢》陸續傳到了朝鮮、越南、泰國、新加坡、馬來西亞等亞洲「漢字文化圈」國家；從十九世紀三十年代起，又傳到了歐洲的俄國、德國、英國、法國、意大利、希臘、匈牙利、捷克斯洛伐克、羅馬尼亞、阿爾巴尼亞、荷蘭、西班牙、保加利亞等國家。（侯鈞才、吳蘊澤，2021）

中文與世界其他語言圖書文獻的翻譯，中文圖書譯出和譯入的數量和比例，可以更全面地反映中文產出文化信息的規模和質量、中文與其他語言之間關係，以及中文在人類知識生產中的地位。

根據聯合國教科文組織建立的「世界書籍翻譯數據庫」（UNESCO Index Translationum）截至 2012 年的數據，在人類社會一共出版的大約 200 萬種翻譯書籍中，英語約佔世界全部翻譯書籍的 60%，譯出 / 譯入比為 838%；而中文翻譯成外文的書籍 13000 餘種，由外文翻譯成中文的 63000 餘種，譯出 / 譯入比為 21%，合計 76000 種左右，僅佔世界全部翻譯書籍的 3.3%，這一數字位於世界全部語言的第 14 位，不僅遠遠不及英、德、法等國際通用語言，甚至還不及丹麥語、捷克語等許多小語言。（劉周巖，2016）因此說明，中華思想文化術語的有效傳播，根本上有賴於承載和稱說中華思想文化術語的中國語言的國際通用度和影響力的提升。

# 3. 結束語

本文通過一定的語言和文化實例試圖説明，文化是一個系統，思想文化術語的傳播是在文化系統（文化圈）的不同層級中逐層擴散和推進的。

3.1 在以漢語作為母語使用的中華文化「內圈」，大量漢語文化詞的古義已經被來自西語借詞的今義所替代，而官方「傳播工程」用外國語言外譯和發佈的中華思想文化術語既包括詞語傳統的古義，也包括詞語外來的今義，因此中華文化術語實際上是在古今中外多維度的認知和交流中傳播的。

3.2 在以漢語為第二語言的民族地區的「外圈」，中國文化術語主要是通過詞語借貸的方式傳播的，文化術語借貸的詞源以及採用偶合詞 > 意譯詞 > 仿譯詞 > 音譯詞 > 字母詞（字母符號）等不同的翻譯方式，是衡量語言認知融合程度的指標。其中中外語言詞義偶合的詞語融合度最高，例如以下中英語偶合詞：「混沌」：chaos（無序狀，混沌）；「中庸」：golden mean（黃金分割）；「化干戈為玉帛」：beat（change, turn）swords into plowshares（鑄劍為犁），但此類偶合詞很少可遇不可求；而意譯詞（以及仿譯詞）雖然比較符合輸出語的文化本義，但對於輸入語而言的認知與融合度卻很低。例如高度代表中華文化三觀的詞語「修身齊家治國平天下」之縮略成語「修齊治平」，「傳播工程」是用很長的短語翻譯為：self-cultivation, family regulation, state governance, bringing peace to all under heaven，雖然採用意譯或仿譯，但是由於過長其對輸入語英語的認知度和融合度就很低。

3.3 在海外華語社區、傳統「漢字文化圈」及中國周邊國家，以及中文國際推廣對象國等「擴展圈」，中華思想文化術語的有效傳播，與漢語的國際通用度和影響力有密切關係，而 L1 與 L2 使用人口的數值與權重是衡量語言國際通用度和影響力的關鍵因素和重要指標。仍以英語和漢語為例，這兩種語言 L1 與 L2 使用人口的數值權重對比如下：

**表 6　英語和漢語第二語言與第一語言使用人口的數值權重對比**

| 語言 | 第一語言 | 第二語言 |
|---|---|---|
| 英語（吳應輝，2011） | 4 億（內圈） | 16 億（外圈＋擴展圈） |
| 漢語（黃行，2020） | 13 億（內圈） | 1 億（外圈 0.7 億國內少數民族＋擴展圈 0.3 億海外華人＋ 0 外國人） |

用 L1 與 L2 的人口數量與比值測算「語言全球化程度」的公式為：（國家語委／趙蓉輝，2022）

語言全球化程度（DML）＝（某語言作為母語的總人口（L1）＋某語言作為第二語言的總人口（L2））／某語言作為母語的總人口（L1）×使用該語言國家的百分比

用此公式檢測英語和漢語的語言全球化程度則為：

英語 ＝（4 億［英語作為母語的總人口］＋ 20 億［英語作為第二語言的總人口］）／ 4 億［英語作為母語的總人口］×40%［使用英語國家的百分比：90 ／ 230］＝ 240（90 ／ 230：世界 230 個國家和地區中有 90 個國家以英語為官方語言）

漢語＝（13 億［漢語作為母語的總人口］＋ 1 億［漢語作為第二語言的總人口］）／ 13 億［漢語作為母語的總人口］×1%［使用英語國家的百分比：2 ／ 230］＝ 1.1（2 ／ 230：世界以漢語普通話為官方語言的國家是中國和新加坡）

因此，中華思想文化術語的有效傳播，根本上有賴於承載和稱説中華思想文化術語的中國語言的國際通用度和影響力的提升。

## 參考文獻

編委會　2015　《中華思想文化術語》（1—2 輯），外語教學與研究出版社。

陳宗振　2016　《維吾爾語史研究》，中國社會科學出版社。

國家民委　2009　《中國少數民族語言簡志》（叢書），民族出版社。

國家語委 / 趙蓉輝　2022　《世界語言生活狀況報告》（2022），商務印書館。

國務院辦公廳　2021　《國務院辦公廳關於全面加強新時代語言文字工作的意見》，國辦發〔2020〕30 號，中華人民共和國教育部網站，2021.11.30 發佈。

侯鈞才　吳蘊澤　2021　《〈紅樓夢〉跨文化研究研討會綜述》，《曹雪芹研究》第 1 期。

黃行　徐峰　2014　《我國與周邊國家跨境語言的語言規劃研究》，《語言文字應用》第 2 期。

黃行　2016　《文化術語傳播與語言相對性》，《文化軟實力研究》第 1 期。

黃行　2020　《「一帶一路」國家語言「軟實力」的實證分析》，《語言文字應用研究》第 2 期。

李文新　2016　《Kachru 世界英語理論述評》，《東莞理工學院學報》第 2 期。

劉志剛　2020　《漢字文化圈的歷史演變及其當代價值》，《雲南師範大學學報》第 6 期。

劉周巖　2016　《漢語對現代文明的貢獻有多大》，《大象公會》，2016-04-26。

潘悟雲　2004　《語言接觸與南方漢語方言的形成》，鄒嘉彥、游汝傑主編《語言接觸論集》，上海教育出版社。

全國科技名詞審訂委員會　2019　《中華科學技術大詞典 · 數理化卷》，商務印書館。

全國人大常委會　2000　《中華人民共和國國家通用語言文字法》，2000.10.31 發佈。

吳應輝　2011　《國家硬實力是語言國際傳播的決定性因素》，《漢語國際傳播研究》第 1 期。

徐傑　劉望冬　2020　《三環同心圓：漢英兩種語言波浪式的傳播模式》，《長江學術》第 1 期。

楊心恆　2023　《文化圈》，《中國大百科全書》（第三版，網絡版），www.zgbk.com。

伊明阿・布拉　2008　《中國四大古典文學名著民族語文翻譯概述》，《民族翻譯》第 2 期。

趙小兵　2023　《2022 年度國家社科基金重大課題「多民族語言〈十三經〉跨學科研究及數據庫建設》開題報告，2023 年 6 月 16 日。

祝曉宏　2023　《華語》，《中國大百科全書》（第三版，網絡版），www.zgbk.com。

中國社會科學院語言研究所　2016　《現代漢語詞典》（第 7 版），商務印書館。

# Chinese Cultural Circle and the Translation and Communication of Key Concepts in Chinese Thought and Culture

**Abstract:** In 2014, 10 ministries including the Ministry of Education launched the "Key Concepts in Chinese Thought and Culture Translation and Communication Project" aiming at showcasing China's core values to the outside world. Since then, 1100 key concepts in Chinese thought and culture have been compiled and released. The translation and communication of key concepts in Chinese thought and culture is closely related to the cultural system of the language used to refer to the key concepts. This article is to discuss the translation and communication process as well as the characteristics of key concepts in Chinese culture at different levels in the Chinese cultural circle. Problems on multidimensional cognition as well as the translation and communication of key concepts in ancient and contemporary China, domestic and abroad exist in the "Inner Circle" native Chinese speakers. As for the "Outer Circle" where Chinese is used as the second language of Chinese minority ethnic groups, whether to use native or borrowed cultural key concepts, and the translation methods of cultural key concepts are indicators of language and cultural integration. In the "expansion circle" of overseas Chinese communities, traditional Sinosphere countries and target countries of the promotion and spread of Chinese language, the effective translation and communication of key concepts in Chinese thought and culture fundamentally depends on the enhancement of the international generality and influence of the Chinese language that carries and describes Chinese thought and culture.

**Key Words:** key concepts in Chinese thought and culture; Chinese cultural circle; generality and influence of Chinese language

# 漢語不只是語言系統：<br>談 TCSL 以社會文化為核心與路徑的效益

淡江大學中文系教授　盧國屏

**提　要**　漢語當然是語言系統，但它之所以在所有語言中強大特殊，實又源於漢語言文字本體與拼音語系的殊異特質，尤其他所承載的大量社會文化本質。當我們進行對外漢語教學（TCSL. Teaching Chinese as a Second Language）時，如若捨棄這些核心與路徑，教與學都可能索然無味，而遞減了漢語學習應有的樂趣與實質效益。

例如福字，是華語圈甚至國際間出現頻率最高的漢字之一，透過甲骨文，金文可知福的本義是盛酒的酒罈子，本字是「畐」（甲骨文）（金文），引申義再有了「福氣」之義，後來再加上「示」字邊，表示以酒祭祀祈福之意，換言之有酒喝是福氣，家裏有酒則為富。「有酒喝就是福氣富貴」？這又是為什麼呢？一般人不能理解，對外漢語教學時更是一個難題。這其實就是一個社會與文化的議題，不只是語文教學而已了。人類要有酒喝，需有幾個條件，首先要釀酒就必須要有稻、麥等穀物的豐收、接著要有釀酒技術甚至工業，然後需要商業系統去進行買賣，最後百姓則需有錢去沽酒，這一個酒的循環經濟才能完成。擴大來看，一個國家社會大家都有酒喝，是因為農業、工業、商業的興盛，並且百姓有餘裕去消費，因此一個「福」字，聽讀説寫都容易，但如果沒有上述的古文字、本義、引申義以及社會文化的本質核心分析闡釋，對外國人只能翻譯翻譯，教教筆順之類的，實在是可惜了漢語這麼豐富的文化內涵與社會認知了。

本文將以歷年來從事對外漢語教學之若干課堂 PPT 資料為例，介紹與闡述以社會文化為教學核心與學習路徑的漢語言文字學習法，特別是在對外漢語教學的領域中，如何真正的去傳遞中國文化的精隨與思維，而不是只極其單純的語言教學而已。

**關鍵詞**　對外漢語教學　漢語言文字　教學路徑　社會認知　文化內涵

## 一、前言：教材教法之核心與路徑

自中國壯大以來，為了與中國全方面的往來，漢語成了國際間炙手可熱的學習語種，從學院派的漢語、漢學科系到坊間的外語教學，其單位數量與學生人數不斷攀升，筆者在奧地利維也納大學漢學系客座開課時，該系擁有七百餘學生；在德國科隆大學漢學系上課時，該系竟有一千二百多名學生，其數量甚至超過我們國內許多大學中文系的學生數。

如此大量的國外學生來到漢學系修課，其目的在學習中國社會、歷史與文化，進而參與中國各項議題的國際化，乃至規劃個人未來的事業機會等等，於是漢語言文字成為其專業化的必經之路，甚至重要的影響著其整體學習過程。

因應國際間的此類需求，國內遂也不斷的增加對外漢語教學的系所以培養大量的專業師資，再擴及於教材的編撰、漢語考試的精進普及、孔子學院在海外的推廣、專業研究與論文等等，使得對外漢語教學已經是一項成熟專業且極其重要的學科項目。

針對「漢語非母語人士的漢語教學」（TCSL-Teaching Chinese as a Second Language，本文以下簡稱 TCSL。），不斷的在各方面精進改革，則一直是我輩努力的目標。本文將從教學法與教材方面，提供一個以社會文化為核心與路徑的模式，尤其是在上溯古文字、詞源探索、社會文化承載內涵與質量上的著墨，以分享與就教學界。

本文將從我歷年在國內外從事 TCSL 相關的實際課程教材中，汲取若干教案之 PPT 進行說明論述與分享。這些課程本質上是廣義的中國社會與文化課程，但方式則是透過漢語言文字的論述，以此進入到我認為的：「語言學習必須以社會文化理解作為核心與根基的學習模式。」，本文所選教案材料則分別來自以下各單位與課程：

| | 單位 | 課程 | 對象 | 授課語言 | 學生國籍區域 |
|---|---|---|---|---|---|
| 1 | 波蘭<br>亞捷隆大學漢學系 | 專題講座<br>系列課程 | 本科一二年級<br>本科三四年級<br>與研究生 | 全英語 | 波蘭與歐洲其他地區學生 |
| 2 | 韓國<br>漢陽大學中文系 | 中國學研究法特講系列 | 研究生 | 漢語為主<br>英語、韓語為輔 | 韓國、<br>少量中國學生 |

續表

| | 單位 | 課程 | 對象 | 授課語言 | 學生國籍區域 |
|---|---|---|---|---|---|
| 3 | 泰國<br>曼谷大學國際學院 | Asia Summer Program<br>（亞洲夏季課程） | 本科生<br>所有科系學生 | 全英語 | 全亞洲國家地區學生 |
| 4 | 奧地利<br>維也納大學漢學系 | 高級閱讀與寫作 | 本科與研究生 | 英語為主漢語為輔 | 歐洲學生 |
| 5 | 德國<br>科隆大學漢學系 | 專題講座 | 研究生 | 英語為主漢語為輔 | 歐洲學生 |
| 6 | 臺灣<br>淡江大學<br>外籍生專班 | 漢字文化 | 本科生 | 英語為主<br>漢語為輔 | 歐、美、亞洲各國學生 |

# 二、教案舉例

## 教案（一）維也納大學漢學系：「高級閱讀與寫作」①

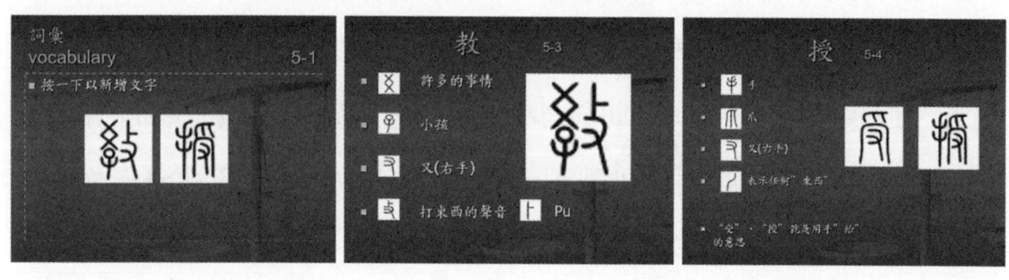


① 2010 至 2011 年由淡江大學交換於姊妹校維也納大學漢學系任客座教授，共計開設「新聞閱讀與分析」、「高級華文閱讀與寫作」、「漢字與中國文化」（為該系第一次開設漢字專業課程，系課程原名「文字學」，筆者改為此名以更深入文化議題引起學生興趣並擴大專業）、「臺灣地區語言與文化」等課程。

授課流程與內容：

1. 課程目標：通順流暢的華文寫作。

2. 單元名稱與施做：「自傳撰寫」為目的，先介紹教師各項基本資料例如學歷、專業領域等，透過詞彙解釋使學生明其詞源意義，然後進行學生自己的自傳寫作。

3. 本案例以古文字組合結構「爻」、「子」、「支」;「爪」、「丿」、「手」以說解「教授」之「教學」與「接受」二詞本義，以詞源引領進入社會與文化範疇，掌握漢字造字邏輯，理解中國人價值觀並促進記憶，以利學生日後之各類撰寫。

4. 案例裏的古文字為小篆，源於甲骨文的教：，上方的「爻」是計算的「算籌」、下方為「子」、右邊的「支」是以手擊打之意，所以「教」的本義是：「父親以算籌教導孩子算術」，後來自然擴大為所有知識的教導到今日。

5. 中國的教育從算術啟蒙，這真的很特別，那麼一個商代的小孩子為啥要學算術呢？因為遊牧民族的身家財產就是羊羣，清早放牧昏晚趕羊回家，這時放出去與收回來的羊的數量可就重要了，出去三百、回家二百五，財產可就少了，於是父親要教孩子學計算的方式，這可是關係家族生命維繫的大事。漢字承載全數的社會與文化緣起及內涵，教外國人學「教」字時，只做翻譯、只教造詞，他也可以學到漢語漢字，但是當他知道「算術」這個緣起的社會文化背景後，外國人的瞠目結舌與豁然開朗，我覺得那才是真正師生盡歡的外語教育法。

## 教案（二）韓國漢陽大學中文系特講[①]：「中國學研究方法」系列之一「從語言文字研究中國」

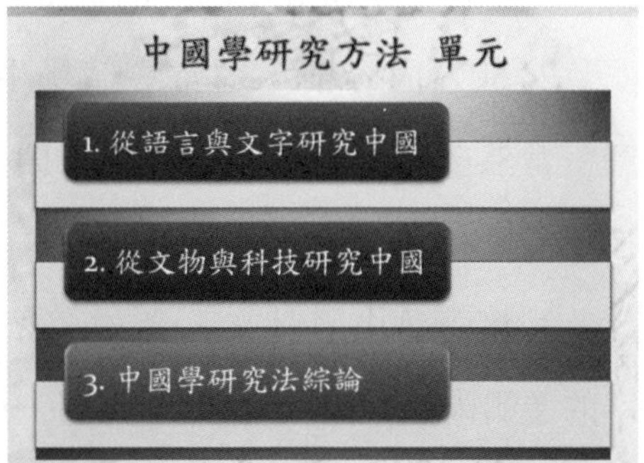

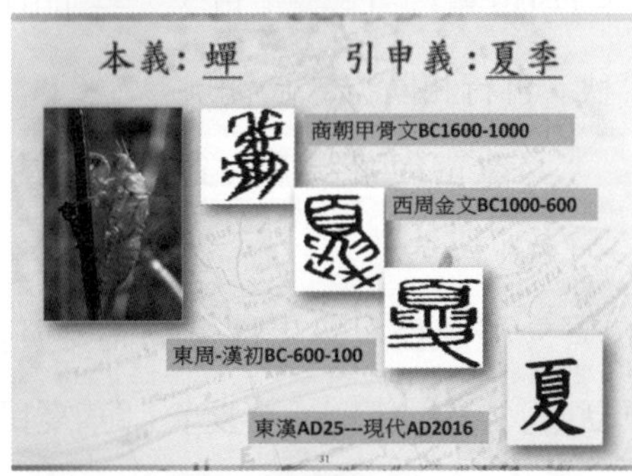

---

① 2017 年受聘該校「特講」，意即漢語「特別講座」之義，共計三場：「從語言文字研究中國」、「從文物與科技研究中國」、「中國學研究法綜論」，本教案出自第一場之內容。

授課流程與內容：

1. 課程目標：指導外國研究生掌握中國的幾個研究路徑，本單元為「從語言文字研究中國」的例證之一。

2. 進入內容前，通常會請學生以四季為題講述簡短的故事或篇章，當然多數是很基本的春暖花開、酷熱難耐、秋風紅葉、大雪紛飛之類。

3. 接著藉由甲骨文、金文、篆文的本義解說，使學生知悉漢語漢字的邏輯內涵，然後延伸至「夏」→（本義）「蟬」→（引申義）「夏季」→（引申義）「（聲響）巨大」→（引申義）「巨大」，其餘「春」、「夏」、「秋」再行相同方式展開。

4. 還可從單字擴大到後造字的理解，例如「夏」→「廈」;「冬」→「終」。

5. 視課程與學生性質及需要與否，可再擴大到詞組的理解，例如「夏令」、「大廈」、「華夏」、「華夏民族」;「冬至」、「終於」、「年終」、「善終」、「有始有終」。

6. 最後，會再請學生講述四季的故事，此時他們可以更專業、更邏輯、更知識的談出很美且有深度的，屬於中國社會文化的美麗故事了。

**教案（三）泰國曼谷大學「2016 ASP 亞洲夏季課程」[①]：Chinese**

① Asia Summer Program（ASP）亞洲夏季課程，是一個在暑期夏季完全以課程學分修習的計劃，ASP 發起學校有五：日本城西（JOSAI）國際大學、韓國 DongSeo 大學、馬來西亞 University Perlis、印尼 University Kristen Petra、泰國 Bangkok University 曼谷大學，各校輪辦 ASP。ASP 招生對像是亞洲各國大學部學生，每課程學分數為 3 學分上課 35 小時，成績為各校共同承認，學生來自亞洲各國不限科系專業，於是課程語言皆為全英語，課程則是文理工商皆有，師資亦來自亞洲各國地區，不限於五個發起國，筆者於 2016 年受聘於曼谷大學開設 Chinese Language and Culture（中國語言與文化）課程。

**Language and Culture（中國語言與文化）**

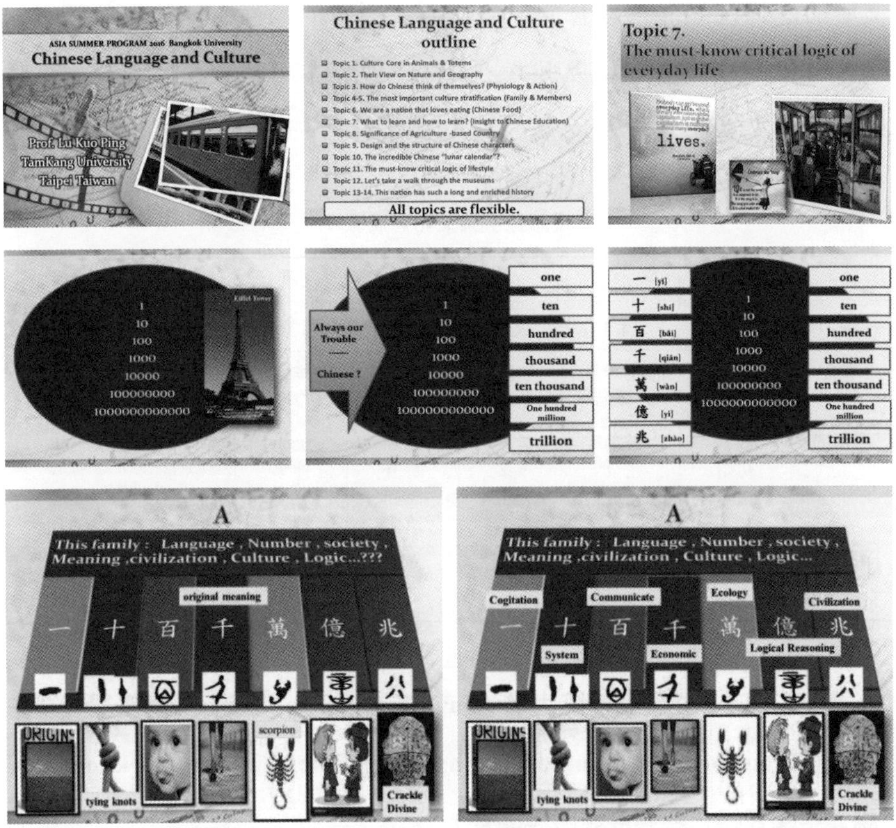

授課流程與內容：

1. 本課程為 35 小時 3 學分的 Chinese Language and Culture（中國語言與文化），本教案例子來自其中第 7 單元 The must-know critical logic of everyday life（每日生活語言中必須知道的關鍵邏輯）其中的小單元「數字」篇。

2. 藉由漢語數字的語言邏輯解說，傳遞中國語言文字本義、引申義邏輯思維，也使同學比較漢語與拼音語系的截然不同處，對於中國文明文化與社會有更透徹的了解。

3. 數字單元的完整課程內容如下，基本上就是將中國社會文化與文明的進程及涵義，融會於漢語言文字學習的過程中，一來使語言的學習有積極意義也更具吸引力，二來也使原本可能艱深的純粹文化教學單純且效率化：

**漢語數字與文化意涵教學**

| 數字 | 一 | 十 | 百 | 千 | 萬 | 億 | 兆 |
|---|---|---|---|---|---|---|---|
| 古文字 | | | | | | | |
| 本義 | 地平線 | 完整一事之繩結 | 言談聊天 | 遷徙 | 蠍子 | 討論論理 | 占卜之龜兆 |
| 引申義 | 數字<br>初始<br>相同<br>一統 | 數字<br>完全<br>充足<br>圓滿 | 數字<br>眾多<br>完全<br>全面 | 搬動<br>晉升<br>調動<br>改變 | 大量<br>極多<br>完全<br>絕對 | 極多<br>大量<br>安寧<br>極大數 | 預兆<br>跡象<br>徵候<br>人民 |
| 社會文化文明表徵 | 思維 | 系統 | 溝通 | 經濟 | 生態 | 邏輯推理 | 文明 |

**教案（四）波蘭亞捷隆大學（Jagiellonian University）講座課程系列之二①：Transforming Chinese learning into greater interest and knowledge（讓漢字學習轉化為高度興趣與學養）**

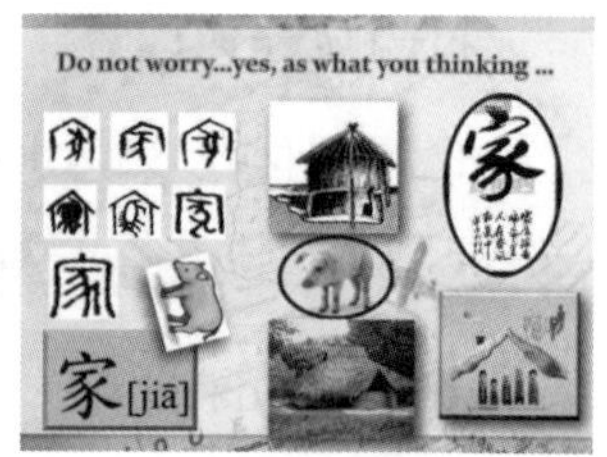


① 2020 年 1 月受邀波蘭亞捷隆大學語言學院講座，四場題目如下：The Genes of Chinee character（漢字基因）、Transforming Chinese learning into greater interest and knowledge（讓漢字學習轉化為高度興趣與學養）、Mastering the core values of Chinese culture from Chinese characters（從漢字探索中國文化的核心價值）Chinese civilization from numbers and direction（從數字與方位掌握中國文明歷程）。

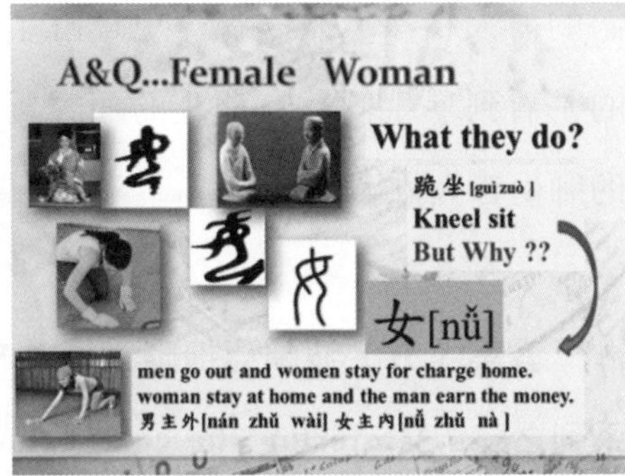

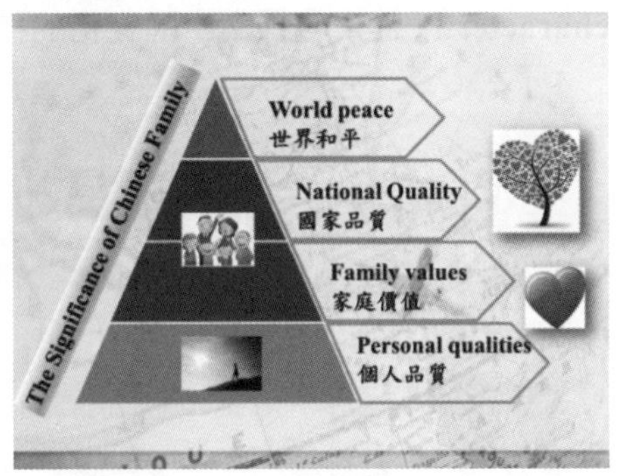


授課流程與內容：

1. 本單元先一一介紹家庭成員的漢語漢字，「男、女、婚、夫、妻、子、兒、父、母、孫、保、婦、兄、弟、姊、妹」，接著以上古穴居形式論述何以「家」字底下是一隻豬，最後歸結出「家」在中國文化中的基本與核心價值。

2. 藉由古文字來說明各字的本義到引申義，以明漢語裏家庭成員稱謂的邏輯由來，以此導引出何以中國人特別重視家庭家族系統，與西方的差異處何在。

3. 於是西方學生不但可以學習到漢語言文字，更可以掌握中國文化中：「重視個人品質」→「突顯家庭價值」→「深化國家品質」→「達成世界和平」的理路與價值。學生可以知道古文字的重要性，理解漢語的博大精深承載之豐，更理解了學習漢語離不開文化的根基，重要的是看到學生們歎為觀止的面容反饋，此時的對外漢語教學才能真正的師生皆大歡喜。

**教案（五）波蘭亞捷隆大學（Jagiellonian University）講座課程系列之三：Mastering the core values of Chinese culture from Chinese characters（從漢字探索中國文化的核心價值）**

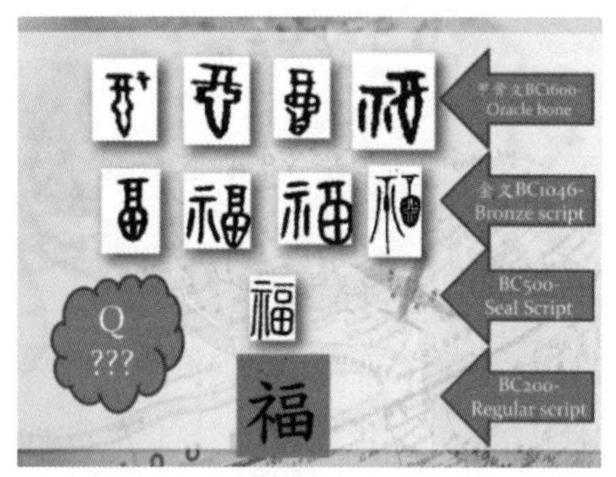


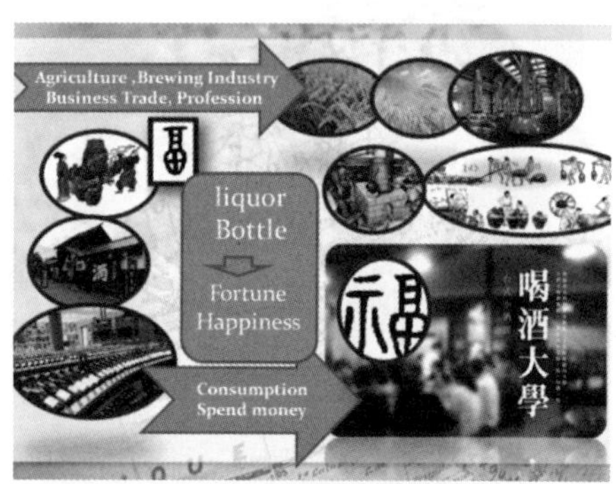


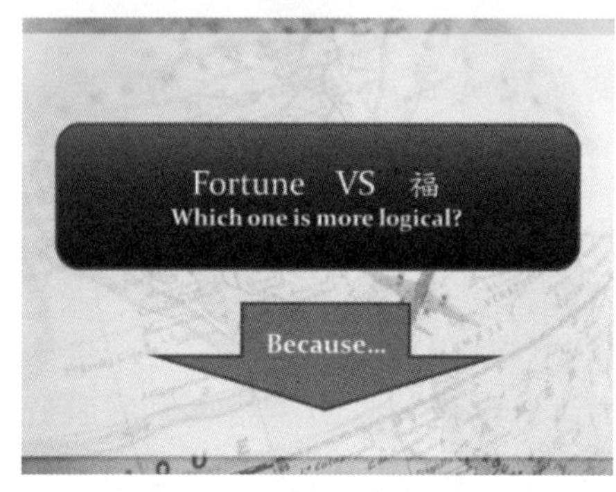


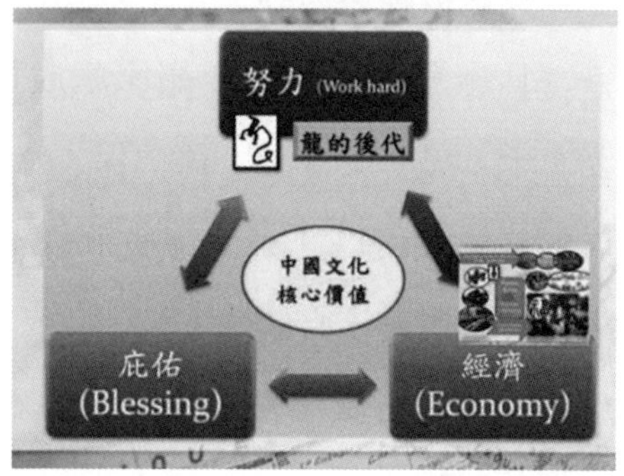


授課流程與內容：

1.「福」字是外籍人士最常看到的漢字之一，尤其年節之時國內外的各種場所場合必然出現「福」字。

2. 但是無論懂不懂漢字的外國人、甚至我們自己中國人，能真正理解「福」字為什麼有「好運」、「幸福」、「快樂」等意義的恐怕絕無僅有。多數人可能就說有「一、口、田」當然就幸福囉，如果這樣去教外國人漢語漢字，只就聽讀說寫可能完成目的了，但課堂上可以發揮引申的詞源意義與社會文化理解則付之闕如，這真的非常可惜，而且其實並不會花費太多時間在課程說解之上。

3.「福」的本義是盛酒的容器，「酒罈子」、「酒瓶子」都是，於是所有人立即可聯想的是「飲酒是幸福快樂的」，外國人也一樣可以立即反應這種聯想，因為圖畫般的古文字已經在視覺上提供了這個本義。

4. 但是本教案則企圖將這單純飲酒的快樂行為，引領擴大到更真實、更有意義的「經濟行為模式與經濟循環壯大」上，在一個課程小單元中一次性解決一個龐大的中國社會、文化、經濟等的議題。

5. 課程說解次序整理如下：

（1）福字現代意義說解（庇祐 blessing、好運 good fortune、幸運 good luck、快樂 happiness）→

（2）古文字字形展示。

（3）本義「酒罈子」說解。

（4）能飲酒需有農業種。

（5）能飲酒需有釀酒技術。

（6）能飲酒需有消費經濟。

（7）擴大到舉國之人皆可飲酒。

（8）必須有專業的「農業」、「工業」、「商業」的整體「經濟模式與循環」。

（9）歸結出「福」字在中國的重要性與實質意義是：國家全民的

經濟體系壯大與健全。

(10)「福」字不只是漢字，甚至成為中國人的「幸福圖騰」。

**教案（六）淡江大學外籍生專班課程[①]：漢字文化（Chinese Language Logic and Culture）**

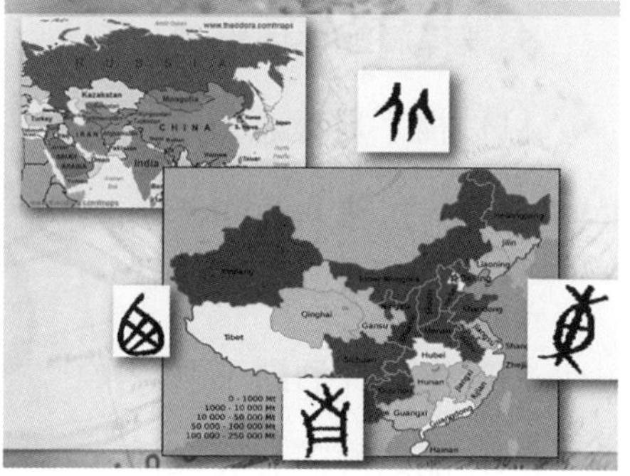


① 此課程為淡江大學專為所有外籍生開設之語文、藝術、文化等系列課程之一，學分數 2、課時 32 小時，涉及漢字歷史、結構等本體議題與中國社會文化之理解。學生必須為外籍學生，包含來自世界各地的交換學生與部分本校全修學位之外籍學生，由於學生在文理工商各院皆有，並不是都是漢語專業，於是課程語言英語為主、漢語為輔。筆者擔任此課程導師，總計 25 年，課程內容也有多套，可以視每年該班學生背景有機調整之。

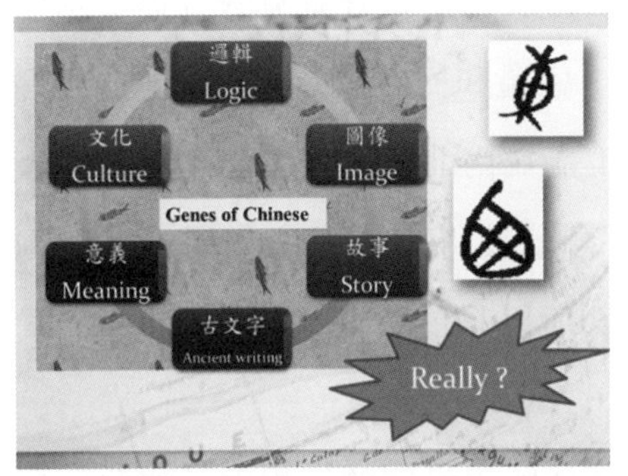


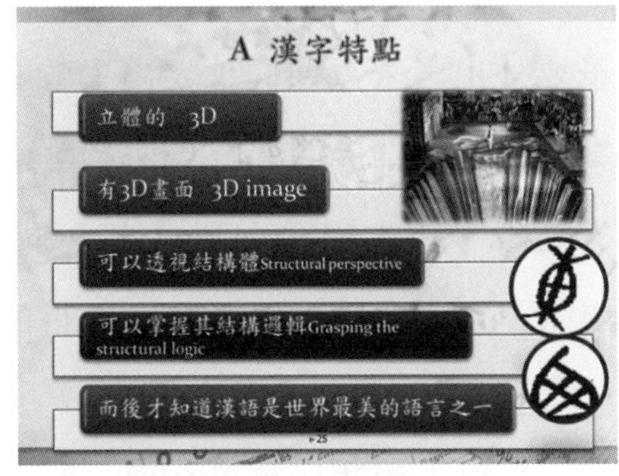


授課流程與內容：

1. 本單元旨在「解密」一句高級漢語「這是什麼東西」，普遍中國人也只日用而不知其所以然，更何況漢語非母語之人。但「東西」這詞又是出現頻率非常高的漢語詞，外國人很容易就會發現中國人可以「什麼東西都叫東西」，甚至對人類也可以「你不是東西」，而「東西」對他們來說卻只是「方位」意義而已呢！外國人翻譯時也只能是 What is this stuff？但 stuff 是「物品」、「材料」，於是初學漢語的外籍人士恐怕很難轉換，漢語很流利的外國人也一樣不知道其邏輯。

2. 而我們中國人一般怎去解釋「東西」呢，網絡上甚至許多詞彙書籍的解釋大概有三：

（1）東漢時期，洛陽和長安是兩座非常繁華的商業城市，洛陽被稱為「東京」，長安則被叫作「西京」，人們到東京和西京購物，就統稱「買東」、「買西」。久而久之，「東西」便成了貨物的代名詞，於是買「東西」一詞也就流傳開來。

（2）北宋神宗問王安石「市中貿易，何以不曰南北，而曰東西？」王安石表示「當取東作西成之意」，這裏的「東作西成」是指春種秋熟，糧食是必需品，又擴及所有生活物資了。

（3）宋代理學家朱熹去拜訪好友盛溫和，正好看見對方提著木籃子要外出，朱熹便問他要出去幹嘛，盛溫和回答「買東西」，這個答案讓朱熹好奇反問「買東西？難道不能買南北？」盛溫和則解釋「東方屬木，西方屬金，凡屬金木類，籃子裝得了；而南方屬火，北方屬水，水火之類的籃子是裝不得的，所以只能買『東西』，而不能買『南北』」。

3. 以上說法皆可以合理，但在專業解說漢字的課程上，如此頂多說了一個傳說與故事而已，中國人聽得怡然理順，外國人卻難，因為他還得消化「西京長安」、「東京洛陽」「東作西成」、「東方木」、「西方金」……。

4. 於是本單元回歸文字本義與邏輯，畢竟漢字必有本義且有引申用法，無需捨近求遠去聽「東說西說」。說解流程如下：

（1）本義：「東，大型包袱。」、「西，小型束口包。」、「北，二人相背而行」、「南，福建地方鼓名南鼓。」

（2）引申義：輔以中國地理地圖與商代東遷歷史，「東方，義取往右方遷徙時必須的大包袱。」、「西方，既已往東遷徙，反向西方遂以小包袱引申之。」、「北方，中國北方荒漠寒冷又無邊無盡，於是由極遠義引申出北方。」、「南方，地圖下方有福建，以其地方特色鼓引申為南方。」

（3）由於商代往東遷徙，由西自東橫向為發展主軸，遊牧遷徙必須如同軍隊全數物資拔營，於是東西便涵蓋了包袱裏的一切物品了。就如別人問你出國的包袱裏帶了啥，回答總不能是：「護照、衣服、褲子、乳液、化妝水、感冒藥、腸胃藥、梳子、帽子……」，於是「就是一些日常衣物藥品這些東西囉。」「東西」涵蓋全體了。

(4) 前述的一些故事與傳說仍可以補充給學生，但根據教學經驗與學生反饋，學生透過古文字證據與意義解說，加上商代歷史中國地理的佐助，從語文本體與社會文化證據中，他們可以更有邏輯與自信的掌握專業漢語與文化，當然故事也可以聽得很有趣。

## 三、結語：對 TCSL 教學的心得分享與建言

我認為，對外漢語教學絕不是一件簡單的工作，尤其你還想能享受教學樂趣的話，那麼單純聽、讀、說、寫的語言教學可能談不上樂趣乃至教學成就，當然這是我個人感受也非絕對。

我曾擔任臺灣教育當局的「大學評鑒委員」，每年在各大學進行細部評鑒長達十年，所負責的專業是語言學系、中文系、對外漢語相關系所（臺灣稱為華語系所）。對每單位的評鑒需時兩個整日，其中包括與師生的一對一訪談，若干單位完全沒有漢字學課程、教材教學法課程過多、日後就業機會不夠多與廣、自己不是來自相關科系畢業的研究生等等問題，都常在師生訪談中出現。我給出的歸結意見與建議，通常就是漢語言文字的本體與應用才屬這個領域的實學，才能給自己厚實的學識基礎，才能自己在課堂中作主且遊刃有餘，沒有了實學就只能拿著別人的編輯照本宣科。

透過本文實際教案的分析，我也在此提出心得建言若干，一以分享學界，二也求教學界，使自己日後能更增精進：

### （一）編輯自己的教材

制式的教科書與所謂教材教法，對於新手而言確實很重要，但待到稍嫻熟後，我則主張發揮自我的專業學術功力，編輯自己專有的教材，並不斷的在實際教學經驗中增修與調整內容，如此一來專業可以融入教學、工作自我成就感提升、累積了豐富經驗，這對爾後教學與學術生命將有莫大助益。

### （二）語言是社會與文化產物

我從來都是先站在學生的立場去想，如何是確實又快樂地學到了中國語言與中國文化，所以我主張教漢語不能離開漢字與文化的核心帶動，例如本文教案（五）的「福」字，從「福」的本義引申義掌握住後，在古文字的促進下，完成了以「酒經濟」為核心的社會文化進程的理解與掌握，教與學就不會只在「福＝ blessing; happiness; good luck; good fortune」的翻譯而已了。

接著視課程性質與分級，又可以繼續開展單字「畐」、「福」、「富」；再進一步到詞組「福氣」、「福分」、「福利」、「福地」、「清福」、「發福」、「納福」、「積福」，又「富人」、「富足」、「富麗」、「富庶」、「巨富」、「首富」、「饒富」等等。這樣的教學系統，外籍學生將一輩子不忘「福」是酒罈子、中國的酒社會、酒文化、酒經濟，當然漢語本體的語言學習也就不在話下了。

語言是人類社會模式與深厚文化的產物，語言承載每個歷史時空與社會演進事實繼而成了文化的鏡面，所以語言與文化的雙面學習原是 TCSL 的本質，其實本也不待我在此疾呼。

## (三) 以理論語言學為學術根基

語言學的專業有理論語言學、應用語言學兩大領域，漢語亦然，理論部分例如語音、語義、詞法、句法、語法、文字等；例如中文系裏的文字學（字形）、漢語語音學（語音）、訓詁學（語義）便是。應用部分更為龐大，例如社會語言學、文化語言學、語言習得、標準語建立與規範、辭書編撰、信息處理等等。

我認為 TCSL 既然教授漢語，那麼漢語的理論語言學就必須是學術根基，教者必須實實學習深深扎根，而不能僅從應用語言學中的第二語言習得的部分去學習。許多不來自相關科系的教師就容易缺乏學術根基，也就容易跟著教材亦步亦趨，久了那就只是單純的語言教學，單純的一個工作而已了，遑論樂趣與興味。我在學校裏的許多類似的學生，就常反映自己常鎮不住外籍學生的課堂發問甚至教材本身，如若是涉及漢語言文字本體的時候。

因此我建議目前在學的或是初為 TCSL 教職的朋友，必須時而回頭好好專注鑽研漢語的本體專業內容，那將是你一生志業的依傍，值得你再回學校聽聽專業課程。

## (四) 漢字古文字的重要性

從本文裏也看見了漢字古文字的重要，它具有語言中字形與語義溯源的功能，也具備往下延伸的字形和語義系統，它有圖像、有畫面、有故事、有邏輯，可以使漢語非母語的學生在學習上產生「3D 立體」的漢語言文字意識，無論教與學雙方都可以很快進入教學材料的情境之中，省卻許多僅憑語言不斷解釋的時間與精力，我想這是很理想的一種教、學路徑與情境，藉著古文字進入漢語本體與中國社會文化。

目前古文字的書籍與材料很多，從學術層級到社會層級的都有，網絡材料也很豐富，取材不難，在此也分享給已進入或希望進入 TCSL 領域的朋友們。

最後，我想換個語詞重申本題的題旨：「社會文化才是漢語本體的養分」，我希望大家可以在教學時試試「視角轉換」，用「社會體（結構）」、「文化體（結構）」來看漢語本體。因為漢語不是拼音語言系統，不是無意義的字母拼合。漢字的基本單位（字母）「象形」、「指事」，每一個都有實質意義與明確形象；漢語的語音也都有其一定邏輯由來，並與其所指意涵可以相配相容。漢語系統從這些本義展開，有意義的漢語 TCSL 也當以此展開教與學的路徑。

## 參考資料

2010 奧地利維也納大學客座教授課程 PPT 教材

2011 德國科隆、波恩大學講座課程 PPT 教材

2016 泰國曼谷大學 Asia Summer Program（亞洲夏季課程）PPT 教材

2017 韓國漢陽大學特講課程 PPT 教材

2020 波蘭亞捷隆大學講座課程 PPT 教材

歷年淡江大學外籍生專班課程 PPT 教材

### 甲骨文字參考文獻：

（1）小學堂字庫 https://xiaoxue.iis.sinica.edu.tw/

（2）徐中舒《甲骨文字典》四川辭書出版社，2014 年。

# 港式中文的起源與英文的影響

廣東外語外貿大學外國語言學及應用語言學研究中心教授　石定栩

## 1. 香港的語言狀況

香港目前的語言狀況可以簡單地歸納為「兩文三語」，也就是書面使用中文和英文，口語是英語、普通話和粵語。這是官方的語言政策，實際情況要複雜一些，而且「兩文三語」一直處於演變之中，也形成了一些變體。

香港最初只是個散佈了一些漁村的小島，幾千人口使用的方言應該屬於粵語的廣府片（粵海片），1842 年割讓給英國之後英語不可避免地成為官方語言，但廣府話仍然是人民大眾日常交流的基本工具。1860 年的九龍割讓使人口有了增長，加上為逃避太平天國戰亂而湧入的廣東人，香港人口在 1861 年達到了 12 萬左右，而且仍然使用廣府粵語。1898 年的新界租借不但帶來了人口的增加，而且使客家話成為本地方言之一。抗日戰爭和解放戰爭期間有一百多萬人口湧入香港，各種方言也隨之而來，但粵語始終佔據主要地位。

三四十年代的人口激增對香港的方言影響不算太大，但對於書面語的影響極大。這一時期進入香港的人口帶來了龐大的資金，也帶來了一大批受過良好教育的知識分子，於是香港的文化事業在五六十年代進入了黃金時期。各種報紙刊物如雨後春筍般湧現，出版社和電影製片廠成倍增長，各式戲劇和文藝演出層出不窮，鳳凰與長城兩家公司的電影甚至在六十年代就進入了國內市場。最為關鍵的當然是五四運動之後形成的白話文佔了上風，成為香港書面漢語的主流。

另一方面，港英政府的工作語言一直是英語，法院庭審也完全使用英語，而且高等院校和相當一部分中小學也使用英語作為教學語言。整個行政系統使用的書面語是英文，所以政府公文、法律文書、政府憲報、治安條例甚至商業公司的章程都是全英文的。這種兩文雙語的局面維持了相當長的一段時間，直到六十年代後期受國內動亂的影響才發生了變化。

1967 年 5、6 月份的香港「左派暴動」從和平示威發展到暴力行動，一直延續到 67 年底，給香港社會造成了極大的動盪；期間國內不斷有人以各種方式進行支持，最突出的是 67 年 8 月 22 日的「火燒英國代辦處」。事件平息之後港英政府改動了許多行政規則，特別是改變了語文政策，基本上切斷了與國內的文化交流，禁止國內報刊書籍輸港，並且強力推行粵語電影及粵語歌曲。

這一系列事件的另一個後果是出現了為中文正名的羣眾運動。1968 年 1 月在香港中文大學舉辦了一個關於中文官方地位的研討會，會後發表的聯合公報明確提出「香港政府應該實行中文成為官方語文」。1970 年 9 月香港專上學生聯會成立「爭取中文成為法定語文行動委員會」，聯合「香港各界促進中文成為法定語文工作委員會」和「爭取中文成為法定語文運動聯會」，掀起了一場了「中文運動」，並且組織過幾次相關的示威遊行。

迫於形勢的壓力，港英政府最終做出了一些讓步，於 1970 年 9 月宣佈成立「公事上使用中文問題研究委員會」，然後又在 1972 年成立了「中文公事管理局」，統一管理與中文法定地位相關的事宜。1974 年 1 月，港英政府正式修改《法定語文條例》，通過立法手段正式將中文確立為法定語文，並在 1978 年底同意改變高等程度會考的要求，將其改為中英文必須同時合格。

1984 年《中英聯合聲明》簽署之後，1987 年港英政府在《法定語文（修訂）條例》中做了進一步的讓步，規定「新法例須以中英文制定，中英文同為法律正式文本」。1996 年「語文教育及研究常務委員會」（語常會）成立，並且建議推行「兩文三語」政策，也就是書面使用英文、中文，而口語使用英語、粵語和普通話。

香港於 1997 年回歸祖國之後，特首董建華在第一份施政報告中提出了義務教育必須達到的語文能力標準，要使「所有中學畢業生都能書寫流暢的中文、英文，並有信心用廣東話、英語和普通話與人溝通」。他承諾特區政府會堅決執行「兩文三語」政策，在撰寫法律、政策條文時，同時提供中、英兩種文本，但原有英文法律條文的漢譯本會繼續使用。

## 2. 香港英文法律的漢譯

香港語言狀況的發展過程中，70 年代那個中文運動起了非常關鍵的作用。其重要成果之一是迫使港英政府開始考慮英文法律和政府條例的漢譯，這也是「中文公事管理局」成立之後進行的重要工作。這是一項規模浩大而且極為艱巨的工程，從一開始就遇到了無數的困難，而且中文譯本也往往缺乏穩定性和連貫性，所以 1974 年 1 月港英政府將中文確立為法定語文的時候，還特別規定「中文除在法律範疇外成為其他範疇的共同法定語文」，也就是將英文法律的中文譯本排除在法定語文的範圍之外。

1972 年末「中文公事管理局」牽頭成立法律文本中譯工作小組，匯集了一大批專業法律翻譯人員，香港警察局高級顧問兼香港法院口譯員冼景炬（K.K. Sin）就是其中一員。他長期承擔香港雙語法律工作，並因此獲得大英帝國最優秀勳章，後來加入香港城市大學中文、翻譯及語言學系從事法律語言學教學和研究，曾經多次談及香港法律英文文本翻譯過程中的種種艱辛。

港英時代的法律體系是全盤照搬的英國普通法（判例法），不同於中華民國的六書全法體系，也不同於中華人民共和國的社會主義法律體系，所以將英文的法律概念和條文譯為中文時，往往找不到適當的中文版本進行對照。港英政府定下了完成翻譯的時限，同時又規定不得參考社會主義法律體系，不准使用國內出版的英漢詞典，給翻譯團隊帶來的壓力可想而知。在各種壓力的共同作用下，法律文本中譯工作小組只好選擇了不是辦法的辦法，大量生造中文詞語，並且強行改變了很多中文表達方式的意義，形成了香港法律中文版的特有詞彙、句法結構和話語體系，從而形成了與標準中文差別極大的港式法律、行政文件中文版。有人做過統計，香港法律、行政文件中有近 20% 的專業詞彙非常特別（田小琳 2009，石定栩等 2014），國內的非專業人士看不懂，即使法律界人士也往往頭疼不已，必須對照英文文本並依賴特別的註釋才能看明白。文件中還有接近 10% 的詞語屬於香港日常英語借詞，初次接觸的國內讀者不一定能看懂，而國內法律界人士也往往會產生同樣的問題。

以這樣的方式譯出來的中文，有些地方連香港人也看不懂，還會產生各種各樣的誤解，於是港英政府乾脆規定中文版的法律文件沒有法定語文的地位，一旦出現了中文版和英文版有衝突的情況，就一律以英文版為準。這一規定也適用於政府文件和公司條例的中文版，而且一直沿用到 1997 年香港回歸。回歸之後這一規定不再適用，但使用者實際上還是按照英文版去解讀有衝突的部分，只是大家往往都心照不宣而已。

這樣強行翻譯而成的法律文件與當時香港通行的白話文有着很大的差距，不但包含了很多新創造出來的中文詞語，還使用了一些新的句子結構以及與特殊的語篇結構，連香港本地人也覺得不好理解而情願去讀英文原件。也正因為有英文版作為後盾，看不懂就可以去查英文版，所以大部分香港人對這種中文持容忍態度。法律文本中譯工作小組的效率很高，短短幾年時間裏就完成了大部分香港法律文本和政府文件的翻譯。與這些法律文件密切相關的公司條例、商業合同之類的民間英文文件，也隨之譯為中文，而且也都附上了一句「如果與英文文本有牴觸之處，以英文文本為準」。

由於有政府的力量在背後支撐，這種源自法律文本翻譯的中文很快形成了一種特殊語體，不但在法院體系、政府機關和議會系統佔有一席之地，而且很快進入了香港人的生活，逐漸成為日常交際工具的一部分。這就是所謂的港式中文。

## 3. 港式中文和英文

香港社會使用的中文並不是一個統一的單純形式，而是一個書面漢語變體的連續統。一端是中央駐港機構和中資機構內部使用的標準漢語，與國內其他地方使用的沒有太大的區別；另一端是各種八卦雜誌、色情雜誌、低端漫畫所使用的書面粵語，採用半官方甚至自造的粵語字，大量使用香港粵語口語詞彙甚至罵人的粗口和黑社會的暗語，完全按照粵語語法規則來書寫粵語口語，事無巨細地描寫香港社會的底層生活（田小琳主編 2021）。接近標準漢語那一端但又與之不同的是港式中文，是主流報章雜誌、政府部門、大型商業機構在正式語體中使用的書面語，也是一種書面漢語的變體。港式中文與國內的書面漢語一樣，都由五四運動前後形成的白話文發展而來。六、七十年代的風雲變幻，讓這兩種書面漢語分道揚鑣，朝着不同的路向演化而形成了兩種變體。等到九十年代這兩條道路再次交匯時，兩種變體之間的差別已經非常顯著了（邵敬敏、石定栩 2006；石定栩等 2014）。

嚴格地說，港式中文實際上有兩個版本，大眾版和條文版。條文版是港式中文的源頭，但使用範圍比較狹窄，只限於政府公文、法律文件和公司條例等非常專業的正式文件，所以多年來沒有什麼變化。大眾版是在條文版的基礎上發展起來的，四五十年來一直在發展，但基本格局變化不大。除了直接借用的英文詞語和句子之外，大眾版港式中文的特有成分與結構大致上可以分為四類。一是來自條文版的特有詞彙和用法；二是粵語詞彙、句法以及篇章規則；三是從文言文中繼承下來的詞彙和結構；四是創新，即標準書面漢語裏不存在，但和英語、粵語或文言文又都沒有明顯關係的特殊用法（石定栩、蘇金智、朱志瑜 2001；石定栩、王燦龍、朱志瑜 2002；石定栩、王冬梅 2006；石定栩等 2014）。

在用中文寫的文章裏加入幾個英語的句子，在香港報紙的時事評論和作家專欄中是十分常見的現象（石定栩、朱志瑜 1999，2000，2005）。例（1）來自《明報》的社會要聞專欄，例（2）選自《星島日報》幾年前的時事評論專欄。這兩個英語句子的意義並沒有什麼特殊之處，完全可以用相應的漢語句子表達。不過，例（1）的那句英語原本是 Jack London 一首詩的標題，後來由於電影《阿甘正傳》（Forrest Gump）中的主人公一直反覆唸叨，在某種程度上變成了人人皆知的名言，其中的內涵已經超出了字面意義。作者在這裏顯然是借用了阿甘的話，提醒港人不要過於自信，只看到眼前的一點蠅頭小利而忘記了隨時可能發生的意外。這樣的意思，不是一兩句漢語能夠説清楚的，而且也不宜説得太過直白，借用一句大家熟知的美國電影臺詞，確實是個不錯的選擇。

（1）近幾年局勢的發展，無一不在提醒港人，life is a journey, 不知道什麼時候會出現什麼情況。

例（2）中的 what the hell do they want 是句罵人的話，相當粗俗但還沒到下流的地步。英語國家受過教育的人如果對別人的要求不滿，感到極端憤怒又不能當面罵人時，就往往會用這句話來泄憤。《星島日報》的那位專欄作家在評論北非某國的政局，對那些從上街遊行轉為四處破壞的暴徒極為不滿，但又不想自貶身份用粗口罵人，就從英語裏借來這句半粗不粗的話，公開發泄自己的情緒。

（2）政府已經做出了很大的讓步，但他們仍然咄咄逼人，what the hell do they want?

英語對港式中文的影響，更常見的是在漢語文章中夾用英語詞語，也就是社會語言學常說的「語碼混用」。一般說來，在比較正式的書面漢語中夾用英語，往往是因為牽涉到的概念用漢語表達有困難，而相應的英語則比較簡單（石定栩、朱志瑜、王燦龍 2003）。例（3）是關於保時捷一款新跑車的介紹，由於香港上層社會開豪車的人很少說「跑車」，而是多半直接用英語說 sports car，相關的術語自然也都使用英語。例（3）在描述該跑車的內部設施及其功能，由於缺少相應的漢語術語，最簡單的辦法是直接借用現成的英語術語，既省事又直截了當。例（4）的情況略有不同，但本質上是一樣的。Analog 當然有個漢語的對應說法，但在香港的音樂行業裡卻很少使用，在描寫電子音樂時，analog 顯然要比「模擬式」適宜得多。

（3）但更重要的是，駕駛人只需按下啟動按鈕，各項機械設定便會轉至 sport mode。

（4）主題曲《天籟》裏左穿右插的 Analog 電子琴聲樂，Space Age 味十足。

例（5）是一位香港英文中學的校長在介紹學生上課的情形。一些需要將學生分成小組進行輔導的科目自然需要多位老師，而且需要對老師的責任加以區分，於是就有了 subject teacher 和 supporting teacher 這兩個專用名稱。前者有常用的漢語對應術語，任課教師或專教老師都可以接受，但後者沒有一個固定的漢語說法，而且在香港各個中學的叫法也並不完全一致，採用原汁原味的英語名稱，大概是最理想的選擇了。例（6）說的是香港的一個特色咖啡廳，order 當然是可以說成普通話的「下單」或粵語的「落單」，但這個咖啡廳客人點咖啡，其實並沒有「單」，而是客人直接和服務員商定喝什麼以及怎麼煮，所以用

order 反而更傳神。

（5）英文和數學科，會分組上課，亦會有 supporting teacher 幫學生，班上有時會有幾位老師一同教學。

（6）雖然店內的招牌咖啡味道沒有一般的濃口，但卻是 Cora 偏愛的混合咖啡，由哥倫比亞、巴西、埃塞俄比亞等地的咖啡豆混合成，每逢有客人 order，侍應便即磨即煮。

香港粵語中有着數量極為龐大的英語借詞，有些年代久遠或者使用頻率較高的已經有了固定的漢字轉寫，而且有相當一部分進入了書面漢語，成為了漢語詞彙中的外來詞。這些借詞有些已經進入國內，成為標準漢語書面語的一部分，包括日常生活中常見的「的士、巴士」，某些特定行業中使用的「威亞、卡司」等等。這些英語借詞中有一部分已經漢化，衍生出「的哥、的姐、大巴、小巴、大咖（卡）」之類的複合詞。

香港人在轉寫英語借詞的時候，是按照粵語發音來選擇漢字的，而且往往會選用最能反映英語發音的粵語字。比如炒股的術語 margin 在港式中文裏是「孖展」，其粵語發音 [ma:tsin] 與英語原詞非常接近，但如果按照普通話發成 zīzhǎn 的話，與英語原詞就要相差十萬八千里了。同樣地，英語的 file 借到港式中文後往往寫成「快勞」，也只能按照粵語去發音，用普通話發音的話，就會變得完全不知所云。

港式中文裏的英語借詞絕大部分來自英式英語而不是美式英語。直上直下的箱式電梯在香港叫做「𨋢」，顯然是源自英式英語 lift，而不是美式英語的 elevator。同樣地，電影票、火車票之類在香港式中文裏寫成「飛」，用在「戲飛、車飛」之類的詞語中。這顯然是英式英語 fare 而不是美式英語 ticket 的轉寫。

有些英語借詞進入港式中文之後又經歷了音變或刪減，與英語原詞的聯繫變得十分模糊，難以辨認了。香港有一種從美國進口的蘋果叫做「蛇果」，由於屬於大宗商品，報紙的商業版經常會提及。不過，大部分香港人已經忘了這個怪名字其實來自英語的 red delicious。這種蘋果剛剛進入香港時，商家按照香港的習慣一半意譯一半轉寫，稱其為「紅色地利舍」，或者在後面加個區別詞成為「紅色地利舍果」，以區別於另一種美國蘋果 yellow delicious。後來 yellow delicious 在香港的銷路不好，退出了市場，於是 red delicious 就去掉了「紅色」，變成了「地利舍果」，而且衍生出一個變體「地利蛇果」。最有意思的是「地利蛇果」竟然還與天堂產生了關聯。據聖經記載，亞當和夏娃在天堂受到蛇的誘惑偷吃了禁果，結果被上帝趕了出去。有好事者據此望文生義，說「地利蛇果」就是聖經裏提及的那個東西，並且進一步將其簡稱為「蛇果」，而且最終成為香港口語和書面語的標準用法。

## 4. 港式中文的創新

港式中文裏最特別是那些國內人一看就懂，但卻一用就錯的詞語和句式，其中大部分是條文版的發明。比如例（7）中的「大律師」是個香港法律系統的專用頭銜，香港人都知其所指，但國內的司法系統沒有這種說法，所以國內人往往誤解為「資深律師」。與「大律師」對應的專業頭銜是「律師」，分別來自 barrister 和 solicitor，實際上是專業方向不同的兩種職業。前者在高等法院和終審法院出庭，後者通常只會在裁判法院和區域法院出庭，兩種法院處理性質不同的案件。而所謂的「地舖」也不是把被褥放在地上做成的舖位，而是位於樓房一樓（底層）的商舖。英國英文中建築物與地面持平的那一層稱作 ground floor，而二樓是 first floor，所以 stores on the ground floor 在港式中文裏就成了「地舖」。

（7）裁判官強調，辯方大律師所提述的決定已清楚界定三間地舖的範圍。

例（8）選自幾年前的《東方日報》，報道的是香港警方的一次常規行動，具體的意思香港人一看就清清楚楚，根本不需要解釋；而國內讀者不熟悉港式中文的詞彙、句法結構和語篇規則，十有八九會解讀錯誤，而且會錯得極為離譜。

（8）警方清晨在彌敦道截停魏姓男子座駕，有人懷疑管有違禁藥物。

例（8）的故事情節非常簡單，警方以參與販毒為理由逮捕了一個姓魏的男人，但國內讀者從後句裏連一點有用的信息都得不到。前句說的行動目標是「魏姓男子」，後句的主語卻變成了「有人」，也就是引進了一個第一次提及的、身份不明的人物，前後兩個分句似乎說的是沒有關聯的兩件事情。這當然是按照標準漢語的話語邏輯分析出來的，而港式中文在特定的語境中會給予「有人」以特殊解讀，表示「那個人、該人、此人」或者「他」。香港法律有個「疑罪從無」的原則，警察抓來的嫌犯在沒有上法庭、沒有被法官定罪之前，就不能說他有罪，甚至連與案件相關的「嫌疑人」都不能說。於是新聞界就挪用「有人」來描述這種人物，也就是用表面上的「任何人」來表示回指的「那個人」。這種近乎耍賴皮的辦法相當有用，因為按照漢語語法的解讀，「有人」同前句所說的「魏姓男子」無關，記者可以一口咬定「有人」

是任何一個人，與他前面報道的犯罪事件無關，也就不用擔負任何法律責任了。

「有人」後面的那個「懷疑」也是為了滿足「疑罪從無」要求而硬插進來的，意思相當於英語的（he）was suspected of（smuggling drugs）。既然只是被「懷疑」而沒有真的說他販毒，作者需要負的責任就更輕了。不過，「有人懷疑」讓國內讀者看到了，只會理解為「有人」對後面的內容持懷疑態度，而不是「此人被懷疑」。在這種情況下將「被懷疑」說成「懷疑」，也是港式中文的特色之一。

港式中文的特色詞還包括例（8）後面的「管有」，這是 70 年代英文法律條文漢譯時的創造之一，源自英文動詞 possess 或者相應的名詞 possession，意思是目標人物涉嫌藏有違禁品。這個法律概念的特殊之處是只要警方在目標人物的身上、車上甚至房子裏找到了違禁物品，就可以認定為「管有」，並不需要證明該違禁物品真的屬於目標人物所有。「管有」在國內法律中沒有對應的概念，也沒有相應的詞語，國內讀者看不懂就很正常了。

相比之下，本句用「違禁藥物」代替「毒品」就不算太難懂了，因為國內法律也有「違禁藥物」的概念，只不過適用範圍不完全相同而已。至於用「違禁藥物」表示「毒品」，國內報刊有時候也會這樣使用，所以國內讀者不會有太大的問題。

條文版港式中文裏這種生造的漢語詞語數量龐大，其中有相當一部分是漢語的缺項，也就是相關的英文概念在中文裏不存在，就只好設法自己造一個。比如英文的 charge 在財產法裏有個特殊的用法，表示一種特殊的抵押方式，即債權人與債務人達成協議，在特定財產的份額裏設定財權範圍，作為債務人履行債務的擔保，當債務人不履行義務時，債權人可通過設定的財權清算債務。這種抵押只涉及相關的部分財產使用權，但不涉及財產整體所有權的轉讓。這是英國判例法的組成部分，但在大陸法以及國內的社會主義法律體系中都不存在。香港的法律文本中譯工作小組在 70 年代翻譯英文財產法時，造了個獨一無二的怪詞「押記」，專門用來表示這種特殊的抵押方式，而不會同 charge 的其他用法產生混淆，所以一直沿用至今。

與「押記」的遠離日常生活相比，條文版的另一個創造「信納」相對好理解一些，也比較容易接受。英語動詞 satisfy 在日常生活中相當常見，相關的意思漢語中往往表達為「滿足、滿意」或者「符合（要求）」。Satisfy 在香港法院庭審和議會辯論中也是個常用詞，而且通常以被動形式出現，如 the court is satisfied that 或者 The Legislative Council is reasonably satisfied that 之類。國內法院和人大的文件通常不會這樣使用被動語態，無路可走的情況下法律文本中譯工作小組就造了個新詞「信納」，用主動語態的「立法局有理由信納」來表示 the Legislative Council is reasonably satisfied。這種用法現在已經成為慣例，香港人一看就懂，國內讀者也不至於完全懵掉，至於國內的英漢詞典是否會收錄這個詞義，那就是另外一回事了。

## 5. 展望

港式中文是語言學研究的豐富寶藏，可以讓我們從各個方面去挖掘豐富多彩的語料，進行各方面的研究，英語的影響只是其中一部分。希望有更多同行投入這方面的研究，做出更多的貢獻。

## 參考文獻

邵敬敏、石定栩　2006　《「港式中文」與語言變體》，《華東師範大學學報：哲學社會科學版》第 2 期。

石定栩、朱志瑜　1999　《英語對香港書面漢語句法的影響 —— 語言接觸引起的語言變化》，《外國語》第 4 期。

石定栩、朱志瑜　2000　《英語和香港書面漢語》，《外語教學與研究》第 3 期。

石定栩、朱志瑜　2005　《英語對香港書面漢語詞彙的影響 —— 香港書面漢語和標準漢語中的同形異義詞》，《外國語》第 6 期。

石定栩、蘇金智、朱志瑜　2001　《香港書面語的句法特點》，《中國語文》第 6 期。

石定栩、王燦龍、朱志瑜　2002　《香港書面漢語的句法變異：粵語的移用、文言的保留及其他》，《語言文字應用》第 3 期。

石定栩、王冬梅　2006　《香港書面漢語的語法特點》，《中國語文》第 2 期。

石定栩、朱志瑜、王燦龍　2003　《香港書面漢語中的英語句法遷移》，《外語教學與研究》第 1 期。

石定栩、邵敬敏、朱志瑜　2014　《港式中文與標準漢語的比較》（第二版）。香港教育圖書公司。

田小琳　2009　《香港社區詞詞典》，商務印書館。

田小琳（主編）　2021　《全球華語語法 —— 香港卷》，商務印書館。

# 大陸、臺灣、香港異名詞語在美國華報中的競爭狀況研究

北京航空航天大學講師　田飛洋

北京師範大學文學院教授　張維佳

**提　要**　本文旨在通過對美國華文報紙的考察來描述大陸、香港、臺灣三地漢語中的異名詞語在美國華語中的互動情況。選取美國地區能夠代表不同華語背景的三大中文報紙，依託其電子數據庫，對《全球華語詞典》所錄異名詞語在三大報紙中自 2011 年 1 月至 2013 年 11 月的使用和分佈情況進行了統計和分析，重點描述了大陸、臺灣、香港詞彙在美國華報中共存和競爭時所表現出的多樣趨勢。

**關鍵詞**　美國華報　大陸普通話　香港粵語　臺灣國語　競爭

## 引言

大陸普通話、臺灣國語和香港粵語中存在着不少異名同訓的詞語（簡稱「異名詞語」），同一事物或現象在大陸、港澳和臺灣有着不同

的説法。比如，根據《全球華語詞典》（李宇明 2010），的士港 / 計程車臺出租車陸、扶手電梯港 / 手扶梯臺 / 自動扶梯陸、復康港 / 復建臺 / 康復醫療陸等都是典型的例子。就美國地區華語的實際來看，這些異名詞語在使用中常處於共存和相競的狀態，反映了三地華語在海外的地位消長。本文選取美國地區能夠代表三地不同華語背景的三大中文報紙，依託 Google 搜索系統和各華報的電子數據庫，對《全球華語詞典》中所錄異名詞語在三大報紙中近年來的使用和分佈情況，進行了統計和分析。

這三大華文報紙包括大陸普通話背景的《僑報》、香港粵語背景的《星島日報》和臺灣國語背景的《世界日報》。三種報紙分別由大陸、香港和臺灣移民主辦，在語言上各有特色，也各有自己獨特的讀者羣：《僑報》的主要讀者為大陸移民、老僑民、老移民或者跟他們有密切關係的人，一般年齡比較大，大陸情結比較濃。《世界日報》的主要讀者為與臺灣關係比較密切的人，比如從臺灣到美國的移民及其後裔、臺灣旅美人士等。《星島日報》的主要讀者羣為上世紀八十年代以後到美國的新僑民、新移民，一般知識水平比較高，對香港很關注。三種報紙由於主辦方不同，目標讀者羣不同，體現在語言特色上的差異也很明顯：《僑報》為普通話特色，《星島日報》為粵語特色，《世界日報》為臺灣國語特色。利用三種報紙的語言差異，我們調查了當地華語吸收的港臺詞以及港臺詞之間的相互影響。

## 1. 調查樣本的選擇

以權威性詞典《全球華語詞典》（以下簡稱《詞典》）中的異名詞為分析美國華語內部陸港臺三方詞彙競爭和融合的詞目來源，我們對其中的港臺詞進行了系統的整理。在《詞典》中共蒐集到 3447 個港臺詞，包括「香港用詞」、「臺灣用詞」和「港臺共用」三個類別。然後，將整理出的港臺語用詞逐一在美國《僑報》網上進行搜索①，並將其中有大陸異名詞的詞挑選出來，作為最終的調查樣本（480 對，其中香港詞 196 個，臺灣詞 284 個）。樣本的篩選步驟如下圖：

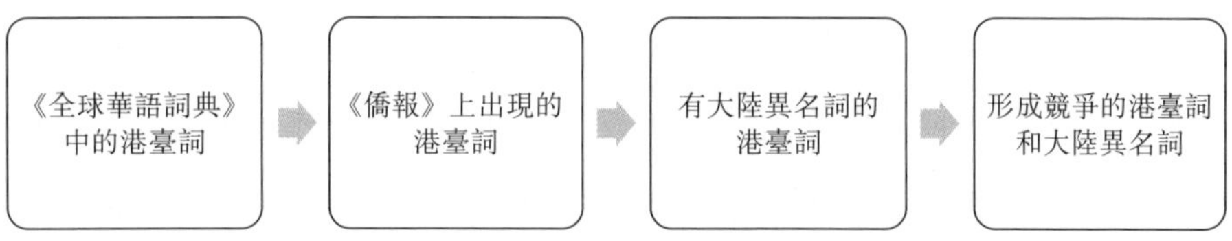


**圖 1　樣本的篩選步驟**

所謂「形成競爭」，本文的標準是大陸和港臺兩個異名詞在同一篇報刊文章中出現。如果同一篇文章，甚至同一句話中同時出現同一事物的大陸說法和港臺說法，基本可以默認兩詞在語言使用者的頭腦中處於並存和競爭狀態，比如「網路臺——網絡陸」兩詞經常共現於同一篇文章（如下例），這兩個詞就是形成競爭的異名詞對兒。

① 《僑報》是代表大陸和普通話立場的中文報紙，不同於《世界日報》（臺灣）及《星島日報》（香港）。因此，能在《僑報》上出現的港臺詞，若其使用頻率還相對較高，就可以認定它已經被當地華語所吸收。

**網路財富集團公司舉辦網絡賺錢致富免費講座**

《僑報》2012-5-4

為了滿足洛杉磯華人的要求，近期舉辦網絡賺錢致富免費講座，時間是 5 月 4 日（週五）晚上 7:00（一場）；5 月 5 日上午 11:00（一場）和下午 2:00（一場）共三場，由世界華人網路權威，網絡財富集團公司的總裁，網絡財富股份有限公司董事長，兼執行總裁 ETHANTONY 簡，將現場示範指導大家如何每年輕鬆多賺 5 萬到 8 萬，甚至更多。讓你親身體驗網絡賺錢自由、輕鬆、樂趣。屆時還有幸運大抽獎，參加就有機會得到超人氣最新蘋果 IPAD。

以下是進入最終調查樣本的 480 例異名詞語。按語義標註劃分，它們分別屬於餐飲類、交通類、科技類、計算機科技類、體育類、時尚類、法律類、政治類、醫療類、社會機構類、社會現象類、經濟類和美國社會專有名詞類等。其中，有些詞不是一一對應的關係，而是一對多，或多對一的關係，解決辦法是將這些詞全部拆分為一對一的詞對兒。比如，大陸詞「信息」對應於港臺詞「資訊」和「訊息」，拆分後的兩個詞對兒為：「資訊港 —— 信息」、「訊息臺 ——信息」。下表是異名詞語的樣本彙總（港臺詞在前，大陸詞在後；「共」表示港臺共用）：

**表 1　480 對異名詞語舉例**

| | |
|---|---|
| A | 安士[港] —— 盎司、傲人[臺] —— 驕人、癌症末期[臺] —— 癌症晚期、安老院[共] —— 敬老院、安老院 —— 養老院、安親班[臺] —— 託管班 |
| B | 布菲[港] —— 自助餐、保固[臺] —— 保修、筆記型電腦[臺] —— 筆記本電腦、畢業禮[港] —— 畢業典禮、閉門會議[共] —— 祕密會議、部落格[臺] —— 博客、便當[臺] —— 盒飯 |
| C | 超商[臺] —— 超市、齒科[臺] —— 牙科、成屋[臺] —— 現房、衝紅燈[港] —— 闖紅燈、殘障[臺] —— 殘疾、餐單[港] —— 菜單、潮語[港] —— 流行語、長才[臺] —— 特長 |
| D | 搭機[臺] —— 乘機、待工[臺] —— 待崗、豆腐花兒[港] —— 豆腐腦兒、倒後鏡[港] —— 後視鏡、達致[共] —— 達到、地主國[臺] —— 東道國、度身訂造[港] —— 量身定做、點選[臺] —— 點擊 |

## 2. 華報頻率統計

依靠三大報紙的電子數據庫，我們對 480 對異名詞語的使用情況進行了共時和歷時兩個層面的分析，得出了港臺詞和其大陸異名詞的使用頻率絕對值、相對值、絕對值平均值、相對值平均值、中值，以及共時和歷時兩個層面的「穩定度」。

從頻率絕對值統計結果來看，三種報紙的總趨勢是大陸詞的使用頻率高於其港臺異名詞，大陸詞的絕對值平均值和中值都明顯高於港臺詞。為了說明香港和臺灣兩股勢力的競爭，我們還分別計算了香港詞和臺灣詞的絕對值平均值。詳情見表 2：

**表 2　異名詞語在三種報紙上的使用頻率絕對值**

| | 《僑報》 | | 《世界日報》 | | 《星島日報》 | |
|---|---|---|---|---|---|---|
| | 平均值 | 中值 | 平均值 | 中值 | 平均值 | 中值 |
| 大陸詞 | 1425 | 1535 | 1220 | 1119 | 860 | 903 |
| 香港詞 | 125 | 108 | 157 | 161 | 533 | 550 |
| 臺灣詞 | 231 | 247 | 753 | 765 | 254 | 261 |
| 頻率高於大陸詞的港臺詞（個數） | 62 | | 220 | | 106 | |

表 2 中的數據表明：大陸普通話對港臺語的影響是大勢所趨。因為在三種不同風格的報紙中，大陸詞的使用頻率均高於其港臺異名詞，這一點不管是從絕對值平均值、中值，還是從使用頻率高於港臺詞的大陸詞數目上都能看得很清楚。至於臺灣詞和香港詞孰強孰弱，三種報紙的數據差別較大，但其中的原因很簡單：《世界日報》是臺灣人的報紙，自然使用更多的臺灣詞而不是香港詞。《星島日報》是香港

人的報紙，香港詞的使用自然多於臺灣詞。但是，在大陸報紙《僑報》上，臺灣詞的頻率高於香港詞，這就只能說明：臺灣勢力強於香港。總結起來，陸港臺三股力量的競爭趨勢為：大陸 > 臺灣 > 香港。下面，我們將從相對值統計數據來進一步驗證這一趨勢。

所謂「相對值」，即港臺詞和其大陸異名詞使用頻率的比值。比如，「傲人臺 —— 驕人陸」在《世界日報》上的出現頻率分別為 1030 和 188，其相對值就等於 5.48。統計相對值的目的是為了彌補僅僅依靠絕對值而得出結論的弊端。比如：「資訊港」和「志工臺」兩詞在《僑報》上的出現頻率分別是 1338 和 167，我們不能僅憑這一點就簡單地認為「資訊」的接受度高於「志工」。相反，應該看它和其異名詞語的比值（相對值），也就是：資訊 / 信息 = 0.10, 志工 / 志願者 = 0.09, 兩者相對值大致相等，說明其接受度也大致相當。同上，我們計算出了三種報紙上港臺詞和大陸詞的相對值，並按此數據對港臺詞進行了排序。為了說明臺灣和香港之間的勢力競爭，我們還分別計算出了臺灣詞和香港詞的相對值平均值。具體數字見表 3：

**表 3　異名詞語在三種報紙上的使用頻率相對值**

| | 《僑報》 | 《世界日報》 | 《星島日報》 |
|---|---|---|---|
| 大陸詞相對值平均值 | 5.47 | 1.91 | 1.53 |
| 港臺共用詞相對值平均值 | 0.26 | 0.44 | 0.41 |
| 香港詞相對值平均值 | 0.13 | 0.24 | 0.52 |
| 臺灣詞相對值平均值 | 0.32 | 0.57 | 0.31 |

從表 3 中可以看出：1）三種報紙上大陸詞的相對值平均值均高於港臺詞，再次說明大陸普通話佔絕對優勢；2）港臺詞在三種報紙上的

相對值大小和各報的語言特色基本相符：即《世界日報》(0.44) 和《星島日報》(0.41) 的「港臺味兒」較濃，《僑報》(0.26) 雖然吸收了一些港臺詞，但總體上依然是普通話風格；3) 至於臺灣和香港之間的競爭，表中數據再次說明：臺灣強於香港。因為《僑報》和《世界日報》上臺灣詞的相對值平均值均大於香港詞；而《星島日報》上兩個數值基本相等。也就是說，不管在大陸報紙上，臺灣報紙上，還是在香港人的報紙上，臺灣詞的使用頻率都大於或等於香港詞。這一結果進一步驗證了上述的絕對值統計結果。下面，我們將從「穩定度」的角度觀察那些使用頻率較高的港臺詞。

所謂「穩定度」，即港臺詞在普通話的強勢衝擊下所表現出的生命力等級。「穩定度」最高的港臺詞是三種報紙中頻率均高於其大陸異名詞的詞，其次是兩種報紙中頻率高於大陸異名詞的詞。「穩定度」最低的港臺詞是三種報紙中頻率均低於其大陸異名詞的詞。或者，按照上述的相對值排序，三報交集中相對值均高於平均值的港臺詞「穩定度」最高；兩報交集中相對值高於平均值的港臺詞「穩定度」次之。同時參考這兩個標準，得出高「穩定度」港臺詞 (34 個) 和次高「穩定度」港臺詞 (56 個)，以下為舉例說明：

高「穩定度」港臺詞：傲人[臺]（驕人）、便當[臺]（盒飯）、傳譯[港]（口譯）、計程車[臺]（出租車）、電玩[共]（電遊）、放榜[共]（發榜）、風水師[臺]（風水先生）、復健[臺]（康復醫療）、扶手電梯[港]（自動扶梯）、華埠[共]（中國城）、劇集[共]（連續劇）、狂牛症[港]（瘋牛病）、樓宇[港]（樓房）、家私[港]（家具）、成屋[臺]（現房）

次高「穩定度」港臺詞：超音波[臺]（超聲波）、乘搭[港]（搭乘）、公眾假期[港]（法定假日）、晶片[共]（芯片）、加護病房[共]（重症監護室）、國樂[臺]（民樂）、殘障[臺]（殘疾）、發表會[臺]（發佈會）、黑箱作業[臺]（暗箱操作）機車[臺]（摩託車）、核武[共]（核武器）、駭客[臺]（黑客）、尖峰[臺]（高峰）、連身裙[臺]（連衣裙）、老人院[港]（養老院）、奇異果[共]（獼猴桃）、內線交易[臺]（內幕交易）、軟件[臺]（軟件）、搜尋引擎[共]（搜索引擎）、市集[港]（集市）

目前為止，我們的統計數據還僅限於共時層面，僅說明美國華語的「港臺味兒」究竟來自哪些詞？或者，哪些港臺詞在普通話的強勢衝擊下表現出相當的「穩定度」？為了探索歷時層面的「穩定度」以及檢驗歷時和共時的「穩定度」是否相符，我們調查了高「穩定度」和次高「穩定度」港臺詞在《僑報》上從 2008 年 1 月到 2013 年 12 月這六年間的使用情況，一方面是為上述共時統計結果提供佐證；另一方面，也力圖勾勒出陸、港、臺三地漢語在美國華語中互相競爭的變化趨勢。下表顯示了高「穩定度」港臺詞在《僑報》上六年來的使用頻率變化（舉例說明）：

**表 4　高「穩定度」港臺詞在《僑報》上的歷時頻率變化（相對值）**

| | 2008 | 2009 | 2010 | 2011 | 2012 | 2013 |
|---|---|---|---|---|---|---|
| 傲人 | 1.32 | 2.46 | 2.0 | 1.68 | 1.36 | 3.21 |
| 傳譯 | 1.65 | 1.70 | 1.29 | 1.10 | 0.78 | 0.89 |
| 風水師 | 1.33 | 1.35 | 1.19 | 1.0 | 1.25 | 1.0 |
| 殘障 | 2.2 | 4.5 | 4.0 | 5.3 | 2.8 | 3.1 |
| 華埠 | 5.26 | 2.27 | 0.75 | 1.28 | 0.78 | 1.22 |

頻率變化大致分四種情況：上升、下降、穩定和搖擺不定。在 90 個高「穩定度」和次高「穩定度」港臺詞中，有 33 個詞（如「傲人」）屬於總體上升趨勢；有 41 個詞（如「風水師」）六年來頻率波動不大，處於穩定狀態。這兩類詞不管是共時「穩定度」還是歷時「穩定度」都比較高，可以確定它們已被當地華語所吸收。另有 15 個詞（如「華埠」）屬於下降趨勢：雖然共時「穩定度」較高，但歷時「穩定度」卻有所下降；剩下的 11 個詞（如「殘障」）六年來的使用頻率一直在上下波動，難以確定其屬於上升趨勢還是下降趨勢。這兩類詞將來的「命運」如何，還需追蹤調查，在更長的時間跨度中觀察其融入或被接受情況。不過，這些詞的共時「穩定度」足以說明它們在當地華語中留下了印記。

綜上，歷時統計結果和共時統計結果基本相符。有 74 個港臺詞（佔高「穩定度」港臺詞總數的 80%）共時「穩定度」和歷時「穩定度」均比較高，可以肯定這些詞是美國華語詞彙系統的活躍成員。

仔細觀察這些「穩定度」較高的港臺詞，發現它們在形式和意義上存在共同點。比如，在形式上，語素意義同普通話一致或部分構詞語素相同，如「傲人」、「風水師」、「放榜」等；在意義上，詞義透明度較高，詞義可以從字面推知。而且，跟日常生活或美國社會現象有關，也就是社會使用頻度較高，如「復健」、「旅遊巴」、「搶案」、「便當」、「外勞」、「計程車」等。邵敬敏、劉傑（2008）把華語不同社區新詞競爭和選擇的基本趨勢概括為：1）必須最符合華語構詞規律；2）跟別的詞語的組合能力最強；3）社區使用頻度最高。把他們的「三個趨勢」和上述的高「穩定度」港臺詞的共同點相比較，發現存在不少共通之處。總結起來，華語區域詞進入普通話的標準有四條：1）社區使用頻度高；2）詞形經濟度高，跟別的詞語組合能力強；3）符號華語構詞規律；4）詞義透明度高。

當然，這不等於説：只要符合這四條標準，該區域詞就完全有可能進入普通話。因為每個詞都有每個詞的字面意思、感情色彩和社會內涵；每個人都有每個人的語言習慣、母語背景和社會傾向性。再加上還存在書面語和口語的區別，我們統計的異名詞語在華報上的使用頻率主要和書面語有關，書面語和口語之間的區別會造成詞語競爭力的進一步誤差，這也是本文下一節要探討的主要內容。

## 3. 競爭的多樣化趨勢

書面語和口語的區別對應於知曉度和使用度的區別，媒體中使用頻率高的詞知曉度也會相對較高，而口語中使用頻率高的詞使用度較高。上述三種報紙中頻率均高於大陸詞的港臺詞中就有一些書面性較強，口語中不常用的詞。即知曉度高，但使用度低，如「次文化」（亞文化）、「堆填區」（填埋區）、「閉門會議」（祕密會議）等。把知曉度和使用度都考慮在內，詞彙競爭的結果就呈現出複雜和多樣的趨勢。

鄒嘉彥、游汝傑（2003）探討了華語圈新詞演變的三種狀態，認為華語圈新詞的演變狀態包括：1）競爭已結束，某種形式佔優勢；2）勢均力敵，尚不分勝負；3）井水不犯河水，可能長期對立。毫無疑問，第一種狀況是要麼 A 取代 B，要麼 B 取代 A；第二種、第三種狀況其實是兩詞並存。如果把「知曉度」和「使用度」的概念引入其中，這兩種狀況能描述得更清楚。首先，「勢均力敵，尚不分勝負」意味着兩詞在不同語言社團中都具有一定的知曉度和使用度，比如港臺詞「單車」在大陸移民中有較高的知曉度和使用度，大陸詞「自行車」在港臺移民中也有較高的使用度和知曉度，也就是說，大陸和港臺移民都既使用「單車」，也使用「自行車」，知曉度和使用度不分上下；其次，「井水不犯河水，可能長期對立」意味着知曉 A，使用 B，或知曉 B，使用 A。比如，港臺詞「便當」在媒體中出現頻率較高，大陸移民對它的知曉度也較高，但更常用的詞還是「盒飯」。同樣，大陸詞「博客」在媒體中出現頻率較高，臺灣移民對其知曉度較高，但更常用的詞還是「部落格」。也就是，對語言使用者來說，詞彙庫中多了一個知曉但不常用的詞。最後，「兩詞長期對立」還意味着使用度和知曉度都較高的詞產生功能分化，二者都有自己獨特的語義和語用功能，比如「中國城」和「華埠」，前者書面語和口語通用，後者主要用於書面語，二者的對立或將長期存在。總結起來，上述三種狀態可細分為四種：1）競爭已結束，A 取代 B，或 B 取代 A；2）AB 兩詞並存，二者可互換使用，知曉度和使用度大致相同；3）AB 兩詞並存，產生功能分化，不可互換使用；4）兩詞並存，長期對立，語言使用者知曉 A，使用 B, 或知曉 B，使用 A。

除上述四種情況以外，美國華語中還存在一類詞，即港臺詞和大陸詞的融合，也就是兼有港臺詞和大陸詞的特徵，在二者基礎上形成的新詞。比如「算命師」，我們認為它來自於大陸詞「算命先生」和港臺詞「命理師」的結合，又比如「手機短訊」來自於「手機短信」和「訊息」等。這種情況和上述四種情況加起來構成美國華語中區域詞彙相互競爭的多樣化結果，如下圖：

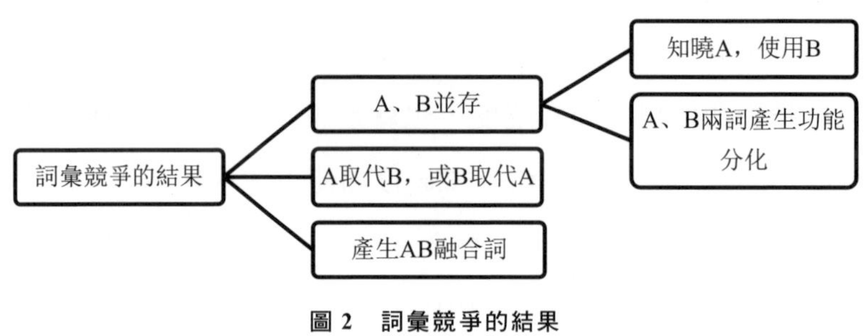


**圖 2　詞彙競爭的結果**

競爭背後的複雜社會因素涉及大陸、臺灣、香港經濟政治地位以及移民勢力的變化，報社的語言政策、編輯的方言背景、目標讀者羣的語言習慣和語言態度等。在這些因素的共同作用下，三地異名詞語在美國華報中的共存和競爭，才呈現出上述多樣的趨勢。大陸與港臺以及港臺之間，都存在着雙向的相互影響。大陸移民在人口上的絕對優勢雖然支持了大陸普通話詞語在競爭中的優勢地位，但港臺語對大陸普通話的反向影響也同樣存在。

具體到港臺詞彙和大陸詞彙的競爭結果，目前看來，兩詞並存的情況較為常見。其中，知曉度和使用度存在區別的情況更為常見。也就是說，對於大部分大陸移民來說，詞彙庫中多了一個來自外區域的知曉但不常使用的詞。對於港臺移民來說，大部分大陸詞和港臺詞在知曉度和使用度之間不存在顯著區別，兩詞互換使用或產生功能分化。當然，個人經歷不同，社會背景不同，港臺和大陸詞在其詞彙庫中並存和競爭的結果也不盡相同。

# 4. 理論探討

其實，美國華語中的詞彙競爭現象不僅僅是方言接觸的問題。語言接觸理論的經典概念「語碼轉換」已不足以描述洛杉磯華人移民社區某些語言現象的複雜性。根據我們的調查，當地華人不僅會在日常交流中靈活使用不同方言的不同特徵（包括詞彙的、語音的以及語法的特徵）去塑造不同的身份認同，大陸華人還會根據語境和交流對象的不同增加或減少他們的「港臺味」；二代、三代華人的英語較其漢語更為流利，他們會在説英語時夾雜當地墨西哥移民甚至黑人移民的英語特徵，以展示自己「當地人」的身份；在和華人交流時，他們會在不太流利的漢語中夾雜英語特徵、粵語和臺灣國語特徵來強調自己「洛杉磯華人」的身份（Tian 2023）。這些現象不能簡單地概況為「語碼轉換」，因為它們不是兩種語言或方言系統之間的轉換，而是對於來自不同語言和方言系統中不同特徵的創造性運用，更符合當代社會語言學的新概念——「超語言行為」（translanguaging）。而且，當代社會語言學還有一個概念——「語言資源庫」（repertoire）更適合我們用來描寫上述複雜現象。在傳統語言學中，語言是一個靜態的規則系統，是不受外界影響的一個自足的系統。「語言資源庫」是對這一傳統觀念的挑戰。當代社會語言學者認為，語言是一個動態的行為系統，語言使用者無時無刻不在對語言符號，語言特徵進行創造性的運用。其行為應該被界定為 lanuguaging 或 translanguaing（Blommaert & Backus 2012）。在全球化的今天，在不同種族、不同語言、不同國家背景的人們頻繁交流的今天，每個人的「語言資源庫」中都包含多語、多方言的極其異質的特徵，語言行為也較過去更為複雜、更為多彩。語言學者關注的重點應該轉到具體的語言特徵，觀察並探討語言使用者如何運用具體的語言特徵去完成特定的交際任務，達成特定的交際目的。

另外，美國華報中的詞彙競爭現象也和變異社會語言學的風格研究相關。風格研究經歷了三次浪潮演變（three waves of variation studies）。第三次浪潮不再堅持語言變項與社會變項的一一對應關係，而認為兩者之間是通過説話者主觀能動性調節的間接關係；不再注重語言變體在宏觀社會範疇上的分佈，而是強調語言變體與個體及特定情境的互動關係。而且，變異社會語言學第三次浪潮將語言意識形態的概念置於中心位置，藉助「指向性」（indexicality）和「指向秩序」（orders of indexicality）闡釋風格產生的機制和過程，將風格實踐研究推向了一個理論高度（田海龍 2022）。「指向性」表明一個特定的語言特徵或語言變體指向它經常出現的那個現實社會中的情景，如港臺移民的港臺腔指向港臺地域特徵或方言特徵，同時也指向港臺移民身份，這是「第一級指向關係」（first-order indexicality）。在洛杉磯當地，由於港臺移民早於大陸移民在美國安頓下來，由於臺灣移民人數眾多，也由於港臺移民，尤其是臺灣移民，普遍比大陸移民更好的融入美國社會，擁有更高的社會地位和經濟地位，其話語風格「港臺腔」也因此獲得了洛杉磯華社老移民的新的指向性。或者説，「港臺腔」有了新的社會意義——洛杉磯當地華社老移民身份標識（social identity marker of long-settled immigrants）和洛杉磯區域特徵（Chinese Los Angelesness）。這個在語言意識形態作用下產生的新的社會意義被稱為「第二級指向關係」（second order indexicality），它把「港臺腔」和洛杉磯當地華人身份聯繫在一起。「指向秩序」的變化可以用來解釋大陸報紙《僑報》為何有一定的「港臺腔」，也可以用來解釋港臺詞彙是如何進入大陸移民語言資源庫，以及大陸移民是如何使用港臺詞彙特徵、語音、語法特徵來突顯自己洛杉磯當地人身份的現象（Tian 2023）。

## 5. 餘論

反映在美國華語中的陸、港、臺三元互動的競爭模式在海外華語研究中具有普遍意義。長期以來，海外華人社區通行的漢語方言主要是閩南話、粵語和客家話，雖然這些方言的影響力目前已逐漸讓位於普通話，但它們的存在造成了海外漢語不同於大陸普通話的特色，以及海外漢語教學標準的多樣性。海外漢語教學中最有代表性的標準有兩個：中國內地的「普通話——漢語拼音——簡體字」和臺灣的「國語——注音字母——繁體字」(戴昭銘 2007)。美國華語所反映的陸、港、臺三元互動的競爭模式在全球華語中都廣泛存在，因為陸、港、臺代表的是三個標準，分佈在世界各地的海外各區域華語的地域色彩無論如何發展，都不可能偏離這三個標準。在基底和核心相同的基礎上，區域華語的主要差異體現在向這三個標準的不同程度的靠攏中。隨着陸、港、臺在世界政治、經濟格局中的地位變化，普通話和國、粵語的勢力也在發生變化，海外各區域華語在向這三個標準看齊的過程中不斷實現着各自的動態平衡，尤其是為了交流需要而不斷向全球溝通了解的目標看齊。

## 參考文獻

戴昭銘　2007　全球漢語時代的文化問題和規範問題 [J]，《南開語言學刊》第 1 期 。

李宇明　2010 《全球華語詞典》[M]，北京：商務印書館 。

田飛洋　2014 「兩岸三地」異名詞語在美國華語中的互動關係研究：基於洛杉磯華報的考察 [D] 北京語言大學博士學位論文。

田海龍　2022　變異社會語言學的風格研究 —— 兼談與修辭學風格研究的互鑒 [J],《當代修辭學》第 4 期。

邵敬敏、劉傑　2008　從「手機」看不同華語社區同義詞羣的競爭與選擇 [J],《語文研究》第 4 期。

鄒嘉彥、游汝傑　2003　當地漢語新詞的多元化趨向和地區競爭 [J],《語言教學與研究》第 2 期。

Blommaert, J., & Backus, A.（2012）. Superdiverse repertoires and the individual. Tilburg Papers in Culture Studies 24.

Tian, F.（2023）. Competition and compromise of Chineses in a globalizing city: An emergent Los Angels Chinese. PhD dissertation. Tilburg University, The Netherlands.

# Competition of Lexical Equivalents Across Hongkong, Taiwan & Mainland Chineses in U.S. Chinese Newspapers

**Abstract:** There are lexical equivalents for the same referent across varieties of Chinese（mainland Putonghua（standard Mandarin）, Guoyu

(Taiwan Mandarin) and Hong Kong Cantonese) . The present paper sets out to examine the competition and convergence of these lexical equivalents from different Chinese varieties in the US. Through a corpus-based investigation of the frequencies of these words in the three representative Chinese-language newspapers in the US, we describe how Hong Kong and Taiwan vocabulary endures under the overwhelming influence of mainland Putonghua, and interpret how changes in globalization, mobility, and social transformation have affected the competitiveness of words from these Chinese varieties. Moreover, we also illustrate how co-occurrence, replacement, and the formation of new blends have led to a dynamic equilibrium in the competition and interaction between words from mainland Putonghua, Hong Kong Cantonese, and Taiwan Mandarin.

**Keywords:** Mainland Putonghua, Hong Kong Cantonese, Taiwan Mandarin, Lexical Competition, Chinese Newspapers in the US

# 三環同心圓：
# 漢英兩種語言波浪式的傳播模式

澳門大學人文學院中國語言文學系特聘教授　徐　傑
華中師範大學語言與語言教育研究中心博士研究生　劉望冬

**提　要**　根據當下漢語國際傳播所處的階段以及面臨的挑戰，我們極其有必要借鑒英語在國際化歷程中的經驗和教訓。英語的國際傳播經歷了由內向外，逐層擴散的三環同心圓傳播模式。與之極為相似，漢語的國際化歷程也經歷着一個由近及遠，由內而外，逐層擴散的同心三環波浪式傳播路徑。本文指出，三環的劃分應淡化甚至排除政治標準和政治因素，使用語言自身的標準，考慮語言自身的因素。語言的標準是：1）具體語言區域和漢語標準的關係；2）具體語言區域內漢語的實際使用狀況。三環中外環內各區域情況雖然多種多樣，但其共性仍大於個性。為了有效地提高漢語的國際化水平，我們應在不同環圈施行不同的教育模式和傳播策略。

**關鍵詞**　三環同心圓　英語　漢語　教育模式　傳播策略

# 引言

當今中國正處於將強未強、崛而未起的關鍵歷史節點，我們的漢民族共同語也處於一個相似的歷史發展階段。得益於中國經濟的高速發展，漢語在其原有豐沛文化優勢之外獲得了巨大的經濟競爭力，國際地位快速提高。作為一種文化紐帶和交際工具，漢語正逐漸超越國界而成為全人類的共同資源。適時有效推動漢語的國際化進程，將有益於華人，有利於中國，造福於全世界。

語言沒有優劣之分，但有強弱之別，決定某種語言強弱的主要是語言之外的社會文化經濟等因素，即語言綜合競爭力。如果把世界語言由強到弱劃分為四個層級：頂層語言、高層語言、中層語言和底層語言，那麼獨自佔據頂層語言位置的毋庸置疑是英語。[①] 憑藉着美國、英國、加拿大、澳大利亞和新西蘭五個核心英語國家的巨大綜合經濟實力，英語牢牢佔據頂層語言的位置並成為跨民族的國際共同語。而且，隨着信息技術的飛速發展以及現代通俗文化的全球性傳播，英語至高無上的國際地位仍在不斷鞏固。

漢語同英語相比，漢語的國際化遠遠未達到英語的歷史階段。首先，雖同為聯合國規定的工作語言，但在國際事務的適用領域以及實際溝通效力上，漢語跟英語還有很大差距。其次，中國是人口大國，

---

① 基金項目：華中師範大學中央高校基本科研業務費資助創新資助項目（2019CXZZ133）。所謂「語言綜合競爭力」主要包括五項要素：政治競爭力、文化競爭力、經濟競爭力、人口競爭力、文字競爭力。高層語言包括除英語外其他五種聯合國工作語言和德語、日語；中層語言包括韓語、馬來語、意大利語、荷蘭語等綜合競爭力中等的民族語言；底層語言指數量龐大的弱小民族語言，包括各後殖民地國家和地區的土著語言，各種地區方言。「語言強弱」概念參見鄒嘉彥、游汝傑：《漢語與華人社會》，第 209 頁。

講漢語的人佔世界總人口的五分之一。從這個角度看，漢語無疑是一種強勢語言。但更能說明問題的是，究竟有多少語言用戶將漢語當作外語來學習。全世界將英語作為第二語言學習的人數雖難以精確統計，但僅中國就有大約 4 億，全球範圍看至少有 10 億，而將漢語作為第二語言學習的人數介於 1 億至 2 億之間。再考慮到語言的文字競爭力，漢字信息化長期以來一直是個難題，而且過於複雜的漢字系統，對外語學習者而言也是個不小的額外負擔。[①]

需要說明的是，不同語言間的競爭主要是在同一層級的語言之間展開，而不是上下層語言之間。在國際範圍內，漢語主要是跟俄語、法語、西班牙語等競爭，而不是和英語爭霸。要推進漢語的國際化進程，我們很有必要借鑒英語國際化歷程中的經驗和教訓，以實現漢語成為一種享有像英語一樣地位的國際語言的終極目標（張新生、李明芳，2018）。

## 一、Kachru 的三環同心圓：英語的波浪式傳播模式

討論英語的擴散問題不能不首先提到克什米爾裔美籍語言學家，伊利諾伊大學語言學系榮休教授 Braj B. Kachru 有關英語擴散的「三環同心圓」理論（three concentric circles of English spread）（Kachru，1985）。他倡導世界多種英語的概念（即複數形式的

① 據《美國國務院外語績效評估》指出，漢語位居其評估中的「超高難度語言（Super-hard Languages）」。同時，根據以往經驗，漢字問題是美國人畏懼學漢語的主要原因之一。

world Englishes），並用三個同心環來描述英語的擴散：內環（Inner Circle）、外環（Outer Circle）和擴展環（Expanding Circle），如圖 1：

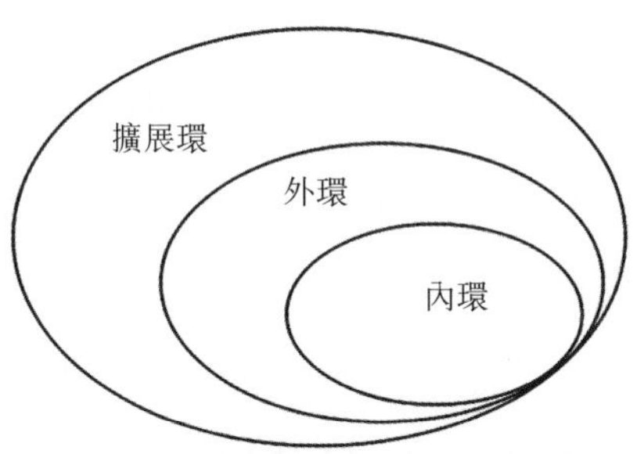


**圖 1　英語擴散的三環同心圓**

內環包括傳統的英語國家，其中英語是多數人的主要語言甚至唯一語言，這包括美國、英國、加拿大、澳大利亞和新西蘭五大英語國家，總人口約為四億。外環主要指馬來西亞、新加坡、印度、加納、肯尼亞、孟加拉國、尼日利亞、巴基斯坦、菲律賓、斯里蘭卡、坦桑尼亞、贊比亞等前英國和美國殖民地或半殖民地國家。外環中的這些地方英語都程度不同地獲得了制度性功能和地位，在行政、教育、社交等領域使用。但是英語往往不是這些地方的唯一語言，只是兩種或多種用語之一。那裏不同背景的人對英語的母語化認同程度也差別極大，總人口也約為四億。擴展環則包括中國、埃及、印度尼西亞、韓國、日本、俄羅斯、尼泊爾、沙特阿拉伯和津巴布韋等幾乎世界上所有其他國家。擴展環中人們都是把英語當作外語學習並在某些有限的國際場合使用，擴展環中使用英語的人口數量難以精準統計。Kachru 還就不同環圈內的國家跟英語標準的關係指出，內環國家是英語標準的提供者，外環國家是英語標準的發展者，擴展環國家是英語標準的依賴者。

Kachru 提出「三環同心圓」理論的初衷是呼喚人們清晰地認識到英語在當今世界的多樣性和國際性，要徹底擯棄傳統的母語和非母語的區別，那些傳統觀念和做法帶有強烈的排他性和歧視性，因為它錯誤地提示着，英語只屬於那些以其為母語的人所有，這一小部分人在英語問題上擁有語言特權，似乎只有他們才擁有對英語及其標準的所有權、監護權和解釋權。Kachru 等學者認為那些傳統觀念既不符合英語擴散和運用的現實，更無益於贏得廣大英語使用者的歸屬感和凝聚力，英語理所當然地屬於全體英語使用者，是全世界所有英語用戶共同擁有的資源。

## 二、平行的三環同心圓：漢語的波浪式傳播模式

### （一）依據政治標準和政治因素劃分的漢語傳播三環同心圓

已有學者運用 Kachru「三環同心圓」理論模式來描述漢語紛繁的使用現狀。如吳英成、林惜萊（2009）根據漢語在不同國家和地區習得及傳播的不同方式，將漢語的使用分為三個同心圓，如圖 2：

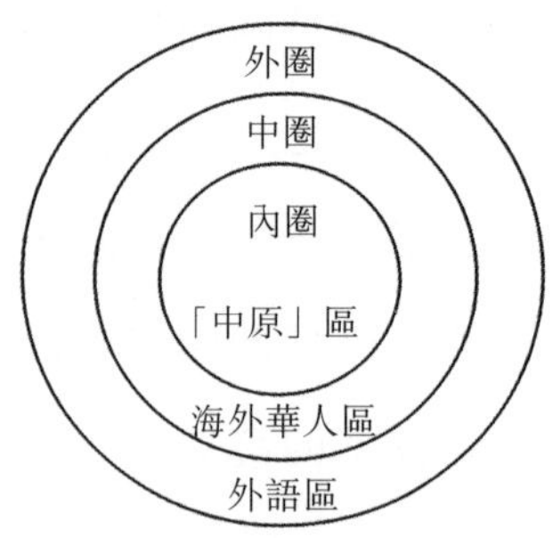


**圖 2　吳英成、林惜萊劃分的漢語國際傳播三環同心圓**

內圈指傳統的「中原」地區，包括中國內地與臺灣地區，內圈的特點是漢語不但是官方部門和私人企業的行政、教育等各領域與正式場合的強勢主導語言，也是多種語言 / 方言背景下的國家共同語；中圈指在不同歷史時期由移民所形成的海外華人社羣，中圈的特徵是多語社會；外圈是指以漢語作為外語學習的非華人地區，範圍包括日韓、北美、歐洲以及越來越多的將漢語列為大學外語課程的地區。

不可否認，二位學者在描繪漢語全球使用狀況，理清漢語國際傳播路徑方面做出了積極有益的探索。與 Kachru 對於英語國際傳播的劃分相比，二位學者注意到語言傳播不會像軍事佔領一般受到「國界」的限制，即語言傳播途經地區所呈現的是大小不一的語言區域，而非界限鮮明的行政區域，如作者在研究中就充分考慮到海外的「社區」級華語。並就歷史發展、漢語教學設置及同內圈的親密程度等方面的不同做出了必要的說明。

根據吳、林原文，我們將二位學者對「漢語三圈」的劃分依據和劃分結果整理如表 1：

**表 1　吳英成、林惜萊的劃分依據和劃分結果**

| | 名稱 | 具體區域 | 政治地位和使用功能 | 教育模式 |
|---|---|---|---|---|
| 內圈 | 「中原」區 | 中國內地、臺灣地區 | 官方語言、國家和地區的共同語 | 教育教學主導語言 |
| 中圈 | 海外華人區 | 新加坡 | 官方語言之一、華人族羣共同語 | 政府負責、華族學生必修科目 |
| | | 馬來西亞 | 非官方語言、華人族羣共同語 | 華人社團承辦 |
| | | 美國、歐洲、泰國、菲律賓、印尼及其他地區的華人社區 | 非官方語言、華人族羣共同語 | 主流教育之外 |
| 外圈 | 外語區 | 日韓、北美、歐洲等將漢語列為大學外語課程的地區 | 非官方語言、非國家或族羣共同語 | 大學外語教育 |

上表顯示，二位學者劃分「漢語三圈」首先依據的是漢語在當地的政治地位和使用功能。漢語在「內—中—外」各圈顯示出了「官方語言—非官方語言」「國家或地區共同語—華人族羣共同語—非國家或族羣共同語」的明顯梯度差異，漢語的政治地位和使用功能呈下降趨勢。其次，根據教育模式，漢語在「內—中—外」各圈所在地區教育模式中的重要性也逐漸減弱。

## （二）吳英成、林惜萊「漢語三圈」劃分所存在的問題

二位學者的「漢語三圈」劃分，首先是未能完全覆蓋所有業已形成的漢語使用區域，缺少香港地區和澳門地區。當然，我們知道作者並非是在研究過程中忽略了這兩個區域，原文寫道，「儘管香港在 1997 年已經回歸，但考慮到其複雜的社會語言環境、英國殖民地歷史，尤其是當前漢語的實際用途，香港目前還暫時不能算作內圈的一部分」（吳英成、林惜萊，2009:8）。由此看來，作者實際上是對這兩個在他們的標準下無法準確歸位的區域，採取了模糊處理的辦法，這種妥協也恰恰說明二位學者的「漢語三圈」劃分標準自身存在問題。

其次，將中國內地及中國臺灣地區一道劃入內圈，起碼未能揭示漢語在中國境內的傳播路徑，也掩蓋了在國家共同語下部分地區事實上存在的雙語現象和雙語制[①]。按照中國學者比較通行的説法，中國目前有 130 多種語言，分屬於漢藏、阿爾泰、南島、南亞和印歐五大語

① 雙語現象和雙語制是兩個不同的概念，雙語現象是一種語言使用現象，是就語言使用的結果表現出來的狀態而言的；而雙語制是一種語言制度，是語言使用的法規。雙語現象在我國民族地區普遍存在，而雙語制則只在個別地區制定過。參見戴慶廈、董艷：《中國少數民族雙語教育的歷史沿革（下）》，《民族教育研究》1997 年第 1 期。

系，還有官話、吳方言、粵方言等十大方言區（曹志耘，2017）。漢語在中國內部同樣存在由北向南，由官話區向非官話區、少數民族地區傳播的歷史事實。《中華人民共和國憲法》明確規定：「各民族都有使用和發展自己的語言文字的自由。」《中華人民共和國民族區域自治法》規定：「民族自治地方的自治機關保障本地方各民族都有使用和發展自己的語言文字的自由。」因此，在我國少數民族地區，漢語同各民族語言一道成為人們日常的交際工具，形成了一種事實上存在並具有法律保障的雙語制。該標準下，將中國境內官話區、非官話區、少數民族地區籠統地歸入內圈「中原」區，既忽略了漢語在中國境內傳播擴散的複雜性，也未能充分承認中國境內部分雙語雙方言的應有地位。

## （三）語言學標準下漢語國際傳播的「三環同心圓」

吳、林文章中之所以會出現上述問題，是因為他們過多依賴政治標準、考慮政治因素，在劃分「漢語三圈」的過程中被語言的政治地位所主導，忽略了語言本身的特點。本文建議對語言問題的討論應淡化甚至排除政治標準和政治因素，使用語言自身的標準，考慮語言自身的因素，以求客觀認識語言問題的本質。

按照「三環同心圓」理論模式來討論漢語的傳播擴散問題時，我們既需要具備宏觀的國際視野，又要充分認識漢語的使用現狀。當前，漢語的國際化遠遠未達到英語的歷史階段，我們也不一定照搬英語的做法。但是，這些學術思想和看問題的大格局對於我們討論漢語的國際化問題具有極大的啟發意義和參考價值。沿着這一思路討論漢語國際傳播的歷史和現實時，我們看到的也是一幅由近及遠，逐層推進的波浪式擴散畫面：漢語的運用在地域分佈上呈現出自北而南，由裏及外（從中國國內到海外），從華人向外民族的波浪式擴散畫面。如果進行粗線條的描繪，可以認為存在一個跟英語國際傳播非常相似的「三環同心圓」：最核心的內環是中國大陸的北方方言區（官話區），也可以稱為「小華語環」；其次是中國其他地區，包括南方方言區和少數民族地區，以及港澳臺、新加坡、馬來西亞，乃至歐美唐人街等共同組成的外環，也可以稱為「大華語環」；最後是由世界其他把漢語純粹當作外語學習和使用的國家組成的擴展環，具體圖示如圖 3：

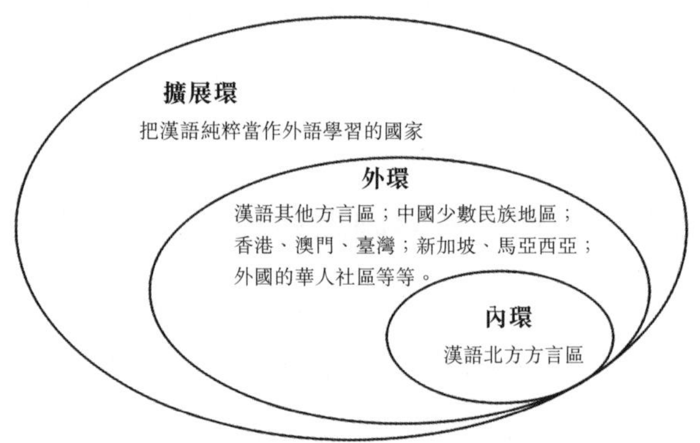


**圖 3　漢語國際傳播的三環同心圓**

不同於上述二位學者主要以漢語在當地政治地位的標準來描繪漢語的國際傳播，我們對於漢語同心三環的劃分，不以行政區域內的語言規定去代表區域內客觀存在的語言狀況。我們的目標是在「寬式國際華語」① 的視野下，結合漢語傳播客觀歷史事實，不僅要充分描繪漢

① 「寬式國際華語」定義的是一套簡單而且穩定的共同核心語言要素，它本身不是任何一種具體自然語言，而是一組語言特徵，他存在於大同小異的華語各區域變體之中；同一語言中不同變體之間的關係（如「新加坡式華語 / 北京式華語」）和完全不同的語言之間的關係（如「英語 / 華語」）一樣，它們只有理所當然的不同，而完全不存在高下之分。參見徐傑：《語言規劃與語言教育》，第 23—24 頁。

語國際傳播演變的路徑，還要依據不同環圈的特點，提出有助於漢語國際傳播的教育模式和傳播策略。我們的劃分標準主要有兩條：第一是具體語言區域和漢語標準的關係，第二是具體語言區域內漢語的實際使用狀況。

**標準一：具體語言區域和漢語標準的關係**

就具體語言區域和語言標準的關係來看，內環中的區域變體是漢語標準的制定者，外環中的區域變體是漢語標準的合理發展者，擴展環中各地區是漢語標準的依賴者。我們將漢語北方方言區單獨劃入內環，是因為北方方言從古至今一直是漢語的主流方言，是漢民族共同語的基礎方言和最主要來源，影響着漢語共同語的基本面貌，對漢語各子系統標準的制定都起到至關重要的作用。

納入外環的各區域變體是漢語標準的合理發展者。所謂合理發展者是指外環中各飽含特色的漢語區域變體（地方普通話）具有存在和發展的合理性和必要性。不論是境內的諸多地方性普通話還是境外各漢語區域變體，在經歷了起初作為各地人士學習普通話的中介語階段之後，現已基本穩定成為一種自然語言。各區域變體不僅服務於當地社會，滿足語言用戶的交際需要，還贏得了當地人士強烈的歸屬感，成為他們維繫情感的紐帶。同時，正如美式英語、澳式英語使用者不會以英式英語的標準來衡量自己的語言一樣，漢語各區域變體既無必要，也不可能以某一種漢語區域變體來作為自己的標準。如新加坡式華語就不會以北京式華語作為自己的標準，只能根據自身的標準，沿着自己的合理軌道自由發展，即根據新加坡的社會需要和人文特色，以新加坡華語的現狀為基礎來規範、豐富和發展新加坡華語。同理，納入外環的其他各漢語區域變體均需承擔起漢語標準合理發展者的角色，力求漢語標準向適度多元的方向發展。

擴展環中各地區主要把漢語當作外語來學習，這些地區所開設的漢語課程不僅限於大學，目前有越來越多的國家和地區在中小學和辦學機構開設了漢語課程。就與漢語標準的關係來看，這些地區不具備發展漢語標準的能力，是漢語標準的依賴者，對漢語標準難以起到有效的影響，主要是遵守內環、外環中的漢語標準，自身不能發展漢語標準。

**標準二：具體區域內漢語的實際使用狀況**

從漢語在具體區域內的實際使用狀況來看，內環北方方言地區的語言用戶不管是在私人場合使用北方方言，還是在公開場合使用以北方方言為基礎的普通話，漢語都是其交際過程中的唯一語言。該區域的漢語使用相對封閉，基本未受到其他語言或方言的影響，漢語在該地區具有絕對的統治地位。

外環中各區域漢語使用情況就複雜的多，但不是沒有共性，其共同特徵是漢語作為參與「語言配套」的選項之一供語言用戶選擇和使用。徐傑、羅坤（2015）認為「語言配套」（language packaging）指的是社會羣體或個別語言用戶基於當下現實需要和對未來的規劃，從可及的諸多備選語言中選擇一種或一組語言作為學習和使用的目標語；包括在羣體層面提供多語選擇的可能，和在個體層面把多語的可能變為雙語的現實。如該環中的香港地區，羣體層面的語言配套為語言用戶提供了「兩文三語」，即中文、英文，粵方言、普通話和英語，語言用戶可以在上述拼盤中依據自身需求和能力選擇不同數量的最佳語言組合模式。

擴展環中，漢語的使用狀況相對單純，即漢語被語言用戶純粹當作他人的語言，只在有需要的情況下學習。因此，漢語在此區域內是以外語的身份參與羣體層面的語言配套。那麼，同是參與羣體層面語言配套，擴展環各區域同外環各區域在此標準下的區別在哪？我們認為，漢語在外環和擴展環中分別居於語言配套的不同層面。漢語在外環各地區位於母語或準母語的行列，與其同處一個拼盤的均是具有深厚基礎並廣泛使用的幾種語言或方言，如澳門地區的語言配套是：粵語＋漢語普通話＋英語＋葡語，語言用戶在個體層面的選擇上一般會將粵語作為常數以滿足個人基本日常交際需要，又會因為不同交際目的或個人發展在漢語普通話、英語、葡語三者之間進行選擇。但擴展環中漢語處於外語的下位選項之中，比如在美國非華人地區，其語言配套可能是：英語＋外語，而與華語同處於可選項之列的是西班牙語、阿拉伯語、日語等等。因此，雖然漢語在外環和擴展環中均參與羣體層面語言配套，但其地位不同，在外環各區域羣體語言配套中是「主菜」，在擴展環中是「配菜」。

## 三、不同環圈中的不同教育模式與傳播策略

不同環圈中漢語的地位和使用狀況具有不同的特點，在致力於提高漢語國際地位，推進漢語國際傳播的共同目標下，理應採取不同的教育模式和傳播策略。談論教育問題，我們首先應理清與之相關的兩組概念，目前，不管是學術文獻中還是日常語言生活中，母語、外語，第一語言、第二語言等兩組概念的定義還比較混亂。我們認為，「母語」是相對於「外語」而言，其區別在於獲得時段不同，不能簡單

地理解為母國語和外國語的簡稱。母語（native language）指在語言習得關鍵期（兩歲至青春期開始的十三四歲）內基本掌握的語言；外語（foreign language）是指在語言習得關鍵期內未能掌握，過後通過學習和訓練掌握的語言。而第一語言是同第二語言、第三語言相對的，主要指語言用戶對某種語言掌握的程度，掌握最好的是第一語言，以此類推。對於絕大多數人而言，母語即是第一語言，但有的人母語可能不止一種（徐傑，2007）。上述三環各地區在教育模式上由遠及近可以表示如圖 4：

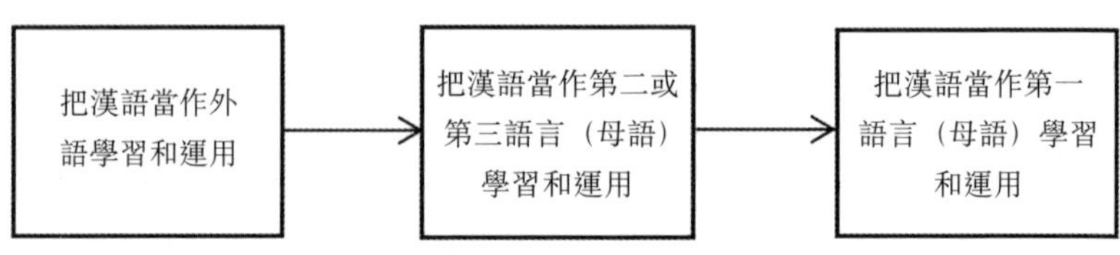


**圖 4　三環中各區域的語言教育模式**

在內環北方方言區，漢語既是絕大多數人的母語，也是他們的第一語言，在此區域施行的語言教育模式是母語教育。考慮到北方方言區漢語使用人口基數巨大，以及受到的外部語言競爭相對較少，這一區域是漢語使用最強勢的區域。從漢語國際傳播的角度看，這一區域可謂漢語參與國際語言競爭的「大後方」，應通過母語教育鞏固和加強漢語的強勢地位。

外環中各漢語區域變體是在多語環境下產生發展的，是參與羣體層面語言配套的一種選擇。如中國南方方言區，大多數語言用戶是成長於本地方言的語言環境，其母語是本地方言，地方普通話則是其第二母語；還有部分語言用戶出生於來自北方方言區的外來家庭中，自幼習得的是地方普通話，那麼這一類用戶又是在南方方言區以地方普通話為第一母語。又如在澳門地區，粵、普、英、葡四種語言在澳門青年的母語和外語認同上總體情況是：粵語（第一母語）—普通話（第二母語）—英語（第一外語）—葡語（第二外語）；同時，普通話在第二母語上的認同度並不是特別明顯（58.5%），比作為第一外語的英語（65.3%）的認同度還要低，二者在語言態度上存在競爭的可能（覃業位、徐傑，2016）。還有較為極端的情況，如在部分唐人街地區，新生代華裔生長於方言和當地語言的環境下，華語既不是他們的第一母語，也不是第二母語。因此，在此區域內施行的語言教育模式應採取以母語為導向的第二語言教育。之所以說是以母語為導向，是因為雖然評估一種語言的國際地位以及國際化程度是依據有多少語言用戶將其作為外語學習和使用，但考慮到漢語國際傳播的具體實際，更應把握的是外環中大小不同的漢語使用地區或社區，因為這是漢語在國際競爭層面的「前線」。從推動語言傳播的策略來看，就是要把握不同類型的漢語用戶，「固本開源」。強化漢語母語用戶，引導漢語作為第二母語用戶和漢語作為外語用戶向第一母語轉化。

這一強化、轉化思路需要理念上和策略上的共同努力。理念上就是在維護相對穩定的共同核心語言要素和高質量相互理解度的前提下，允許和尊重漢語普通話大家庭中各區域成員擁有一定的特色，給予境內外廣泛存在的普通話變體以平等的地位和充分的尊嚴。而策略上提倡在全世界範圍內對民族共同語的規範從寬掌握，實現民族共同語標準適度多元。徐傑和董思聰（2013，2015）從理論上和技術上分析了普通話標準適度多元理念的可行性和可操作性，認為「以北京語音為標準音」的普通話語音標準已經成功地完成了其在百年國語運動中的歷史使命，現階段宜將普通話的語音標準微調為「以北京語音為基礎音」，從而主動適應當今世界嶄新的語言生態環境；並通過體系性、穩定性和可理解性三項基本診斷標準來區分普通話區域變體的特點和普通話差錯的分際。

由於語言習得關鍵期是尚未成年且尚不具備獨立判斷能力的兒童時期，是否為自己創造環境和條件把漢語當作母語來掌握主要是由家長的決定。家長的選擇主要取決於於家長對漢語的認同感和歸屬感以及掌握漢語是否能對孩子將來發展帶來積極影響。我們認為，適時推進民族共同語標準適度多元，給予海內外普通話地域變體以充分的地位和尊嚴，就能立刻強化方言區尤其是海外華人區對民族共同語的認同感和凝聚力。對許多使用者來說，地方普通話體現了一種獨特的認同，不應該被認為是普通話不完美的、有缺陷的使用者（方小兵，2018）。推廣普通話的目的是為不同地區人民架設溝通的橋樑，而不是讓全國人民都能講一口標準北京式普通話。事實證明，體系完備、功能穩定，相互具有可理解度的地方普通話確已形成。若從觀念上進行轉變，適度放寬普通話標準，在更高層次上承認這些已經獲得個人和社會普遍認同的區域變體的合理地位，就可以為家長提供更多的理由和動力，鼓勵他們給子女創造條件，讓子女在幼年時期把漢語當做母語來學習。

擴展環中各國家將漢語當作外語學習，在此區域施行的語言教育模式以外語教育為主。是否將漢語當作外語學習，成年的語言用戶會根據個人需要和漢語的價值來做出理性判斷和選擇。但讓我們欣喜的是，隨着中國經濟的持續快速發展，越來越多的國家將漢語教學納入國民教育體系，海外漢語學習者正朝向低齡化的方向邁進；同時，依據不同「外語身份」的劃分，「低齡化」標誌着漢語取得了「基礎教育外語」的身份，但還需要向「第一外語」階段努力（李宇明，2018）。這與我們對於漢語在擴展環中的傳播策略不謀而合，通過一段時期的漢語在海外各國基礎教育的積累，推動把漢語作為外語向把漢語作為準母語或母語之一的方向發展。

## 結論

根據當下漢語國際傳播所處的階段以及面臨的挑戰，我們極其有必要借鑒英語在國際化歷程傳播中的歷史經驗和教訓。Kachru「三環同心圓」理論模式既顯示出了英語逐層擴散的歷史過程，也刻畫出了當下英語區域變體影響力強弱的地域分佈，所要表達的是今天高度國際化了的英語問題不再是英美國家的「家務事」，而是世界共同面對的問題。英語理所當然地屬於全體英語使用者，內環和外環各英語區域變體在影響力上有強弱之分，但在地位上是平等的。

通過「三環同心圓」理論模式來分析漢語國際傳播的歷史和現實，我們看到的也是一幅由近及遠，逐層推進的波浪式擴散畫面。不同於之前學者主要依靠政治標準和政治因素來劃分漢語傳播的「同心三環」，我們強調，應淡化甚至排除政治標準和政治因素，使用語言自身的標準，考慮語言自身的因素，將對語言學問題的討論回歸到語言本身。我們採取的是語言學的標準，第一是具體語言區域和漢語標準的關係，第二是具體區域內漢語的實際使用狀況。依據這兩個標準，內環包括中國內地北方方言區，該地區是漢語標準的制定者，漢語在其中是唯一的語言；外環包括中國內地南方方言區和少數民族地區，香港、澳門、臺灣地區，以及新加坡、馬來西亞，和海外唐人街華語社區，該環中各個地區是漢語標準的合理發展者，漢語在該環中作為主要語言參與羣體層面語言配套；擴展環包括所有把漢語當作外語學習的國家，它們是漢語標準的依賴者，漢語在此環中以外語身份參與羣體層面語言配套。

不同環圈中漢語的地位和使用狀況具有不同的特點，在致力於提高漢語國際地位，推進漢語國際傳播的共同目標下，各環理應採用不同的教育模式和傳播策略。在內環北方方言區施行的語言教育模式是母語教育。這一區域是漢語使用最強勢的區域，從漢語國際傳播的角度看，這一區域可謂漢語參與國際語言競爭的「大後方」，應通過母語教育鞏固和加強漢語在此區域內的強勢地位。

外環中各區域實行的語言教育模式應採取以母語為導向的第二語言教育。這一區域是漢語在國際競爭層面的「前線」。在語言傳播策略上，應貫徹民族共同語標準適度多元的理念，在全世界範圍內對民族共同語的規範從寬掌握，給予海內外普通話地域變體以充分的地位和尊嚴，以加強中國境內方言區、少數民族地區以及海外華人區對民族共同語的認同感和凝聚力。強化漢語母語用戶，引導漢語作為第二母語用戶和漢語作為外語用戶向第一母語轉化。

在擴展環中施行的語言教育模式是外語教育。隨着中國經濟的發展，越來越多的國家將漢語納入國民教育體系，海外漢語學習者正朝向低齡化的方向邁進，應通過一段時期的漢語在海外各國基礎教育的積累，推動把漢語作為外語向把漢語作為準母語或母語之一的方向發展。

## 參考文獻

曹志耘　2017　《關於語保工程和語保工作的幾個問題》，《語言戰略研究》第4期。

戴慶廈　董艷　1997　《中國少數民族雙語教育的歷史沿革（下）》，《民族教育研究》第1期。

董思聰　徐傑　2015　《普通話區域變體的特點與普通話差錯的分際》，《語言科學》第6期。

方小兵　2018　《當前語言認同研究的四大轉變》，《語言戰略研究》第3期。

李宇明　2018　《海外漢語學習者低齡化的思考》，《世界漢語教學》第3期。

覃業位　徐　傑　2016　《澳門的語言運用與澳門青年對不同語言的認同差異》，《語言戰略研究》第1期。

吳英成　林惜萊　2009　《漢語國際傳播：全球語言視角》，《漢語教學學刊》第5輯。

徐傑　2007　《語言規劃與語言教育》，學林出版社。

徐傑　董思聰　2013　《漢民族共同語的語音標準應微調為「以北京語音為基礎音」》，《語言科學》第5期。

徐傑　羅堃　2015　《多語環境下的語言配套》，《中國社會語言學》第1期。

張新生　李明芳　2018　《漢語國際教育的終極目標與本土化》，《語言戰略研究》第6期。

鄒嘉彥　游汝傑　2001　《漢語與華人社會》，復旦大學出版社。

Kachru, B.B. 1985 Standards，codification and sociolinguistic realism：the English language in the outer circle. In R.quirk and H.G.Widdowson (eds.)，English in the world：Teaching and learning the language and literature. Cambridge：Cambridge University Press.

# Three Concentric Circles: a Wave-like Spreading Model of Chinese And English

**Abstract:** In the light of the stage where the international spread of Chinese stands and challenges it faces, it is necessary for us to study the experience and learn some lessons from that of English. English spreads across the globe in a manner of three concentric circles, while the internationalization of the Chinese language has undergone by almost the same pattern. It is argued in this paper that when it comes to the division of the three circles, political criteria and factors ought to be weakened or even excluded, yet linguistic criteria and factors should be emphasized. The linguistic criteria are as follows: 1）the relationship between particular language areas and the standard of Chinese; 2）the actual pattern of use of the Chinese language in particular area. In spite of diverse situations in the Outer Circle, unity is still more than diversity. In order to enhance the internationalization of the Chinese language, it is recommended to implement different educational models and spreading strategies in different spread circles.

**Key words:** Three Concentric Circles; English; Chinese; educational model; spreading strategy

（本文曾刊《長江學術》2020 年第 1 期）

# 「臺美教育倡議」與兩岸國際中文教育的競合

華僑大學華文教育研究院特聘教授　任　弘

中美關係在特朗普政府（2017 年 1 月—2021 年 1 月）上臺後開始緊張，雙方從經貿科技的競爭，發展到教育文化的領域。關閉美國各大學的孔子學院以打擊中國向美國輸出語言文化的主要管道，並不斷將臺灣當作槓桿。「臺美教育倡議」就是在特朗普執政後期提出的，拜登政府持續這個政策。本文回顧臺灣華語文教學的歷史經驗，說明臺灣回應臺美教育倡議的具體做法，分析其對兩岸拓展中文國際教育的影響。

兩岸的國際中文教育在名稱和內涵都有一些差異，這些差異也反映了兩岸的發展過程。針對中文非母語的人學習中文，中國大陸目前使用的「國際中文教育」一詞，是 2020 年之後開始普遍使用，歷經對外漢語教學、漢語國際教育兩個階段的名稱演變；臺灣地區在 1949 年後一開始延用「國語教學」，約 1960 年代改稱「華語文教學」，1990 年代成立「對外華語教學」專業，英文用的是 Teaching Chinese as a Second Language, TCSL，但在使用時常省略「對外」二字，「華語文教學」仍然普遍使用。國際中文教育和針對華裔子弟學習的華文教育（Overseas Chinese Language Education）體系一直有着錯綜複雜的關係。大體而言，大陸對兩個專業的區分較為明顯，臺灣地區則較為模糊，在政府的法律上稱之為「僑民教育」（簡稱「僑教」），但一般亦稱之為華文教育。本文使用國際中文教育談兩岸的「華語文教學」問題，名詞和概念有時混用。

## 一、兩岸國際中文教育發展回顧

臺灣地區的華語文教育的發展，明顯受到內外政治情勢的影響。從 1945 年戰後國民政府接收臺灣地區，教臺灣人民從日語轉換為國語（普通話），從北平來臺的學者主導的國語運動，是第一個時期。從 1955 年到 1970 年，是第二個時期。朝鮮戰爭後臺灣地區面對一個新的國際情勢。中文教學進入一個的新起點，美系基督教為主的神職人員與美國軍方和學界的對學習中文需求，促使臺灣地區的「對外華語教學」有了快速發展。臺灣地區幾所基督教大學的成立和大量美國駐臺「外交」與軍事人員，為臺灣的華語教學市場提供了發展機會。另一方面，國語日報社的成立和 1956 年臺師大的國語中心的成立，使得臺灣地區繼承了北平國語教育的傳統，並逐漸建立起本土的特色。民間的臺北語言學院（TLI）和臺大的史丹福中心，開拓了一般學習者的市場。但是在教學法和教材的編寫上仍受美國的影響。在早期的發展過程中，臺灣地區從未間斷的僑教傳統為臺灣華語教學走向國際提供了機會，也為國別化的教材和教學方法提供了實踐的經驗。

1970 年代臺灣地區受到嚴峻的外交危機，中國大陸內部雖然有文革的混亂，但在外交上卻有許多的突破。繼退出聯合國（1971），與日本（1972）和許多東南亞國家也相繼斷交，最後與美國（1979）斷交；加上美國的保釣運動和臺獨運動，使得臺灣地區面臨空前的緊張的外部壓力。臺灣地區在蔣經國主導下做了許多的調整，開放黨禁報禁，致力於民主化，開放兩岸探親。1970—1990 年，臺灣地區的中文教學也進入第三時期。這段時期，美國的學習中文和研究中國的重心逐漸轉向中國大陸。臺灣地區的高校有一批留學美國的語言學和外語教學專業的學者返臺，為各大學的華語教學增加生力軍，致力於本土的學術基礎。在僑務政策方面，也逐漸以僑教為重點，從爭取海外華人政治認同調整為文化認同，並着重為僑社培養一些具有職業專長的人才。這一時期，華語文教學尚未建立起獨立的學術專業，但在「世界華語文教育學會」（簡稱「世華會」）與一些民間機構在提昇華語教學的學術理論，以及華語教師培訓方面表現特別傑出，也積累了相當的實力。在他們共同努力下，為臺灣地區的華語教學建立了本土特色。

1990 年代，國際冷戰結束，全球化興起，臺灣地區在這一時期發展華文教育專業本是水到渠成之事。然而臺灣地區卻在此時陷入內部的政治轉型，從復興中華文化轉向建立「臺灣主體性」，主政者（李登輝）對華語文教育國際化和中華文化的國際傳播興趣不大。臺灣地區過去 40 年累積的優勢在這關鍵十年，未能跟上時代的潮流，不進則退，殊為可惜。然而僑教方面，積極的轉型，並在華語教學數字化的發展和數位資源的建立，扮演了重要角色。

中國大陸在 1970 年代後期改革開放 10 年有成，經濟崛起，在 1980 年代後期在國際間掀起華語熱。中國大陸面對新情勢，積極推動對外漢語教育，無論是在專業發展和人才培育的數量，以及國際市場的開拓上，都急起直追；大陸僑務體系也積極恢復協助海外華教體系，並虛心學習臺灣的僑教經驗，成果亦令人刮目相看。

2000 年代起，美國外語學界提出 5C 理論和 SATII、AP 中文、沉浸式中文教學等語言政策，美國對中文熱的回應全球第一。中國漢辦也積極協助和參與美國各種中文學習的，從 2006 到 2016 年是中國大陸與美國在中文教育合作的黃金 10 年。①

## 二、中方的調整：漢辦改弦更張

特朗普（2017 年 1 月—2021 年 1 月）上臺後中美關係開始緊張，從經貿科技的競爭，發展到教育文化的領域。美國國務院在 2020 年 8 月宣佈，將美國的孔子學院認定為「外國使團」，視孔子學院與中國駐美大使館和領事館一樣需要符合美國政府的行政要求。特朗普政府要求美國各大學關閉孔子學院，以打擊中國向美國輸出語言文化的主要管道。部分歐洲國家也跟進。

孔子學院在西方國家遭受挫折後，中國大陸對漢語國際教育政策做了很大的調整。2019 年 12 月在長沙舉辦的國際中文教育大會，釋放了改革漢辦的訊息。隔年（2020）6 月，由 27 所高校和企業共同發起成立中國國際中文教育基金會，7 月，教育部成立中外語言交流合作中心（簡稱「語合中心」）。語合中心成為教育部主政的常設機構，以公益教

① 以上歷史回顧，參閱：任弘《臺灣華語教學的發展歷程與反思》

育機構的新面貌發展國際中文教育，取代漢辦的任務編組，並將漢辦以往的對外業務由中國國際中文教育基金會執行，儘量減低官方色彩。

即便中國做了調整，美國政府鷹派人士長期鎖定孔子學院，指控孔院是中國政府所掌控，企圖利用中國語言和文化教學擴大中國的政治影響力，放言在 2020 年底前關閉美國大學內的孔子學院。

## 三、美國提出「臺美教育倡議」

美國政府在關閉孔院的同時，放出「臺美教育倡議」（U.S.-Taiwan Education Initiative）的新政策，期望臺灣地區取代大陸在美國中文教育的各項合作。美國在臺協會（AIT）的官方網頁中英文版對倡議的描述是：

The U.S.-Taiwan Education Initiative is aimed at expanding access to Chinese and English language instruction, while safeguarding academic and intellectual freedom. Specifically, the Initiative highlights and enhances Taiwan's critical role in providing Chinese instruction both to Americans and to people around the world. We welcome you to explore opportunities to become a Chinese language instructor or to study Chinese in Taiwan.

「臺美教育倡議」旨在提供一個架構讓美臺雙方增加教育交流，擴大雙方教育合作計劃，旨在將臺灣打造成外國人學習中文的最佳去處。美國和臺灣將持續合作，鞏固臺灣為美國及全球提供中文教學的重要角色，使全球有意學習中文的人能在一個不受言論審查與限制的環境下，自由學習中文語言。

當時的 AIT 處長酈英傑（William Brent Christensen）很清楚地表明美方的兩個目的：一、希望臺灣地區在美國關閉孔子學院後，扮演一定角色，因為美國學生對學習中文仍抱有濃厚興趣，此項倡議「將特別突顯臺灣在提供中文教學方面的重要角色，為美國也是為世界各地的人們，並且力求擴大臺灣地區在這方面的影響力」。明白要臺灣地區取代大陸的孔院的功能。二、希望協助臺灣加強英語教學，包括 2030 年達成完全雙語目標。

臺灣民進黨政府以鮮見的積極態度和效率回應「臺美教育倡議」，2020 年 12 月臺美雙方正式簽約。將華語學習視為「戰略與國家安全議題」，指定國安會副祕書長徐斯儉領軍，整合跨部會資源，外交部、教育部、僑委會參與和美方進行細部的合作。藉着「臺美教育倡議」，臺美雙方增加教育交流，擴大雙方教育合作計劃，旨在將臺灣地區打造成外國人學習中文的最佳去處。美國和臺灣地區將持續合作，鞏固臺灣地區為美國及全球提供中文教學的重要角色，使全球有意學習中文的人能在一個不受言論審查與限制的環境下，自由學習中文語言。好像一下回到了 1960 年代。

## 四、臺灣民進黨政府的積極回應

### （一）教育部：華語教育 2025 計劃

臺教育部在馬英九政府時期曾執行過「華語文教育八年計劃」(簡稱「華八」)，因效果不彰且跨兩屆政府而草草收場。民進黨政府藉着與美方簽訂「臺美教育倡議」的機會，重新推出「華語文教育 2025 計劃」，重點有三：

1. 調整執行機構：將「華八」時期的「全球華語文教育項目辦公室」（簡稱「華辦」）改為「臺灣華語教育資源中心」，其組織定位為：「辦理研究、訓練、建制數據庫、擔任臺灣華語文對外及對內服務窗口」，並規劃了五大策略：一、優化華語教師培訓；二、完善對外華語教學系統；三、研發華語數位教學體系；四、推動華語教育國際營銷；五、統籌華語教育策略規劃。

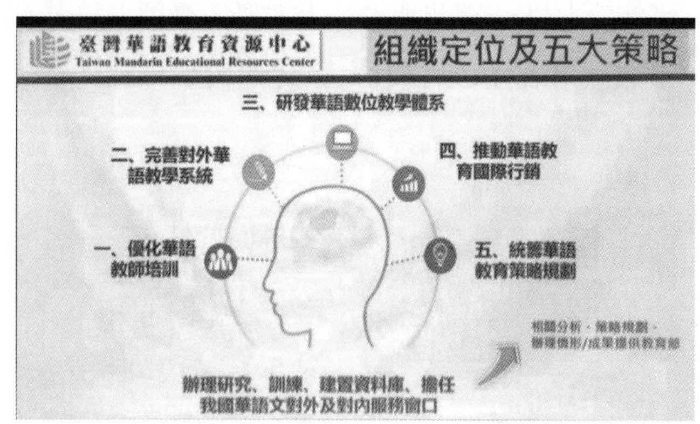


**圖 1 「臺灣華語教育資源中心」組織定位與五大策略。**

圖源：臺「教育部」

2. 整合六項基礎工程：語料庫、華語能力測驗、課程指引、華語教材、在線課程與數位資源平臺。臺灣地區將這六個基礎工程稱之為「國家隊形工具箱」。[①] 其中，語料庫應用系統已整合完畢，並發展「臺

① 華語文的「國家隊形工具箱」是主持臺美教育專案的國安會副秘書長徐思儉 2021 年 11 月 23 日在僑委會舉辦的「華語教學國際高峰會」提出。工具箱（tool boxes）的概念年來自 1980 年代歐盟和聯合國難民署關於解決難民庇護問題的方法。工具箱概念逐漸發展成「提供一個系統的概述機構設置，協調立法工具和相關政治問題的方法」。參見：聯合國難民署網頁 Introduction to the Tool Boxes” https://www.unhcr.org/41b6c7f84.pdf

灣華語文能力基準（TBCL）」，預計 2023 年推出「華語文能力測驗 2.0」，將在華測成績單與證書上顯示與國際主要語言能力指標間對應關係，以及建置「臺灣華語教學數位資源平臺」，以臺灣整體」國家」形象推廣華語教育。

3.「優華語計劃」推展國際合作：其中優化華語計劃，設置境外「臺灣華語中心」，並可選送華語教師「出國」，以臺灣地區的大學和美國的大學「校對校」（U to U）合作，與孔子學院的做法類似，最受到各高校（尤其是有華語專業和設有華語中心的大學）的重視。教育部首先核准了文藻外語大學—德州聖湯瑪士大學，臺師大—賓州州立大學的合作案，並很快發佈 10 所高校可以比照設置境外「臺灣華語學習中心」。

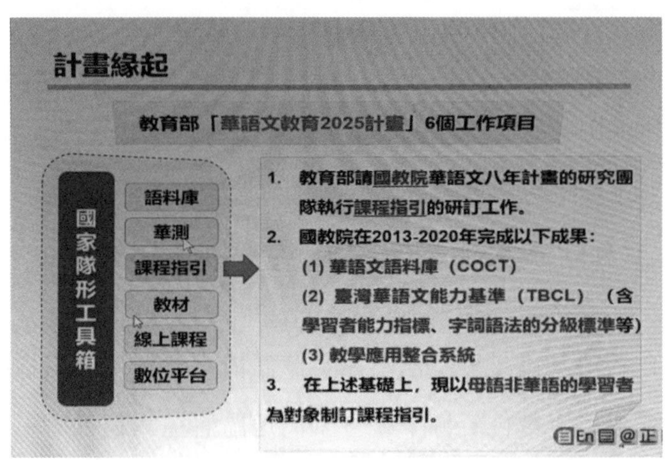


**圖 2　教育部「華語文教育 2025 計劃」簡報，要建構六個「國家隊形工具箱」。**

圖源：臺「教育部」。

教育部在回應「臺美教育倡議」的計劃中，還有一個設置境內「雙語教育區域資源中心」項目，成立「雙語教育區域資源中心」，2021 年 9 月 27 日，全臺首座「雙語教育區域資源中心」在高雄中山大學揭牌。中山大學將與文藻外語大學攜手，透過整合國際資源與組織，協助區域內一般大學與技職大學、中小學提升英語授課水平。這符合美方期望。臺灣地區雙語教育牽涉甚廣，本文不在此多談。

## （二）僑委會：成立「臺灣華語文學習中心」

臺灣僑委會向來負責海外華僑的僑教體系，對中文國際教育是輔助性質。在民進黨執政的僑委會領導認為，歐美孔子學院退場是爭取海外華語文市場擴展契機，「臺美教育倡議」簽訂後，僑委會提出的方案是：輔助歐美地區僑校（中文學校）成立「臺灣華語文學習中心」（Taiwan Center for Mandarin Learning, TCML），成為推廣具臺灣華語文教學之重要據點之一。

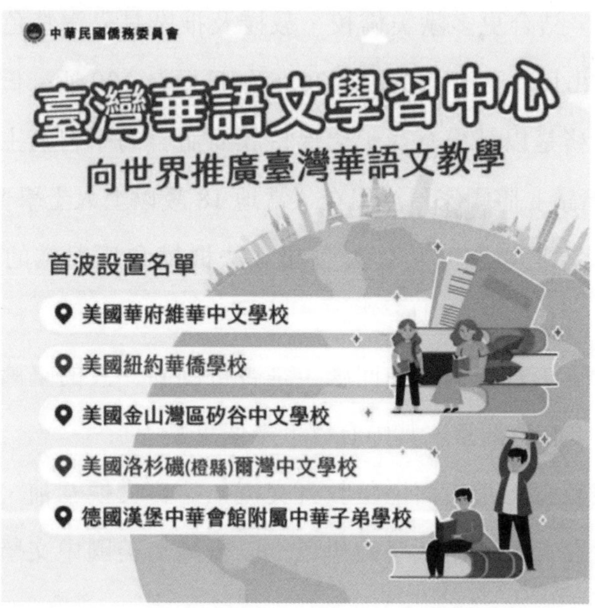


**圖 3：僑委會 2021 年公佈的第一批 5 所「臺灣華語文學習中心」。**

圖源：臺「僑委會」

僑委會先後頒佈了《臺灣華語文學習中心設置計劃》《臺灣華語文學習中心聯繫輔助要點》遴選歐美辦學績優的中文學校，以補助經費的方式鼓勵他們開設提供當地 18 歲以上人士學習華語文的課程。2021 年底經審查輔導計成立了 18 所「臺灣華語文學習中心」，其中美國 15 所及歐洲 3 所（英、德、法各 1）。

僑委會委員長童振源特別為此在 2021 年 8 月底到 9 月初訪問美國，為新設立的臺灣華語文學習中心揭幕。2021 年 9 月 8 日 AIT 在臉書上貼出童振源在美國的消息和照片。貼文中再度強調，學習中心旨在「為美國成人提供華語學習課程，並且讓更多人在自由與民主的學習環境下認識臺灣的多元文化。」教學對象與孔子課堂的性質很相似，至於「自由與民主的學習環境」，就頗有針對性。

僑委會未來將繼續鼓勵歐美地區僑校踴躍申請設置「臺灣華語文學習中心」，結合更多歐美僑校，教授及推廣具臺灣特色之華語文教學，分享自由民主之臺灣經驗。2025 年目標為 100 所。僑委會本來的僑民教育任務是以輔導華裔子弟保持族裔語言的學習為主，為了配合「臺美教育倡議」將國家預算用在「當地 18 歲以上人士學習華語文」，與其組織法源是相左的，是否引起立法機構和反對黨的質疑仍有待觀察。

臺灣對臺美教育倡議的回應，是否帶動新一波的臺灣特色的國際中文教育，仍有待觀察，其中有以下幾個重點：

1. 臺美教育倡議表面上是教育交流，語言交換互補，真正的目的是降低大陸在美國華語教學的角色，以臺灣為美國中文學習的主要合作對象。

2. 美國在倡議中明言希望協助臺灣往「雙語國家」發展，其實就是走新加坡的老路，協助臺灣去中國化，有鮮明的政治目的。臺灣學界對雙語國家仍有許多反對聲音，社會尚無共識，且立法之路遙遠，目前還在「偷跑」階段。但教育部已積極部署，投入的資源比華文教育還要多。

3. 教育部責成臺灣的大學在美國的大學建立「臺灣華語中心」，僑委會輔導歐美中文學校成立「臺灣華語文學習中心」，都是孔子學院、孔子課堂的老路，臺灣資源有限，是否能持續發展，有待觀察。

4. 教育部借勢將臺灣的國際華語文教育的資源盤整，展開幾項基礎工程的建設，是受到臺灣學界的肯定。但臺灣華語文教育要向國際發展，堅持正（繁）體字、建立自己的標準，發展自己的語言測驗，市場仍然有限。

5. 僑委會輔導美國辦學績效較好的中文學校成立「臺灣華語文學習中心」，為美國成人學習中文服務，是否會改變中文學校做為社區族裔語言學校的體制，也值得觀察。

## 五、兩岸華語文教育的競合

在 1980 年代中國大陸積極發展漢語國際教育時，臺灣地區民間的華教組織「世華會」曾組團訪問大陸對外漢語教育學界，為雙方的交流搭起橋樑。「世華會」的學者回臺後，大聲疾呼臺灣應儘速建立對外華語的專業。兩岸學界對中文國際教育充滿了信心和憧憬，並為雙方的教師和研究生也建立了定期互動的機制。由於兩岸政治現實，雖然未能更廣泛地具體合作，但為兩岸學界建立了交流的管道，至今未歇。

中美關係的發展與美國對學習中文的政策的改變，為兩岸華語教學合作帶來新的變數。在這個困難時期如何在以往的基礎上，思考新的模式繼續溝通，促進交流合作，

## （一）臺灣華語文教育的困境

臺灣與中國使用不同之文字，這才是臺灣華語文教育中所須強調之特色與市場。更有利的是臺灣所使用之文字——繁（正）體字，是一項非常重要的文字。此一文字在數千年迄今的亞洲文化中，毫無疑問的是一項最重要的文字。臺灣……擁有此項最大之利基，這是臺灣真正須搶攻之華語文教育市場。臺灣的華語文教育者應強調此一差異性，體認自己是全球「繁（正）體字」之教育中心。千萬不要面對中國就妄自菲薄，將臺灣是「繁（正）體字」教育中心之地位拱手讓人。希望有一天中國的漢學家、歷史學家也須到臺灣學繁（正）體字，這才是真正成功的臺灣的華語文教育。[①]

這段文字摘自 2006 年《國語日報》刊登的一篇文章，反映出當時臺灣學界許多人的看法。但就因為這些堅持，臺灣地區的華語文教育陷入了一個畫地自限的困境。至少有以下三個主要問題：一、漢字的繁簡之爭。姑不論漢字的繁簡之爭的是非與對錯，現實的情況是繁（正）體字和注音符號在國際華語文的市場佔有率日益萎縮，已經不是國際中文學習的主流，但部分臺灣的華語教學者仍堅持只教繁體

① 陳信文《臺灣華語文教育的藍海策略》臺北：《國語日報》2006. 09. 13

字。二、臺灣華語教師的資格認證問題。臺教育部也有「華語教學能力認證考試」，但沒有受到國際認可，這對於臺灣華語教師的國際競爭力，拓展國際市場也是非常不利的。三、學生的學習評鑒。TOCFL 與 HSK 無法競爭。

形勢比人強，要突破上述三個問題的困境，不是臺灣單方面可以解決的，兩岸合作才有解套之路。兩岸越不交流，臺灣地區就越自我設限。

## （二）兩岸合作的具體內容與模式

### 1. 加強與臺灣民間華教組織合作

臺灣地區華語文教學在過去的發展經驗中，民間力量發揮了重要力量，大陸可以積極與一些民間組織交流，繼續共謀合作之路，例如 TLI、世界華語文教育學會、財團法人華語文教育發展基金會等。持續共同舉辦兩岸學者參與的研討會，兩岸師生的交流活動等，比較大膽的想法是，授權他們在臺灣地區辦理大陸的教師認證和 HSK 測驗。

臺灣民進黨「去中國化」的政策愈來愈極端，從事華語教學的師生同時都是中華文化的傳播者，大陸宜爭取與他們保持良好的互動。

### 2. 國際中文教育與華文教育做更好的結合

臺灣地區的華語文教育發展的過程中，僑教（海外華文教育）一直扮演重要的角色。海外華人在兩岸對峙時曾有過嚴重的左右之分，部分東南亞國家封殺華文教育。在中國大陸改革開放後，許多地區逐漸解禁。大陸新移民的增加，美國週末制中文學校的崛起，也為華文教育帶來另一波高潮。如今海外華人一改冷戰時期的對立，對兩岸關係反而具有潤滑和緩衝的作用。兩岸政府都非常重視海外華文教育，從海外開始合作比較不敏感。美國分屬兩岸的中文學校體系從 2008 年之後就開始合作交流，甚至與主流合作共同成立「全美中華語言文化聯盟」（NCLCC, The National Chinese Language and Culture Coalition），雙方都認同族裔語言教育的中立性，同時與國內和居住國保持持密切的合作，相互間不再對立，而是積極的相互砥礪。[①] 這是一個極具有啟發性的方向。

另一方面，兩岸學界對於國際中文教育專華文教育兩個專業之間的相互融合支援，也應進一步建立更好的模式。如今族裔語言理論（Heritage Language Theory），以及結合社會語言學的家庭語言規劃（Family Language Policy），已成全球化移民時代的重要語言學習理論，從理論與實際來說，雙方都需要有更多的合作。

**3. 留意美國本土的中文教育發展**

美國在 2001 年「9．11」事件後，對外語學習開始有新的政策，從《國家安全語言法》（National Security Language Act, 2003）到「國家安全語言倡議」（National Security Language Initiative, NSLI, 2006）一系列的政策，都在走二戰後《國防教育法》的概念。就中文學習而言，AP 中文和沉浸式中文教育是影響美國主流教育體系最重要的的兩個發展。從 2006 到 2016 的 10 年間美國對中文學習投入大量的財力，由於人才不足，也積極與中國漢辦合作，包括大量設置孔院和派遣志願教師。2016 年後美方改變政策後，切斷中國大陸提供的中文學習資源，這個缺口並非「臺美教育倡議」可以彌補，因為臺灣可以支援海外

① 參見任弘《排斥與融入：美國華人社會與華文教育史》（臺北：財團法人華語文教育發展基金會，2023）第九章第四節〈華教組織的建立：臺灣系與大陸系兩個聯合會的競合〉第 431-450 頁。

的體量有限。因此學界仍應仔細追蹤研究美國中文教育的後續發展，同時思考如何以其他方式切入美國的中文學習市場。

兩岸華人新移民在美國建立的中文學校體系都非常龐大，遍佈全美各州，雖然中文學校成立的初衷是族裔語言學習，但在這個特殊的時期也可以用來開拓或保持美國的中文學習市場。臺灣僑委會配合「臺美教育倡議」而選擇一些辦學較好的中文學校投入協助美國成人學習中文。此舉雖然有爭議，但提供了一個思考方向。大陸系的中文學校是否要在這個時期也加入拓展美國學齡兒童學習中文的市場，是可以研究的。

## 結語

臺灣華語文教學的歷史經驗，始終受到外部國際環境和內部政治變遷的影響。以 1990 年為界，可將臺灣地區華語文教學發展分為前後期，從 1945 到 1990 年的前 45 年，受到國民政府遷臺和美國的影響，有不錯的發展，具有相當的優勢。至 1980 年代後期，中國大陸開始積極發展對外漢語教學，臺灣地區因內部政治變遷，面對 1990 年代國際冷戰結束和全球化的新情勢，對外華語教學和國際文化傳播不受重視，優勢逐漸流失。

兩岸的國際中文教育可以是兄弟登山各自努力的競爭，但不需要敵對。未來國際中文教育的主導勢必向中國大陸傾斜，兩岸應積極合作，尋求具體可行的模式。如何擺脱美國或其他外部的影響，共創雙贏，是兩岸學者積極思考的議題。本文提出一些初步的想法，期能拋磚引玉。

# 大灣區粵語 DNA

香港能仁專上學院中文系教授　黃坤堯

**提　要**　大灣區通行粵方言，或稱廣州話、白話。粵語源於古漢語及古越語，語音架構跟《廣韻》的格局幾乎完全一致。可是粵語底層卻也融合了大量的壯語、瑤語等的詞彙及句式，很多還是民眾基本的日常生活用語，一出口馬上就會聽到，跟現代漢語差異亦大。本文擬從文獻語言入手，探討粵語原始基因 DNA 的特質。大灣區包括九市二特區，本文立足香港，輻射及於全區。香港土著以峯民、越民、蜑家為主，隨著粵、潮、閩、客各族相繼遷入，語言複雜多樣，逐漸亦以粵語為主體。根據文獻材料的考證，南宋年間有記錄的粵壯詞彙，約有 14 字。大灣區的粵語大約始於明末清初，屈大均（1630—1696）《廣東新語》很多土語依然沿用至今。此外戴望舒（1905—1950）《廣東俗語圖解》也保留了若干三十年代的歇後語及生活用語。最後介紹廖恩燾（1865—1954）〈重印《嬉笑集》自序〉，他除了以俗話寫七律之外，更以粵語撰寫駢文，文采飛揚，充實方言氣息。其他清代的古典粵歌、招子庸（1786—1847）《粵謳》（1821）的〈弔秋喜〉及葉廷瑞（1786—

1830）的南音〈客途秋恨〉，以至近代報刊的三及第文體、粵語流行曲等，當然也能顯示粵語強大的遺傳基因，限於篇幅，就不談了。請大家指正。

**關鍵詞** 大灣區 香港 盧亭 粵語 古越語 壯語 瑤語 《廣東新語》《廣東俗話圖解》《嬉笑集》

## 一、大灣區粵語

大灣區方言就是粵方言，即廣州話、白話，本地人的生活語言。由於普通話是全國通行的共同語，很多官方場合要説普通話。但離開了官方場合，大家我行我素，一般還是慣用粵語作交流語言。

大灣區九市二特區的語言 DNA 基本上都是粵語，有些地方可能會混雜客家話、潮州話、壯語、瑤語、佘（sɛ4; shē）語等，這是民族融合的必然結果，而粵語自然也深受這些地方語言的影響，發生本質上的變異，因此也產生了不同的方言片。

粵方言內部比較一致。按地域分佈及語言特色，或可分為四個方言片：粵海片、四邑片、高陽片、桂南片。其中粵海片亦可分出香山片、莞寶片，則為六片。大灣區粵方言以粵海片，香山片、莞寶片為主，次為四邑片。至於東邊的惠州話，介於粵語與客語之間，亦粵亦客，半粵半客，或可謂之「客粵語」。[①] 細分之則有廣州話、香港話、澳

① 劉叔新（1934—2016）〈惠州話系屬考〉云：「惠州話的語音略向廣州話傾斜，與廣州語音近些，距客家話語音較遠。在話語聲音的語感上，儘管惠廣之間同惠客之間有著差不多同樣大的差距，但惠州話與粵語四邑系的臺山話卻很相像。這一點也是值得注意的。」參《粵語壯傣語問題 —— 附語法語義詞匯問題研討》（北京：商務印書館，2006 年 5 月），頁 179。

門話、石岐話、莞城話、臺山話、新會話、惠州話等不同的方言點。即以聲調為例，廣州、香港九調。澳門陰上、陽上不分，只有八調。中山話六個聲調，即平分陰陽、上聲、去聲、陰入、陽入。四邑片多數為八個聲調，例如臺山話平上各分陰陽（陰去與陽平同調值 33）、去聲、上陰入、下陰入、陽入。惠州話七調：陰平（33）、陽平（11）、上聲（35）、陰去（13）、陽去（32）、陰入（5）、陽入（2）。[①]

其實大灣區個別縣市往往同中有異，無論語音、語法、詞彙、構詞法等各有不同，不會完全一致。例如石岐話，長輩讀「堯」（ŋiu⁴）、「魚」（ŋy⁴）等字都有 ŋ 聲母，這是石岐鄉音保留古疑紐字的痕跡；可是現在一般人都讀零聲母（jiu⁴、jy⁴）。至於八十年代以後出生的，所有疑紐字「銀」（ŋɐn⁴）、「藝」（ŋɐi⁶）等幾乎都不能將 ŋ 聲母讀出來。一家人三代不同的讀音，可能就是歷史音變過程中的一個共時的縮影。

大灣區方言可以說是「不一樣的方言」，或有兩重意義：其一可以理解為粵語，相對於普通話來說，就是不一樣的方言。其二可以理解為大灣區九市二特區的話語，互有不同，以至各市（特區）的語音、聲調、語法、詞彙、構詞等並不一樣，各有各精采，看來未嘗不可。

---

① 詹伯慧（1931—）、張日昇（1938—）主編《珠江三角洲方言字音對照》（香港：新世紀出版社，1987 年 7 月）列出的方言調查點有北京、廣州（市區）、香港（市區）、香港（新界錦田）、澳門（市區）、番禺（市橋）、花縣（花山）、從化（城內）、增城（縣城）、佛山（市區）、南海（沙頭）、順德（大良）、三水（西南）、高明（明城）、中山（石岐）、珠海（前山）、斗門（上橫水上話）、斗門（斗門鎮）、江門（白沙）、新會（會城）、臺山（臺城）、開平（赤坎）、恩平（牛江）、鶴山（雅瑤）、東莞（莞城）、寶安（沙井）、惠州（市區）、東莞（清溪）、深圳（沙頭角）、從化（呂田）、中山（南蓢合水）、中山（隆都），其中大灣區的方言點 31 個。

## 二、香港語言的變遷

大灣區原屬古越族的蕃息之地，現在絕大部分都已漢化，但很多地方仍然住有壯族、瑤族、佘族等少數民族，語言之間的相互影響在所難免。

香港土著居民大多為傜、輋（tsɛ$^{4}$; shē）及越族。最早在正史出現的就是南宋慶元三年（1197）大嶼山一帶傜人作亂。《宋史．寧宗紀》：「慶元三年（1197），是夏，廣東提舉茶鹽徐安國遣人捕私鹽於大奚山，島民遂作亂。」「八月辛卯，知廣州錢之望遣兵入大奚山，盡殺島民。」① 案大奚山即大嶼山，酋長萬登，又名老萬山，嘗領導島民抵抗宋軍。其後被官兵平定，傜民亦逐漸漢化。現在大嶼山恰巧亦屬萬山羣島一帶，當時傜人可能控制萬山羣島附近的海域或若干島嶼，面積相當廣闊。

輋民［禾輋、坪輋］本作「佘」，為古代傜族的分支。現在沙田的上、下禾輋、大輋、大埔林村的大芒輋、沙頭角蓮麻坑的坪輋、十四鄉的輋下、西貢壕涌的莫遮輋、横輋、西貢北港的輋經篤、東平洲的輋腳下，以及大嶼山東涌的藍輋等地，皆疑為早期輋民居處。他們以刀耕火種為業，所耕的梯田稱輋田。亦已漢化。

越民，古作越蠻。大多以洞為名。香港以洞為名的聚落如粉嶺丹竹坑的簗洞（舊稱黎洞）、下簗洞、十四鄉的大洞、大洞禾寮、上水的古洞、船灣畔的沙螺洞（亦稱沙羅洞）、洞梓，以及西貢深涌的南北洞（亦作牛湖塘）等，皆疑為早期的蠻洞。②

---

① 元脱脱（1314—1355）等撰：《宋史》（北京：中華書局，1977 年 11 月），冊三，頁 723。

② 蕭國健（1945—）著：《香港古代史》（香港：中華書局，1995 年 10 月），頁 7-8。

蛋（蜑）家，水上居民。本是南蠻之一種，以舟楫為家，以打魚為業，屬於賤族，明朝特在廣東設立「河泊司」的職官管理蛋戶。1841年英軍在香港島西營盤水坑口登陸，據説當時只有五千居民，多為蜑家。明末清初屈大均（1630—1696）著《廣東新語》二十八卷，其中《鱗語》部有「怪魚」條云：

人魚雄者為海和尚，雌者為海女，能為舶祟。火長有祝云：「毋逢海女，毋見人魚。」人魚之種族有「盧亭」者，新安大魚山與南亭、竹沒、老萬山多有之。其長如人，有牝牡，毛髮焦黃而短，眼睛亦黃，面黧黑，尾長寸許，見人則驚怖入水，往往隨波飄至，人以為怪，競逐之。有得其牝者，與之淫，不能言語，惟笑而已。久之，能著衣，食五穀。攜至大魚山，仍沒入水。蓋人魚之無害於人者。人魚長六七尺，體髮牝牡亦人，惟背有短鬣微紅，知其為魚。間出沙汭能媚人，舶行遇者，必作法禳厭。海和尚多人首鱉身，足差長無甲。[①]

所謂「盧亭」，或指中華白海豚，亦指人，由於語言不通，只能稱之為「人魚」。人魚亦有雌雄之別，體髮跟人類相似，善泳會笑，穿衣吃飯，住在大魚山及老萬山一帶海域，能與人交合，顯然就是古越族的遺民或蜑家後裔。蜑家人不能上岸，而「蜑家妹」、「蜑家婆」往往也成了妓女的代詞，帶有貶義。

隨著廣府、客家、鶴佬（福佬）等相繼遷入，原住民傜、畬、越、蜑等族亦逐漸漢化。香港乃匯集了廣府、客家、鶴佬（福佬）、（蜑）

① 屈大均（1630—1696）撰：《廣東新語》（香港：中華書局，1974年2月），卷二十二，頁550。

家等四大民系。1864 年太平天國覆亡，大部隊逃亡來港，粵語人口急劇增多，而香港也逐漸整合各族語言，粵語一枝獨秀，變成英語之外的主流語言。

據 2023 年統計，香港人口約得 749.81 萬。主要有粵語、普通話、英語、閩語、潮語、客語、吳語、四邑語。非華裔人士則有菲律賓塔加洛語、印尼語、印地語、泰語、日語、尼泊爾語、巴基斯坦烏爾都語等。長期容納大量的外籍人士，人口的組成自然起了不少的變化，非常複雜。

香港話與廣州話原屬同一系統，可是粵語在香港，隨著工商業、航運業、新科技及娛樂事業的發展，詞彙的變化日新月異，層出不窮。因此香港話也是標準的大灣區方言，吸收各方語言的特點，特別是跟英語長期的接觸，創新運用，領導潮流，融為一體。香港語言的變遷可能就是大灣區語言的縮影。

## 三、古越語與大灣區粵壯、粵瑤詞彙

粵語屬於漢語方言的範疇，特別是繼承古漢語的精華和格局，一脈相承，固無疑義。甚至說粵語音韻與隋唐的《切韻》、《廣韻》幾乎一致，讀詩詞古文白話文等都沒有問題，大抵也是有跡可尋的。此外粵語亦源出於古越語，粵語底層融合了大量壯語、瑤語、傣語、侗語、黎語、泰語的基因，特別是在話語方面，出口成章，很多時就跟中原的漢語不同了。廣西壯族自治區很多縣市都是說粵語的，語言學上稱為桂南片，可見粵語與壯語的結合非常密切。

早期壯侗語在粵方言中留下了許多痕跡。例如粵語、壯語都是唯一有長短音區別的語言［雞（gɐi¹）：街（gai¹）；監（gam¹）：甘（gɐm¹）］，而漢語跟別的方言都沒有。粵語明顯混有壯語的基因（DNA）。

粵語、壯語詞序相反，例如常見的「人客」、「菜乾」、「雞公」、「晨早」、「布碎」、「數尾」各例，跟普通話比較就是不一樣，要掉過來讀。而「雞乸」跟「母雞」，變化更大。

粵語、壯語倒裝句型：「你行先」、「畀兩個添」；「呢度太多人」、「越凍越少蚊」；「畀件冷衫我」、「我問聲你」；「佢得把口啫」、「隻牛腳跛咗」；「唔食得咁多」、「手唔寫得字」；「佢做起先過你」、「你行得快過我」。這些都是教科書中常見的例子，可以教學生怎樣改寫為正確的書面語。可見粵語話語的語法明顯亦跟普通話的表達方式有別。

粵語有大量日用的詞語，可能與壯語、瑤語有關。李敬忠〈粵語是漢語族羣中的獨立語言〉列出過一些例子。

1. 定：地方。dɛŋ⁶（粵語）／ tɛ:ŋ³¹（壯語）參「唔知定」、「搵定匿埋」。

2. 抶（抉）：鞭打。fak⁸（粵語）／ fa:k⁵⁵（壯語）參「fak⁸ 隻牛」、「fak⁸ 佢一下」。

3. 楔：墊。sip⁸（粵語）/ ɗe:p⁵⁵（壯語）參「楔埋啲嘢」。

4. 褪：移動。tɐn³（粵語）/ t‘an¹³（壯語）參「打倒褪」。

5. 諗：想、思考。nɐm²（粵語）／ nam⁵⁵（壯語）參「諗吓先」、「諗陣」。

6. 噍（趙）：嚼。dziu⁶（粵語）／ dziu¹²（瑤語）參「噍完鬆」、「牛噍牡丹」。

7. 橦（戙）：豎。$du\eta^6$（粵語）/ $tu\eta^{31}$、$kei^{24}$（瑤語）參「戙篤企」、「戙篤笑」、「戙係度唔知做乜」。①

這一批日用詞語在現代粵語口語中仍然非常活躍，我們可以一一找出它們的古漢語來源，有些學者則認為源自壯語或瑤語。究竟這是漢語影響壯語、瑤語呢？還是壯語、瑤語影響漢語？甚至可能另有來源。我們一般可以相信，粵語基本架構源於古漢語，可是粵語的底層卻吸納了大量古越語及其他民族壯、侗（$du\eta^6$）、瑤、黎、傣（$tai^3$;dǎi）、泰等的語言因素，估計約佔 25%，跟普通話發展殊途，差異亦大，說不定還可以訂為兩種語言。

此外粵壯詞彙尚多，有些只有話音，沒有方言字，有時寫不出來，要借用音近的字，或自創會意的新字。廖恩燾《嬉笑集》甲子（1924）本、己丑（1949）本以粵語俗話寫七律，詞語用例甚多，可供參考。②

1. 用長棍打，$pan^3$。廖恩燾〈秦始皇〉二首之一：「荊軻嚇失佢三魂，好在良官冇搬（$ban^3$）親。」此條借用「搬」字平仄不合，按詩句這裏一定要讀去聲，音扮。用粵語說「一棍扮落嚟」，馬上明白。

2. 削，$p\text{ɐ}i^1$。廖恩燾〈旗亭畫壁〉二首之一：「亭嚟點有琫牆啫，四柱批灰畫起蛇。」「琫」（$bu\eta^3$），形容牆壁的單位詞，去聲，例如「挨住琫牆」。「批」（$p\text{ɐ}i^1$），削去，動作詞。例如「蘋果要批皮。」「啫」字乃粵語語氣詞。

---

① 李敬忠（1932—）：〈粵語是漢語族群中的獨立語言〉，《學術論壇》（南寧），1990 年第 1 期，頁 60。又見《語文建設通訊》（香港），第 27 期，1990 年 3 月。

② 廖恩燾（1865—1954）：《嬉笑集》，甲子夏日，1924 年。《重印嬉笑集》，香港，己丑孟夏，1949 年。曾清重刊本，1970 年冬月。澳門：澳門日報出版社，1995 年。兩本內容不同。

3. 蹲，mɐu$^{5}$。廖恩燾〈題寒江獨釣圖〉:「踎低隻鶴依還瘦，釣起條魚乜咁肥。」又〈馬援〉:「痞[ 踎 ]嚮殿前嚟數米，可憐隻馬似禾蟲。」「踎低」、「踎嚮殿前」乃常用詞。原作「痞」(普 pǐ、粵 pei$^{2}$) 誤字。

4. 聰明、能幹，lɛk$^{7}$。廖恩燾〈朱虛侯劉章〉:「後生叻馬真唔錯，先帝從龍削嘅多。」粵語「削」指弱者、廢柴，「叻」的相反詞。又〈董仲舒〉:「咁叻天人三度策，唔睺鬼火幾枝花。」粵語「睺」(hɐu$^{1}$)，看的意思。參「叻仔叻女」。

5. 禿，gwɐt$^{9}$。廖恩燾〈班超投筆〉「掘頭掃把劈青光，呢位書錐想轉行。」又〈自由女〉「梳成隻髻鬆毛狗，剪到條辮掘尾龍。」參「掘頭巷」、「鉛筆寫掘咗」。

6. 罩住，kɐp$^{7}$。參粵語「揾個碗吸住」、「吸實佢」。

7. 欺負，ha$^{1}$。廖恩燾〈馬援〉:「明知鬚白有人欺[ 音蝦 ]，皇帝跟前捋手瓜。」又〈外江壯士〉:「戥起煙油有幾斤，重還咁惡去蝦人。」廖恩燾或用「欺」，或用「蝦」，記音而已。

8. 噴射，dzit$^{7}$。參粵語「周圍唧」、「俾水唧到條褲」。

9. 帶孩子，tsɐu$^{3}$。參粵語「湊大個細奴」。

10. 浪費，sai$^{1}$。廖恩燾〈李廣〉:「至衰箇賬唔跟眼，白白徙埋箭一枝。」〈賈誼〉:「眼淚成胞白咁嘥，呢條爛命水流柴。」〈馮煖為孟嘗君焚券〉:「相爺飯椀慌唔穩，人地荷包怕乜嘥。」〈牛島料理〉四首之一:「若係怕葱唔敢食，撥歸橫便咪慌嘥。」兼用「徙」「嘥」，都是記音。兩句的「慌」字都解「怕係」、「怕是」。

11. 劣、次貨，jɐi$^{2}$。參粵語「細奴好曳」、「質地好曳」。又「曳曳」讀高平變調，意謂頑皮。(jɐi$^{2}$)

12. 腐臭，yn$^{1}$。[ 冤 ]。廖恩燾〈東婦〉四首其三:「遇啱菩薩真盲鼻，呢雙豬頭點算冤。」意謂「冤臭味道」、「冤崩爛臭」、「眼冤」。

13. 作弄，nɐn²。廖恩燾〈漢文帝勞軍細柳營〉:「望埋堆柳係周營，掃曬其他捻笑星。」粵語「捻」字粗俗，不好說。

14. 騙，ŋɐk⁷。廖恩燾〈汲黯〉:「官都既要呃人做，田就唔慌到你耕。」「唔慌」解等不到。

15. 講，ŋɐp⁷。參粵語「亂噏」、「山草藥噏得就噏」，取其諧聲。

16. 囉嗦，ŋɐm⁵ tsɐm⁵。粵語音近「唵尋」、批評父母「日唵夜唵」之類。

17. 關係，la¹ lɐŋ³。粵語音近「拉能」；參「藤 lɐŋ³ 瓜，瓜 lɐŋ³ 藤」。

18. 生悶氣，mɐŋ² dzɐŋ²。粵語音近「抆憎」，跟自己過不去。

19. 乳房，nin¹ ／ 壯語 num。廖恩燾〈海水浴場〉:「背心著到箍埋肶，頸領開啱突出脌。」〈東婦〉四首之二「若係攎脌真撞板，幾乎睇髻要擔梯。」粵語「脌」指乳頭，現在一般說「露點」。

20. 癢，hɐn⁴ ／ 壯語 hum。廖恩燾〈王猛捫蝨見桓溫〉:「一邊談話重挍（ŋau¹）痕，乜啲嘹欺［音蝦］大粒溫。」粵語「挍痕」殆即抓癢、搔癢。

以上各例，廖恩燾寫的都是標準合律的七律，用粵語一讀就懂，心領神會。對於外地讀者來說，其中詞彙可以解釋，詩句可不容易看懂，必須通過語譯才能明白，然而卻沒有相應的普通話詞語可供替代。這就是粵語。

粵語、瑤語也有一些互見的詞語。粵瑤詞彙：

1. 邊緣，mɐn³。粵語音近「抆邊」、「抆水」等。

2. 點兒，di¹。參粵語「一啲啲」、「有啲嘢」。

3. 跺、蹬，dɐm⁶。粵語音近「揼地」、「揼腳」。

4. 扛，dam[1]。廖恩燾〈朱虛侯劉章〉：「旛竿若冇人擔起，點敢憑空指鼻哥。」參粵語「擔起頭家」。

5. 褲襠，nɔŋ[6]。廖恩燾〈蕭何〉：「出身咪笑衙門仔，發腳嚟追褲襶蝨。」又〈韓信〉：「點忿低頭捐褲，分明打手上雷臺。」又「捐」解穿過、爬過，指胯下之辱。

6. 跨，lam[3]。粵語音近「大步濫過」、「濫火盆」。

7. 遮蓋，kɐm[2]。廖恩燾〈牛島料理〉四首之二：「著塊切嚟真熟落，冚盤捧出重生勾。」參粵語「冚埋」、「冚實啲嘢」。「著塊」指逐一。

8. 傻瓜，ŋɔŋ[6]。參粵語「戇居」、「傻傻戇戇」。

9. 扒開，wuɛ[2]。參粵語「搲開件衫」、「搲爛塊面」。

10. 漱口，lɔŋ[2]。參粵語「把口 lɔŋ[2] 過油」、「lɔŋ[2] 完口瞓覺」。

## 四、南宋年間的粵壯詞彙

宋孝宗乾道八年（1172），范成大（1126—1193）出知廣南西路靜江府（廣西桂林市），《桂海虞衡志．雜誌》云：「俗字，邊遠俗陋，牒訴券約專用土俗書，桂林諸邑皆然。今姑記臨桂數字，雖甚鄙野，而偏傍亦有依附。奀（音矮），不長也。閫（音穩），坐於門中，穩也。奀（亦音穩），大坐，亦穩也。仦（音媚[ 梟 ]），小兒也。奀（音動），人瘦弱也。歪（音終），人亡絕也。孬（音臘），不能舉足也。奀（音大），女大及姊也。砳（音磡），山石之巖窟也。閂（音擯），門橫關也。他不能悉記，余閱訟牒二年，習見之。」

周去非（1135—1189）《嶺外代答．俗字》：「廣西俗字甚多。如奀，音矮，言矮則不長也；奀，音穩，言大坐則穩也；奀，音勬［倦］，言瘦弱也；歪，音終，言死也。奟，音臘，言不能舉足也；仦，音嫋［裊］，言小兒也。奵，徒架切，言姊也；閂，音攩，言門橫關也；石，音磡，言巖崖也；氽，音泅，言人在水上也；氼，音魅，言沒人在水下也；毟，音鬍，言多髭；砓，東敢切，言以石擊水之聲也。」①

范成大列出 10 字，周去非前 9 字與范成大同，其後增添 4 字，列出 13 字。這些宋代廣西通用的俗字，都是古壯字。現代粵語還在使用的約有 8 字：「奀」（ɐi²、ŋɐi²）、「奀」（ŋɐn¹、ɐn¹）、「仦」（lai¹、mei¹）、「奵」（dai⁶）、「石」（hɐm³）、「氽」（jɐu⁴）、「閂」（san¹）、「氼」（mei⁶）。

## 五、大灣區袁崇煥的口頭禪

大灣區袁崇煥（1584—1630），廣東東莞人，他是明末抗後金（滿清）的名將，守衛山海關及遼東，指揮寧遠之戰、寧錦之戰等，戰績彪炳。其實袁督師帶兵打仗時最常用的、激厲人心的口頭禪卻是大灣區的一句粗話：「掉哪媽！頂硬上！」這句話曾經刻在東莞石碣鎮袁崇煥故居紀念園內躍馬雕像的基座上，成為一時網絡流行的金句。基座加上註釋云：「『頂硬上』成了輕騎護京的主旋律，『掉哪媽』成了眾人罵昏君的助語詞。」甚至還附有英譯。後來廣州撐粵語運動時大批市民湧到江南西地鐵口高叫這句粗話。可惜據 2010 年 7 月 14 日的一

① 莊初升（1968—）〈論粵語俗字對巴色會客家方言用字的影響〉，《首屆粵語論壇》會議手冊（澳門：2013 年 8 月 30 日），頁 1。

則報導，躍馬雕座上的金句已被鑿掉剷平、消失無蹤了。其實粵軍抗日打仗時常也靠這句話鼓舞士氣，大家一起死撐。有人打過抗日戰爭的，解甲歸來時滿口粗話，不敢跟家人說話。

## 六、《廣東新語》與清初廣東土言

清初屈大均，廣東番禺人。著《廣東新語》二十八卷。〈土言〉條列出大量明清時代的粵語，約得 67 條，有些加上注音，現在很多還在使用的。①

1. 廣州謂平人曰佬，亦曰獠，賤稱也。《北史》:「周文帝討諸獠，以其生口為賤隸，謂之壓獠，威壓之也。」

2. 廣州謂新婦曰心抱（sɐm1 pou5），謂婦人娠者曰有歡喜，免身而未彌月曰坐月，亦曰受月。

3. 廣州謂母曰嬭（nai5），亦曰媽，媽者，母之轉聲，即母也，亦曰毑[ 毑 ](na2)。凡雌物皆曰毑，謂西北風亦曰毑，蓋颶與瘴皆名母，故西北風亦曰毑也。[ 毑，粵音拿上聲。 ]

4. 子女謂其祖父曰亞公，祖母曰亞婆。母之父曰外公，母之母曰外婆。母之兄弟曰舅父，母之兄弟妻曰妗（kɐm5）母。母之叔伯父母曰叔公，曰叔婆。孫謂祖母之兄弟及妻曰舅公，曰妗（kɐm5）婆。謂從嫁老婦曰大妗（kɐm5）。

5. 子初生者曰大孫頭，子女末生者多名曰䌫（lai1）。新會則曰長

---

① 《廣東新語》，卷十一，頁 336-341。

仔，或曰屘（mei$^{1}$）。奴僕曰種仔，惠州曰賴子，言主人所賴者也。[ ⿰禾盡，音賴平聲。屘，音尾。]

6. 謂外省人曰蠻果。興寧、長樂人曰哎（ai$^{1}$）子，海外諸夷曰番鬼。

7. 廣州謂美曰靚，顛者曰癈，鯁直曰硬頸，迂腐曰古氣，壯健曰筋節，輕捷曰轆力，言其力如車之轆也。

8. 角勝曰鬭，轉曰翻，飲食曰喫（jak$^{8}$）。遊戲曰則劇，雜劇也，訛雜為則也。

9. 謂淫曰姣（hau$^{4}$），姣音豪，又曰嫪毒（lou$^{6}$ ɔi$^{2}$/ŋɔi$^{2}$）。

10. 謂聰明曰乖，謂不曰吾，問何如曰點樣。來曰釐（lei$^{4}$、lɐi$^{4}$），溺人曰碇（dɛŋ$^{6}$）。走曰趯（tik$^{7}$、dɛk$^{9}$），取《詩》「趯趯阜螽」之義。[ 碇，現在作掟。]

11. 攻治金鐵之器曰打，為醮事曰打醮（dziu$^{3}$）。

12. 取事物曰攞（lɔ$^{5}$），罵人曰鬧，挈曰扱（tsɐp$^{8}$）起。[《廣韻》：扱，楚洽切，取也，獲也，舉也，引也。《說文》收也。]

13. 廣州謂卵曰春，曰魚春，曰蝦春，曰鵝春，曰雞春、鴨春。

14. 數食籠曰幾頭，晉元帝「謝賜功德淨饌一頭」是也。數檳榔曰幾口，陸倕「謝安成王賜檳榔一千口」是也。亦曰幾子。陳少主嘗敕「施僧智顗檳榔二千子」是也。數蕉子曰幾梳，蘇軾（1037—1101）詩：「西鄰蕉子熟，時致一梳黃。」

15. 楮（tsy$^{2}$）錢一片曰一佰，線縷一綹（lɐu$^{5}$）曰一子。一家曰一主，一熟曰一造。擲骰子者一擲曰一手。

16. 禽之窠曰鬭，雌雞伏卵曰哺鬭（bou$^{6}$ dɐu$^{3}$）。石湖（范成大，1126—1193）云：「雌雄曰一鬭，十雞併種，當得六鬭。」是也。

17. 謂人愚曰殨㾞（wui$^{1}$ sɔ$^{2}$），怒目視人曰𥋇（lɐi$^{6}$），音利。[ 殨㾞，現在或作猥瑣 ]

18. 謂田多少曰幾畛，肉動曰胝，音徹。瘡腫起曰뾮，興去聲。以足移物曰蹬。裸體曰軀軆，音赤歷。（tsɛk$^{8}$ lɐk$^{8}$）不謹事曰邋遢（lat$^{9}$ tat$^{8}$），鼻塞曰鼻齈，音甕。露大齒曰齙（bau$^{3}$）牙。[ 參廖恩燾〈朱虛侯劉章〉「軍師到底紅鬚抗，兵卒誰知赤𦢊多。」]

19. 冬至圍爐而食，曰打邊爐。元夕黏詩藏謎，以示博物通微，曰打燈。以鴿翎貫皮錢踢之，曰踢，毽亦曰燕。謂云腳踈直曰風路。不知人之來歷，曰不知風路。

由以上 19 條可見，現在我們倫常日用的詞語，例如「佬」、「心抱」、「坐月」、「𤕤」、「妗母」、「䆀仔」、「𨳒」、「番鬼」、「靚」、「硬頸」、「發姣」、「點樣」、「趯」、「躐」[ 攞 ]、「魚春」、「雞春」、「殨㾞」[ 猥瑣 ]、「𥋇」、「幾梳蕉」、「哺鬪」、「軀軆」、「邋遢」、「齙牙」、「打邊爐」、「踢毽」等，原來淵源有自，起碼都有幾百年的歷史了。這些詞語很多都沒見於古漢語或普通話的，可能也就是大灣區特有的粵語 DNA 了。

清初廣東高明縣令鈕琇《觚賸．語字之異》亦云：「粵中語少正音，書多俗字，如謂平人曰獠，謂新婦曰心抱，謂父曰爸，謂母曰你 [ 奶 ]，謂子曰崽 [ 仔 ]，子女末生曰䆀；衣一襲曰一遝（dap$^{9}$），稻一熟曰一造，禽之窠曰門 [ 竇 ]，禽之卵曰春，此粵語之異也。其字之隨俗撰出者，如穩安坐之為奀，音穩。人物之短為矮，音矮。人物之瘦者為奀，音芒。山之巖洞為岊，音勘。水之磯激為汞，音聘。蓄水之地為氹，音泔。通水之道為圳，音浸。水之曲折為㳇，音囊。路之險隘為卡，音汉。隱身忽出為閃，音或。截木作墊為不，音墩。橫木上閼為閂，音拴。此粵字之異也。至於士子行文，亦多變體，…… 率皆仍訛襲陋，有乖六書之旨。然而師以訓弟，父以訓子，授受相沿，遂成錮疾，司文柄者，尚宜出而正之。」①

鈕琇提到的粵語俗字有「㹳」、「心抱」、「爸」、「你 [ 奶 ]」、「崽 [ 仔 ]」、「沓」、「造」、「閂」、「春」等，多載於《廣東新語》。現代粵語常見，還在使用。又有「隨俗撰出」者，例如「坙」、「𡘙」、「奀」、「𥑮」、「泵」、「氹」、「圳」、「乪」、「卡」、「閃」、「不」、「閂」等，均為南宋壯語記音寫法，其中「𥑮」(hɐm³)、「氹」(tɐm²; dáng)、「圳」(dzɐn³) 見於地名紅磡、氹仔，深圳；「閂」(san¹) 字用於門閂、閂門，皆屬壯語借詞。

劉叔新論云：「粵方言指兒媳的『心布』」sɐm¹ pou⁵ 是從古越語借來的。這個稱謂在漢語中，唯獨是粵方語的說法，古代漢語文獻也不見此稱謂。…… 在壯侗語中，極其廣泛地分佈著同粵方言 sɐm¹ pou⁵ 後一音節近似的說法；地理上隔得最遠的泰語甚至與粵方言一樣地保留有雙音節近似的說法。這表明 sɐm¹ pou⁵ 是從古越語來的借詞。」其他「老豆」(父親)、「仔乸」(母子) 看來也是古越語的借詞。②

歐陽覺亞論云：「在詞彙方面，廣州話有數十個方言詞被考證為古越語的底層詞，等等。現以廣州話與壯侗語族語言比較，古越語底層詞可見一斑。」其中普、粵對照的詞語：這 (ni)、拾，撿 (tsap)、屎 (khe)、田雞 (kap)、掐 (mit)、蓋，扣 (kham)、涮 (lɔŋ)、小母雞 (hɔŋ)、踩 (tam)、泡兒 (phɔk)、鞭打 (fa:k)、傻笨 (ŋɔŋ)、糠心

① 鈕琇 (1644—1704)《觚賸》(上海：上海古籍出版社，2002)，卷七上。

② 劉叔新〈漢語與壯語同源的和搬借的親屬稱謂〉，參《粵語壯傣語問題 —— 附語法語義詞彙問題研討》，頁 34。

（phau）、乳房（nin）、爬（la:n）、跨（na:m）、癢（han）17組。附見壯、傣、侗、黎、泰五語的注音，不錄。[①]

## 七、戴望舒《廣東俗語圖解》

1943年4月3日到1944年10月19日，戴望舒（1905—1950）以達士筆名，在《大眾週報》連載《廣東俗語圖解》八十一篇，由陳第（鄭永鎮）配圖。現存三十篇，多為歇後語，其實寫的都是大灣區生活的粵語小故事，活潑多姿。

（一）竹織鴨（二）石罅米（三）沙爛（四）盲老貼符（五）閻羅王攎攤

（六）蛋家雞（七）幡竿燈籠（八）頂趾鞋（九）酸薑竹（十）單料銅煲

（十一）放路溪錢（十二）長塘街較剪（十三）冬前臘鴨

（三十二）亞崩咬狗蝨（三十三）空襲泮塘（三十四）亞六捉蛤

（三十五）陸雲亭睇相（三十六）肇慶荷包（三十七）蛋家婆打仔

（三十八）亞聾送殯（三十九）鞋桶砂（四十八）東莞佬猜枚

（四十九）牛嚼牡丹（五十）兩公婆見鬼（五十一）跛妹睇戲

（五十二）褸蓑衣救火（五十三）生骨大頭菜（五十四）屎氹關刀

（五十五）陳村打大交（五十六）屎坑三姑

① 歐陽覺亞（1930—）〈粵方言、普通話及少數民族語言的關係種種〉，參《少數民族語言與粵語》（廣州：暨南大學出版社，2011年6月），頁121-122。粵語例詞用國際音標標音，略去聲調。

戴望舒解釋每個故事的來龍去脈，反映大灣區的生活細節，寫得比較詳盡，可能也比較粗俗。現在隨意選錄幾則，壓縮文字，只列重點，俾供參考。①

（三十三）空襲泮塘：就是「拋生藕」啦。廣州花地近郊有極多蓮塘，盛產蓮藕，所以「泮塘蓮藕」也像「花地洋桃」有名。假如向蓮塘投下一顆炸彈，那塘底的「生藕」，有不為之「拋」起者幾希？「老藕」有人說是「起粉」，「孔大水少」；而生藕，則近乎嫩，嫩藕則「孔小水多」。「拋生藕」就為人所同好，來者不拒，成為女招待不傳之祕。/[ 參「星架坡賣蔗，蘇都唔蘇嚇」。 ]

（三十四）亞六捉蛤：「亞六捉蛤」和「亞六著褲」，都是「局住」，亦即「出於無奈」，或「不得已」的意思。亞六用手指去捏它的腰，先用一隻罐子悄悄蓋下去，把它「局住」不放，然後放下燈，動用兩隻手去捉。因而成為人們的「話柄」。色情狂的男人，誘他回家，施以懲戒。輕者只要進去洗洗茅廁，讓你嚐嚐木椰香，重者也許要像阿斗官偷良家婦女，拿夜壺作酒壺，骨都骨都地「痛」飲一頓啦！

（三十七）蛋家婆打仔：「驚你飛上灘」，「灘」字讀去聲，意思是「怕你逃到岸上去嗎？」明朝設立河伯司的職官來管理他們，不許到陸上居住。[ 局住 ] / [ 參「蛋家婆擺蜆」、「蛋家婆打蘸」。 ]

（三十八）亞聾送殯：亞聾詐聾扮鈍，什麼奠儀也不送一封過去，只在出殯的時候，前去送殯。乘機「裝聾作啞」，實在是想「唔聽渠枝死人笛」。/ [ 參「求婚唔駛嚟」、「亞聾賣薑」。 ]

---

① 王文彬編寫：《戴望舒全集．散文卷》（北京：中國青年出版社，1999 年 1 月），頁 397-460。

（三十九）鞋桶砂：「褪清至得安樂」。叫那些「敗家仔」、「阿斗官」身上有錢，就要把它「散清」才安心樂意。「風吹雞蛋殼，財散人安樂」。

## 八、大灣區雄文：〈重印《嬉笑集》自序〉解讀

廣東人喜歡粵語書寫，我手寫我口，不受普通話干擾，自然成文。過去報刊上以粵語寫作「三及第」的文章亦多，具有特色。廖恩燾惠陽人，擅寫「廣東俗話七律詩」，一再印行。1949 年〈重印《嬉笑集》自序〉云：

蓋自過河卒仔，提倡白話教科；串戲師爺，結束黃疤射利。

廣東音特別，外江佬畫耳埋牆；外江音更差，廣東佬開喉撞板。

共你講多徙氣，成班鬧咁揼泥。[徙（sai¹）氣]

惟有招銘山半面琵琶抱嚟，靚密解心唱到夠；呂拔湖八股文章講起，秀才笑口合唔埋。

眼軌轉風，毛管出火。

隻隻山歌對答既客家村；枝枝河調流傳又水鬼氹。[既（gɛ³ 嘅）、氹（tɐm⁵）]

監人賴厚，索油薑鬼咁滋油；夠佢褸幽，鍊體操魄不附體。

點似不時拈本讀，咪怕蛇春咁長；立刻消啖痰，明知狗屁係辣。

拜佛先睇佛面，賣花總讚花香。

作者珠海余生，住近柳波涌畔路；見過泮塘皇帝，微臣足領尿褒。
充埋大良斗官，老友慣打牙骹。排啱廣嗓，諦成律詩。
一片婆心，唔算�《西遊怪記》；幾番公認，就算補《北夢瑣言》。
冇摩囉拍柵肉酸，比亞運洗鑊乾淨。[柵（$tsak^8$）]
能聞能舞，非屎桶中關帝把刀；或掘或尖，任腦袋裏董狐枝筆。
是為序。己丑孟夏珠海夢余生撰於香港寓園影樹下之捕風捉影亭。

文章一氣直下，節奏輕快，為方便欣賞對仗，特用分行排列。此外本文粵語詞語易於辨識，可是合起來或多歧義，不易索解，意象跳躍，想像飄飛，有必要用翻譯將作者的想法固定下來，未必正確。不合原意之處，讀者可重新解讀。

〈重印《嬉笑集》自序〉分兩段。前段九句，先是自認「過河卒仔」，學習新文化運動，提倡白話寫作，結束舊時代排戲「師爺」的手段和套路；廖氏認為「廣東音」吸引外江佬聽出滋味，而「外江音」就不合廣東曲調的節拍了。粵語能夠「成班」演出，其實並不「揼泥」（差勁），就像招子庸唱粵腔、呂拔湖講八股，吐納風雲，粵語都一樣精采，讓大家興奮。就像客家村的〈山歌〉、水上人（蜑家）的〈河調〉，別具風土特色，「滋油」淡定，「褸幽」寒酸。還是本地話傳神，依照粵音直讀，別怕水蛇蛋那麼長，潤一下喉嚨，就係欣賞狗屁夠有辣味，這才過癮。請大家賞面看看，自問必屬佳品。

後段六句，以「珠海余生」對「泮塘皇帝」，自認出身貴冑，住在廣州西關，靠近柳波涌（$tsuŋ^1$）路；見慣政府高層，有資格服事皇帝倒尿。平時喜歡跟二世祖吹水埋堆，做不了大事，乾脆就借用粵調寫律詩。我想學《西遊記》、《北夢瑣言》，刻畫大時代的故事。這批作品不會像印裔警察「摩囉拍柵」橫蠻任性，大致文筆清爽，比「阿運洗鑊」乾淨多了。自問文武全才，不同於棄置的屎氹（茅廁）闊刀，「或掘或尖」，有些硬掘有些尖刻，如果批評到位，可能就是借用了董孤的直筆書寫。

廖恩燾以粵語寫駢文，對仗精工，語言流麗，捕風捉影，句法靈活，讀起來抑揚頓挫，鏗鏘有聲，可以說是大灣區的一篇雄文，不讓文言專美。文章多用今典，富有時代氣息，神采飛揚。其中有些人名、地名的典故可以稍作解釋。

招子庸（1786—1847），字銘山，廣州南海橫沙村（今屬廣州市白雲區金沙街道南橫沙社區）人，嘉慶二十一年（1816）舉人，善書畫，著《粵謳》一書。1904 年香港總督金文泰（Sir Cecil *Clementi*，1875—1947）譯成英文，改名《廣州情歌》，介紹到歐洲。

呂拔湖乃清末廣東八股文名師。1875 年，康有為（1858—1927）嘗於學海堂從呂拔湖學文。1885 年梁啟超（1873—1929）補博士弟子後，亦先在廣州呂拔湖大館求學，皆有所成。康、梁皆不喜時文，惟此乃唯一入仕途徑，必須過關。

泮塘位於廣州市荔灣區龍津西路、荔灣湖公園以及泮塘路、泮塘五約一帶。唐朝時為鄭公堤、南漢建華林園。現闢為荔灣湖公園。

廖恩燾住西關，靠近柳波涌畔路。柳波涌與珠江岸線平行，從泮塘的西北流向西南，又叫芙蓉涌。四鄉屎艇由此駛入西關。芙蓉者，糞便也。屎艇駛入柳波涌後，並不是朝西行，而是沿著大觀河、下西關涌進入西關。

至於文中「串戲師爺，結束黃疤射利」、「眼軌轉風，毛管出火」[ 鬼揞眼、睇漏眼；毛管戙 ]、「夠佢褸幽，煉體操魄不附體」[ 褸幽或係不修邊幅、寒酸 ]、「冇摩囉拍柵肉酸，比亞運洗鑊乾淨」諸句，不好解釋。參看上下文，大抵可以領略作者的意蘊。請高明的讀者多多指正。

廖恩燾擅用口語詞彙，配合傳統格律，把七律及駢文寫得鏗鏘上口，出神入化，創出粵語的高端寫作，使大灣區的文化基因愈能發揮得淋漓盡致。

## 廣東俗語解釋

（一）竹織鴨：內中空空洞洞，冇心肝，打情罵俏。

（二）石罅米：只有雞吃得著，雞者妓女也，稚妓稱「雞仔」，新拜房的妓女稱「新雞」，艇妓稱「水雞」，非正經女子良家婦人的意思。一種孤寒而兼鹹濕的人，平時邊個都咬唔入，只有碰到女人才充闊佬肯用錢也。

（三）沙爛硼：「沙爛」者，日本話「皿」之變音也。[ 實應讀作「沙拉」]「硼」像其聲，謂磁盤落地打破，硼聲作聲也。打破了碗蝶，做了一件使人頭痛的事，因而把一切糟糕的事，不稱心的事，不好，麻煩，討厭，不滿等等，均以「沙爛硼」稱之。/ [ 頂括刮 ]

（四）盲老貼符：凡是男子給錢與男子或女子以補其不足，均可以貼稱之。惟有女人拿錢出來給男人使用，卻要給人家說一句「倒貼」了。語云：「賭錢包贏，天下營生第一；嫖妓倒貼，人間樂事無雙。」[ 賣油郎獨佔花魁 ]

（五）閻羅王攎攤：鬼埋（意為賭錢下注）也。/ 開大價，鬼買。

（六）蛋家雞：蛋 [ 蜑 ] 戶賤族，不容陸居的。在香港，筲箕灣、銅鑼灣和香港仔一帶是他們聚居之地。蛋戶分四種：魚蛋、蠔蛋、木蛋、鳥蛋。/ 做皮肉生涯的蛋家妹叫「水雞」。「蛋家雞見水唔得飲」。

（七）幡竿燈籠：凡是做法事、打醮，必在幡竿上掛起燈籠來。/ 照遠不照近。

（八）頂趾鞋：削足適履。「頂趾鞋」雖然指「不賢妻」和「不孝子」。但尤以指妻為妥切。

（九）酸薑竹：「用過即棄」。廣東俗話把那些玩弄女人，春風一度即棄之如遺的男子，稱之為「酸薑竹」。（或謂之「牙籤」）

（十）單料銅煲：相逢萍水，一見鍾情，此之謂「單料銅煲」。[ 掟煲、箍煲 ]

（十一）放路溪錢：接引死人。潘金蓮的放路溪錢，也就是潘金蓮的風騷美麗，力足以引誘到你要死。

（十二）長塘街較剪：「鏟壞」。鏟剃刀，磨較剪。「食色性也」「及時行樂」。

（十三）冬前臘鴨：一種不合時宜的東西。[ 隻帶隻 ]。由於拜金主義的，不近人情焉。買賣之間，要一隻好跟一隻醜。

（三十二）亞崩咬狗蝨：亞崩沒有門牙，結果咬它不死，但狗蝨在這情形下，雖不死也嚇得半死，所謂「唔死一排慌」，一點不錯。[「捉黃腳雞」，上海叫「仙人跳」]

（三十三）空襲泮塘：就是「拋生藕」啦。廣州花地近郊有極多蓮塘，「拋生藕」就為人所同好，來者不拒，成為女招待不傳之祕。[「星架坡賣蔗，蘇都唔蘇嚇」。

（三十四）亞六捉蛤：「亞六捉蛤」和「亞六著褲」，都是「局住」，

（三十五）陸雲亭睇相：「唔衰整成衰」，這是他的標誌，唯一的「生招牌」，他之「銀銀如也」地收入，是全靠這個樣子的。

（三十六）肇慶荷包：「馱衰人」，原因在它「爛」，是個「爛荷包」，偷工減料，十分「紙工」。「八卦婆」者流罵其媳婦「馱衰我個仔」、「引癲我個仔」。

（三十七）蛋家婆打仔：「驚你飛上灘」，「灘」字讀去聲，意思是「怕你逃到岸上去嗎？」明朝設立河伯司的職官來管理他們，不許到陸上居住。[ 局住 ] 局 /「蛋家婆擺蜆」、「蛋家婆打醮」。

（三十八）亞聾送殯：亞聾詐聾扮鈍，「唔聽渠枝死人笛」。/「求婚唔駛嚟」。「亞聾賣薑」。

（三十九）鞋桶砂：「褪清至得安樂」。叫那些「敗家仔」、「阿斗官」「風吹雞蛋殼，財散人安樂」。

（四十八） 東莞佬猜枚：假定我出三指，你出五指，我叫七是輸，你叫八是贏。東莞鄉音因為「土談」關係，在說「廣爽」的人聽起來，就容易發生誤會，東莞朋友伸開五指，叫一聲「開晒」，就會變成廣爽的「害晒」。

（四十九） 牛嚼牡丹：「不知花定草」，「食而不知其味」。

（五十） 兩公婆見鬼：「時運低」，非彼即此，「唔係你就係我」。

（五十一） 跛妹睇戲：花枝招展，參加盛會，可是前面男人太多，遮住了視線，這回「嚟錯」了！洞房之夕才曉得新郎走了樣，上了媒人的大當。

（五十二） 褸蓑衣救火：「惹禍上身」，「好心唔得好報」。

（五十三） 生骨大頭菜：蘿蔔、神菜、發萝菜。稱為「種壞」，「縱壞」也。慈母多敗兒。

（五十四） 屎坳關刀：「聞唔聞得，舞唔舞得」。不能文，又不能武。失業者兩邊都不敢進去。

（五十五） 陳村打大交：「南番東順，省佛陳龍」，廣東八大邑。/ 發誓「腸穿肚爛」說成「陳村渡爛」。陳村械鬥，打而輸，勢色不同，便一聲暗號，實行「鬆人」，走為上著。開房叫私娼被人抓去所有銀物，錢財到手即「鬆人」也。

（五十六） 屎坑三姑：「講史收尾」。只有廣東人才愛叫「屎」，「屎窟」、「屎杭」、「屎塔」。「屎坑三姑」是一位「仙姑」，常常要請她出來問休咎。請之之法，是用一個椰殼，一枝小竹，一個竹籃，裝成一個偶像樣子，用兩個有力的人，左右扶持，然後焚香禱告，虔誠邀請，唸一番咒語之類，一兩分鐘便即降臨，用點頭回答疑難問題，「易請難送」。男人癡心追求一個女人，苦苦癡纏，誰叫你招惹他來呢？/（30 篇）

# 基於《兩岸差異用詞表·同實異名詞》的中文繁簡轉換器優化

輔仁大學中文系副教授　劉雅芬

法鼓文理學院佛教學系助理教授　王昱鈞

**提　要**　本文旨在優化中文繁簡轉換器，基於《兩岸差異用詞表·同實異名詞》為詞表，進行中文繁簡轉換器的優化。以目前市場主要的中文繁簡轉換應用工具——微軟 Microsoft 365 繁簡字轉換系統—「微軟中文轉換器」（Microsoft Chinese Conversion System）（下文簡稱 MCCS）為優化以 MCCS 對比基礎。首先介紹了中文簡繁轉換存在的問題，包括一字對多字歧義問題和兩岸用語差異。目前主要應用工具為微軟的繁簡字轉換系統，但仍存在一些錯誤。本文提出了基於詞表規則的轉換方法，以提高轉換準確率。其次，介紹了兩岸詞彙差異研究的歷史和成果，以及使用 Python 開發的繁簡轉換程式。最後，結論指出，解決簡繁轉換問題的關鍵在於準確轉換並避免過度消歧，而本文的優化方案基於《兩岸差異用詞表》為基礎，提高轉換準確率。

**關鍵詞** 中文簡繁轉換 兩岸用語差異 詞表規則 python 程式開發

## 一、前言

現代中文在兩岸的書面使用中，因歷史因素存在著簡體字和繁體字的差異。自 20 世紀 90 年代中期起，兩岸及一些海外研究機構開始研發簡繁漢字轉換工具。然而，傳統的簡繁轉換存在著一字對多字的歧義問題，以及兩岸之間用語的差異。

研發初期，繁簡轉化的工具雖不少①，簡繁轉換系統卻存在著一系列問題。例如，早期開發的工具往往只能處理單個字的簡繁轉換，對一對多的轉換支持不足。後來的系統雖能實現一對一轉換及人工輔助的一對多轉換，但缺乏足夠對照詞庫和文字學研究支援，導致轉換結果不盡如人意。近年的在線轉換系統雖提供一對一轉換，但在一對多轉換時常出錯。此外，對中港澳臺及境外用字的處理也存在困難，導致部分轉換錯誤。缺乏對漢字編碼標準的深入了解也是一大問題，使得部分字形差異無法正確處理。總的來説，現有的簡繁轉換系統雖涉及技術問題，但更需解決語言文字應用問題，才能實現更完善的轉換

① 現有的繁簡轉換工具主要有三種形式：(1) 工具欄形式，如微軟 Office 系列的 Word，通過工具欄提供繁簡轉換功能，用戶可在字元集內進行轉換，同屏顯示繁簡兩種字體。(2) 應用程式形式，分為用戶粘貼文字到視窗進行轉換，如憶資繁簡轉換系統；或用戶選擇編碼顯示按鈕進行全屏轉換，如南極星，轉換結果包括文本和工具欄。(3) 服務器端形式，安裝於服務器上，可將網站轉為雙語，如信使網絡繁簡通，可對網頁和用戶發送的數據進行繁簡轉換。

效果。[①]

在經過多年研發，目前以微軟 Microsoft 365 繁簡字轉換系統—「微軟中文轉換器」(Microsoft Chinese Conversion System) [②]（下文簡稱 MCCS）為主要應用工具。故本文所論優化以 MCCS 為對比基礎。

MCCS 目前功能介面有「繁體中文轉成簡體中文」(可選用或停用「轉換常用詞彙字集」)、簡體中文轉成繁體中文（可在「使用臺港澳等地字元」、「轉換常用詞彙字集」擇一使用，或均停用）。使用界面如圖一：

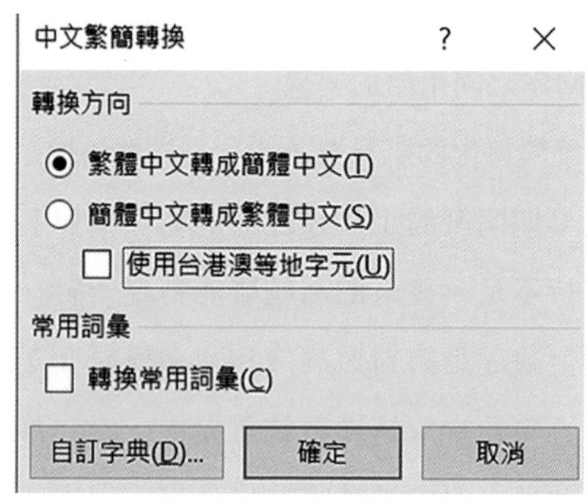


**圖 1　MCCS 使用介面**

微軟的繁簡字轉換系統利用了機器學習和自然語言處理等技術，通過分析大量的簡體字和繁體字的對應關係，實現文字自動轉換，試

① 參見王立軍，王曉明 & 吳健 .（2013）. 簡繁對應關係與簡繁轉換 . 中文信息學報（04），74-82 ＋ 102

② Microsoft Office 是由微軟公司 1989 年所推出的辦公室套裝軟體，包括 Word、Excel、PowerPoint 等多種應用程式。歷經多次改版，如 Microsoft Office 3.0、Microsoft Office 95、Microsoft Office XP、Microsoft Office 2021 等，2022 年 Office 進行品牌更名，成為 Microsoft 365，同時進行網頁和標誌的調整。需要注意的是，Office 2013、2016、2019、2021 版本將保持原名，而 Windows 10、11、Android、iOS/iPadOS 版本則將統一更名為 Microsoft 365。

圖解決中文簡繁轉換的問題，使得使用簡體字和繁體字的人們能夠更方便地溝通和閱讀文字內容。這個系統不僅可以應用於文本處理軟件中，亦被整合到各種應用程式和服務中，如在中文資訊處理領域有著廣泛的應用，尤其在電子郵件、社交媒體、網絡搜索等方面。

微軟的繁簡字轉換系統目前已包括多項功能：1. 簡繁字體轉換：系統可以將繁體字轉換為簡體字，或將簡體字轉換為繁體字，以適應用戶的閱讀和寫作習慣。2. 詞語轉換：系統可以將整個詞語、短語或句子中的繁簡字進行轉換，保持語義的一致性。3. 專有名詞處理：系統能夠處理專有名詞（如地名、人名、品牌名稱等）的繁簡字轉換，保持其識別和辨識性。4. 自定義規則：用戶可以根據自己的需求定義繁簡字轉換的規則，以便系統按照其設定進行轉換。5. 文本批量轉換：系統支援批量處理文字檔或文本輸入，進行繁簡字轉換，提高處理效率。

但目前，在繁簡字轉換過程中，MCCS 中目前介面仍會出現的一些錯誤包括：

簡→繁 1，如果勾選使用「臺港澳等地字元」，仍會有如子丑 [ 子醜 ][①]、鬼谷子 [ 鬼穀子 ]、后稷、后羿、后黨；[ 後稷、後羿、後黨 ] 等對應參差。[②] 停用會出現諸如簡體的「幷」字無法轉換成繁體「並」字的狀況。

簡→繁 2，如果勾選使用「轉換常用詞彙」，會出現進退維谷 [ 進退維穀 ][③]、詞組 [ 片語 ]、綜觀全局 [ 綜觀全域 ]、一個餐廳菜單 [ 一

① 為便於區別，以 [ ] 表繁體字，如丑 [ 醜 ]，丑為簡體字，[ 醜 ] 為繁體字。

② 丑 [ 醜 ]；美丑 [ 美醜 ]；子醜寅卯 [ 子丑寅卯 ]。

③ 此一成語，使用「臺港澳等地字元」字元，則轉換為進退維谷 [ 進退維穀 ] 的正確形式。

個餐廳功能表 ] 等錯誤。若停用此選項，則會出現掉字問題，如「屬于」、「游標」等字詞，在轉換後其「于」字及「游」字都會變成一個 Unicode 的 U + FFFF 字元。如屬於 [ 屬 ]、游標 [ 標 ]。

這些錯誤可能是由於字形相似、語義歧義、語境不清等因素導致的。但更重要的核心原因是漢語詞彙與漢字的密切關係。現代漢語詞彙雖以雙音節為主，但仍有大量單音節或多音節。在單音節詞素中，簡轉繁已有一對多的需求，如：醜 [ 丑、醜 ]、后 [ 后、後 ]，其雙音節、多音節搭配則產生了更為繁複的排列組合。一詞素的字形為了儘量避免這些錯誤，繁簡字轉換系統通常需要結合上下文資訊、語義理解和語言規則進行精確的轉換，故系統需要不斷地進行更新和優化。

## 二、中文繁簡轉換器優化的需求

### (一) 問題與需求

簡繁轉換的核心問題涉及語言文字在不同應用環境下的使用，包括大陸、臺灣、香港、澳門以及海外等地。為了更好地解決這個問題，必須打破傳統的條框局限，以新的視角來審視。首先，避免僅憑標準進行轉換，因為標準僅規範字與字之間的關係，無法涵蓋實際應用情況。在實際應用中，常見的問題有簡轉繁和繁轉簡時的一對多問題，以及不同應用環境中的慣用字問題和實際應用與標準不一致的問題。其次，避免簡單地以簡繁關係代替了兩種環境下的實際用字關係，包括新舊字形、正異體字和術語等。①

分解簡繁對應關係對於簡繁轉換系統的開發至關重要。這一過程的核心是根據不同地區的使用習慣，透過對大量真實語料的統計分析，建立簡繁漢字對應關係和術語對照表。這項工作十分複雜，需要逐步完成。首先，必須從大陸地區的簡繁對應關係入手，建立適用於大陸的轉換系統。接著，通過全面調查港澳臺地區的字詞使用習慣，擴大轉換系統的適用範圍。②

黃皓主張應「基於詞表規則」與針對語句上下文的消歧」兩方面改優化漢字簡繁轉換成效的主張。認為如果通過構建一對多、通用和分歧詞表，並加入轉換的限制性規則，便可實現對候選詞的有效性判斷。利用詞表規則對當前語句上下文進行匹配，綜合分析名詞、動詞、量詞等屬性，實現了消歧和轉換的智能化。提出的基於詞表和語境分析的轉換方法能夠更準確地進行轉換，而提高轉換正確率的改進方向則是不斷完善詞表和規則。③

## （二）大型詞表的建立

兩岸語言的異同一直以來是語言學研究中的一大關注點。儘管兩岸語言同源，然而，由於社會、政治、文化等方面的不同影響，使得兩岸的語言漸次呈現出一些差異。這種差異在詞彙方面表現尤為

---

① 王曉明、魏林梅〈談簡繁轉換的幾個關鍵問題 〉《第五屆兩岸四地中文數字化合作論壇》(CDF#5 pp148-155

② 參見王立軍，王曉明、吳健 . (2013) . 簡繁對應關系與簡繁轉換 . 中文信息學報 (04) ,74-82 + 102

③ 黃皓 .(2021) . 基於詞表規則與語句上下文消歧的漢字簡繁轉換 . 計算機時代 (09) ,22-25.

明顯，導致了兩岸語言的變體，分別為臺灣的「國語」和大陸的「普通話」。

過去的研究已經注意到了兩岸詞彙的差異，但由於社會和政治因素的制約，直接深入的調查研究難以實現。自上世紀 80 年代開始，大陸學者便關注兩岸語言中的詞彙差異現象。然而，由於當時的種種限制，這些研究成果難以全面反映兩岸語言的真實現狀。張茜指出海峽兩岸的詞彙研究始於 1980 年代，主要針對兩岸詞彙在語音、構型、語義上的差異問題以及詞類差異問題進行對比研究。① 隨著時間的推移和研究方法的不斷發展，近年來對兩岸詞彙差異的研究取得了一定的進展。

李行健〈探索兩岸詞彙差異，促進相互交流〉(2016) 則明確指出，1. 兩岸合編語文詞典的先行工作、2. 區別差異詞，收錄差異詞、3. 釋義必須準確，突顯出差異點、4. 增加「信息提示」，展現兩岸文化背景 5. 精選例句，為詞語的釋義展現語境。並於 1994 年，率大陸語言學家代表團首次訪問臺灣，達成兩岸通過合作編寫語文詞典以「化異為通」的共識。2003 年，《兩岸常用詞典》正式出版，該詞典不僅收錄了兩岸共有詞語，還特別標示了大陸和臺灣特有詞語，成為同類辭書的先河。雖然該詞典在兩岸差異詞的認識和收釋方面存在不足，但其為後來的同類辭書提供了借鑒。②

詞書從語音、結構、語義、詞類等多個角度進行對比研究，以探討海峽兩岸之間的詞彙差異。在影響兩岸交流的過程中，翻譯術語、方言詞彙和專業術語的使用受到了極大的關注和研究。詞彙差異研究

① 王茜 . (2015) . 海峽兩岸詞彙差異研究綜述 . Modern Chinese (現代語文) , 11 (2015.12) , 14-16.

② 李行健 .「探索兩岸詞彙差異，促進相互交流 .」語言文字應用 (Applied Linguistics) , vol. 3, no. 3, 2016, 收稿日期：2016-03-08.

所使用的語料主要來自於對兩岸影響較大的詞典、文學作品、媒體以及語料庫中的詞彙，從而更全面地揭示了兩岸因隔絕而產生的詞彙使用上的異同之處。

## 三、基於《兩岸差異用詞表・同實異名詞》的一對一字詞轉換

目前的語言學分析已達到相當細緻的水準，統計模型也已相當完善，簡繁轉換的準確性極高。然而，完全實現無誤轉換的願望仍然未達到，尚需要進行人工辨識和干預。文書處理方面，除了依據轉換錯誤結果進行分析並改進統計模型外，還可以有意識地進行適當的提示，利用小工具協助人工識別錯誤。在詞彙層面上，除了人工收集差異詞彙的基礎上，利用統計模型來自動收集和辨識差異詞彙也是一項重要的工作。合理分解簡繁對應關係是開發簡繁轉換軟件的基礎。儘管港澳臺和大陸在對應關係上存在差異，但多數情況下是一致的。因此，從大陸的對應關係出發是可行的。①

本文先行參考《簡繁漢字對照表》。該表明確列出了各簡化字對應的多個繁體字，以反映兩者間的關係。錯誤轉換主要包括未轉換、不應轉換而轉換、錯誤轉換和他字錯誤。這些錯誤需要通過精細的分析和修正來提高轉換系統的準確性。②

---

① 參見王立軍，王曉明，吳健．簡繁對應關系與簡繁轉換 [J]. 中文資訊學報 ,2013,27（04）：74-82

② 同上

本文以基於《中華語文大詞典》[①] 所編之《兩岸差異用詞表》為字集來源，內容主要涵蓋生活、文化、社會等領域的常用詞彙，以及物理、化學、生物等學科的專業術語。該辭典將這些詞彙分為五大類，並根據性質進行進一步區分。

其中，同類語詞之差異主要分為「同實異名」和「同名異實」兩種情況。在「同實異名」和「同名異實」部分，同時列出兩岸的語詞；而在「臺灣特有」和「大陸特有」部分，則僅列出單方的詞彙。值得注意的是，在該辭典中，臺灣的詞彙採用標準字寫法，而大陸的詞彙則採用規範字寫法。

該表收有 4800 餘組詞詞，每一橫列為一組，每組少則一詞，多逾 10 詞，一組中有多個語詞者，以「/」隔開。同組語詞之排列次序，「同實異名」部分先列兩岸共同語詞，再列差異語詞；差異語詞先依字數多寡，字數相同者再依筆畫數排列。至於「臺灣特有」、「大陸特有」之語詞則先依字數多寡，字數相同者再依筆畫數排列。[②]

經統計兩岸差異語詞「同實異名」共有 1473 組，本文先行處理經一對一之部分，共計 424 條（見附錄一）。

以 MCCS 對轉，順利對換僅 73 條，成功率僅約 17%。相關統計如下表：

---

① 以收釋現代漢民族共同語（臺灣現稱「國語」，大陸現稱「普通話」）中的常用詞語為主，同時適當收釋一些雙方各自特有而常用的詞語，反映兩岸用法異同，以方便兩岸交流和一般民眾使用，並為學習漢語的外國人提供幫助。詞典為《兩岸常用詞典》的擴編，截至 2015 年 12 月，詞典已收 10,943 字（含破音字則為 13,004 字）、複音詞和固定短語 88,735 條，合計共 99,678 條（含破音字則為 101,739 條）。蔡信發編．中華語文大辭典．中華文化總會, 2016.。線上版，https://www.chinese-linguipedia.org/search.html，檢索日期：2023.11.01

② https://www.chinese-linguipedia.org/about.html

**表 1　兩岸差異用詞（同實異名）- office 工具自動翻譯結果統計**

| 類別 | 知識庫總條目數 | 採計條目數（一對一） | 翻譯成功數 |
|---|---|---|---|
| 日常生活 | 739 | 197 | 24 |
| 教育藝文 | 340 | 117 | 28 |
| 休閒娛樂 | 111 | 27 | 11 |
| 政經社會 | 248 | 69 | 7 |
| 其他 | 35 | 14 | 3 |
| 總計 | 1473 | 424 | 73 |

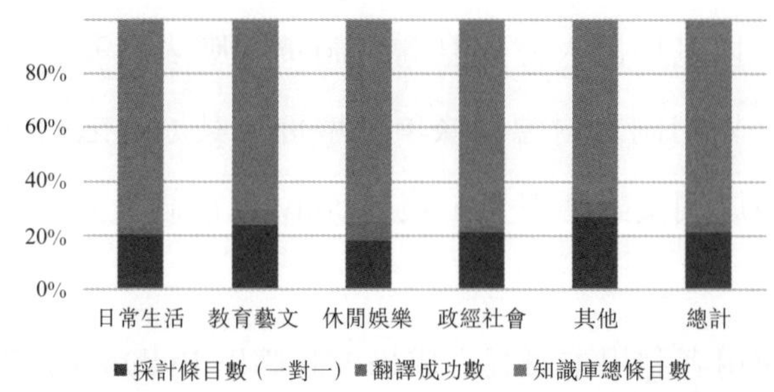


**圖 2　兩岸差異用詞（同實異名）office 工具自動翻譯結果統計**

現有繁簡轉換工具可以將其歸納為三類轉換原理。首先是基於簡體中文編碼 GB2312 和繁體中文編碼 BIG5 之間相互轉換的工具。這種工具主要進行字元集編碼之間的轉換，表面上解決了字形對應的問題，但面對非一一對應的繁簡字時往往難以正確轉換，比如「老闆板著臉」。

其次是針對內碼識別的工具，在編碼轉換的基礎上增加了詞表以解決繁簡不對應的問題。這類工具能部分解決非一一對應的繁簡字問題，但在詞語層面上的轉換效果不佳，例如「軟件」與「軟體」轉換。

最後是不涉及內碼識別，直接在字元集內進行轉換，並利用詞庫初步解決詞語複雜對應的問題的工具。這類工具能解決大部分字形對應的問題，也能處理詞語的一一對應，但對於一對多的詞語或者具有情感色彩區別的詞語的轉換問題，以及詞庫之外的生詞轉換功能尚未得到解決。[①]

本文所用「繁簡轉換程式」屬第三類，以 Python 程式語言開發，其以 Python 協力廠商套件庫之 zhconv 套件庫為基礎。zhconv 套件庫提供基本的繁簡轉換功能，其自帶中國大陸、臺灣、香港等地區之詞彙對應表，可將輸入之中文字串按其設定轉換為不同地區之繁簡中文內容。

本研究即以其中國大陸與臺灣之詞彙對應表為基礎，將本研究所產製之兩岸差異用詞之對應詞條項目增併至其原有之對應表之中，整合成完整的兩岸詞彙對應總表，讓 zhconv 利用該自建之詞彙對應總表進行繁簡轉換。

為便於使用者利用本研究之成果，我們以 Python 的 Tkinter 套件庫打造圖形使用者介面，提供視窗介面之繁簡轉換程式，使用者可於視窗中輸入繁體或簡體文字內容，點選按鈕後便可立即轉換兩岸詞彙用語及繁簡文字，並可將轉換結果快速複製至作業系統之剪貼簿內，以利其他應用程式運用。

如圖示：

**圖 3　優化程式下載連結：https://reurl.cc/13y0GD**

① 馮霞 .（2007）. 中文繁簡轉換及其轉換工具 . 電腦知識與技術（學術交流）(12)，1740-1741 ＋ 1743

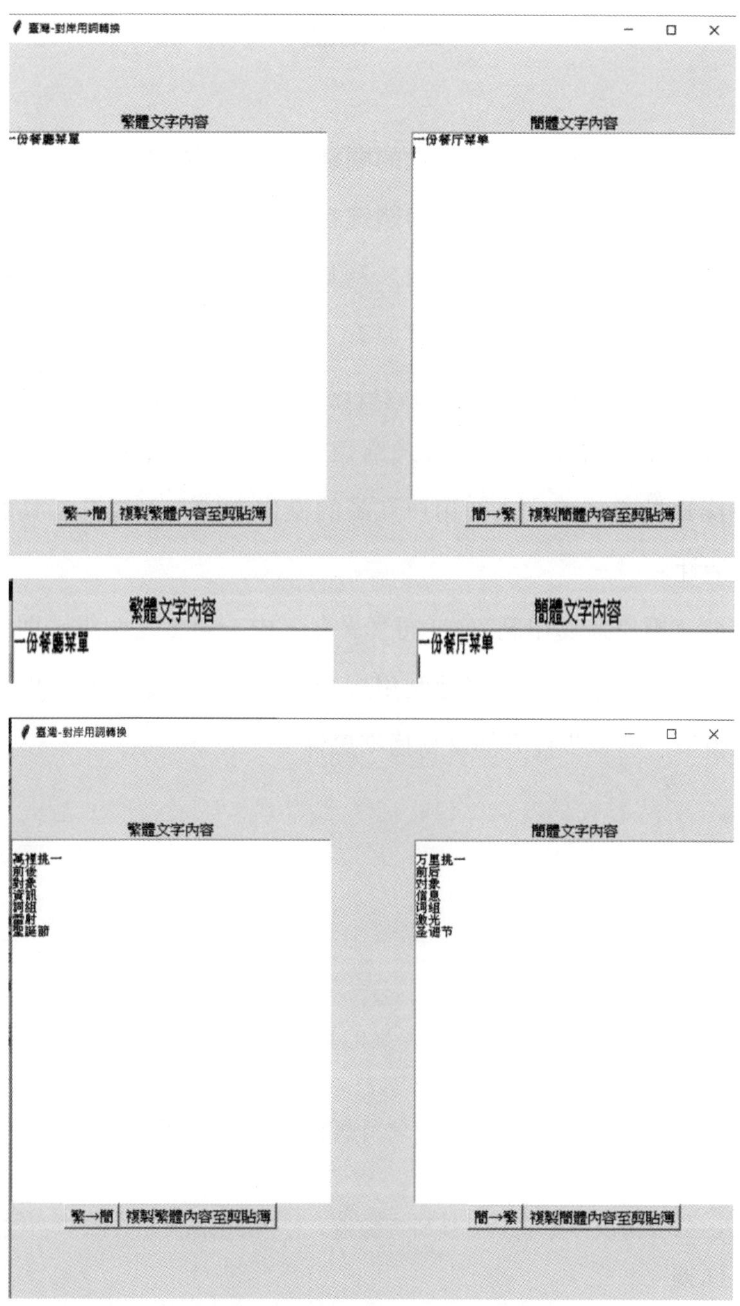


**圖 4　《兩岸差異用詞表》繁簡字詞自動轉換程式 1.0**

# 四、結語

簡繁轉換作為中文信息處理的關鍵問題，面臨著一對多現象和兩岸差異的挑戰。解決這些問題的關鍵在於如何準確轉換並避免過度消岐。本文依據《兩岸差異用詞表》為基礎，將本研究所產製之兩岸差異用詞之對應詞條項目增併至其原有之對應表之中，整合成完整的兩岸詞彙對應總表，讓 zhconv 利用該自建之詞彙對應總表進行繁簡轉換。

選擇了工具性應用、嵌入式應用、與其他技術相融合的集成應用，並探索批處理方式或與用戶互動的操作方式，以提升工具的易用性和靈活性。

至於《兩岸差異用詞表》「同實異名」中一對多之詞組，則尚待來文。以期在文字層面上更好地利用規則，以及在詞彙層面上更好地運用統計模型，進一步提升簡繁轉換準確性。

## 參考文獻

刁晏斌　2021　《對海峽兩岸語言差異的重新認識》，《語言教學與研究》第 4 期。

王立軍　王曉明　吳健　2013　《簡繁對應關係與簡繁轉換》，《中文信息學報》第 4 期。

王茜　2015　《海峽兩岸詞彙差異研究綜述》，《Modern Chinese（現代語文）》第 11 期。

李行健　2016　《探索兩岸詞彙差異，促進相互交流》，《語言文字應用》第 3 期。

馮霞　2007　《中文繁簡轉換及其轉換工具》，《計算機教育》第 5 期。
黃皓　2021　《基於詞表規則與語句上下文消歧的漢字簡繁轉換》，《計算機時代》第 9 期。
鄒曉玲　2021　《從漢語通用語的發展演變看海峽兩岸語言關係》，《重慶交通大學學報（社會科學版）》第 3 期。
戴紅亮　2016　《漢字簡繁文本智能轉換系統中語言學問題分析》，《遼寧師範大學學報（社會科學版）》第 2 期。

**附表 1　《兩岸差異用詞表》「同實異名」舉例：日常生活類**

| 編號 | 繁 | 簡 |
|---|---|---|
| 1 | 子母畫面電視 | 双画面电视 |
| 2 | 公事包 | 公文包 |
| 3 | 分離式 | 分体式 |
| 4 | 去光水 | 洗甲水 |
| 5 | 安定器 | 镇流器 |
| 6 | 免治馬桶 | 智能座便器 |
| 7 | 免洗杯 | 一次性杯子 |
| 8 | 易開罐 | 易拉罐 |
| 9 | 油壓剪 | 液压剪 |
| 10 | 原子筆 | 圆珠笔 |
| 11 | 乾燥花 | 干花 |
| 12 | 強化玻璃 | 钢化玻璃 |
| 13 | 無灰粉筆 | 无尘粉笔 |
| 14 | 塑膠袋 | 塑料袋 |
| 15 | 感熱紙 | 热敏纸 |
| 16 | 暖氣機 | 暖风机 |
| 17 | 節水墊片 | 节水环 |
| 18 | 電漿電視 | 等离子电视 |
| 19 | 膠膜 | 塑封 |
| 20 | 類比電視 | 仿真电视 |
| 21 | 魔術方塊 | 魔方 |

續表

| 編號 | 繁 | 簡 |
|---|---|---|
| 22 | 優格 | 酸奶酪 |
| 23 | 沙拉油 | 色拉油 |
| 24 | 咖哩 | 咖喱 |
| 25 | 聖女番茄 | 圣女果 |
| 26 | 酪梨 | 鳄梨 |
| 27 | 三合一咖啡 | 一加二咖啡 |
| 28 | 汽泡酒 | 汽酒 |
| 29 | 純水 | 纯净水 |
| 30 | 速食店 | 快餐店 |
| 31 | 速食 | 快餐 |
| 32 | 食品添加物 | 食品添加剂 |
| 33 | 內搭褲 | 打底裤 |
| 34 | 土地所有權狀 | 土地所有权证 |
| 35 | 成屋 | 现房 |
| 36 | 組合屋 | 活动板房 |
| 37 | 設籍 | 落户 |
| 38 | 預售屋 | 期房 |
| 39 | 辦公大樓 | 写字楼 |
| 40 | 鷹架 | 脚手架 |
| 41 | 報到櫃檯 | 值机岛 |
| 42 | 登機門 | 登机口 |
| 43 | 黑盒子 | 黑匣子 |
| 44 | 儀降 | 盲降 |
| 45 | 噴射機 | 喷气式飞机 |
| 46 | 公車站 | 公交站 |
| 47 | 公車站牌 | 公交车站牌 |
| 48 | 月臺門 | 屏蔽门 |
| 49 | 打空檔 | 挂空挡 |
| 50 | 瓦斯車 | 天然气汽车 |

續表

| 編號 | 繁 | 簡 |
|---|---|---|
| 51 | 交流道 | 匝道 |
| 52 | 共乘 | 拼车 |
| 53 | 計費表 | 计价器 |
| 54 | 起點站 | 始发站 |
| 55 | 追撞 | 追尾 |
| 56 | 博愛座 | 老弱病残孕专座 |
| 57 | 環道 | 环路 |
| 58 | 聯結車 | 拖挂车 |
| 59 | 雙層公車 | 双层公交车 |
| 60 | 平交道 | 道口 |
| 61 | 導盲磚 | 盲道砖 |
| 62 | 保固 | 保修 |
| 63 | 保固期 | 保修期 |
| 64 | 販賣部 | 小卖部 |
| 65 | 太保 | 阿飞 |
| 66 | 執行長 | 首席执行官 |
| 67 | 深喉嚨 | 深喉 |
| 68 | 智能障礙兒童 | 低常儿童 |
| 69 | 網路美女 | 网络美女 |
| 70 | 人工智慧 | 人工智能 |
| 71 | 入口網站 | 门户网站 |
| 72 | 千位元組 | 千字节 |
| 73 | 小筆電 | 上网本 |
| 74 | 工作列 | 任务栏 |
| 75 | 中文化 | 汉化 |
| 76 | 互動式媒體 | 交互式媒体 |
| 77 | 互動式電視 | 交互式电视 |
| 78 | 內部網路 | 内部网络 |
| 79 | 分散式網路 | 分布式网络 |

續表

| 編號 | 繁 | 簡 |
|---|---|---|
| 80 | 文書處理 | 文字处理 |
| 81 | 代理伺服器 | 代理服务器 |
| 82 | 半形 | 半角 |
| 83 | 用戶親和介面 | 友好用户界面 |
| 84 | 全形 | 全角 |
| 85 | 全球資訊網 | 万维网 |
| 86 | 列印 | 打印 |
| 87 | 字元 | 字符 |
| 88 | 有線網路 | 有线网络 |
| 89 | 行動設備作業系統 | 移动操作系统 |
| 90 | 伺服器 | 服务器 |
| 91 | 位元組 | 字节 |
| 92 | 低階語言 | 低级语言 |
| 93 | 免費軟體 | 免费软件 |
| 94 | 系統軟體 | 系统软件 |
| 95 | 抽取式磁盤 | 移动存储器 |
| 96 | 社羣網站 | 社交网站 |
| 97 | 原始碼 | 源代码 |
| 98 | 套裝軟體 | 套装软件 |
| 99 | 特洛伊木馬程式 | 特洛伊木马程序 |
| 100 | 記憶體 | 存储器 |
| 101 | 附檔名 | 扩展名 |
| 102 | 埠 | 端口 |
| 103 | 組合語言 | 汇编语言 |
| 104 | 軟體 | 软件 |
| 105 | 軟體工程 | 软件工程 |
| 106 | 軟體包 | 软件包 |
| 107 | 連線 | 联机 |
| 108 | 部落客 | 博客 |

續表

| 編號 | 繁 | 簡 |
| --- | --- | --- |
| 109 | 部落格 | 博客 |
| 110 | 智慧型 | 智能型 |
| 111 | 無線滑標 | 无线鼠标 |
| 112 | 無線網路 | 无线网络 |
| 113 | 程式員 | 程序员 |
| 114 | 程式設計 | 程序设计 |
| 115 | 虛擬實境 | 虚拟现实 |
| 116 | 超大型積體電路 | 超大规模集成电路 |
| 117 | 超極致筆電 | 超极本 |
| 118 | 集中式網路 | 集中式网络 |
| 119 | 雲端運算 | 云计算 |
| 120 | 韌體 | 固件 |
| 121 | 傳輸控制協定 | 传输控制协议 |
| 122 | 感測網路 | 感测网络 |
| 123 | 當機 | 死机 |
| 124 | 解析度 | 分辨率 |
| 125 | 資料夾 | 活页夹 |
| 126 | 資料匯流排 | 数据总线 |
| 127 | 資訊 | 信息 |
| 128 | 資訊化 | 信息化 |
| 129 | 資訊技術 | 信息技术 |
| 130 | 資訊系統 | 信息系统 |
| 131 | 資訊服務網 | 信息服务网 |
| 132 | 資訊流 | 信息流 |
| 133 | 資訊科技 | 信息科技 |
| 134 | 資訊庫 | 信息库 |
| 135 | 資訊高速公路 | 信息高速公路 |
| 136 | 資訊理論 | 信息理论 |
| 137 | 雷射印表機 | 激光打印机 |

續表

| 編號 | 繁 | 簡 |
|---|---|---|
| 138 | 電子資訊 | 电子信息 |
| 139 | 電玩軟體 | 电玩软件 |
| 140 | 電腦網路 | 计算器网络 |
| 141 | 圖形化使用者介面 | 图形用户界面 |
| 142 | 磁盤 | 磁盘 |
| 143 | 磁盤作業系統 | 磁盘操作系统 |
| 144 | 網咖 | 网吧 |
| 145 | 網間網路作業系統 | 网间网络操作系统 |
| 146 | 網路 | 网络 |
| 147 | 網路化 | 网络化 |
| 148 | 網路版 | 网络版 |
| 149 | 網路電腦 | 网络计算器 |
| 150 | 網際網路 | 互联网 |
| 151 | 網際網路 | 因特网 |
| 152 | 寬頻 | 宽带 |
| 153 | 寬頻網路 | 宽带网络 |
| 154 | 廣域網路 | 广域网 |
| 155 | 數位化 | 数字化 |
| 156 | 數位圖書館 | 数字图书馆 |
| 157 | 數據機 | 调制解调器 |
| 158 | 應用程式 | 应用程序 |
| 159 | 擬真視訊 | 网真 |
| 160 | 檔案傳輸協定 | 文件传输协议 |
| 161 | 驅動程式 | 驱动程序 |
| 162 | 卡式電話 | 磁卡电话 |
| 163 | 多媒體簡訊 | 彩信 |
| 164 | 忙線訊號 | 忙音信号 |
| 165 | 行動通信 | 移动通信 |
| 166 | 免持 | 免提 |
| 167 | 來電答鈴 | 彩铃 |

續表

| 編號 | 繁 | 簡 |
|---|---|---|
| 168 | 窄頻帶 | 窄带 |
| 169 | 智慧型手機 | 智能手机 |
| 170 | 無線電話 | 无绳电话 |
| 171 | 視訊電話 | 视频电话 |
| 172 | 電子遮蔽器 | 屏蔽仪 |
| 173 | 電傳打字機 | 电传机 |
| 174 | 電話答錄機 | 录音电话 |
| 175 | 人類基因體計畫 | 人类基因组计划 |
| 176 | 公醫 | 公费医疗 |
| 177 | 心理諮商 | 心理咨询 |
| 178 | 生理食鹽水 | 生理盐水 |
| 179 | 白袍 | 白大褂 |
| 180 | 皮膚炎 | 皮炎 |
| 181 | 批價 | 划价 |
| 182 | 乳突狀瘤病毒 | 乳头状瘤病毒 |
| 183 | 抹片 | 涂片 |
| 184 | 矽肺 | 硅肺 |
| 185 | 紅血球生成素 | 红细胞生成素 |
| 186 | 胸腔科 | 胸科 |
| 187 | 排斥反應 | 排异反应 |
| 188 | 滑鼠手 | 鼠标手 |
| 189 | 腦死 | 脑死亡 |
| 190 | 過動兒 | 多动儿 |
| 191 | 雷射刀 | 激光刀 |
| 192 | 衛生棉 | 卫生巾 |
| 193 | 顏面神經 | 面神经 |
| 194 | 懼高 | 恐高 |
| 195 | 懼高症 | 恐高症 |
| 196 | 三角皮帶 | 三角带 |
| 197 | 潛盾機 | 盾构机 |

**Abstract:**This article aims to optimize the Chinese Traditional and Simplified converter, based on the "Cross-Strait Differences Vocabulary." "Nouns with the same substance and different meanings" Chinese Traditional to Simplified Converter. The main Chinese Traditional and Simplified conversion application tool currently on the market - Microsoft 365 Traditional and Simplified Chinese conversion system - "Microsoft Chinese Conversion System" (hereinafter referred to as MCCS) is used as the basis for optimization and MCCS comparison. First, it introduces the problems existing in the conversion of Simplified and Traditional Chinese, including the ambiguity of one character versus multiple characters and the differences in terminology between the two sides. At present, the main application tool is Microsoft's Traditional Chinese and Simplified Chinese character conversion system, but there are still some errors. This paper proposes a conversion method based on vocabulary rules to improve conversion accuracy. Secondly, it introduces the history and results of research on cross-strait vocabulary differences, as well as the traditional-simplified conversion program developed using Python. Finally, the conclusion points out that the key to solving the problem of Simplified and Traditional conversion lies in accurate conversion and avoiding excessive disambiguation. The optimization plan of this article is based on the "Cross-Strait Difference Vocabulary" to improve the conversion accuracy.

**Keywords:** Chinese Simplified and Traditional Chinese conversion, differences in terminology between the two sides of the Taiwan Strait, vocabulary rules, Python program development

# 浙南南麂島閩南話來臺 50 年的語言變化

臺灣中山大學中文系教授　張屏生
北京大學中文系博士研究生　張以文

**提　要**　南麂島居民是在 1955 年和大陳島居民隨國軍撤退來臺的。當地人所講的閩南話是屬於偏泉腔；有獨特的音韻和語彙內容，例《匯音妙悟》「熋」韻例字唸 ũi 韻；「雞」韻例字唸 əi /əiʔ 韻；「恩」韻例字唸 ɨn 韻；有八個聲調，連讀變調和臺灣的閩南話也不相同；小稱詞尾「囝」唸 kə̃51。來臺 50 年之後，南麂島閩南話受到當地閩南話的接觸影響，在語音和詞彙上已經有明顯的改變。本文擬透過傳統方言學的方式，先整理出南麂島閩南話的音系，並透過和相關閩南話的比較，說明它和高樹閩南話接觸之後所發生的語音和詞彙變化。

**關鍵詞**　浙南閩南語　南麂島　泉州腔　瀕危方言

## 一、前言

南麂列島位於溫州市平陽縣鰲江口外 30 海里的東海海面上，距溫州市區 50 海里，隸屬平陽縣，整個列島由大小 52 個島嶼組成，海岸線總長 75km，陸域面積 11.13km$^2$。

明代萬曆十年（1582），為加強海上防衛，開始設南麂副總兵。清朝初年，鄭成功堅持海上抗清，曾駐軍南麂西澳。島民以鄭成功賜姓為朱，封延平王，遂稱西澳為國姓澳。順治十八年（1661）清廷厲行海禁，將島民驅逐殆盡，使得南麂島多年來荒懸海上。民國初年，成立南麂漁佃公司，招募漁民到島上墾殖，應募者開始僅數十人，但數十年間就聚集居民萬餘人。在抗日戰爭期間，日軍曾兩次佔領南麂島，復為海盜「烏軍」和大刀會輪番盤踞。1949 年之後，浙南國民黨退守南麂島，1955 年 2 月繼大陳島撤退之後，島上居民均隨軍隊撤退到臺灣。之後，由平陽、瑞安和文成等縣移民島上，隸洞頭縣，1957 年劃歸平陽縣。所以真正的南麂島閩南話只剩下分散在臺灣幾個地區的南麂島居民在使用。

南麂島閩南話屬於浙南閩南話的一種，但是相較於溫端政（1991）中的靈溪閩南話，和曾蓉蓉（2008）中的洞頭閩南話仍有不同的音韻內容和詞彙差異。我們具體的調查工作是從 2006 年 7 月開始；起初我們先到屏東縣高樹鄉東振村的五顯宮附近，找到一些南麂島的移民，當時找到謝梅桂女士（訪問時年 73 歲）、蔡昌比（訪問時年 80 歲）做了簡略的調查之後，發現南麂島[①]閩南話有獨特的音韻內容；後來在 2009 年的 2、3 月間又再去做了比較完整的詞彙調查（包括基礎語彙、諺語和長篇語料）。本文擬透過傳統方言學的方式，先整理出南麂島閩南話的音系，並透過和臺灣相關閩南話的比較，說明它到屏東閩南話

① 根據發音人的報導，南麂島居民有講溫州話（據大陸學者鄭張尚芳告知是溫嶺方言）、蠻話和閩南話。

接觸之後所發生的語音和詞彙變化。

本文以國際音標記音，其中聲母部分有 /p、$p^h$、b、m、t、$t^h$、n、l、ts、$ts^h$、s、dz、k、$k^h$、g、ŋ、h/。零聲母記音的時候不寫出，列表的時候用 /ϕ/。韻母部分的元音有 /a、ɐ、ɔ、o、ɛ、e、ə、ɨ、i、u/，鼻化韻僅在主要元音上面加上鼻化符號「～」，例如：「貓」niãu$^{55}$。「-ʔ」表喉塞，調的部分以字型較小的數字來標示調值，本調寫在該音節的右上角，變調標於該音節的右下角；例如「冬筍」taŋ$_{33}$sun$^{51}$。另外有些材料是以數字標示調類的情況；改寫時分別用字型較大的數字「1（陰平）、2（陰上）、3（陰去）、4（陰入）、5（陽平）、6（陽上）、7（陽去）、8（陽入）」標於該音節的右邊（一律標本調），例如：「冬筍」taŋ1sun2。輕聲則在該音節前標「·」，並把輕聲調值寫在該音節的右下角；如「真個」tsin$^{55}$ · nẽ$_{55}$。

## 二、南麂島閩南話的語音系統

### （一）聲母方面

表一　南麂島閩南話的聲母表

| 發音方法 / 發音部位 | 塞音 | | | 塞擦音 | | | 擦音 | 鼻音 | 邊音 |
|---|---|---|---|---|---|---|---|---|---|
| | 不送氣 | 送氣 | | 不送氣 | 送氣 | | | | |
| | 清 | | 濁 | 清 | | 濁 | 清 | 濁 | 濁 |
| 雙唇 | p 邊 | $p^h$ 拋 | b 文 | | | | | m 名 | |
| 舌尖 | t 地 | $t^h$ 太 | | | | | | n 兩 | l 柳 |
| 舌尖前 | | | | ts 爭 | $ts^h$ 出 | dz 日 | s 時 | | |
| 舌根 | k 求 | $k^h$ 去 | g 語 | | | | | ŋ 藕 | |
| 喉 | ϕ 英 | | | | | | h 喜 | | |

1. 南麂島閩南話有 p-、$p^h$-、b-（m-）、t-、$t^h$-、l-（n-）、ts-、$ts^h$-、s-、dz-、k-、$k^h$-、g-（ŋ-）、h-、$\phi$- 等 18 個聲母。其中 b-、l-、g- 只拼口音韻，m-、n-、ŋ- 只拼鼻化韻，這兩套聲母是可以合併為一套 b-、l-、g-。例如：「馬」$be^{51}$、「猛」$b\tilde{e}^{51}$。但是記音的時候習慣上還是記成「馬」$be^{51}$、「猛」$m\tilde{e}^{51}$。[①]

2. /ts-、$ts^h$-、s-/ 和以 i 起頭的韻母相拼的時候，有明顯的顎化現象，近似 [tɕ-、$tɕ^h$-、ɕ-]，因為沒有對立，所以統一記成 /ts-、$ts^h$-、s-/。

3. /dz-/ 在語流中有時會唸成 [z-]，如果和以 i 起頭的韻母相拼的時候，會顎化成 [dʑ-]。因為沒有對立，所以統一記成 /dz-/。[②]

4. 零聲母，通常在開頭的時候會有緊喉作用，特別是在重音節，例如「朋友」$piŋ_{33}{}^{ʔ}iu^{51}$，但是因為沒有辨義作用，所以拼音的時候省略，列表用「ϕ」。

5. 某些送氣聲母在連讀的時候會有濁化的現象，例「骹縫」$k^ha_{33}p^haŋ^{31}$ 跨下。在語流中唸成 $k^ha_{33}baŋ^{31}$、「骹頭趺」$k^ha_{33}t^hau_{11}u^{55}$ 膝蓋，在語流中唸成 $k^ha_{33}lau_{11}u^{55}$。

## （二）韻母方面

南麂島閩南話的韻母是由 /a、ɐ、ɔ、o、ə、ɨ、e、i、u/9 個主要元音，/i、u/2 個介音，/i、u、m、p、n、t、ŋ、k、ʔ/9 個韻尾所構組，排列如下：

---

① 南麂島閩南話有一個詞「餡餡」$mam^{33}mam^{33}$（哄孩子吃飯所發的聲音，《廣韻》:「謨敢切，餡：吳人呼哺兒也。」）這個詞的音節並沒有發生唇音異化，這種音節在部分閩南話是沒有的。

② 另外我們也發現在通行腔唸 dz- 的音節，南麂島唸成 l- 的例子，如「攪擾」$kiau_{33}liau^{51}$，「擾」應該唸 $dziau^{51}$。

表二　南麂島閩南話舒聲韻母表

| a 巴 | ai 拜 | au 包 | ã 餡 | ãi 指 | ãu 腦 | | an 釘 | aŋ 枋 |
|---|---|---|---|---|---|---|---|---|
| ɐ 騾 | | | ɐ̃ 膽 | | | | | |
| ɔ 補 | | | ɔ̃ 毛 | | | | | ɔŋ 王 |
| o 刀 | | | | | | | | |
| e 馬 | | | | | | | | |
| ɘ 短 | ɘi 雞 | ɘu 厚 | ɘ̃ 团① | | | | ɘn 很② | |
| ɨ 豬 | | | | | | | ɨn 斤 | |
| i 比 | | iu 抽 | ĩ 甜 | | ĩu 張 | im 熊 | × | iŋ 生 |
| ia 車 | | iau 妖 | iã 影 | | iãu 貓 | iam 驗 | ian 仙 | iaŋ 涼 |
| io 燒 | | | | | | | | iɔŋ 中 |
| | | | | | | | ien 姻 | |
| u 龜 | ui 規 | | | ũi 梅 | | | un 孫 | |
| ua 歌 | uai 乖 | | uã 換 | uãi 樣 | | | uan 灣 | × |
| ue 過 | | | × | | | | | |
| | | | m̩ 姆 | | | | | |
| | | | ŋ 方 | | | | | |
| 13 | 4 | 4 | 9 | 3 | 3 | 2 | 7 | 5 |

表三　南麂島閩南話促聲韻母表

| aʔ 百 | | auʔ 鋏③ | ãʔ 尴④ | | ãuʔ 磽⑤ | × | | |
|---|---|---|---|---|---|---|---|---|
| ɐʔ 鴿 | | | | | | | ɐt 踢 | ɐk 鹿 |
| | | | ɔ̃ʔ 膜 | | | | | × |
| oʔ 桌 | | | | | | | | |
| eʔ 伯 | | | ẽʔ 物⑥ | | | | | |
| ɘʔ 缺 | | | | | | | | |
| | | | | | | | ɨt 迄⑦ | |
| iʔ 鐵 | | | ĩʔ 物⑧ | | | | it 一 | ik 色 |
| iaʔ 壁 | | | iãʔ 嚇 | | | | iat 切 | × |
| ioʔ 尺 | | | | | | | | iɔk 足 |
| | | | | | | | iet 密 | |

續表

| uʔ 拓 | | | | | | | ut 出 | |
|---|---|---|---|---|---|---|---|---|
| uaʔ 活 | | | | | | | uɐt 法 | × |
| ueʔ 拔 | | | | | | | | |
| | | | | | | | | |
| | | | ŋʔ 嚶⑨ | | | | | |
| 11 | | 1 | 6 | | 1 | | 7 | 3 |

①「囝」kɔ̃$^{51}$ 小稱詞尾。
②「很」甜 hən$_{51}$tĩ$^{55}$ 很甜。
③「飫」kauʔ$^{5}$ 夾。
④「爁」爍 nã$_{51}$ts$^{h}$i$^{31}$ 閃電。
⑤「磽磽」叫 k$^{h}$ãu$_{11}$k$^{h}$ãu$_{11}$kio$^{11}$ 象聲詞。
⑥「物」件 mẽ$_{11}$kian$^{33}$ 東西。
⑦「迄」爿 hɨt$_{5}$piŋ$^{13}$ 那邊。
⑧ 迌迌「物」t$^{h}$it$_{5}$t$^{h}$o$_{11}$mĩʔ$^{35}$ 玩具。
⑨「嚶」ŋʔ$^{5}$ 呼大便聲。

1. 南鹿島閩南話有 79 個韻母，其中舒聲韻有 50 個，促聲韻有 29 個。

2. 通行腔閩南話 -m 的韻母，在南鹿島大都合併到相關的 -n 的韻母。如「庵」唸 an$^{55}$、「鹽」唸 ian$^{13}$。但是也有少數保 -m 的音讀，如「熊」唸 him$^{13}$；「驗血」giam$_{11}$huiʔ$^{5}$。

3. /ɐ/ 的音值接近 [ɐ]，單獨只出現在「騾」lɐ$^{13}$、「予」hɐ$^{33}$（給、被）。另外是出現在和 an、aŋ、ian、uan 相配的入聲韻 ɐt、ɐk、iɐt、uɐt。①

4. /ai/ 的音值在語流中有時會唸成 [ɐi]。

5. /o/ 的音值接近 [ɘ] 的圓唇 [ɵ]，一般的語料基於音標使用的考慮都記成 /o/。

6. /ɘ/ 的音值接近 [ɘ]，舌位偏前。大陸的材料多半記成 /ɤ/、臺灣有些材料記成 /ə/。

---

① 曾蓉蓉（2008：8）提到：「ɐ 元音為本土閩南話所沒有，不能單獨做韻母，只在入聲韻中出現，發音時間相對短。洞頭閩南話僅有 ɐt、iɐt、uɐt、ɐk、iɐk 五韻，其中 iɐt 由於介音的同化作用，主要元音 ɐ 實際音色接近 ɛ」。在筆者調查的語料中，入聲部分並沒有 a 和 ɐ 對立的現象，但是為了照顧音值所以把 an、aŋ、ian、uan 等相應的入聲還是記作 ɐt、ɐk、iɐt、uɐt。

7. /ɘi/ 韻有時候在語流中聽起來像 [ɘɪ]，有些例詞唸 [ue]。①

8. /ɘu/ 韻，不過例字只有「後、后、厚」hɘu，而且這些例字在語流中有時會唸成 hio。

9. /ɘn/ 韻，例字只有「很甜」$hɘn_{51}tĩ^{55}$。

10. /ɨ/ 的音值接近 [ɨ]，大陸的材料大都記成 /ɯ/。

11. /ɔ/ 韻，在發 [ɔ] 之後，有時候在語流中口形會有自然聚斂的情形 ②。

12. 通行腔 ③ 閩南話中 iam/iap 在南麂島閩南話合併到 ian/iat 中，唸 [ian]、[iɐt]。

13. 通行腔閩南話中 im/ip 的大部分例字在南麂島閩南話中會唸成 [ien]、[iet]④，如：「蟳」$tsien^{53}$、「立」$liet^{13}$。

14. 通行腔閩南話中 in/it 的部分例字，在南麂島閩南話中會唸成 [ien]、[iet]，如：「辰」$sien^{13}$、「實」$siet^{13}$。⑤

15. 通行腔閩南話中 iŋ/ik 的部分例字在南麂島閩南話中會唸成 ien/iet，如：「靈」$lien^{13}$、「曆」$liet^{35}$。

16. 通行腔閩南話中 un/ut 的部分例字，在南麂島閩南話中會唸成 uan/uɐt，如：「溫」$uan^{55}$、「骨」$kuɐt^{5}$。

---

① 筆者也曾到隔壁村調查講南麂島話的村民，凡是謝女士唸 /ɘi/、/ɘiʔ/ 韻的例詞，都已經改唸 ue 韻了。

② 溫端政（1991：34）也提到這江蒼南縣的閩南話中：「/ɔ/ 韻母往往帶 [-u] 尾，讀作 [ɔu]，在話音中尤較明顯。」和潮汕話中的 /ou/ 韻情況類似。

③ 為了敘述上的方便，本文將範圍比較大的稱為「通行腔」（以高雄閩南話為主體音系）、「偏泉腔」、「偏漳腔」，範圍小的就直接用地名來敘述。

④ im/ip>ien/iet 的音變過程是中間先有 in/it，因為 in/it 變成 ien/iet，所以 im/ip 也就一起 >ien/iet。

⑤ 在通行腔中 in/it 的部分例字在南麂島閩南話中會唸成 [ien]、[iet] 的情形，在語流中有時候很明顯，但有時候並不明顯。

17. /m̩、ŋ/ 是鼻音自成音節作為韻母，其中 -m̩ 只拼聲母 ɸ-；-ŋ 可拼聲母 p-、m-、t-、$t^h$-、n-、ts-、$ts^h$-、s-、k-、$k^h$-、h-、 ɸ-。但是在 p-、m-、t-、$t^h$-、n-、ts-、$ts^h$-、s-、k-、$k^h$- 和 -ŋ 相拼時，中間會有一個過渡音 [ə]，本文略去不寫。

## （三）聲調方面

為了方便討論，我們把南麂島閩南話的聲調比較表排列如下：（「>」之前是本調，之後是變調）

**表四　南麂島閩南話和相關閩南話的聲調比較表**

| 調類 | 陰平 | 陰上 | 去 | 陰入 | 喉陰入 | 陽平 | 陽上 | 陽去 | 陽入 | 喉陽入 |
|---|---|---|---|---|---|---|---|---|---|---|
| 調序 | 1 | 2 | 3 | 4 | 4 | 5 | 6 | 7 | 8 | 8 |
| 泉州 | 33>33 | 55>35 | 31>55 | 5>5 | 5>5 | 13>11 | 33>11 | 31>11 | 35>1 | 35>11 |
| 同安 | 55>33 | 51>33/35 | 11>51 | 3>5 | 3>51 | 13>11 | × | 33>11 | 5>1 | 5>11 |
| 南日島 | 31/31>33 | 51>33/35 | 11>55 | 5>5 | 3>55 | 13>11/33 | × | 11>11/33 | 5>1/3 | 5>11/33 |
| 南麂島 | 55>33 | 51>33/35 | 11>33/55 | 5>3/5 | 5>33/51 | 13>11 | 33>11 | 31>11 | 35>1 | 35>11 |
| 靈溪 | 44>31 | 53>33/24 | 11>31/53 | × | × | 24>11 | 31>11 | 11>11① | × | × |
| 洞頭 | 44 | 53 | 21 | 53 | 53 | 24 | × | 22 | 24 | 241 |

### 1. 基本調

（1）陰平是高平調，陰上是高降調，陰上的最高點比陰平稍為高一點，把陰平記成 /44/，陰上記成 /51/ 是比較符合調值描寫的真確

① 溫端政（1991）把靈溪閩南話的陰去和陽去本調不分，並為「去聲調」。但是在連讀變調的敘述中清去和濁去的變調走向不同，事實上這樣應該還是要區分出陰去和陽去。

性。但是為了考慮陰平和陰上、陰上變調、陰去變調最高點的音高比較，所以把陰平、陰上、陰入的最高點統一記成 /5/。

(2) 陰上的調值記成 /51/。

(3) 陰去的調值記成 /11/，但是在音節末端有下降的趨勢。陰去調值和陽去、喉陽入的變調調值是有一些細微的差別，但是為了方便語料的處理，所以統一記成 /11/。

(4) 陰入是高促調，記成 /5/。

(5) 陽平是升調，一般情況是唸成 [13]，有時候也會唸成 [35]，為了方便和其他語料做比較，我們統一把陽平的調值記成 /13/。

(6) 陽上調是中平調唸 /33/。

(7) 陽去調是中降調唸 /31/。在語流中有時會和陰去調混，這一點和鹿港閩南話類似。歸調類的時候還要觀察變調的走向。

(8) 陽入唸 /35/。在語流中有時也會唸 [13] 或 [5]。唸 [5] 和屏東閩南話一樣。

**2. 連讀變調**

南麂島閩南話的連讀變調情形如下：

(1) 陰平變調變 /33/。

(2) 陰上變調大部分變 /33/，只有在陰去調之前變 /35/。

(3) 陰去變調大部分變 /33/，只有在陰去、陽上、陽去之前變 /51/。

(4) 陽平、陽上、陽去變調是變 /11/，這是偏泉腔的變調模式。

(5) 帶 -p、-t、-k 的陰入調，如果後字音節是高調或升調，就會變 /3/；如果後字音節是中調或低調就會變 /5/。

(6) 帶 -p、-t、-k 的陽入變調變低促調 /11/。

（7）帶 -ʔ 的陰入變調之後，-ʔ 會消失。如果後字音節是高調或升調就變 /33/；如果後字音節是中調或低調就變 /51/。

（8）帶 -ʔ 的陽入變調之後，-ʔ 會消失，變低平調 /11/。

**表五　南麂島閩南話兩字組連讀變調表**

| | 陰平 55 | 陰上 51 | 陰去 11 | 陰入 31 | 陽平 13 | 陽上 33 | 陽去 31 | 陽入 35 |
|---|---|---|---|---|---|---|---|---|
| 陰平 55 | 春分 ts$^{h}$un$_{33}$hun$^{55}$ | 生理 siŋ$_{33}$li$^{51}$ | 霜降 sŋ$_{33}$kaŋ$^{11}$ | 冬節 taŋ$_{33}$tsəiʔ$^{5}$ | 東爿 taŋ$_{33}$piŋ$^{13}$ | 風雨 huaŋ$_{33}$hɔ$^{33}$ | 烏豆 ɔ$_{33}$tau$^{31}$ | 驚蟄 kiŋ$_{33}$tiet$^{35}$ |
| 陰上 51 | 水災 tsui$_{33}$tsai$^{55}$ | 小暑 sio$_{33}$sɨ$^{51}$ | 水壩 tsui$_{35}$pa$^{11}$ | 小雪 sio$_{33}$suat$^{5}$ | 海墘 hai$_{33}$kĩ$^{13}$ | 小雨 sio$_{55}$hɔ$^{33}$ | 款待 k$^{h}$uan$_{55}$tai$^{31}$ | 九月 kau$_{33}$gəʔ$^{35}$ |
| 陰去 11 | 唱歌 ts$^{h}$ĩu$_{33}$kua$^{55}$ | 菜尾 ts$^{h}$ai$_{33}$bə$^{51}$ | 拜四 pai$_{51}$si$^{11}$ | 鳥拍 tsiau$_{33}$p$^{h}$aʔ$^{5}$ | 孝男 hau$_{33}$lan$^{13}$ | 細雨 səi$_{51}$hɔ$^{33}$ | 掛虹 kua$_{51}$k$^{h}$iŋ$^{31}$ | 四十 si$_{33}$tsɐt$^{35}$ |
| 陰入 p.t.k ʔ 5 | 菊花 kiɔk$_{3}$hue$^{55}$ | 竹筍 tiet$_{3}$sun$^{51}$ | 福氣 hɐk$_{3}$k$^{h}$i$^{11}$ | 接骨 tsiet$_{3}$kuɐt$^{5}$ | 腹臍 pɐk$_{3}$tsai$^{13}$ | 沃雨 ɐk$_{5}$hɔ$^{33}$ | 失電 siet$_{5}$tian$^{31}$ | 七月 ts$^{h}$it$_{3}$gəʔ$^{35}$ |
| | 鐵釘 t$^{h}$i$_{33}$tan$^{55}$ | 撲鼓 p$^{h}$a$_{33}$kɔ$^{51}$ | 節氣 tsəi$_{55}$k$^{h}$i$^{11}$ | 隔壁 ke$_{33}$piaʔ$^{5}$ | 歇寒 hio$_{51}$kuã$^{13}$ | 潑雨 p$^{h}$ua$_{51}$hɔ$^{33}$ | 捌字 pɐt$_{3}$dzi$^{31}$ | 八月 pue$_{51}$gəʔ$^{35}$ |
| 陽平 13 | 河溪 ho$_{11}$k$^{h}$əi$^{55}$ | 危險 gui$_{11}$hian$^{51}$ | 皇帝 hɔŋ$_{11}$te$^{11}$ | 紅色 aŋ$_{11}$siet$^{5}$ | 枇杷 k$^{h}$i$_{11}$pe$^{13}$ | 淋雨 lan$_{11}$hɔ$^{33}$ | 城市 siã$_{11}$ts$^{h}$i$^{31}$ | 無力 bo$_{11}$lɐt$^{35}$ |
| 陽上 33 | 舅公 ku$_{11}$kɔŋ$^{55}$ | 有米 u$_{11}$bi$^{51}$ | 雨傘 hɔ$_{11}$suã$^{11}$ | 有色 u$_{11}$siet$^{5}$ | 雨鞋 hɔ$_{11}$əi$^{13}$ | 有雨 u$_{11}$hɔ$^{33}$ | 有字 u$_{11}$dzi$^{31}$ | 五十 gɔ$_{11}$tsɐt$^{35}$ |
| 陽去 31 | 大官 tua$_{11}$kuã$^{55}$ | 樹子 ts$^{h}$iu$_{11}$tsi$^{51}$ | 莧菜 hãi$_{11}$ts$^{h}$ai$^{11}$ | 大雪 tai$_{11}$suat$^{5}$ | 舊鞋 ku$_{11}$əi$^{13}$ | 大旱 tua$_{11}$uã$^{33}$ | 大字 tua$_{11}$dzi$^{31}$ | 大力 tua$_{11}$lɐt$^{35}$ |
| 陽入 p.t.k ʔ 35 | 十三 tsɐt$_{1}$sã$^{55}$ | 十九 tsɐt1kau$^{51}$ | 十四 tsɐt$_{1}$si$^{11}$ | 十一 tsɐt$_{1}$iɐt$^{5}$ | 日頭 dziet$_{1}$t$^{h}$au$^{13}$ | 十五 tsɐt$_{1}$gɔ$^{33}$ | 十二 tsɐt$_{1}$dzi$^{31}$ | 十六 tsɐt$_{1}$lɐk$^{35}$ |
| | 食臊 tsia$_{11}$ts$^{h}$o$^{55}$ | 食飽 tsia$_{11}$pa$^{51}$ | 白菜 pe$_{11}$ts$^{h}$ai$^{11}$ | 落雪 lo$_{11}$səʔ$^{5}$ | 石頭 tsio$_{11}$t$^{h}$au$^{13}$ | 落雨 lo$_{11}$hɔ$^{33}$ | 月內 gə$_{11}$lai$^{31}$ | 曆日 la$_{11}$dziet$^{35}$ |

## （四）音系特點

1.《匯音妙悟》中的「嬰」韻（《雅俗通》「經」韻）部分例字，比較複雜；南麂島有部分例字出現 ũi、ãi、iŋ 三種音讀。

(1) 唸 ũi 韻的有「荎、爿」;唸 ãi 韻，如「反爿（邊）、店居（門～）有（硬）、前掌（～頭仔；手指頭）、千、筅、間肩揀襉、莧、閒」。

(2) 唸 iŋ 韻的有「爿、間」，唸 iŋ 可能是受到屏東閩南話的影響所產生的新的音讀形式。

這些例字通行腔唸 iŋ 韻；金門唸 ãi 韻、鹿港大部分唸 iŋ 韻，少部分唸 ũi 韻；馬公唸 an 韻；福建的泉州唸 ũi 韻；漳州唸 iŋ 韻、華安唸 eŋ 韻、漳浦唸 ioŋ 韻、潮州唸 õi 韻。①

2.《匯音妙悟》「居」韻②（《雅俗通》「居」韻）例字南麂島唸 ɨ 韻；例字如下：「豬箸除、呂慮、薯蜍、鼠、車居舉據鋸、去、語、許魚、預」。這些例字通行腔唸 i 韻；金門、鹿港唸 ɨ 韻；蘆洲、馬公唸 u 韻；福建的泉州唸 ɨ 韻；漳州唸 i 韻；角美、禾山、陳井唸 u 韻；廈門除了「豬、鋤、箸、佇、汝、去、魚」唸 i 韻之外，其他唸 u 韻。

3.《匯音妙悟》中的「科」韻（《雅俗通》「伽、檜」韻）例字南麂島唸 ɘ/ɘʔ 韻；如「飛賠倍焙、皮被、尾未、吹炊髓棰揣（找）、稅、果粿過髻（雞～）、灰火歲貨回」、「欲（要）襪、說、郭、缺、月」，但是南麂島的中年層 /ɘ/ 的音值偏向 [ə]。這些例字通行腔唸 ue/ueʔ 韻，鹿港唸 ɘ/ɘʔ 韻，蘆洲、馬公唸 e/eʔ 韻。福建的泉州、同安、金門唸 ɘ/ɘʔ 韻、廈門唸 e/eʔ 韻、漳州唸 ue/ueʔ 韻。

4.《匯音妙悟》中的「青」韻部分例字（《雅俗通》「梔」韻）南麂島唸 ĩ 韻。如「邊扁變、染年、見、棉面、甜、天添、錢、墘、圓

---

① 本文為了方便敘述，把臺灣閩南話分成偏泉腔和偏漳腔；如果是具體的方言點，就直接標示地名。文中所引用的語料都是筆者親自調查整理。

② 本文為了敘述上的方便，會使用舊韻書中的韻目來統括一些音類，但是偏泉腔和偏漳腔的音類例字並不相同，所以用《匯音妙悟》的韻目來統一敘述並不合適。因此我們就把《匯集雅俗通十五音》(簡稱《雅俗通》) 的韻目補上去。

院」。這些例字在臺灣和福建的偏泉腔或偏漳腔都唸 ĩ 韻，只有在寮前唸 ŋ 韻。①

5.《匯音妙悟》「青」韻部分例字（《雅俗通》「更」韻）南鹿島唸 ĩ 韻；如「柄平病、彭澎、鄭、爭井、青星醒、生牲性姓、經更羹鯁、坑、硬、嬰」。這些例字在偏泉腔唸 ĩ 韻；偏漳腔唸 ẽ、漳州唸 ɛ̃ 韻。

6.《匯音妙悟》中的「箱」韻（《雅俗通》「薑」韻）例字南鹿島唸 ĩu 韻，如「張長漲場丈、兩娘梁涼、樟漿蟗蔣槳掌醬癢上（～車）、鯧槍廠搶唱牆象像，箱傷、賞相想、薑、腔、鄉香、鴦養羊楊樣」。這些例字在偏泉腔唸 ĩu 韻、偏漳腔唸 iɔ̃/iõ 韻。②

7.《匯音妙悟》中的「飛」韻（《雅俗通》「檜」韻）部分例字南鹿島唸 ui/uiʔ 韻；如「廢」hui[11]、「血」huiʔ[5]。其中「血」是偏泉腔和偏漳腔辨識度最高的例字，唸 huiʔ4 是偏泉腔，唸 hueʔ4 是偏漳腔。

8.《匯音妙悟》中的「鉤」韻（《雅俗通》「沽」韻）例字南鹿島唸 əu 韻；如「謀、侯、厚後后」，南鹿島的中年層唸 io 韻。這個韻是文讀層的音，長泰唸 eu 韻、陳井唸 io 韻、其他大都唸 ɔ 韻。

9.《匯音妙悟》中的「雞」韻（《雅俗通》「稽」韻）例字南鹿島唸 əi/əiʔ 韻；如「底題蹄苧地、替、犁鑢（鋸～）、齊眾（多）、初栖、黍洗細、雞街疥膎（腌漬物）、溪契、挨矮鞋會」、「笠、節、切、莢、狹」。這些例字通行腔唸 e/eʔ 韻，三峽唸 əe/əeʔ 韻。漳州唸 e/eʔ 韻，泉州、廈門唸 ue/ueʔ 韻、潮陽唸 oi/oiʔ 韻、漳浦唸 iei/eʔ 韻，漳平、

① 「寮前」是指陸河縣新田鎮寮前村，它是臺灣桃園市新屋區永興村（大牛椆）葉姓家族的原鄉。

② 福建有些偏漳腔唸 ĩu 韻，如南靖、華安、平和、雲霄、漳浦。

詔安唸 ei/eʔ 韻。[①] 南麂島的中年層改唸 ue/ueʔ 韻。

10.《匯音妙悟》中的「杯」韻（《雅俗通》「稽」韻）部分例字南麂島唸 ue/ueʔ 韻；如「買賣」$bue_{55}bue^{31}$，比較特別的是「八」，在《匯音妙悟》的「杯」韻（《雅俗通》「伽」韻），南麂島唸 $pəiʔ^{5}/pueʔ^{5}$。上述例字在偏泉腔唸 ue/ueʔ 韻，偏漳腔唸 e/eʔ 韻，潮陽唸 $oi/oiʔ^{3}$。

11.《匯音妙悟》中的「恩」韻（《雅俗通》「巾」韻）例字南麂島唸 ɨn 韻；如「斤巾筋根近、芹、銀、恩」。南麂島的中年層唸 un 韻。這些例字在偏泉腔唸 un 韻，偏漳腔唸 in 韻，三峽安溪腔唸 ɨn 韻。[②]

12.《匯音妙悟》中的「關」韻（《雅俗通》「官」韻、「觀」）部分例字南麂島唸 ũi 韻；如「慣懸縣」。鹿港唸 uan 韻、漳州唸 uan 韻，同安唸 uãi 韻。[③]

13.《匯音妙悟》中的「關」韻（《雅俗通》「官」韻、「觀」）部分例字南麂島唸 ũi 韻；如「關、橫」。鹿港、泉州、馬公唸 ũi 韻；漳州唸 uã 韻；同安、廈門、蘆洲「關」唸 uãi 韻、「橫」唸 ũi 韻；金門「關」唸 ũi 韻、「橫」唸 uãi 韻。

14.《匯音妙悟》「毛」韻（《雅俗通》「褌」韻）例字南麂島唸 ŋ 韻；如「楓飯、門問、轉頓斷、軟卵、磚鑽旋、穿川（尻～）、酸損算、光、捲管、捲貫、勸、荒昏園遠、碗（手～）黃」。這些例字在部分偏漳腔唸 ũi 韻。

15.《匯音妙悟》「香」韻（《雅俗通》「薑」韻）例字，南麂島大

---

① 按規律 ei、iei 韻相對的入聲韻應該是 eiʔ、ieiʔ，但是事實上卻是 eʔ、eʔ。

② /ɨn/ 的相對入聲韻是 /ɨt/，/ɨt/ 的例字可能會出現在「孱核」lan7hɨt8、「收訖」siu1gɨt8，這兩個詞彙中，三峽的「孱核」唸 $lan_{11}hut^{33}$，「收訖」唸 $siu_{33}gɨt^{33}$。

③ 南麂島「慣懸縣」現在經常唸 uan 韻。這是受到高樹閩南話的影響。

部分唸 iɔŋ 韻。例「長、兩、良涼、量諒、將章彰漳、獎掌、傷商、賞償想尚、詳常、像、嚷、強、鄉香（～港）、向、養」，少數唸 iaŋ，例「梁（高～）、享、香（五～）」。這個韻是文讀層的音，這些例字在偏泉腔大都唸 iɔŋ 韻，偏漳腔大都唸 iaŋ 韻。

16.《匯音妙悟》「風」韻（《雅俗通》「光」韻）例字，只有一個例字「風」$huaŋ^{55}$。南麂島的中年層會不自覺的説 $hɔŋ^{55}$，經過提示之後，才改唸 $huaŋ^{55}$。

## 三、南麂島閩南話的詞彙特色及其變化

從構詞理據的角度來看，語言的詞彙會忠實地反映出它所服務的文化。因為人們選用何種事物的具體特徵來描述，是取決於語言用戶的文化思維；因而難免會受到地域環境所生發的種種情況所影響，所以每一個地區總會出現獨特的詞彙內容。下面我們通過 4000 多條的詞彙比較，篩選出可以反映南麂島閩南話和臺灣閩南話語音和詞彙差異的詞條。這些差異的情形如下：

### （一）南麂島音讀特殊的詞彙

底下詞條的音讀，南麂島和屏東閩南話有明顯的不同；如下：

1.「物件」$mẽ_{11}kian^{11}$ 東西。屏東唸 $mĩ_{11}kiã^{33}$、偏泉腔唸 $mŋ_{11}kiã^{33}$。

2.「鉎鍋」$sĩ_{33}ui^{55}$ 生鐵鍋子。屏東唸 $sẽ_{33}ue^{55}$，偏泉腔唸 $sĩ_{33}ɘ^{55}$。

3.「籠牀」$laŋ_{11}ts^hŋ^{13}$ 蒸籠。屏東唸 $laŋ_{33}sŋ^{13}$，偏泉腔唸 $laŋ_{11}sŋ^{13}$。

4.「斧頭」pɔ$^{51}$. t$^{h}$au$_{11}$ 屏東唸 pɔ$_{55}$t$^{h}$au$^{13}$。

5.「鐵釘」t$^{h}$i$_{33}$tan$^{55}$ 釘子。屏東唸 t$^{h}$i$_{51}$tiŋ$^{55}$。

6.「塗豆」t$^{h}$o$_{11}$tau$^{31}$ 花生。屏東唸 t$^{h}$ɔ$_{33}$tau$^{33}$。

7.「豬肉」tɨ$_{33}$hiet$^{35}$ 豬肉。屏東唸 ti$_{33}$baʔ$^{3}$。

8.「柳丁汁」liu$_{33}$tiŋ$_{33}$tsɐt$^{5}$ 柳丁汁。屏東唸 liu$_{55}$tiŋ$_{33}$tsiap$^{3}$。

9.「老鼠」ŋiãu$_{33}$ts$^{h}$ɨ$^{51}$ 老鼠。屏東唸 niãu$_{55}$ts$^{h}$i$^{51}$。

10.「鱷魚」gɐk$_{1}$k$^{h}$i$^{13}$ 鱷魚。屏東唸 k$^{h}$ɔk$_{1}$hi$^{13}$。

11.「木魚」bɐk$_{1}$lɨ$^{13}$ 木魚。屏東唸 bɔk$_{1}$hi$^{13}$。

12.「翼」hiet$^{13}$ 翅膀。屏東唸 sit$^{5}$。

13.「寄生」kia$_{33}$ts$^{h}$ĩ$^{55}$ 寄居蟹。屏東唸「寄生仔」kia$_{51}$sẽ$_{33}$ã$^{51}$。

14.「祖公」tsau$_{33}$kɔŋ$^{55}$ 祖公。屏東唸 tsɔ$_{55}$kɔŋ$^{55}$。

15.「勢早」kau$_{11}$tsa$^{51}$ 問候語。屏東唸 gau$_{33}$tsa$^{51}$。

16.「姻緣」ien$_{33}$ian$^{13}$ 姻緣。屏東唸 im$_{33}$ian$^{13}$。

17.「芋仔冰」ua$_{33}$piŋ$^{55}$ 芋頭冰。屏東唸 ɔ$_{11}$piŋ$^{55}$。

18.「產婆」suan$_{33}$po$^{13}$ 助產士。屏東唸 san$_{55}$pə$^{13}$。

19.「和尚」hɨ$_{11}$sĩu$^{31}$ 和尚。按規律應該唸 hə$_{11}$sĩu$^{31}$。屏東唸 hue$_{33}$sĩu$^{33}$。

## （二）詞形特殊的詞彙

底下詞條的詞形南麂島和臺灣的閩南話有明顯的不同；這些語彙和周遭環境的影響不大，因為這些詞彙原來的南麂島語彙系統就有，是不需要借用的，如下：

1.「日曝」dziɐt$_{1}$puɐt$^{35}$ 太陽。屏東叫「日頭」git$_{1}$t$^{h}$au$^{13}$。

2.「月光」gə$_{11}$kŋ$^{55}$ 月亮。也叫「月娘」gə$_{11}$nĩu$^{13}$，屏東叫「月娘」

gue$_{11}$nĩu$^{13}$、高樹客家話叫「月光」ɲiat$^{5}$koŋ$^{13}$。

3.「龍袍」liŋ$_{11}$pau$^{13}$ 冰雹。屏東叫「冰角」piŋ$_{33}$kak$^{3}$。

4.「爁爍」nã$_{51}$ts$^{h}$i$^{31}$ 閃電。屏東叫「爍爁」si$_{51}$nã$^{11}$。

5.「踅螺風」sə$_{11}$lə$_{11}$huaŋ$^{55}$ 屏東叫「捲螺仔風」kŋ$_{55}$le$_{33}$a$_{55}$hɔŋ$^{55}$。

6.「踅螺水」sə$_{11}$lə$_{11}$tsui$^{51}$ 屏東叫「捲螺仔」kŋ$_{55}$le$_{33}$a$^{51}$。

7.「日生」dziet$_{3}$sĩ$^{55}$ 白天。屏東叫「日時」dzit$^{5}$．si$_{11}$。

8.「好兄弟節」ho$_{33}$hiã$_{33}$ti$_{11}$tsueŋ$^{5}$ 中元。屏東叫「七月半」ts$^{h}$it$_{5}$ gue$_{11}$puã$^{11}$。

9.「邊生」pĩ$_{33}$sĩ$^{55}$ 旁邊。屏東叫「邊仔」pĩ$_{55}$．ã$_{55}$。

10.「油燥」iu$_{11}$so$^{11}$ 肥皂。屏東叫「雪文」sap$_{5}$bun$^{13}$。

11.「牙膏」ge$_{11}$ko$^{55}$ 牙膏。屏東叫「齒膏」k$^{h}$i$_{55}$kə$^{55}$。

12.「牙甌」ge$_{11}$au$^{55}$ 漱口杯。屏東叫「齒觳仔」k$^{h}$i$_{55}$k$^{h}$ɔk$_{5}$ga$^{51}$。

13.「牙捽」ge$_{11}$sut$^{5}$ 牙刷。屏東叫「齒抿仔」k$^{h}$i$_{55}$bin$_{55}$nã$^{51}$。

14.「鎖□」so$_{33}$tsi$^{33}$ 鎖。屏東叫「鎖頭」sə$_{55}$t$^{h}$au$^{13}$。

15.「鎖□箸」so$_{33}$tsi$_{11}$tɨ$^{31}$ 鑰匙。屏東叫「鎖匙」sə$_{55}$si$^{13}$。

16.「電龜」tian$_{11}$ku$^{55}$ 電飯鍋。屏東叫「電鍋」tian$_{11}$kə$^{55}$。

17.「熱火」dziɐt$_{1}$hə$^{51}$ 火柴，屏東叫「火拭仔」hue$_{55}$ts$^{h}$it$_{5}$la$^{51}$、「番仔火」huan$_{33}$nã$_{55}$hue$^{51}$。

18.「笊籬」tsua$_{33}$li$^{13}$ 笊籬。屏東叫「飯籬」pŋ$_{11}$le$^{33}$。

19.「粉薯推」hun$_{33}$tsɨ$_{11}$t$^{h}$ɔi$^{55}$ 刨具。屏東叫「菜礤」ts$^{h}$ai$_{51}$ts$^{h}$uaʔ$^{3}$。

20.「十字鎬」siet$_{3}$tsɨ$_{33}$kau$^{55}$ 十字鎬。屏東叫「掘仔」kut$_{3}$la$^{51}$。

21.「草袋包」ts$^{h}$au$_{55}$tə$_{11}$pau$^{55}$ 草籃子。屏東叫「加薦仔」ka$_{33}$tsi$_{55}$a$^{51}$。

22.「牛鼻罾」gu$_{11}$p$^{h}$ĩ$_{11}$tsan$^{55}$ 套牛鼻的鐵環。屏東叫「牛鼻」pu$_{33}$p$^{h}$ĩ$^{33}$。

23.「潘珠」p$^{h}$un$_{33}$tsu$^{55}$ 玉米。屏東叫「番麥」huan$_{33}$beʔ$^{5}$。

24.「大黍」tua$_{11}$səi$^{51}$ 高粱，也叫「大骹黍」tua$_{11}$k$^{h}$a$_{33}$səi$^{51}$，屏東叫「番黍」huan$_{33}$se$^{51}$。

25.「番葱」huan$_{33}$ts$^{h}$aŋ$^{55}$ 洋葱。屏東叫「葱頭」ts$^{h}$aŋ$_{33}$t$^{h}$au$^{13}$。

26.「紅根菜」aŋ$_{11}$kɨn$_{33}$ts$^{h}$ai$^{11}$ 菠菜。屏東叫「菠薐仔」pue$_{33}$liŋ$_{33}$ŋã$^{51}$。

27.「鵝菜」gia$_{11}$ts$^{h}$ai$^{11}$ 萵苣。屏東叫「萵仔菜」mẽ$_{55}$ã$_{55}$ts$^{h}$ai$^{11}$。

28.「加挑菜」ka$_{33}$t$^{h}$io$_{33}$ts$^{h}$ai$^{11}$ 青江菜。屏東叫「湯匙仔菜」t$^{h}$ŋ$_{33}$si$_{33}$ a$_{55}$ts$^{h}$ai$^{11}$。

29.「艾蒿」hiã$_{11}$o$^{55}$ 茼蒿，屏東叫「茼蒿仔」taŋ$_{11}$ə$_{33}$a$^{51}$。高樹客家話叫「艾菜」ɲie$^{55}$ts$^{h}$oi$^{55}$。

30.「番柿」huan$_{33}$k$^{h}$i$^{31}$ 西紅柿。屏東叫「柑仔蜜」kam$_{33}$mã$_{55}$bit$^{5}$。

31.「娘囝子」nĩu$_{11}$kɔ̃$_{33}$tsi$^{51}$ 桑椹。屏東叫「鹽桑仔」iam$_{33}$sŋ$_{33}$ŋã$^{51}$。

32.「糜」mãi$^{55}$ 指飯或稀飯，泉州腔特有的詞彙。屏東閩南話叫「飯」pŋ$^{33}$。

33.「半精肥」uã$_{33}$tsiã$_{33}$pui$^{13}$ 五花肉。屏東叫「三層仔」sam$_{33}$tsian$_{33}$ nã$^{51}$。

34.「豆腐泡」tau$_{11}$hu$_{11}$p$^{h}$au$^{11}$。屏東叫「豆乾炸」tau$_{11}$kuã$_{33}$tsĩ$^{11}$。

35.「粉乾」hun$_{33}$kuã$^{55}$ 米粉。屏東叫「米粉」bi$_{55}$hun$^{51}$。

36.「齋鼓」tsai$_{33}$kɔ$^{51}$ 餈粑。屏東叫「麻糍」muã$_{33}$tsi$^{13}$。

37.「炒米」ts$^{h}$a$_{33}$bi$^{51}$ 爆米花。屏東叫「磅米芳」pɔŋ$_{11}$bi$_{55}$p$^{h}$aŋ$^{55}$。

38.「哨麵」so$_{35}$mĩ$^{31}$ 麵線。屏東叫「麵線」mĩ$_{11}$suã$^{11}$。

39.「乒抛」p$^{h}$in$_{33}$p$^{h}$au$^{55}$ 愛玉。屏東叫「薁蕘」ə$_{51}$giə$^{13}$。

40.「餛飩」hun$_{11}$t$^{h}$un$^{13}$ 餛飩。屏東叫「扁食」p$^{h}$ian$_{55}$sit$^{5}$。

41.「□毛塗」ɔ$_{11}$m ɔ̃$_{11}$t$^{h}$ɔ$^{13}$ 水泥。屏東叫「紅毛塗」aŋ$_{33}$bun$_{33}$t$^{h}$ɔ$^{13}$。

42.「紅培牯」aŋ$_{11}$pue$_{11}$kɔ$^{51}$ 青蛙。也叫「紅培」aŋ$_{11}$pue$^{13}$。屏東叫

「四骹仔」$si_{51}k^ha_{33}a^{51}$。

43.「水牯弓」$tsui_{33}kɔ_{33}kiŋ^{55}$ 蝌蚪。屏東叫「蝻螺仔」$am_{33}ue_{33}a^{51}$。

44.「爬瓦龍」$pe_{11}hia_{11}liŋ^{13}$ 壁虎。屏東叫「蟮蟲仔」$sian_{11}t^haŋ_{33}ŋã^{51}$。

45.「顏蚓」$gan_{11}un^{51}$ 蚯蚓。屏東叫「土蚓仔」$tɔ_{11}kun_{55}nã^{51}$。

46.「青蠅」$ts^hĩ_{33}sin^{13}$ 大蒼蠅，屏東叫「金蠅」$kim_{33}sin^{13}$。

47.「蟧蜈」$la_{11}gia^{13}$ 蜘蛛。屏東叫「蜘蛛」$ti_{33}tu^{55}$。

48.「壁蟹」$pia_{33}həi^{31}$ 長腳蜘蛛。屏東叫「蟧蜈」$la_{11}gia^{13}$。

49.「唵咿」$ã_{11}ĩ^{55}$ 蟬，屏東叫「蝻蛣蠐」$am_{55}pɔ_{33}tse^{13}$。

50.「娘囝蟲」$nĩu_{11}kɔ̃_{55}t^haŋ^{13}$ 蠶。屏東叫「蠶仔」$t^ham_{33}mã^{51}$。

51.「頭毛吊」$t^hau_{11}mŋ_{11}tiau^{11}$ 螳螂，屏東叫「草猴」$ts^hau_{55}kau^{13}$。

52.「塗蛟猴」$t^hɔ_{11}pe_{11}kau^{13}$ 黃蟋蟀，屏東叫「土蛟仔」$tɔ_{11}pe_{55}a^{51}$。

53.「烏賊」$ɔ_{33}tsɐt^5$ 烏賊。屏東叫「墨賊仔」$bak_1tsat_3la^{51}$。

54.「烏龜」$ɔ_{33}kui^{55}$ 烏龜。屏東叫「龜」$ku^{55}$。

55.「柴樹」$ts^ha_{11}ts^hiu^{31}$ 樹木。屏東叫「樹仔」$ts^hiu_{33}a^{51}$。

56.「柴箬」$ts^ha_{11}hioʔ^{35}$ 樹的葉子。屏東叫「樹箬仔」$ts^hiu_{11}hiə_{33}a^{51}$。

57.「柴身」$ts^ha_{11}sin^{55}$ 樹幹，屏東叫「樹身」$ts^hiu_{11}sin^{55}$。

58.「柴栵」$ts^ha_{11}le^{55}$ 樹幹分岔處。屏東叫「樹丫」$ts^hiu_{11}ue^{55}$。

59.「芒菅」$baŋ_{11}kuã^{55}$ 蘆葦。屏東叫「菅芒」$kuã_{33}baŋ^{13}$。

60.「洞枴」$tɔŋ_{11}kuai^{51}$ 枴杖。屏東叫「拐仔」$kuai_{55}a^{51}$。

61.「鈕珠」$liu_{33}tsu^{55}$ 釦子。屏東叫「鈕仔」$liu_{55}a^{51}$。

62.「喙箍包」$ts^hui_{33}k^hɔ_{33}pau^{55}$ 口罩。屏東叫「喙罨」$ts^hui_{51}am^{55}$。

63.「目泱」$bɐk_1iã^{55}$ 眼屎。屏東叫「眼屎膏」$bak_1sai_{55}kə^{55}$。

64.「姨爹」$i_{11}tia^{55}$ 姨丈。屏東叫「姨丈」$i_{11}tĩu^{33}$。

65.「脬哥」$p^ha_{33}ko^{55}$ 女性生殖器。屏東叫「膣屄」$tsi_{33}bai^{55}$。

66.「會親」hue$_{11}$ts$^{h}$in$^{55}$ 女兒回娘家。屏東叫「做客」tsə$_{51}$k$^{h}$eʔ$^{3}$。

67.「車司」ts$^{h}$ia$_{33}$sɨ$^{55}$ 司機。屏東叫「うんちゃん」un$_{51}$tsiaŋ$^{11}$。(日語詞彙)

68.「道士侬」tɔ$_{11}$sɨ$_{11}$laŋ$^{13}$ 單身汉。屏东叫「獨身仔」tɔk$_{1}$sin$_{33}$nã$^{51}$。

69.「银厝」gɨn$_{11}$ts$^{h}$u$^{11}$ 紙糊的模型屋。屏东叫「靈厝」liŋ$_{33}$ts$^{h}$u$^{11}$。

70.「王司」ɔŋ$_{11}$sai$^{55}$ 道士。屏东叫「司公」sai$_{33}$kɔŋ$^{55}$。

71.「痞品」p$^{h}$ãi$_{33}$p$^{h}$in$^{51}$ 買东西不付款的人。屏东叫「沤客」au$_{51}$k$^{h}$eʔ$^{3}$。

72.「会市」hue$_{11}$ts$^{h}$i$^{31}$ 赶集。屏东叫「商展」siɔŋ$_{35}$tian$^{51}$。

73.「豬母車」tɨ$_{33}$bu$_{55}$ts$^{h}$ia$^{55}$ 吉普車；屏东叫「吉普仔」tsit$_{5}$pu$_{33}$a$^{51}$。

74.「當里長」tŋ$_{33}$li$_{33}$tĩu$^{51}$ 瘧疾；也叫「拋里長」p$^{h}$a$_{33}$li$_{33}$tĩu$^{51}$。屏東叫「着寒熱」tio$_{11}$kuã$_{33}$dziat$^{5}$。

75.「爛喙角」nuã$_{11}$ts$^{h}$ui$_{33}$kɐk$^{5}$ 口角炎。屏東叫「臭喙角」ts$^{h}$au$_{51}$ ts$^{h}$ui$_{51}$kak$^{3}$。

76.「裂喙」li$_{11}$ts$^{h}$ui$^{11}$ 唇顎裂。屏東叫「缺喙」k$^{h}$i$_{51}$ts$^{h}$ui$^{11}$。

77.「啞聲」e$_{33}$siã$^{55}$ 聲音沙啞。屏東叫「踃聲」sau$_{33}$siã$^{55}$。

78.「魚鱗痣」hɨ$_{11}$lan$_{11}$tsi$^{11}$ 魚鱗癬。屏東叫「魚鱗癲仔」hi$_{33}$lan$_{33}$ ts$^{h}$e$_{55}$a$^{51}$。

79.「種寶」tsiŋ$_{33}$po$^{51}$ 種牛痘，屏東叫「種珠」tsiŋ$_{51}$tsu$^{55}$。

80.「身軀來」sin$_{33}$k$^{h}$u$_{55}$lai$^{13}$ 女人的月經來。屏東叫「來洗」lai$_{33}$se$^{51}$。

81.「擢棋」tio$_{51}$ki$^{13}$ 下棋。屏東叫「行棋」kiã$_{11}$ki$^{13}$。

82.「開後門」k$^{h}$ũi$_{33}$au$_{11}$mŋ$^{13}$ 賄賂。屏東叫「烏西」ɔ$_{33}$se$^{55}$。

83.「拋輦鞦」p$^{h}$a$_{33}$lin$_{33}$ts$^{h}$iu$^{55}$ 盪鞦韆。屏東叫「幌鞦韆」hãi$_{51}$k$^{h}$an$_{33}$ts$^{h}$iu$^{55}$。

84.「掠青瞑貓」lia$_{11}$ts$^{h}$ĩ$_{33}$mĩ$_{11}$ŋiãu$^{55}$ 捉迷藏。屏東叫「掩咯雞」ŋ$_{33}$kɔk$_{1}$ke$^{55}$。

85.「干踅」$kan_{33}sə ʔ^{13}$ 陀螺。屏東叫「干樂」$kan_{33}lɔk^{5}$。

86.「放紙鷂」$paŋ_{33}tsua_{35}io^{51}$ 風箏。屏東叫「放風吹」$paŋ_{51}hɔŋ_{33}ts^{h}ue^{55}$。

87.「仙栝」$sian_{33}pue^{55}$ 擲筊杯，一反一正。屏東叫「想杯」$s\tilde{i}u_{11}pue^{55}$。

88.「哭栝」$k^{h}au_{33}pue^{55}$ 兩面都是覆蓋的。$k^{h}au$ 可能是 $k^{h}ap$ 的音變，屏東叫「蓋杯」$k^{h}ap_{5}pue^{55}$。

89.「偝囡仔」$ni\tilde{a}_{33}kin_{33}k\tilde{ɔ}^{51}$ 背小孩。屏東叫「偝囝仔」$\tilde{a}i_{11}gin_{55}n\tilde{a}^{51}$；潮陽話叫「偝孥囝」$ni\tilde{a}_{33}n\tilde{a}u_{33}ki\tilde{a}^{51}$。

90.「硬炭」$ŋ\tilde{i}_{11}t^{h}u\tilde{a}^{11}$ 煤炭。屏東叫「塗炭」$t^{h}ɔ_{33}t^{h}u\tilde{a}^{11}$。

91.「洋油」$\tilde{i}u_{11}iu^{13}$ 煤油。屏東叫「臭油」$ts^{h}au_{51}iu^{13}$。

92.「信」$sin^{11}$ 信。屏東叫「批」$p^{h}ue^{55}$。

93.「信殼」$sin_{33}k^{h}ɐk^{5}$ 信封。屏東叫「批囊」$p^{h}ue_{33}lɔŋ^{13}$。

94.「弄猴獅」$laŋ_{11}kau_{11}sai^{55}$ 舞獅。屏東閩南話叫「弄虎獅」$laŋ_{11}hɔ_{55}sai^{55}$。

95.「留學」$liu_{11}hɐk^{5}$ 留級。屏東叫「落第」$lɔk_{1}te^{33}$。

96.「老菱」$lau_{11}liŋ^{33}$ 菱角。屏東叫「菱角」$liŋ_{11}kak^{3}$。

97.「麥豆囝」$be_{11}tau_{11}k\tilde{ɔ}^{51}$ 豌豆。屏東叫「花蓮豆」$hue_{33}lian_{33}tau^{33}$。

98.「花豆」$hue_{33}tau^{33}$ 蠶豆。屏東叫「膨豆」$ts^{h}an_{33}tau^{33}$。

99.「猜」$ts^{h}ai^{55}$ 猜。屏東叫「臆」$ioʔ^{3}$。

100.「大抱」$tua_{11}p^{h}o^{31}$ 樹木很茂密。屏東叫「茂」$ɔm^{33}$。

101.「漚」$au^{51}$ 花謝了。屏東叫「蔫」$lian^{55}$。

102.「尾掌□囝」$bə_{33}tsŋ_{33}lɐk_{1}k\tilde{ɔ}^{51}$ 小指，屏東叫「尾掌仔」$bue_{55}ts\tilde{a}i_{55}\tilde{a}^{51}$。

103.「□生婆」$sue_{33}s\tilde{i}_{33}po^{13}$ 接生婆。屏東叫「產婆」$san_{55}pə^{13}$。

104.「拆數」$t^{h}ia_{51}siau^{11}$ 還錢。屏東叫「還錢」$hiŋ_{33}ts\tilde{i}^{13}$。

## （三）南麂島閩南話新增的詞彙

底下的詞彙，是南麂島原來的閩南話中所沒有的詞彙，但是現在因為環境和生活文化的改變，也將一些新的詞彙吸納到語言中；其中 1—35 是閩南話詞彙，36—40 是華語詞彙，41—88 是日語詞彙。如下：

1.「拋拋子」$p^hau_{33}p^hau_{33}tsi^{51}$ 破布子。

2.「大陸妹」$ta_{51}lu_{51}mẽ^{51}$ 一種萵苣。唸華語音。

3.「蓮霧」$lian_{55}bu^{33}$ 無花果。馬來話叫 jambu。

4.「蘋果」$p^hɔŋ_{11}ko^{51}$ 蘋果。

5.「柳丁」$liu_{33}tiŋ^{55}$ 橙。大陸閩南話大都叫「橙」;「柳丁」是「柳橙」的訛讀。

6.「菝仔」$pɐt_{3}la^{51}$ 番石榴。臺灣華語也叫「芭樂」。

7.「釋迦」$siet_{5}k^hia^{55}$ 釋迦。

8.「檸檬」$le_{33}bɔŋ^{51}$ 檸檬。

9.「椰子」$ia_{11}tsi^{51}$ 椰子。

10.「臘肉」$la_{11}baʔ^{5}$ 臘肉。

11.「臭豆腐」$ts^hau_{55}tau_{11}hu^{31}$ 臭豆腐。

12.「露螺」$lɔ^{11}lə^{13}$ 蝸牛。

13.「計程車」$k^he_{51}lian_{11}ts^hia^{55}$ 出租車。

14.「自家用」$tsɨ_{11}ka_{33}iɔŋ^{31}$ 自家用小轎車。

15.「生樣仔」$sĩ_{33}suãi_{33}ã^{51}$ 一種性病的俗稱。

16.「照電光」$tsio_{51}tian_{11}kɔŋ^{55}$ 照 X 光。

17.「掠猴」$lia_{11}kau^{13}$ 捉姦。

18.「歌囝戲」kua$_{55}$hi$^{11}$ 歌仔戲。

19.「行路工」kiã$_{11}$lɔ$_{11}$kaŋ$^{55}$ 走路工。

20.「柱仔骹」t$^{h}$iau$_{33}$a$_{55}$k$^{h}$a$^{55}$ 樁腳。

21.「摃龜」kɔŋ$_{51}$ku$^{55}$ 希望落空或是彩頭沒中。

22.「插花仔」ts$^{h}$a$_{51}$hue$_{33}$a$^{51}$ 客串。

23.「選舉」suan$_{33}$kɨ$^{51}$ 選舉。

24.「搓圓仔湯」so$_{33}$ĩ$_{33}$ã$_{55}$t$^{h}$ŋ$^{55}$ 搓湯圓；後來引申為「為了謀取現實中的利益，透過不合理的協商或威脅利誘等手段，取得更有利的競爭條件。」

25.「徛臺」k$^{h}$ia$_{11}$tai$^{13}$ 站臺。

26.「落跑」lau$_{51}$p$^{h}$au$^{13}$ 偷跑。

27.「尾牙」bə$_{33}$ge$^{13}$ 農曆十二月十六日為一年當中最後一次做牙。

28.「美國塗豆」bi$_{33}$kɔk$_{5}$t$^{h}$o$_{11}$tau$^{31}$ 腰果。

29.「刺瓜仔」ts$^{h}$i$_{33}$kue$_{33}$a$^{51}$ 小黃瓜。

30.「蠔仔煎」o$_{33}$a$_{55}$tsian$^{55}$ 蚵仔煎。

31.「礤冰」ts$^{h}$ua$_{33}$piŋ$^{55}$ 刨冰。

32.「牽猴」k$^{h}$an$_{33}$kau$^{13}$ 掮客，蔑稱。

33.「算袂和」sŋ$_{51}$bue$_{11}$ho$^{13}$ 划不來。

34.「寄藥包」kia$_{51}$io$_{11}$pau$^{55}$ 以前的醫藥行為。

35.「藥洗」io$_{11}$se$^{51}$ 推拿用的藥水。

36.「草莓」ts$^{h}$au$_{11}$mẽ$^{13}$ 草莓。

37.「幼稚園」io$_{51}$tsɨ$_{51}$ian$^{13}$ 幼稚園。

38.「海豚」hai$_{11}$t$^{h}$un$^{13}$ 海豚。

39.「夾克」tsia$_{35}$k$^{h}$e$^{51}$ 夾克。

40.「沙茶醬」sa$_{55}$la$_{35}$tsiaŋ$^{51}$ 一種南洋的香辛沾料。

41.「沙龍巴司」sa$_{33}$lɔŋ$_{55}$p$^{h}$a$_{55}$sɨ$^{31}$ 傷痛貼布。

41.「おでん」o$_{33}$lian$^{51}$ 黑輪。

42.「アルミ」a$_{33}$lu$_{55}$mĩʔ$^{3}$ 鋁。

43.「たたみ」t$^{h}$a$_{33}$t$^{h}$a$_{33}$mĩʔ$^{5}$ 榻榻米。

44.「べニヤ枋」mãi$_{11}$li$_{55}$paŋ$^{55}$ 三夾板。

45.「沙拉霧」sa$_{33}$la$_{55}$bu$^{31}$ 打水泥。

46.「タイル」t$^{h}$ai$_{51}$lu$^{31}$ 瓷磚。

47.「ネコ車」liŋ$_{33}$k$^{h}$ɔ$_{33}$ts$^{h}$ia$^{55}$ 一種搬運水泥的獨輪車。

48.「オートバイ」ɔ$_{33}$tɔ$_{33}$bɐʔ$^{5}$ 摩託車。

49.「エンジン」ien$_{35}$dzin$^{53}$ 摩託車。

50.「コンクリート」k$^{h}$ɔŋ$_{33}$ku$_{33}$li$^{51}$ 打水泥。

51.「瓦斯」ua$_{11}$sɨ$^{55}$ 煤氣。唸華語語音。也叫「ガス」ga$_{55}$sɨʔ$^{3}$、「煤氣」mũi$_{11}$k$^{h}$i$^{11}$。

52.「月給」gə$_{11}$kit$^{5}$ 當月的薪資。

53.「便所」pian$_{11}$sɔ$^{51}$ 廁所。

54.「病院」pĩ$_{11}$ĩ$^{33}$ 醫院。

55.「車掌」ts$^{h}$ia$_{33}$tsiaŋ$^{51}$ 車掌。

56.「注文」tsu$_{33}$bun$^{13}$ 叮嚀囑咐。

57.「前驛」tsiŋ$_{11}$iaʔ$^{5}$ 前站。

58.「後驛」au$_{11}$iaʔ$^{5}$ 後站。

59.「氣毛煬」k$^{h}$i$_{55}$mɔ̃$_{55}$giaŋ$^{55}$ 情緒好。

60.「あんない」an$_{51}$nãi$^{33}$ 招待。

61.「バス」ba$_{55}$sɨʔ$^{3}$ 公共汽車。

62.「バック」ba$_{55}$kuʔ$^{3}$ 倒車。

63.「ビール」bi$_{55}$luʔ$^{3}$ 啤酒。

64.「ハイヤー」hai$_{55}$iaʔ$^{3}$ 包租的汽車。

65.「ひのき」hi$_{33}$nɔ̃$_{55}$kiʔ$^{3}$ 檜木。

66.「かばん」k$^{h}$a$_{33}$baŋ$^{51}$ 手提包。

67.「カラオケ」k$^{h}$a$_{33}$la$_{55}$ɔk$_{5}$k$^{h}$e$^{55}$ 伴唱機。

68.「かあさん」k$^{h}$a$_{51}$saŋ$^{11}$（聽）母親。

69.「かんばん」k$^{h}$a$_{33}$paŋ$^{51}$ 招牌。

70.「クラッチ」k$^{h}$ɔ$_{33}$la$_{55}$dziʔ$^{3}$ 離合器。

71.「レモン」le$_{33}$bɔŋ$^{51}$ 檸檬。

72.「マイク」mãi$_{51}$kuʔ$^{3}$ 麥克風。

73.「みそ」mi$_{55}$sɔʔ$^{3}$ 味噌。

74.「メロン」nẽ$_{33}$lɔŋ$^{51}$ 香瓜。

75.「パン」p$^{h}$aŋ$^{51}$ 麵包。

76.「ペンチ」p$^{h}$en$_{51}$tsiʔ$^{3}$ 鐵鉗。

77.「さしみ」sa$_{33}$si$^{55}$mĩʔ$^{3}$ 生魚片。

78.「セット」set$_{5}$tɔʔ$^{3}$ 燙頭髮。

79.「しあげ」si$_{33}$a$_{55}$geʔ$^{3}$ 修飾。

80.「シャツ」set$_{5}$sɨʔ$^{3}$ 襯衫。

81.「しょくパン」siɔk$_{1}$p$^{h}$aŋ$^{51}$ 土司。

82.「ほうそう」hɔŋ$_{51}$saŋ$^{11}$ 擴音喇叭。

83.「かいしゃ」（會社）hue$_{11}$sia$^{31}$ 糖廠。

84.「みはん」（見本）kien$_{33}$pun$^{51}$ 樣品。

85.「りょうり」（料理）liau$_{11}$li$^{51}$ 有特色的煮食。

86.「べんとう」（弁當）piŋ$_{11}$tɔŋ$^{55}$ 飯盒。

87.「郵便局」iu$_{11}$pian$_{11}$kiɔk$^{13}$ 郵局。

88.「口座」k$^{h}$au$_{55}$tso$^{33}$ 存款戶頭。

## （四）詞彙競爭

在南麂島閩南話中有些詞彙發音人可以明確地指出新舊說法的不同，而現在是使用新的說法；但是兩種說法處於不穩定的狀態。根據筆者調查的經驗，新的說法出現的頻率比較高，舊的說法大都要經過提示才會想起來①，所以新的說法將來會取代舊的說法。如下：

1.「巾仔」kɨn$_{33}$kɔ̃$^{51}$ 肚兜。現在唸 kɨn$_{33}$nã$^{51}$。

2.「絞肉」ka$_{33}$hiet$^{13}$ 絞肉。現在唸 ka$_{33}$baʔ$^{5}$。

3.「腰內肉」io$_{33}$lai$_{11}$hiet$^{13}$ 里脊肉。現在唸 io$_{33}$lai$_{11}$baʔ$^{5}$。

4.「清明」ts$^{h}$ĩ$_{33}$miã$^{13}$，清明。現在唸 ts$^{h}$iŋ$_{33}$biŋ$^{13}$。

5.「懸」kũi$^{13}$，現在唸 kuan$^{13}$。

6.「枹」p$^{h}$au$^{55}$ 柚子；現在叫「柚仔」iu$_{33}$a$^{51}$。

7.「肉粽」hiet$_{1}$tsaŋ$^{11}$ 肉粽；現在唸 ba$_{55}$tsaŋ$^{11}$。

8.「飛船」pɘ$_{33}$tsun$^{13}$ 飛機；現在叫「飛機」hui$_{33}$ki$^{55}$。

9.「紅眼」aŋ$_{11}$gan$^{51}$ 龍眼；現在叫「龍眼」liŋ$_{11}$giŋ$^{51}$。

10.「貨車」hɘ$_{33}$ts$^{h}$ia$^{55}$ 卡車；現在叫「トラック」t$^{h}$o$_{33}$la$_{55}$ku$^{31}$。

---

① 調查的時候，當發音人說出我們所提示的內容時，我們通常會問這是你們南麂島閩南話當地的說法，還是臺灣閩南話的說法？或者當發音人所發的音不符合規律，我們會提示他我們類推出來的正確語音形式，發音人會修正他原先的發音。例如：「巾囝」他發 kɨn33nã5$^{1}$，我們知道「囝」在南麂島唸 kɔ̃51，所以我們會問是唸 kɨn33nã51 還是 kɨn33kɔ̃51？發音人會說他們以前唸 kɨn33kɔ̃51。

11.「搡車」sɐt$_{3}$ts$^{h}$ia$^{55}$ 手推車；現在叫「リヤカー」li$_{33}$a$_{55}$k$^{h}$aʔ$^{3}$。

12.「拍針」p$^{h}$a$_{33}$tsan$^{55}$ 打針；現在叫「注射」tsu$_{55}$sia$^{11}$。

13.「加挑」ka$_{33}$t$^{h}$io$^{55}$ 湯匙；現在叫「湯匙」t$^{h}$ŋ$_{33}$si$^{13}$。

14.「加挑菜」ka$_{33}$t$^{h}$io$_{33}$ts$^{h}$ai$^{11}$ 上海青；現在叫「湯匙仔菜」t$^{h}$ŋ$_{33}$si$_{33}$a$_{55}$ ts$^{h}$ai$^{11}$。

15.「老公」lau$_{11}$kɔŋ$^{55}$ 丈夫；現在叫「頭家」t$^{h}$au$_{11}$ke$^{55}$。

16.「老媽」lau$_{11}$mã$^{51}$ 妻子；現在叫「太太」t$^{h}$ai$_{51}$t$^{h}$ai$^{11}$。

17.「匏囝」pu$_{11}$kɔ̃$^{51}$ 瓠瓜；現在叫「匏仔」pu$_{11}$a$^{51}$。

18.「拍火機」p$^{h}$a$_{33}$hɘ$_{33}$ki$^{55}$ 打火機；現在叫「ライター」nãi$_{51}$ta$^{11}$。

19.「尖喙箍」tsian$_{33}$ts$^{h}$ui$_{33}$k$^{h}$ɔ$^{55}$ 秋刀魚；現在叫「さんま」san$_{33}$baʔ$^{5}$。

20.「送」saŋ$^{11}$ 捐獻；現在叫「寄付」kia$_{51}$hu$^{11}$。

21.「自來水」tsɨ$_{11}$lai$_{11}$tsui$^{51}$ 自來水；現在叫「水道水」tsui$_{35}$to$_{11}$tsui$^{51}$ 自來水。

22.「水果」tsui$_{33}$kɔ$^{51}$ 水果；現在叫「果子」kue$_{33}$tsi$^{51}$。

23.「阮儂」gun$_{55}$laŋ$^{13}$ 我們；現在叫「阮」guan$^{51}$。

24.「咱儂」lan$_{55}$laŋ$^{13}$ 咱們；現在叫「咱」lan$^{51}$。

25.「恁儂」lin$_{55}$laŋ$^{13}$ 你們；現在叫「恁」lin$^{51}$。

26.「𪜶儂」in$_{33}$laŋ$^{13}$ 他們；現在叫「𪜶」in$^{33}$。

27.「地痞」te$_{11}$p$^{h}$i$^{51}$ 遊手好閒的人；現在叫「𨑨迌儂」t$^{h}$it$_{5}$t$^{h}$o$_{11}$laŋ$^{13}$。

# 四、小結

南麂島閩南話有獨特罕見的音韻內容[①]；可以做為我們構擬閩南話祖語的參考，這是本文第一部分的重點。南麂島閩南話經過了50年和臺灣在地閩南話的接觸之後，產生了一些語音和詞彙的變化，這些變化主要反映在實際生活應用上，特別是南麂島沒有的新生事物。這是本文第二部分的重點。

不過筆者擔心的是南麂島閩南話嚴重流失的問題，因為現在村子裏頭大部分都只有老年層，中年層和青年層大都已經到外地生活。所以南麂島閩南話只有居住在村子裏面的老年層在使用，已經到了嚴重瀕危的狀況。筆者認為現實中的保存[②]恐怕很難做到；因為客觀的條件是整個大環境語言生態強弱的影響，這是整個社會脈動所逐漸形成的一種態勢。在主、客觀因素都處於不利的狀態下，筆者所能做的只有加緊腳步，勤快地調查。

---

① 例如《匯音妙悟》中的「雞」韻（《雅俗通》「稽」韻）例字南麂島唸 əi/əiʔ 韻、《匯音妙悟》中的「鉤」韻（《雅俗通》「沽」韻）例字南麂島唸 əu 韻。洪惟仁在構擬《匯音妙悟》中的「雞」韻時，「由「鉤」韻的變化模式，使我們想像「雞」-əe 的原始型式應該是 -əi。」（見洪惟仁 1993：55），但是當時他找不到現代閩南方言中「雞」韻有這種音讀的材料，所以他還是把「雞」韻擬成 əe。現在南麂島閩南話的語料正好提供他將「雞」韻構擬成 əi 的依據。

② 所謂「現實中的保存」是指讓瀕危的方言持續的讓人使用，這一點是做不到的，除非學習者另有目的；例如：像語言的研究者。

## 參考文獻

洪惟仁　1993　《泉州方言韻書三種》，《閩南語經典辭書彙編》（第 1 冊），（臺北）武陵出版有限公司。

張屏生　2007　《臺灣地區漢語方言的語音和詞彙 · 冊一 · 論述篇 / 冊二 · 語料篇一 · 高雄閩南話語匯集 / 冊三、冊四 · 語料篇二 · 臺灣漢語方言詞彙對照表（含閩南話、客家話、閩東話、軍話）》（初版），（臺南）開朗雜誌事業有限公司。

曾蓉蓉　2008　《浙南洞頭閩南方言語音研究》，廣州暨南大學漢語言文字學碩士論文。

黃宣範　1994　《語言、社會與族羣意識——臺灣語言社會學的研究》（再版），（臺北）文鶴出版有限公司。

溫端政　1991　《蒼南方言志》（第 1 版），（北京）語文出版社。

教育部國語推行委員會　2011　《臺灣閩南語常用詞辭典》（臺灣學術網絡正式版）。http://twblg.dict.edu.tw/holodict_new/index.html（查閱時間 2021.8.31）

# The Sound Changes of Minnan Dialect in Nanji Island, Zhejiang Province in the Past 50 Years

**Abstract:** The residents of Nanji Island and Dachen Island retreated to Taiwan in 1955 with the National Army. The Minnan dialect spoken by the local residents belongs to the accent closed to Quanzhou accent, which has unique phonology and vocabulary content. For example, in the "Huiyin Miaowu", the「熋」represents the /ũi/ rhyme, the「雞」the /ɘi/ rhyme, and「恩」the /ɨn/ rhyme. This dialect has eight tones, and even the tone sandhi is different from Taiwanese Minnan dialect, e.g., the suffix「囝」is pronounced as kɘ51. After 50 years, the Minnan dialect on Nanji Island has been influenced by the local Minnan dialect, and its pronunciation and vocabulary have changed significantly. This article intends to use traditional dialectology to sort out the phonetic system of Minnan dialect spoken in Nanji Island, and compare it with related Minnan dialects to illustrate the phonetic and vocabulary changes that occurred after its contact with Gaoshu Minnan dialect.

**Keywords:** Zhejiang Minnan dialect, Nanji Island, Quanzhou accent, endangered dialect

# 香港—澳門—臺灣知識圖譜

## ——大型當代中文文獻的詞向量相似度計算

南開大學文學院博士後　陸　旭

南開大學文學院教授　冉啟斌

**提　要**　本文採用詞向量相似度計算的方式，觀察在大型當代中文文獻中所反映的「香港、澳門、臺灣」知識圖譜。本文基於具有一定規模的當代中文文獻語料庫，自動導出與「香港、澳門、臺灣」三個詞相似度最高的前 300 詞，通過相似度計算並生成可視化聚類圖，觀察它們呈現出的與港澳臺相關的知識圖譜信息，並對呈現結果進行評析。

**關鍵詞**　香港　澳門　臺灣　詞向量　相似度

## 一、引言

語言是社會生活的反映，港澳臺因歷史、社會等多方面原因，其與內地的發展模式和社會狀況有諸多不同，但與此同時也與大陸有着千絲萬縷的聯繫。對港澳臺的社會、經濟、文化、語言面貌的關注，一直是我們國家關注的熱點問題。既有研究多關注到港澳臺詞彙的特殊性，以及與大陸用語的差異與趨同（刁晏斌，2015；張璟瑋，2021；王珊、湯蕾，2022；周關懷，2023）。本文則希望採用詞向量計算的方式，在具有一定規模的大型當代中文文獻中，以詞彙為窗口觀察與港澳臺地區相關的知識圖譜信息。

本文的研究方法是，通過自主搜索構建語料庫以及在網絡平臺下載開源數據集，建成 126 億字的語料庫，語料內容涵蓋人民日報、網絡新聞、中文維基百科、百度百科、現當代文學作品、口語對話等多種體裁，該語料庫基本是當代中文文獻的反映。將所有語料使用 Hanlp 分詞，共計得到 56 億詞。調用 Python 工具包 Gensim，使用 Word2vec 模型，訓練參數設定為向量維度 1000，窗長 8，訓練輪數 50（Mikolov，T · et al，2013；馮志偉，2019）。Word2vec 模型反映詞與詞之間的關係時，根據的是詞的上下文共現距離與共現頻率。所有文本經訓練後得到非重複詞表，共計 7159832 詞。利用 Gensim 可計算這七百多萬詞的詞向量之間的相似度。Gensim 在計算相似度時根據的是兩個向量之間夾角的餘弦值，故相似度數值在 [-1,1] 的範圍內。相似度計算公式為：

$$S = \cos\theta = \frac{A \cdot B}{|A| \times |B|} = \frac{\sum_{i=1}^{n}(A_i \times B_i)}{\sqrt{\sum_{i=1}^{n}(A_i)^2} \times \sqrt{\sum_{i=1}^{n}(B_i)^2}}$$

本文希望通過該模型，觀察在當代中文文獻中所客觀體現的與香港、澳門、臺灣相關的知識圖譜呈現。本文的做法是，分別輸出與關鍵詞「香港、澳門、臺灣」相似度最高的前 300 詞，先根據相似度的數值，分梯度觀察這三地的相關詞項；再將共計 900 個詞進行篩選，僅保留與港澳臺內涵相關的 394 個詞，計算它們之間的相似度，對其進行可視化分析，以三種聚類圖的方式呈現；最後對該結果進行評析。

## 二、港澳臺三地前 300 詞分梯度呈現

首先從整體上觀察與「香港、澳門、臺灣」這三個關鍵詞相似度最高的前 300 詞。根據相似度數值範圍將 300 詞分別劃分成三個梯度：相似度大於 0.5 的為第一梯度，相似度在 0.4—0.5 之間的為第二梯度，相似度在 0.3—0.4 之間的為第三梯度。我們將相似度總體範圍、各梯度中的詞數以及相似度最高的前 10 個詞列為表 1：

**表 1　港澳臺相似度前 300 詞情況總覽**

| | 相似度範圍 | >0.5 | 0.4—0.5 | 0.3—0.4 | Top10 |
|---|---|---|---|---|---|
| 香港 | 0.745—0.345 | 9% | 27.7% | 63.3% | 澳門、新加坡、臺灣、內地、上海、馬來西亞、廣州、韓國、港 |
| 澳門 | 0.745—0.353 | 4.3% | 29% | 66.7% | 香港、港澳、新加坡、臺灣、廣州、內地、珠海、金沙城喜來登酒店、香港特別行政區 |
| 臺灣 | 0.717—0.322 | 7.7% | 16.7% | 75.6% | 香港、日本、大陸、韓國、新加坡、臺北、泰國、澳門、內地 |

表 1 可知，三個詞所導出的相似度最高的前 300 詞的相似度數值總體範圍比較接近，均在 0.3—0.7 之間。第一梯度的詞數量最少，均不到 10%，與澳門相關的最少，僅有 13 個詞；第三梯度的詞數量最多，均在半數以上，與臺灣相關的最多，達到 75% 以上。可見，所導出的詞與關鍵詞的相似度較低的詞佔多數。

在與三個詞的相似度最高的前 10 個詞項中可知，這三者之間的相似度非常之高，表明這三地之間本身就存在極為緊密的聯繫。同時，「內地、大陸」也均出現在前 10 名之列，表明了三地與大陸之間的密切關聯。有意思的是，相似度最高的 10 個詞中，三地呈現出差異。從與國內城市的關係看，廣州均出現在香港、澳門的前 10 詞中，表明其於兩地在文獻中的共現頻率高，也反映出廣州與港澳的地緣關係緊密的事實，但廣州與臺灣的聯繫就不如港澳。從與其他國家的關係看，香港與新加坡、馬來西亞、韓國的文獻共現度高，故而相似度高，臺灣則與日本、韓國、新加坡、泰國的文獻共現度高，從而反映出它們與這些國家之間的關聯較多。相似度最高的國家是日本，反映了臺灣曾被日本統治的歷史。而與澳門相似度最高的 10 個詞中，卻並無其他國家名稱，反映了澳門僅與香港、臺灣、以及內地的廣州、珠海的聯繫更多。而「金沙城喜來登酒店」卻衝進了前 10 名，透露出澳門旅遊業發達的信息。

下面來觀察第二梯度的詞。與香港相關的第二梯度的詞有 83 個，其中有 52 個為國家、城市名稱，佔據了六成多，外國的國家城市為 34 個，充分反映了香港是一個與國際接軌的大都市。其餘 31 個詞則反映了香港當地的特色。其中香港的地名有「銅鑼灣」、香港大型購物中心「九龍海港城」，以及具體的兩個商鋪名稱；與文化相關的機構以及雜誌有「香港大學、亞洲旅遊交流中心、《中國旅遊》畫報、《新亞論叢》、《中國近代史學報》、《中國法律》雜誌社」等 7 個詞項。公司有 7 個詞項；人名中有香港運動員「譚湜琛」和經濟學家「黃柏中」。

與澳門相關的第二梯度的詞有 87 個詞，其中外國的國家、城市僅 14 個，以東南亞的國家為主。毫無意外，「葡萄牙、葡國」的相似度也處於較高的位置，反映了澳門的殖民歷史。與歷史相關的還有一個詞「封樂縣」，從晉朝開始，澳門屬於封樂縣，表明自古澳門就是中國的領土。在國內城市中，出現了很多與港澳臺相關的別稱，如「香港特區、特區、港澳臺、澳、澳門、Macau、Macao、Macanese、澳門人」等詞。其他國內城市以廣東省的城市為主，表明這三地中，澳門是與內地東南沿海城市聯繫最密切的。與澳門當地特色相關的詞有 47 個，這部分詞要多於香港。澳門的標誌性建築有「金蓮花廣場、氹仔大橋、澳門國際機場、大巴街、東方拱門、聖母望德堂、羅理基博士大馬路、大三巴、九澳水庫郊野公園」，還出現了四個酒店：「澳門新麗華酒店、巴黎人酒店、金沙城中心假日酒店、澳門京都酒店」，此類詞項數量是最多的。還出現了一些美食，如「豆佬、車仔粉、泡醬、葡記」等。此外，還有一些體現澳門娛樂業的詞語，如「球盤網、賭博股、逸園賽狗場」等。這些詞項與澳門的相似度均較高，充分顯示了澳門是一個旅遊城市。其他的相關內容還有人名，包括運動員「賈嘉惠、容儉輝」、影視人物「許大衛」、作家「許均銓」。與文化相關的詞有「金荷盃、雲龍舞蹈團、水間舞、澳門高等教育輔助辦公室、澳門土木工程實驗室」。行政機構名稱有「澳門特區政府衞生局、公共行政大樓、保安政務司」。值得注意的是，還出現了兩個香港的地名：「灣仔、九龍海港城」，顯示出澳門與香港之間的密切聯繫。

臺灣的第二梯度中有 50 個詞，是這三地中最少的，並且這些詞以國家、城市名稱以及地名為主。國外的最多，佔 23 個，以歐美和東南亞國家為主，表明臺灣與其交流往來也較多。國內城市較少，為 9 個，其中的「福建、閩南」突顯了臺灣本屬福建省的歷史沿革。還有 13 個臺灣省的區縣和地名，有「高雄、臺中、臺南、金門、澎湖」等。

有一些詞非常具有臺灣特色，如「寶島、海峽兩岸、兩岸、中華民國」。

第二梯度中的詞仍屬於與關鍵詞相似度較高的一類詞，這些詞比較能夠代表三地較為突出的特色，我們看到三地的詞項所反映的內容各不相同。香港中出現的詞以國家城市名稱以及與金融、文化相關的詞構成，反映了香港的國際性、經濟性以及文化性；澳門中的詞則以當地標誌性建築、美食和娛樂業相關詞為主，反映出澳門的旅遊性和娛樂性；臺灣則主要由國家城市名稱和當地地名構成，這是由於臺灣與其他國家的交流往來較多，且臺灣本身作為一個省，在行政區劃上比香港和澳門要大得多。三者的共性是反映了港澳臺三地的聯繫非常密切，再有就是三地都出現了「華人、華僑」一類的詞，表明它們與之共現的頻率都較高。

在第三梯度中出現的詞，雖然相似度不如前兩個梯度高，但基本上都是反映當地特點的詞項。這是由於相似度不僅與詞的共現距離相關，還與共現頻率相關。國家、城市名稱的詞頻普遍較高，與關鍵詞的共現次數會更多，故其與關鍵詞的相似度會比較高。而有些詞雖然共現距離較近，但可能在語料中僅出現了幾次，故而雖然也與關鍵詞相關，但相似度可能會偏低。鑒於這些詞的相似度數值差別並不是很大，我們換用另外的方式來呈現。

## 三、港澳臺相關詞的可視化呈現

本節我們以可視化的方式展示港澳臺相關詞的聚類結果。該方式所展示的詞僅體現詞項之間的語義關係，而並未考慮其與關鍵詞的相似度數值差異。在所導出的300詞中，我們發現有一些字母、數字等形式的詞項，經查閱原文後，發現其與關鍵詞的關聯度並不大，故刪去。此外，國家、城市名稱這些詞在聚類時會單獨聚為一類，而並不能體現其與港澳臺的關係，甚至連地緣關係非常近的東南沿海城市也會因其均為「城市名稱」而單獨聚集，故我們也將其刪去，僅保留港澳臺當地的城市與地名。港澳臺三地各300詞，彙總到一起後共900詞，經篩選後保留394個詞項，將這394詞之間進行兩兩配對，計算它們之間的相似度，轉為距離後做出可視化的聚類圖。所使用的可視化方法有：①使用Gephi軟件的過濾聚類圖；②使用Splitstree軟件的網狀圖；③使用MEGA軟件的放射狀無根圖。這三種聚類方式不同，可以從多種角度呈現與港澳臺相關的詞的聚類結果。

首先來看使用Gephi軟件生成的聚類圖，該方法利用相似度數值，根據所設置的模塊化目標值進行過濾篩選，從而形成最優的社區聚類。當我們將模塊度的目標值設置為0.3（模塊度最高為1）時，能夠保留所有的節點並形成聚類，聚類圖如圖1所示。保留所有的節點便於我們從整體上觀察所有詞所形成的聚類關係。

圖1顯示，這394個詞分為了8個社區，在圖中用不同的顏色表示，但其中詞數最多的是三個主體聚類羣，剛好大致分別代表與港澳臺相關的詞彙。除此之外還有由幾個詞聚集在一起形成的小社區。圖中的節點圓圈大小表示所連接的節點的多少，線條粗細表示節點之間聯繫的緊密程度，即相似度的高低。圖中顯示，與澳門相關的詞項最多，這是由於所導出的300詞中，與臺灣、香港相關的詞中，國家、城市的地名佔了很大比重，而與澳門相關詞中，與其直接相關的景點地名較多，故澳門所剩餘的詞最多。我們看到，與「香港、澳門」相

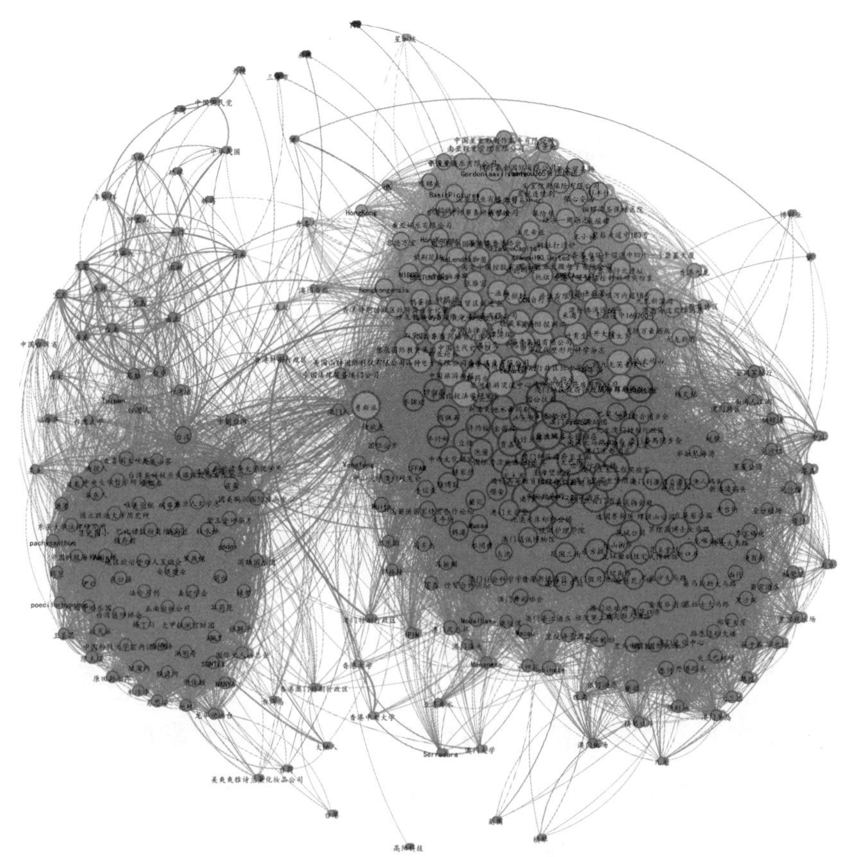

**圖 1　Gephi-q0.3-394 節點圖**

關的詞這兩個團簇相聚更近，與「香港」相關的詞簇包孕在與「澳門」相關的詞簇之中，而與「臺灣」相關的詞則位於最左邊，與「港澳」兩個詞簇相距稍遠，表明「港澳」之間的聯繫要更緊密一些。三個大類之間的交叉會形成間色，我們看到，港澳之間、港臺之間的交叉聯繫均非常密切，相比較而言，澳門與臺灣之間的交叉則比較少。該圖能夠比較直觀地觀察與港澳臺三地相關詞所形成的聚類間的總體關係，以及詞與詞之間的聯繫程度，但每個聚類中的詞無法再顯示下位的語義分類。故我們採用鄰接樹法進行可視化分析。

採用鄰接樹法（Neighbor Joining Tree）進行聚類的圖如圖 2 所示。該方法的原理是，將每個詞看作一個「物種」，首先計算出進化距離最近的兩個物種，將其聚為一類，再計算出距離該新類最近的一個物種，如此迭代，遍歷所有輸入的物種，自下而上地構建系統發育樹（Saitou N. and Nei M，1987）。該方法需要先將相似度數值轉換為距離，由於相似度與距離呈互補關係，即相似度越大，距離越小，故我們根據 D ＝ 1-S 將相似度轉為距離。

總體上該圖同樣是分為了三個大的支系，不過還有一些單獨的平行小分支。這些小支系的詞為：「中西文化研究；國際公開、公開大學、澳門生、香港中文大學、香港大學、臺灣大學、臺大」。這些是三地與大學科研相關的詞，它們因其語義相近而單獨聚在了一起。另外在臺灣與香港的交界處也有一些平行的小支系，但總體上它們屬於臺灣的大分支之上，這些詞有「中國臺灣、臺港、新馬、香港澳門特別行政區、港人、香港人、TVB、HK、米國、大陸、臺灣、三藩市、星加坡、高陽科技」，這些詞與香港和臺灣的關係均較為密切。如「TVB」是香港電視廣播有限公司，但是，在 1993 年其與臺灣的年代集團合資創立了子公司 TVBS，成為臺灣本土第一個衛星電視臺。

從該圖可以比較清晰地看到與「香港、澳門、臺灣」相關詞項的具體內容，它們在大的支系中還形成了小的支系，反映了詞項之間的語義聯繫。它們所展示的內容更為豐富，該地的特色也更為鮮明。與香港相關的聚類中，多與貿易、財經、公司等內容相關，如：「中國自貿區促進會、香港貿易中心、南亞投資管理有限公司、經濟一周雜誌、黃金貿易場、保險熱、安宜信用保險有限公司」等，充分顯示了香港經濟、金融業發達的特點。另外還有體現香港電影業的詞項：「中國星娛樂有限公司、中國星電影製作服務有限公司、沙龍電影香港有限公司、美亞娛樂有限公司」等，反映了紅極一時的香港電影業。與澳門相關的聚類中，多與旅遊、博彩業相關，酒店就有 14 個，不再一一列舉，公園共出現了 6 個，如「花城公園、二龍喉公園、九澳水庫郊野公園、盧廉若公園、螺絲山公園」等，而香港和臺灣均未出現公園詞項。還有很多特色景點，除上文所舉，還有「大三巴牌坊、澳門媽祖廟、巴波沙大馬路、博士大馬路」等。與博彩業相關的詞有「博彩業、金沙賭場、賭博股、威尼斯人、葡京酒店、美高梅金殿」等。臺灣則體現了行政區劃名稱多的特點，相較於港、澳，臺灣的面積更大，出現了「臺北、臺東、臺中、臺南、高雄、新竹、金門、花蓮、基隆」等，這是在港、澳中所未見的現象。可見港、澳、臺各有特色，各不相犯。

與港澳臺相關的聚類中，還出現了一些詞項，是當地特有的地名、人名、植物名、機構名，以及當地的特色美食、特殊用語等，是一個地區語言文化風貌的反映。比如香港的美食有「阿杜打邊爐、金鳳茶餐廳」，植物有「雙袋蘭」；民間習俗「攝太歲」是香港的講法，在大陸則叫「安太歲」；香港「純弦」則是匯聚世界各地弦樂高手的音樂組合；「前九龍英童學校」是中國香港現存最古老的英童學校建築；「紫荊花盃」則是傑出企業家的獎項，也反映了香港的紫荊花標誌。澳門的美食有車仔粉、蠔鏡（舊稱，即鮮蠔）等；「金荷盃」是澳門的音樂獎項；由於澳門曾是葡萄牙的殖民地，故出現的詞項中仍有一些與葡萄牙相關的詞，如「龍環葡韻住宅式博物館、葡記蛋撻、葡國餐廳」等。臺灣的美食有「脆滷肉、溜溜肉」，動植物有「武威山茶、山蝸牛科、明萼草、鹿角蘭、黑燕蝶」等；臺灣曾被殖民者稱為「福摩薩」，意為「美麗的島嶼」;「呆丸」則是對親美的臺灣人的貶稱;「Amis 語」即阿美語，是臺灣原住民阿美族的民族語；帶有鮮明臺灣特色的還有「李登輝、馬英九、中國國民黨、中華民國、臺獨、當歸謠、苗栗人、南投人、屏東人」等。

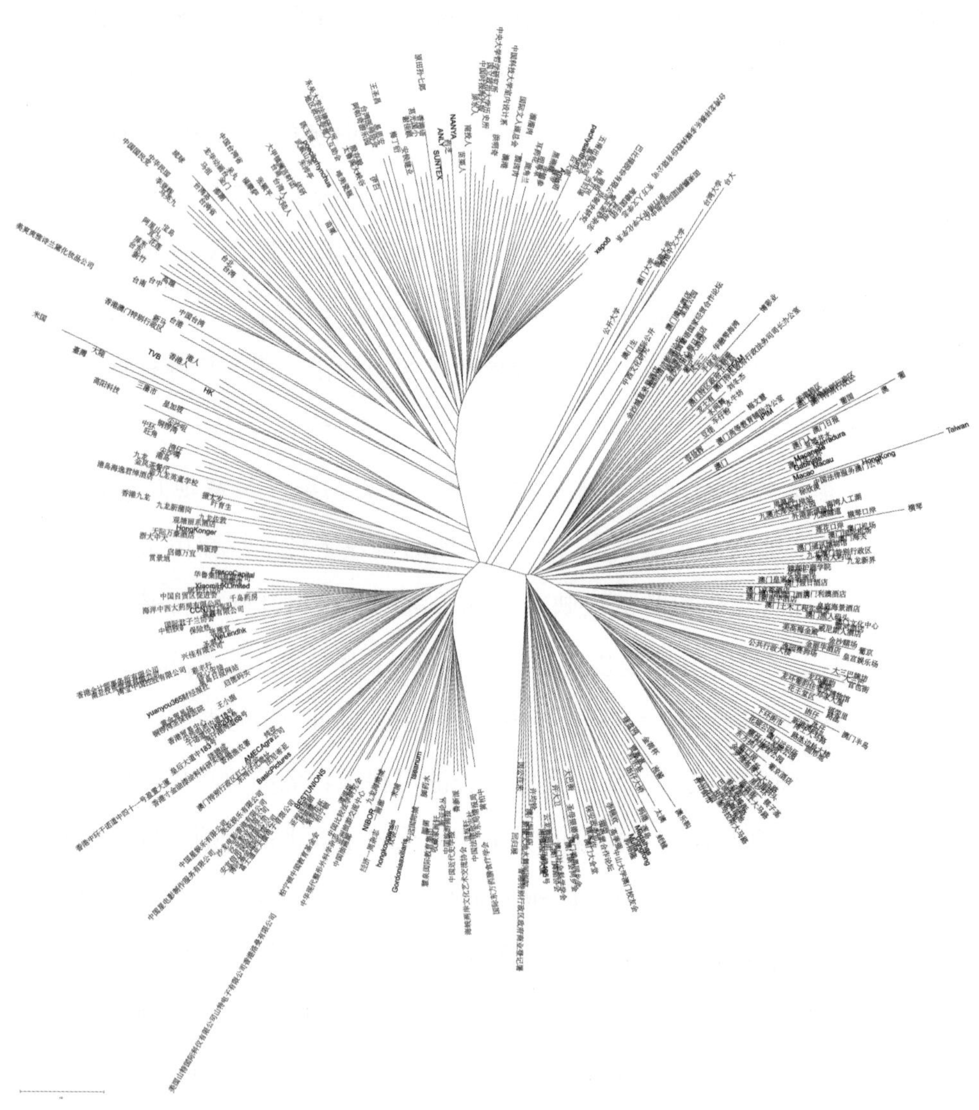


**圖 2　鄰接樹法生成的放射狀無根圖**

接下來觀察由 Splitstree 繪製的網狀圖，如圖 3。圖 3 中同樣可以看到大致分為三個羣落，分別代表了與「香港、澳門、臺灣」相關的詞羣。該圖的優勢是能夠比較清晰地看到三個詞羣內部以及交叉地帶的關係。該圖與使用鄰接樹法生成的圖不同，圖 3 三者之間的界限不是完全分明的，交叉地帶之間呈網狀關係，而使用鄰接樹法生成的圖，形成的是較為分明的不同支系。

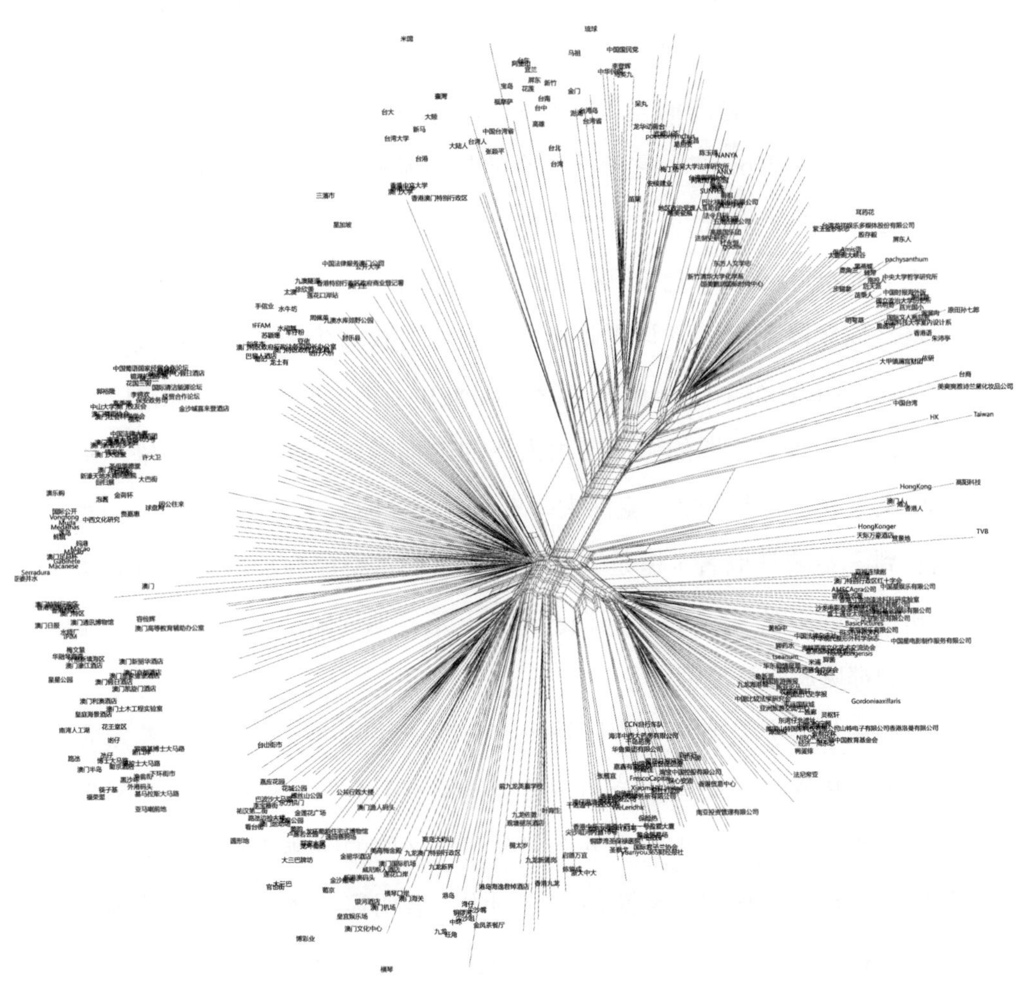


圖 3　Splitstree 生成的網狀圖

Splitstree 中的方框本代表了節點之間的演化關係（Bryant, D. et al., 2007），在本圖中，方框較大的區域形成了香港、澳門、臺灣三個區域的分界。圖中可以看到，香港與澳門之間的分界要小於二者與臺灣之間的分界，該結果與 Gephi 生成的聚類圖是一致的。在三地的交匯處分別都是哪些詞呢？香港和澳門之間的過渡帶由一些地點名稱過渡，屬於香港的有「九龍、旺角、銅鑼灣、尖沙咀、灣仔」，屬於澳門的有「澳門海關、橫琴口岸、蓮花口岸、澳門國際機場」，它們之間的距離非常近，表明港澳不論是地理位置，還是交際往來均有密切的聯繫。

香港與臺灣之間的過渡帶由行政名稱構成，「中國臺灣、HK、Taiwan、HongKong」，它們之間有的是通過較大的方塊連接，有的兩個詞之間則相距非常近。方塊所連接的是意義基本等價的詞，如「香港人」和「HongKonger」以及「港人」和「香港人」之間均有方塊連接；線條之間距離非常近、其間並無方塊的放射狀團簇是屬於同一義類的詞，如「HK」和「Taiwan」，二者都是城市名稱，但內涵並不相同。

澳門與臺灣之間的過渡帶由大學的名稱構成，如「香港大學、香港中文大學、澳門大學、臺灣大學、臺大、公開大學、澳門大學」。我們看到，不論是地名，還是大學校名，它們本身能夠形成具有較高語義相似度的詞羣，「香港、澳門、臺灣」這三地的區別便模糊了，故而這些詞都處於過渡地帶。

圖中線條非常密集、中間極少有方塊連接的詞，屬於同一義類的詞，如「中國星娛樂有限公司、美亞娛樂有限公司、中國星電影製作服務有限公司、沙龍電影香港有限公司」之間的距離非常近。最為密集的地方出現在與澳門相關的一些詞中，表明與「澳門」相關的詞之間的語義相似度最高，密集範圍最大處均是由以「澳門」開頭的詞項，表明這些詞的語義相似度較高。

## 四、文獻中港澳臺相關信息評析

通過根據相似度的梯度和可視化聚類圖，我們大致能夠了解到在當代中文文獻中都體現了哪些與港澳臺三地相關的信息。我們看到，這些信息中有三地最為著名、具有標誌性的地名、建築或事物，總體上能夠大致反映出港澳臺各自的突出特點，如香港的詞項中國家城市名稱較多，其餘的詞項多與貿易、電影、經濟、文化相關；澳門的詞項中多涉及地名、景點、酒店、博彩業；臺灣的詞項則以行政區劃佔比很大而獨具特色。在與三地相關的詞項中，我們還能看到與這三地歷史沿革相關的詞，表明在文獻中有相關的介紹內容。通過聚類圖我們還發現，就與內地的關係來看，香港的國際性最強，澳門則是最弱的；香港、澳門與廣東省的聯繫最為密切，而臺灣則與福建的聯繫最強；雖然港澳臺三地之間的關係均很密切，但港澳之間聯繫最多，它們與臺灣的聯繫則弱一些；香港與臺灣的聯繫又要強於澳門與臺灣。這些訊息如果不通過本文的方式，是很難觀察到的。

但是，我們也發現當代中文文獻中所反映的內容也是有限的。其一，雖然這些詞項能大致符合我們對三地的基本印象，但也有一些內容並未呈現出來。以香港為例，香港在 20 世紀八九十年代的電視、電影明星、流行音樂歌星可謂大紅大紫，包括臺灣也有很多明星、歌星非常火爆，並且深刻影響了大陸的一代人，但是這些明星的名字、歌曲名、影視劇名卻都沒有出現在導出的相似度前 300 個詞項中。其二，所導出的詞雖有一些非常著名的標誌性詞，但大部分詞的知名度都不高，很多的人名、地名均不太具有代表性，如果不查閱語料原文以及藉助網絡了解，甚至都很難知道這些詞項的具體含義，以及與三地的關係。在三地的相似度前 300 詞，即總共 900 詞中，詞頻在 50 次以下的詞有 407 個，佔到 45,2%；在三地的第三梯度詞中，這個比例還要更大，詞頻在 50 次以下的為 330 詞佔總共 612 詞的 53.9%。可見，所導出的這些詞的詞頻普遍較低，故而知名度並不高。出現上述結果的原因，一方面是由於在文獻中對港澳臺的報道內容不夠全面，另一方面是由於 Word2vec 模型在獲取詞向量時主要依據詞與詞之間的共現距離以及共現頻率，並且無法將詞序信息考慮進去，故而出現了一些詞僅僅由於與港澳臺近距離共現而相似度較高，如一些知名度較低的地址、人名或事物。

## 五、結語

本文在具有一定規模的大型當代中文文獻中，通過詞向量計算並以可視化聚類圖的方式，展示了與香港、澳門、臺灣三地相關的知識圖譜。我們發現，在當代中文文獻中的內容基本能夠反映出這三地各自較為鮮明的特色，聚類圖有助於我們觀察這三地之間的關係以及與它們各自相關的都有哪些具體的詞彙，並且，不同的聚類方式能夠從不同角度來展示與港澳臺相關的知識信息。但同時，我們也看到所展示的與港澳臺相關的知識仍然是不夠全面的。該結果一方面說明在現有的中文文獻中，對港澳臺的知識報道有所局限，另一方面也受限於本文所使用的方法。限於篇幅以及聚類圖的清晰度，本文僅導出相似度前 300 詞，如果導出的詞項更多，那麼展示的內容也會更加豐富。此外，僅憑共現距離和共現頻率，雖然已經能夠比較準確地捕捉到與港澳臺相關的標誌性特徵，不過也會將一些關聯度並不是太高的詞也納入其中。在後續的研究中，我們希望通過詞向量計算的方式，挖掘出在文本、詞彙中所涵蓋的與社會、文化、思想相關的知識信息。

## 參考文獻

程春花　黃原　2008　《系統發育網絡的構建與應用》，《昆蟲分類學報》第 3 期。

刁晏斌　2015　《臺灣「國語」詞彙與大陸普通話趨同現象調查》，《中國語文》第 3 期。

馮志偉　2019　《詞向量及其在自然語言處理中的應用》，《外語電化教學》第 1 期。

王珊　湯蕾　2022　《澳門華語特色詞彙研究》，《語言戰略研究》第 2 期。

張璟瑋　2021　《澳門報紙媒體中語言話題調查 // 國家語言文字工作委員會 . 語言生活皮書 —— 中國語言生活狀況報告（2021）》，商務印書館（The Commercial Press）。

周關懷　2023　《大陸與港臺地區外來專有名詞翻譯差異》，《山西財經大學學報》特 2 期。

Bryant D, Moulton V, Spillner A. Consistency of the Neighbor-Net Algorithm[J]. Algorithms Mol. Biol., 2007, 2: 8.

Mikolov, Tomas et al. “Efficient Estimation of Word Representations in Vector Space.」International Conference on Learning Representations ,2013.

Saitou N. and Nei M. The neighbor-joining method: A new method for reconstructing phylogenetic trees. Molecular Biology and Evolution. 1987, 4:406-425.

# 港澳地區中小學語文課教學用語使用近況

澳門大學人文學院中國語言文學系助理教授　張璟瑋

## 一、研究背景

2023年初，廣東省人民政府辦公廳發佈《關於印發廣東省全面加強新時代語言文字工作若干措施的通知》，其中第11條強調「加強面向港澳的國家語言文字推廣，穩步推進對港澳臺和外籍人士的普通話水平測試、中文教學服務與中文水平測試工作」。稍早，《粵港澳大灣區語言生活狀況報告》提出將普通話教育適度融入考評體系的建議。而香港教育局局長蔡若蓮接受採訪時也表示，香港中小學語文學科教學以「普教中」作為長期目標，教育局方將為普通話教學豐富語境，創造機會。隨着粵港澳大灣區的深度融合與發展，港澳地區與內地的交往日益緊密，普通話需求持續增長，港澳地區的普通話教育受到多方關注。

回歸前，港澳中小學語文課的教學語言主要是粵方言。回歸後，港澳兩地政府均提出以普通話作為中小學語文課的主要教學語言（簡稱「普教中」）這一長遠目標。然而，這一政策卻引起社會輿論廣泛討論。支持的聲音認為「普教中」有利於港澳年輕人打好普通話的基礎，促進港澳青年更好融入國家發展大局；反對的聲音則主要認為「普教中」影響粵方言活力、不利於本地居民母語傳承和身份認同等。關於「普教中」的爭辯與討論真實反映在港澳地區新聞媒體的報道中。

## 二、研究問題

本文藉助「慧眼輿情（慧科）」新聞檢索語料庫，對近十年來港澳地區新聞媒體中有關「普教中」的報道進行窮盡式檢索和標註，探索兩地關於「普教中」社會輿論的變化和發展。同時，文章也通過對新聞文本的分析，了解港澳社會各方，包括政府、學校和教師、學生和家長以及社會和高校研究人員四個方面對「普教中」的意見和態度，以期為實現「普教中」這一長期目標提供參考建議，促進港澳普通話教育的穩健發展。

## 三、調查情況

新聞媒體作為公共意識的媒介，能夠較為真實的反映港澳多語社區中不同主體對於「普教中」政策的立場傾向。本研究調查並收集了自 2014 年 1 月 1 日至 2023 年 9 月 15 日（截至提綱撰寫日期）間所有與「普教中」事件相關的新聞，並結合質性編碼，採用新聞學研究中常用的立場傾向性指數量化港澳地區有關「普教中」的社會輿論變化。

本研究通過「慧眼輿情（慧科）」新聞檢索語料庫，以中文檢索詞（普教中、普通話 中文教學、普通話中小學教學、普通話教授中國語文科）和英文檢索詞（Putonghua as a medium of instruction、Mandarin as medium of instruction、pujiaozhong）窮盡式檢索及篩選相關文本。這些新聞涉及的港澳報紙包括 46 家中文報紙和 13 家英文報紙。[①]

本研究採用傾向性係數[②]量化港澳媒體對於「普教中」的立場傾向，計算方法如下：

$$倾向性係数 = \frac{N_{正} \times 1 + N_{负} \times (-1) + N_{中} \times 0}{N_{正} + N_{负} + N_{中}}$$

在該公式中，$N_{正}$ 為積極報道的個數，$N_{負}$ 為消極報道的個數，$N_{中}$ 為中立報道的個數。該係數假設：積極報道係數為 1，消極報道係數為 -1，中立報道係數為 0。傾向性係數介於 -1 至 1 之間，大於 0 則整體積極，小於 0 則整體消極。

## 四、主要調查結果

本研究最終收集到 846 篇中英兩個語種的新聞文本。其中，香港

① 本研究參考的香港中文報紙：*am730*、*cupnews*、《HKG 報》《大公報》《公教報》《太陽報》《巴士的報》《文匯報》《立場新聞》《成報》《灼家》《明報》《東方日報》《信報》《星島日報》《香港 01 周報》《香港仔》《香港政府新聞》《香港商報》《香港經濟日報》《眾新聞》《都市日報》《晴報》《無綫新聞》《紫荊雜誌》《新報》《頭條日報》《龍周》《蘋果日報》《信報財經新聞》《東周刊》；香港英文報紙：《香港財經時報》《香港政府新聞英文版》《信報英文增刊》《英文虎報》《中國日報香港版》、*Dimsum daily*、*The standard Hong Kong Free Press*、*Harbour Times*；澳門中文報紙：《澳門觀察報》《澳門會展經濟報》《澳門商報》《澳門日報》《力報》《市民日報》《正報》《訊報》《澳門時報》《澳門體育周報》《華僑報》《亞洲周刊》；澳門英文報紙：《澳門論壇報》《澳門平臺》《號角報》《今日澳門》《句號報》。

② 參考陳薇 2013 《香港報紙對中國大陸形象報道的實證研究》，武漢大學博士學位論文。

地區 762 篇，包含中文 705 篇，英文 57 篇；澳門地區 84 篇，包含中文 75 篇，英文 9 篇。調查結果顯示，「普教中」話題近十年始終活躍於媒體報道且歷年變化顯著。歷年的新聞傾向性分佈詳見表 1。傾向性係數詳見圖 1，近三年來傾向性積極轉向明顯。

表 1　2014—2023 年間港澳地區新聞傾向性分佈

| 立場＼年份 | 2014 | 2015 | 2016 | 2017 | 2018 | 2019 | 2020 | 2021 | 2022 | 2023 |
|---|---|---|---|---|---|---|---|---|---|---|
| 積極 | 31 | 14 | 43 | 43 | 12 | 6 | 4 | 19 | 21 | 40 |
| 消極 | 110 | 55 | 159 | 36 | 21 | 15 | 11 | 3 | 2 | 3 |
| 中立 | 17 | 12 | 48 | 26 | 5 | 2 | 0 | 9 | 5 | 8 |

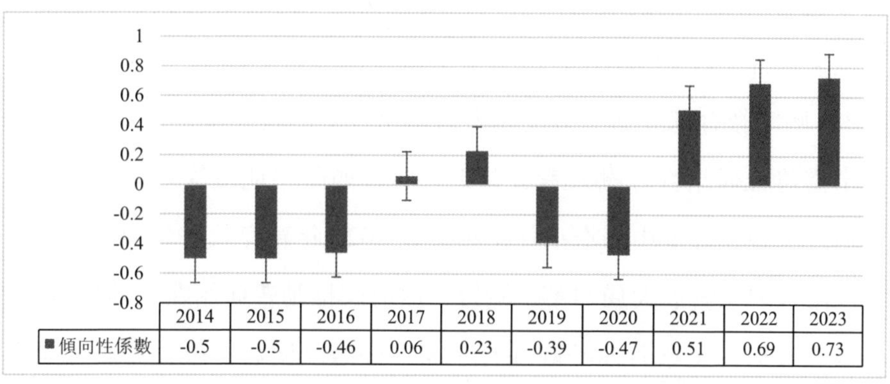

| | 2014 | 2015 | 2016 | 2017 | 2018 | 2019 | 2020 | 2021 | 2022 | 2023 |
|---|---|---|---|---|---|---|---|---|---|---|
| ■傾向性係數 | -0.5 | -0.5 | -0.46 | 0.06 | 0.23 | -0.39 | -0.47 | 0.51 | 0.69 | 0.73 |

圖 1　2014—2023 年間港澳地區新聞傾向性係數變化

觀察表 1 和圖 1 可以發現，近十年「普教中」話題爭議不斷，出現多次輿情反轉。2014 年至 2016 年期間港澳有關「普教中」新聞報道負面報道佔比高達 70%。2017 年和 2018 年，有關「普教中」的媒體報道立場轉向積極，這與 2017 年「粵港澳大灣區」概念的正式提出有關。這一時期「普教中」正面報道大多強調「普通話競爭力」，注重運用普通話的市場需要。2019 年，港澳媒體輿情再次轉向消極，與當時的反修例暴亂等社會動盪關係密切。值得關注的是，近三年有關「普教中」的報道生態再次轉為正面，積極立場新聞佔比連續三年達 60% 以上，2023 年更是達到 78%。越來越多的媒體關注灣區融合、普通話國際競爭力等主題，藉助「普粵雙軌教學」等框架支持「普教中」推行。

各界立場傾向的積極轉向的原因為何？接下來，我們結合關聯熱點事件、語言政策及新聞語料，具體分析港澳社會各方，包括政府、學校和教師、學生和家長以及社會和高校研究人員四個方面對「普教中」近三年的意見和態度轉變。

**1. 政府**

近三年來，港澳政府語言政策積極穩健，對於「普教中」重視程度顯著提升。2020 年 6 月 30 日，香港《國安法》落地。2021 年 6 月 2 日，國家教育部發佈《粵港澳大灣區語言生活狀況報告》，其中明確提出需將普通話教育融入考評體系，明確簡體字地位等，強調普教中緊迫性。時任香港中聯辦主任駱惠寧在 2022 年新春致辭強調「語言是香港融入國家發展大局的第一關鍵，政府應推動普通話在全港推廣。」香港教育局局長蔡若蓮呼籲「青年需把握灣區機遇，教育局將考慮完全在學校推廣普教中。（《星島日報》2022 年 7 月 29 日）」可以看出，有關普教中話題的政策落實與規劃建設穩步展開，政府重視「普教中」規劃的現實性和有效性。2023 年以來，隨着廣東省政府《關於印發廣東省全面加強新時代語言文字工作若干措施的通知》落地，港澳普通話語言教育政策進一步受到關注。政協會議委員蔡榮星強調港澳委員需進一步着力推進普通話教學實踐，大力推廣國家通用語言。出版界的吳靜怡作為政協委員，在政協會議中也以「普通話在香港中小學的推廣」作為首次提案。2023 年 5 月，香港特首李家超亦在對「國泰事件」的檢討中責令中小學加快全部運用普通話教授課程，號召港澳青年加強對普通話的身份認同。

**2. 學校和教師**

作為「普教中」實施的重要主體，港澳中小學校方近年來對「普教中」的看法變化顯著。2020 年以前，中小學對於「普教中」表現出兩極化的態勢。部分香港學校全校推行普教中，也有學校堅決反對普教中。校方反對「普教中」的觀點主要包括「普教中貶低粵語、削弱港澳身份認同」「學生中文底子差、普教中不實際」「不同學段無法銜接」。而支持「普教中」的校方主要秉持教學法的觀點，認為普教中具有學生作文減少俗語、俚語，言文一致等優勢，能夠做到「我手寫我口」。港澳中小學教師針對「普教中」的看法整體較為客觀謹慎，重視教學法，重視「普教中」的教學本質，因而能夠相對客觀平等地對待「普教中」或「廣教中」。即便在 2019 年修例風波輿論矛盾尖鋭期間，也有中小學教師客觀地指出「將中文科課改牽扯粵語的存亡是亂扣帽子…… 中文科發展應當真正檢討教育理念。（《信報財經新聞》，2019 年 9 月 1 日）」

近三年來，港澳中小學校方對於「普教中」的看法則逐漸轉為積極、明朗，有多篇報道喊話普通話裝備學生有利於適應當今社會需要。有小學校長號召培養學生技能方面關鍵是要説好普通話、了解中國傳統文化和對非物質文化遺產的學習（《大公報》，2023 年 4 月 21 日）。有教師表示「更多香港孩子願意學習普通話，樂於提高寫作能力，這是一種文化自信。（《文匯報》，2023 年 2 月 6 日）」也有教師稱「中小學是基礎教育，普通話等能力有利於為孩子適應社會做準備。

(《星島日報》，2023 年 6 月 19 日)」

然而港澳校方對推行普教中仍存在部分阻力與憂慮。影響校方當前開設普教中課程甚至取消普教中的主要原因包括師資力量不足、學生意願不強、不同學段銜接有困難等。

**3. 學生和家長**

據報道，近年來港澳學生對「普教中」學習意願整體提升，但易受到政治、社會輿論環境影響。港澳家長對「普教中」整體呈現較為客觀積極的立場，大多重視普通話的實用價值和孩子未來應用普通話的現實需求，希望孩子通過掌握普通話有更廣闊的出路。

2020 年來，有多篇報道稱香港地區中小學語言學習生態轉良使學生學習意願提升。有報道稱雖然有些學生「僅能聽懂普通話，班上同學都懂普通話對答，但他仍然喜歡上學。(《明報》，2023 年 5 月 2 日)」家長則主要通過媒體表達了對普教中體系不完善或對教育系統中師資不足的擔憂。有些家長更呼籲學校編制課程需增加普通話學習，更有報道稱部分家長要求學校轉用普通話或簡體字開展語文教學(《香港經濟日報》，2023 年 9 月 15 日)。

**4. 社會及高等教育界**

近年來，港澳社會各界包括高等教育界學者對「普教中」的討論主要集中在「普教中對語言生態的影響」「普教中的教學成效」「普教中的資源耗費」等議題。2014—2020 年間，港澳社會主體對「普教中」話題大多持消極立，主要認為「粵語地位受威脅」「普教中影響港青身份認同」「普教中教學成效不顯著」等。

相較於 2020 年前針對「普教中」缺乏公正的批判，《國安法》出臺以來，社會各界針對普教中的態度逐步轉為積極。例如有律師主張香港青年人應瞄準求職情況的現實市場需求，加強普通話學習，教育局亦要仔細部署發展重點（《頭條日報》，2020 年 11 月 4 日）。再如香港「中文路」線上機構董事長郭信麟先生表示，國安法出臺後灣區融合速度加快，港人運用普通話的需求大幅增長，他創立「中文路」在線普通話教育，希望降低港人學普通話成本。2023 年「國泰事件」發生以來，《亞洲周刊》2023 年 6 月 11 日和 7 月 30 日分別發表題為「國泰事件 · 普通話 · 教育改革」和「香港語言政策基層和頂層大變革」的文章，強調港澳教育當局必須徹底推動教育語言的變革，中小學嚴格推動普通話教育開展。「除了英文課外，其他學科都用普通話來教」。可以看出，港澳社會主體越來越多地運用「普通話國際競爭力」「灣區融合發展需求」等框架支持「普教中」順利推行。

2020 年以來，港澳高等教育界針對「普教中」看法也朝積極方向轉變，有關「普教中」積極報道比例達到 80% 以上，相關話題主要包括「普教中有利於港青身份認同」「普粵雙軌教學」「融入灣區交流互鑒」等。以香港教育評議會主席 2020 年 10 月 1 日發表於《紫荊雜誌》的報道為例，文中強調「香港年輕一代的身份認同出現重大危機，必須推進普教中政策；要加強灣區師資教學互動。」香港教育大學榮休教授鄭燕祥建議通過立法在港澳推廣普通話和簡體字。「香港正值轉變好時機，但因缺乏優質語言人才而使競爭力大減，無疑是讓機遇流失。（《大公報》，2021 年 12 月 31 日）」。此外，學者們對於港澳普通話教學指引和全盤發展規劃設計的構想與提倡也對「普教中」進一步推行有着啟發性的意義。如有學者強調特區政府應推行行之有效的推普方案，促進香港「普教中」教學的進步。[①] 再例如 GAPSK 語文推廣委員會針對香港疫情下網課教學使中小學普通話水平降低一事（《文匯報》，2023 年 6 月 20 日）發表看法，主張香港應增加學生普通話學習時間，提供課內外充足的普通話學習語境以整體改善香港青少年普通話能力等。

## 五、結論及建議

自《國安法》落地、粵港澳大灣區建設如火如荼展開，內地與港澳兩地交流合作日益密切，熟練運用普通話成為大部分以粵語為母語的港澳同胞就業、學習、交流、使用的一大需求。「普教中」在媒體輿論中開始可以得到中立、客觀的報道空間，輿論層面出現持續的積極轉向。這有利於逐步構建港澳地區多語共存、與內地交流互鑒的良好語言環境。

過去三年港澳地區「普教中」有四點推進。一、學校重視普通話教學優勢，「普教中」去政治化；二、加強粵港澳教師語言交流與教學方法培訓，提高教師普通話水平要求；三、社會各界開展普通話誦讀等素質活動，營造普通話教育環境；四、首辦小學普通話等級測試，提高港澳學生普通話學習認同感。

然而，目前輿論仍對「普教中」存在「教學成效不顯著」「師資不

① 黃晶榕、林金丹（2022）香港學校推廣「普教中」的現狀、挑戰與出路 https://bau.com.hk/article/2022-10/26/content_1034780576896364544.html。

充分」等質疑聲。為此，政府和社會各界需要繼續努力。首先，平衡好普通話教學發展與粵語的保護與傳承問題，使港澳地區各主體對於學習「普通話」的疑慮和擔憂被打消，逐步增強其對於國家通用語言即普通話的認同感，激發「普教中」在港澳的活力。其次，可以把普通話水平考試納入學生基礎考核科目中，加強學生對普通話重要性的認識，繼續豐富完善現有中小學普通話課外素質活動、比賽等，增強學生普通話學習意願，為學生創造運用普通話的機會，提高普通話教學趣味性與審美性。第三，繼續推進師資普通話考核，增強教師運用普通話教學的能力，並逐步推進內地普通話教師的引進。最後，在課程設計方面，推進港澳地區中小學段、小學不同年級間授課語言的配合，解決不同學段銜接有困難的問題。

# 近五年（2019—2023）臺灣網絡流行語析探

高雄師範大學國文學系教授　高婉瑜

**提　要**　本文調查臺灣近五年（2019—2023）網絡流行語，析論流行語來源與結構，利用 google trend、自由時報語料庫檢測流行語的發展狀況。流行語的源頭很多，以 2021 年疫情時事新聞最為突出，衍生 7 個相關的流行語。就源語言來看，來自國語最多，其次是臺灣閩南語、日語，未見與客語有關的流行語，來自日語的也比英語的多，可見語言的勢力強弱。就來源地點而言，多來自臺灣，中國大陸居次，共通的語言對流行語交流、傳播具有絕對優勢。臺灣流行語的結構較少出現「縮句語」和「詞語模」，「縮句語」違背漢語語法規則，不易後續發展。詞語模中，「今晚，我想來點……」，「點」有動詞、量詞的用法。根據本文的分析，發現 50 個流行語僅 11 個經常見報（自由時報）。這 11 個流行語中，有 7 個符合 google trend 調查。7 個符合者中有 5 個是疫情類流行語，反映了時效性（一年的高熱度），且疫情流行語的感情色彩無明顯的變化傾向。

**關鍵詞** 臺灣 網絡流行語 詞語結構 詞語來源 詞語發展

## 一、前言

流行語具有時效性與新穎性，是反映社會變化的一扇窗。每年都有新興的流行語誕生，多數流行語生命週期短暫，使用的年齡層與流通的媒介有限，僅少數能突破限制，被更多年齡層和媒介接受。

臺灣沒有長期性、系統性的流行語研究，文章所用的名稱亦有分歧，或稱新詞、青少年流行語、校園新詞、網絡用語、網絡語言等等，廣義來説，均可視為流行語相關成果。臺灣流行語的成果多如牛毛，較早的研究是兩本學位論文，1998 年呂昭慧、1999 年許斐絢均以肯定態度看待新詞現象。[①] 期刊或專書論文方面，例如徐富昌認為不是逃避或禁絕網絡詞語，而是應善用它，發揮正面功能。[②] 張慧美主張教育工作者應引導學生正確使用，注意交際的語境。[③] 有關網絡流行語語體定位問題，高婉瑜認為網絡流行語是在一定時間通行於社羣媒體的話語形式，有不穩定、不普遍性質，處於詞彙圈最外圍，為「邊緣層」詞彙。語體可分成談話體與書卷體，因為網絡流行語具有非正式、通

① 呂昭慧：《現代漢語新詞語料的整理與研究》，臺北：中國文化大學中國文學研究所碩士論文（1998 年），頁 1-133。許斐絢：《臺灣當代國語新詞探微》，臺北：. 國立臺灣師範大學華語文教學研究所碩士論文（1999 年），頁 1-88。

② 徐富昌：〈網路語詞的發展與衝擊 —— 以臺灣的網路現象為例〉，《臺大中文學報》第十七期（2002 年 12 月），頁 287-326。

③ 張慧美：〈網路語言之語言風格研究〉，《彰化師大國文學誌》第十三期（2006 年 12 月），頁 331-359。

俗的語體特徵，屬於「隨意談話體」之次類，可歸入「書面談話體」。[①]還有一些文章從修辭、教育策略角度討論流行語，不擬贅述。

本文研究的流行語中，有一批與疫情相關。疫情流行語也有相關的成果，如許嘉容研究 15 個疫情流行語，提到醫療疫情、防疫政策之新興詞語，多為貶義詞義感情色彩，新型態生活相關新興詞語則多趨向褒義詞義感情色彩。[②] 另外，邱琦比較 2017 至 2021 年兩岸網絡流行語，發現與時政相關、純粹娛樂類之臺灣網絡流行，易隨相關人事物的熱度影響流行時間的長短。評價描述類和情感表達類流行語則因為語用情境多，經過網民創意改編，使用上極富變化，加上表情包等搞笑圖文的傳播，讓網絡流行語使用度居高不下，[③] 本文研究的疫情類流行語相當於邱琦的「時政類」流行語。

本文調查臺灣近五年（2019—2023）網絡流行語，旨在析論流行語來源與結構，利用 google trend、自由時報語料庫檢測流行語的發展狀況，根據本文的分析，檢視五年內流行語是否有許嘉容、邱琦所言的現象。

---

① 高婉瑜：〈網路流行語的定位初探〉，《第十三屆思維與創作暨第三屆語文教學與文學創作研討會論文集》，臺南：國立臺南大學國語文學系（2021 年 5 月），頁 57-68。

② 許嘉容：《新冠肺炎下誕生的新興生活詞彙與媒體用語 —— 以 2019—2022 兩岸常見十五個新詞為例》，臺北：國立臺灣師範大學華語文教學系海外華語師資數位碩士在職專班（2023 年），頁 1-183。

③ 邱琦：《兩岸網路流行語對比研究》，臺北：國立臺灣師大華語文教學系海外華語師資數位碩士在職專班碩士論文（2022 年），頁 82 。

## 二、流行語的來源與結構

臺灣的官方未對網絡流行語做長期的調查與公告，本文研究對象來自網絡溫度計（dailyview）的調查，該網站運用《KEYPO 大數據關鍵引擎》輿情分析系統，每月處理 1000 億以上中文資料的網絡社羣大數據資料庫，內容涵蓋 Facebook、YouTube、新聞媒體、討論區、部落格等網站，並根據網友就該議題之討論，作分析依據。由於每年調查公告之名次數量不等，如 2019 年至 2021 年公告前 20 名，2022 年、2023 年只公告前 10 名。[①] 為求各年樣本數一致，統一取各年前 10 名共 50 個流行語為研究對象。

2019 年至 2023 年臺灣網絡流行語整理如下：

**表 1　近五年臺灣網絡流行語一覽表**

| | 2019 | 2020 | 2021 | 2022 | 2023 |
|---|---|---|---|---|---|
| 1 | 人＋377 | 像極了愛情 | 校正回歸 | 芭比 Q 了 | 超派 |
| 2 | 2486 | 今晚，我想來點…… | 微解封 | 挖苦挖苦 | 不敢相信 |
| 3 | 旋轉 | 我就爛 | 同島一命 | 降肉 | 山道猴 |
| 4 | 是在哈囉 | 甘阿捏 | PUI PUI | 腦霧 | 人礦 |
| 5 | 塑膠 | 咩噗 | 看好了世界，臺灣只示範一次 | 注意看…太狠了 | 莫忘初衷 |
| 6 | 呱張 | 時間管理大師 | 人與人的連結 | 不可能…吧？ | 桶箍 |

① 2019 年至 2023 年網路流行語報告的網站分別是：https://dailyview.tw/daily/2019/11/07、https://dailyview.tw/daily/2020/12/21、https://dailyview.tw/daily/2021/12/24、https://dailyview.tw/daily/2023/01/08、https://dailyview.tw/daily/2023/12/22?page = 0。查詢日期：2024.1.15.。要說明的是 2019 年流行語調查公佈了兩份，一份是九年級流行語，一份是 PTT 十大流行用語，本文選的是前者，不選後者，原因是前者是限定了年紀（年輕族群），後者則限於使用的場域 PTT。

續表

| | 2019 | 2020 | 2021 | 2022 | 2023 |
|---|---|---|---|---|---|
| 7 | 咖啡話 | 本斥但大 | 最頂 | 有沒有要抽 Gogoro | 你看起來就像茶碗蒸 |
| 8 | 潮他媽的 | Peko | 不要太不滿 | 要確欸 / 確 / 要確餒 | 涎鎮啊 |
| 9 | 灣家 | 是在哈佛 | 啥款 | …一下下就好 | 狒狒揚揚 |
| 10 | 郭 | 人民的意志，人民的法槌 | Duck 不必 | 我沒了 | 瑪卡巴卡 |

一般而言，流行語的「源頭」很多，如來自網絡平臺、影視戲劇、漫畫、廣告、歌曲，這五年的流行語也不例外，不過，五年內較突出的源頭是時事新聞，扮演了關鍵的角色，如伴隨 COVID-19 崛起的流行語有 8 個，即「校正回歸」、「微解封」、「同島一命」、「看好了世界，臺灣只示範一次」、「人與人的連結」、「不要太不滿」、「Duck 不必」、「腦霧」，且前 7 個集中於 2021 年，佔了該年度的 7 成。又如「時間管理大師」、「是在哈佛」、「你看起來就像茶碗蒸」、「狒狒揚揚」亦來自時事新聞，彰顯流行語的時效性。

源自單一新聞事件的流行語不會很多，如伴隨狒狒脫逃的新聞，產生了 1 個流行語。但是如果事件影響層面廣泛，至關緊要，衍生而來的流行語隨之增多，如 COVID-19，因病毒短時間內導致全球大流行，與之相關的流行語眾多。

就「源語言」而言，來自國語有 38 個，源自臺灣閩南語諧音的有「灣家」、「甘阿捏」、「啥款」、「超派」、「桶箍」;源自日語的有「2486」、「Peko」、「PUI PUI」（諧音）、「挖苦挖苦」（わくわく）；來自英語的有「瑪卡巴卡」(Makka Pakka）。還有兩種語言或方言的拼合，如粵語詞搭配國語「潮他媽的」，英語搭配國語「Duck 不必」。

據上，國語是流行語的主要來源，其次是強勢方言臺灣閩南語與外來的日語，來自英語不如日語多，可見日本文化對臺灣年輕人始終有不容小覷的影響。方言部分，年輕人對臺灣閩南語的熟悉度比客語高，因為流行語的源語言中，客語是缺席的。

就「來源地」而言，有 40 個源自臺灣影音等媒介，來自中國大陸影音的有 5 個，即「像極了愛情」、「最頂」、「芭比 Q 了」、「注意看…太狠了」、「人礦」。來自日本的有 3 個，即「Peko」、「PUI PUI」、「挖苦挖苦」。來自韓國戲劇的有 1 個「涎鎮啊」。來自英國節目的有 1 個「瑪卡巴卡」。

從來源地可知，中國大陸對臺灣流行語具有一定的影響力，因為兩地的語言相同，不須要做語碼轉換，流通更為方便。

流行語的「結構」方面，可能是詞（如「灣家」、「呱張」）、短語（如「咖啡話」、「同島一命」）、句子（如無主句「不要太不滿」、單句「我就爛」、「要確欸」，複句「人民的意志，人民的法槌」、「看好了世界，臺灣只示範一次」）。這三種結構較常見，不贅述。

有兩類結構少見，是「縮句語」和「詞語模」①。縮句語是節縮句子而來的詞語，僅有 1 個，即「本斥但大」，源自日本漫畫《刃牙道》的臺詞「本來想大聲斥責，但錢實在太多了」，後來網友用來指「本來想大聲斥責，但實在太大了」，再縮略成「本斥但大」。事實上，臺灣流行語很少出現縮句語，「本斥但大」是隨機抽取組合，成分之間不具語

① 李宇明提出「詞語模」概念，大多數新產生的詞語都有一個現成的框架背景，這一框架就像造詞模子（簡稱詞語模），能批量產生新詞語。參見李宇明：〈詞語模〉，收於邢福義主編《漢語語法特點面面觀》（北京：北京語言文化大學出版社，1999 年 3 月），頁 146-157。

法關係，不符合漢語語法。①

相對下，縮句語（或新成語）在中國出現得較早、較多，如「不明覺厲」出處是 1996 年電影「食神」的臺詞，是「雖然不明白是什麼，但是感覺好厲害啊」的縮略。② 類似的還有「何棄療」、「我夥呆」、「累覺不愛」、「十動然拒」、「喜大普奔」、「細思恐極」、「人艱不拆」、「不約而同」等等。

無論臺灣或大陸，縮句語的共同點是語法有所創新和突破，將一句話或幾個詞語擇要節縮，具有語言經濟性，然而，節縮仍須合乎漢語語法規範，若違背語法結構，未來的發展相對困難。③

五年內的流行語出現 4 個「詞語模」，即「今晚，我想來點……」、「注意看……太狠了」、「不可能……吧？」、「……一下下就好」，分述如下。

「今晚，我想來點……」來自外送平臺的廣告，「點」為動詞，表指定之意，模標是食物（賓語），如「來點【麥當勞大麥克 / 炭烤三明治 / 鍋燒意麵】」，後來可當不定量或少量的量詞，賓語多接抽象詞或短語，如「來點【音樂 / 真心話 / 理智線 / 一見鍾情】」。

「注意看……太狠了」用來吸引注意力，如「注意看，這個【男人 / 女人 / 小夥 / 人 / 鳥兒 / 大學生理財營 /（這次）7－11】太狠了」，

---

① 邱琦認為「本斥但大」屬於轉折複句的縮略。參見邱琦：《兩岸網路流行語對比研究》，頁 63。筆者案：嚴謹地說，原句「本來想大聲斥責，但實在太大了」為轉折複句，然而「本斥但大」不符合縮略的規則，「本」、「斥」、「但」、「大」之間，沒有語法的關係。

② 百度百科，https://reurl.cc/mryaml，查詢日期：2024.1.26.。

③ 楊勇提到網路新成語很多是小句縮略而成，結構不及傳統成語美觀勻稱典雅，要走向成熟和穩定，還得經歷時間和實踐的嚴峻考驗。筆者同意其說，但他所謂「結構不及傳統成語美觀勻稱典雅」流於主觀，其實就是新成語結構上與漢語句法結構不同。參見楊勇：〈語言特區裏的網絡新成語〉，《澳門語言學刊》第 59 期（2022 年 6 月），頁 83-89。

其中以「這個男人太狠了」較常見。

「不可能……吧？」表示說話者對某事的驚訝，可填入的模標多是謂詞性詞語，如「不可能【那麼好吃 / 再差了 / 這麼衰 / 成真 / 沒聽過 / 邊嗑鍋又能邊看 101 煙火】吧」，少數是句子形式，如「不可能【大理石也拿來當手錶 / 經典的托特包還能升級 】吧」。

「……一下下就好」出自歌名「可不可以放進去一下下就好」，歌手提到本意指不敢說出自己的心意，希望女生心裏能空出一點空間，讓他能（心意）放進去一下下就好。[①] 後來衍生性暗示之意。模標常是動詞或動詞性短語，如「【再冷 / 摸 / 哭 / 開心 / 借戴 / 衝進去 / 打 165】一下下就好」。

## 三、流行語的發展狀況

流行語的特色是時效性，多數流行語經過一段時間就隱退了。[②] 本文先以 google trend 做初步觀察，所得結果是大略趨勢，不夠準確，故再以報紙語料庫檢測流行語的發展狀況。

google trend 是第一層觀察的工具，時間設定為 5 年內，地點是臺灣，搜尋 google 所有網頁、所有類別的資料。100 分代表該字詞熱門程

---

① 楊惟甯：〈神曲《放進去一下下就好》巴大雄解密歌詞「真實含意」〉（2022.10.11.），https://reurl.cc/nrqA82，查詢日期：2024.1.29.。

② 何萬順提到即便是流行度最高的新創語詞，在「賞味期」過後能成為俚語或是一般用語而繼續存活的實在寥寥無幾。參見何萬順：〈去年還很潮，今年變老哏：流行語的特性與宿命〉（2020.12.24.），獨立評論，https://opinion.cw.com.tw/blog/profile/351/article/10290，查詢日期：2024.1.26.。原發表於 2020 年 12 月 1 日《國語日報》語文教育版。

度在該時間點達到最高峰。50 分表示該字詞熱門程度為最高點的一半，0 分表示該字詞熱門程度的資料不足。[①] 50 個流行語的熱度變化如下：

**表 2　網絡流行語在 google trend 的熱度變化表**

| | 2019 | 2020 | 2021 | 2022 | 2023 |
|---|---|---|---|---|---|
| 一年有高熱度，其他年是低熱度或無熱度 | 是在哈囉 | 1. 像極了愛情<br>2. 我就爛<br>3. 咩噗<br>4. 時間管理大師 | 1. 校正回歸<br>2. 同島一命<br>3. PUI PUI<br>4. 人與人的連結<br>5. 啥款 | 1. 芭比 Q 了<br>2. 降肉<br>3. 腦霧<br>4. 注意看…太狠了<br>5.…一下下就好 | 1. 超派<br>2. 山道猴<br>3. 桶箍<br>4. 瑪卡巴卡 |
| 熱度 50 分以上，熱度延續數年 | 1. 人＋377<br>2. 旋轉<br>3. 塑膠<br>4. 郭 | | 最頂 | 我沒了 | |
| 熱度起伏大，熱度延續數年 | 1. 2486<br>2. 呱張<br>3. 咖啡話<br>4. 灣家 | 1. 今晚，我想來點…<br>2. 本斥但大<br>3. Peko | 1. 不要太不滿<br>2. Duck 不必 | 1. 挖苦挖苦<br>2. 不可能…吧<br>3. 要確欸 | 1. 不敢相信<br>2. 人礦<br>3. 莫忘初衷 |
| 熱度不足 | 潮他媽的 | 1. 甘阿捏<br>2. 是在哈佛<br>3. 人民的意志，人民的法槌 | 1. 微解封<br>2. 看好了世界，臺灣只示範一次 | 有沒有要抽 Gogoro | 1. 你看起來就像茶碗蒸<br>2. 涎鎮啊<br>3. 狒狒揚揚 |

上述四種狀況中，第一種是正常現象，既然當選為年度流行語，一年內有高熱度是合理的。

第二種看似突破了流行語的時效性，其實不然。因為 google trend 是趨勢調查，沒有做語義的過濾，未提供例證，例如「旋轉」、「塑膠」、「郭」本為多義詞，熱度高也不見得用的都是流行語的語義，因此雖有持續的高熱度，不等於這三個流行語很盛行。「最頂」，可以構成諸多短語「最頂端」、「最頂級」、「最頂尖」、「最頂樓」，累加的結

① google trend，https://trends.google.com.tw/trends/，查詢日期：2024.1.26.。

果形成持續的高熱度。「我沒了」，可構成一些句子，如「我沒了米卡 / 工作」、「我沒對手了」、「我沒錢了」等等。「人＋377」在檢索時可能變成「人377」、「377」等等，因此墊高了熱度。據上，筆者對第二種情況持保留的態度。

第三種是熱度波動較大，但也延續數年。因為有些流行語屬於一般短語，如「不敢相信」、「莫忘初衷」，所以會有延續性。廣告用語「今晚，我想來點……」，廣告密集播出時，熱度會提高。數字2486可代表很多意思，不見得就是指流行語之義。詞語模「不可能……吧」可套入眾多模標，形成各種句子，把所有出現「不可能……吧」的句子視為2022年流行語的延續，流於牽強。

第四種缺乏熱度，筆者是存疑的。既然選為某年流行語，當年度應有相當高的數據，google trend卻顯示「該詞語因資料不足，無法顯示熱度」。

由上可見，google trend僅是粗略的觀察，四種趨勢中有3種還必須做更細緻的檢視，據此，本文再以「自由時報語料庫」做進一步的篩選。① 選擇該報紙語料庫的原因是可免費查詢，大家可隨時瀏覽。報紙內容不設限，查詢區間的迄點設定是2024.1.26.，起點則各年度不同，例如2023年流行語查詢區間是2023.1.1.至2024.1.26.，2022年流行語的查詢區間是2022.1.1.至2024.1.26.，以此類推。調查目的是要觀察流行語是否已經從網絡世界進入「報紙」媒介，流行語後面的數字指「新聞則數」，而非「出現次數」，若屬於詞語模，則略去統計。整理如下：

① 自由時報，https://www.ltn.com.tw/，查詢日期：2024.1.26.。

表 3　網絡流行語在自由時報的頻次表

| | 2019 | 2020 | 2021 | 2022 | 2023 |
|---|---|---|---|---|---|
| 1 | 人＋377（0） | 像極了愛情（113） | 校正回歸（652） | 芭比Q了（73） | 超派（113） |
| 2 | 2486（3） | 今晚，我想來點……（50） | 微解封（2002） | 挖苦挖苦（0） | 不敢相信（419） |
| 3 | 旋轉（5） | 我就爛（37） | 同島一命（614） | 降肉（77） | 山道猴（3）① |
| 4 | 是在哈囉（212） | 甘阿捏（2） | PUI PUI（33 畫） | 腦霧（207） | 人礦（12） |
| 5 | 塑膠（17） | 咩噗（24） | 看好了世界，臺灣只示範一次（2） | 注意看……太狠了（略） | 莫忘初衷（54） |
| 6 | 呱張（8） | 時間管理大師（179） | 人與人的連結（191） | 不可能……吧？（略） | 桶箍（81） |
| 7 | 咖啡話（5） | 本斥但大（6） | 最頂（181） | 有沒有要抽 Gogoro（0） | 你看起來就像茶碗蒸（1） |
| 8 | 潮他媽的（0） | Peko（14） | 不要太不滿（4） | 要確欸／確／要確餒（1） | 涎鎮啊（21） |
| 9 | 灣家（5） | 是在哈佛（9） | 啥款（36） | …一下下就好（略） | 狒狒揚揚（16） |
| 10 | 郭（0） | 人民的意志，人民的法槌（1） | Duck 不必（4） | 我沒了（36） | 瑪卡巴卡（1） |

自由時報中，多數流行語的頻次是 100 次以下，甚至未出現，說明流行語使用場域有限，未擴展到報章。頻次在 100 至 200 的有「超派」、「像極了愛情」、「時間管理大師」、「人與人的連結」、「最頂」；200 至 300 的有「腦霧」、「是在哈囉」；400 至 500 的是「不敢相信」；600 至 700 的有「同島一命」、「校正回歸」；2000 以上的是「微解封」。將上述示如橫條圖。

① 「山道猴」出現 150 則，通常稱為「山道猴子」，共 147 則，排除後，「山道猴」剩下 3 則。

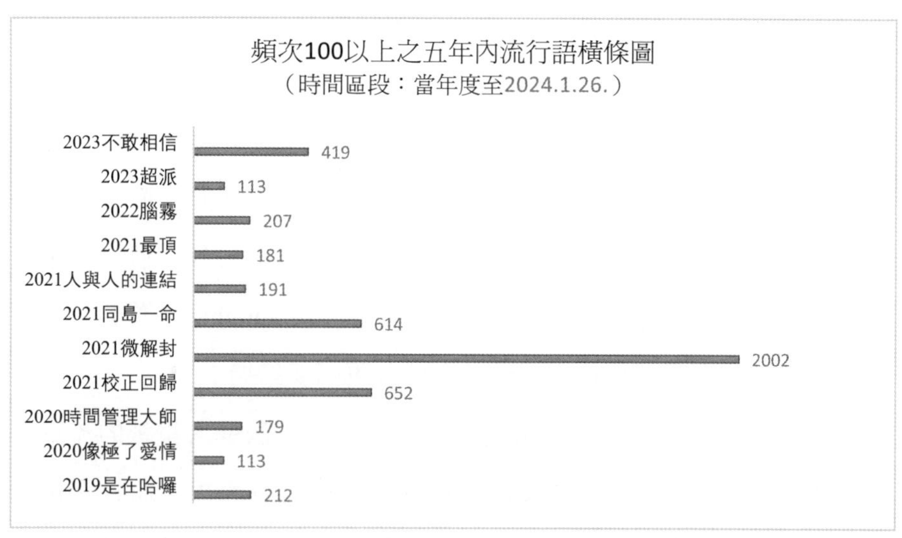


頻次前三名的均與疫情有關，另外如「腦霧」、「人與人的連結」亦與疫情相關，由此可見，新冠疫情對這幾年的臺灣流行語有顯著的影響，由於疫情是全面性且重要的公眾事務，流行期間報紙天天公告確診數、個案染疫原因，各大城市封城解封的新聞，因之，隨疫情而生的流行語容易密集見報。

其他較高頻次流行語在報紙的使用狀況，與網絡原始的情境類似，例如「是在哈囉」來自美式文化「Hello？」，[①] 原就用於口語對談，創新之處是將「哈囉」當動詞。報紙的用法亦是見於口語回話，且分布於生活、娛樂、時尚、體育，甚至是政治新聞，如國際記者會上，外交部長脫口而出「是在說哈囉」，依語體而言，記者會的場域不適合用流行語，因為部長說了一句流行語，引起眾多討論。

① 何萬順曾提出他對「是在哈囉」的看法，參見何萬順：〈是在哈囉？反映九年級語言想像〉(2020.7.16.），獨立評論，https://opinion.cw.com.tw/blog/profile/351/article/9685，查詢日期：2024.1.26.。原發表於 2020 年 7 月 7 日《國語日報》語文教育版。

又如「像極了愛情」源自〈我曾〉MV 的網友留言，在任何語句後面加上「像極了愛情」，就能變成一首詩，[①] 這句話從大陸傳入臺灣，臺灣報紙的用法依然延續文青路線，如「針灸像極了愛情！」、「遊戲原廠與代理商間的關係像極了愛情！」，甚至政治新聞版面也出現例子，如「讓何敏誠很開心，覺得『像極了愛情！』另外，偶有當定語的用法，見「從熱情奔放的 Syrah 到先甜後苦的 Viognier，像極了愛情的滋味」、「梅子雞『像極了愛情的滋味』更不要錯過！」。

綜上，從報紙的頻次和用例可知，少見或無法進入報紙的流行語多達 39 個，因為流行語本來即有時效性，存活時間短，而且有排他性，可凝聚族羣的認同。[②] 能擴展流通媒介，進入報紙報導的流行語數量少，而且用法與網絡媒介的流行語相同，換言之，流行語見於報紙或網絡，差異是傳播媒介之別，甚少是語義或語法功能有新的變化。反過來說，能見報的流行語，流通的範圍變廣，漸漸被各族羣熟悉，是否能因此站穩腳步，轉變成長期穩定的常用詞，抑或幾年後退出流通圈，隱沒不用，則必須做更長久的觀測。

將上表 11 個流行語細分流通年度的頻次，整理如下：

---

① 何萬順曾提出他對「像極了愛情」的看法，參見何萬順：〈像極了愛情，更像是病毒！網路流行語是怎麼造出來的？〉（2020.9.4.），獨立評論，https://opinion.cw.com.tw/blog/profile/351/article/9877，查詢日期：2024.1.26.。原發表於 2020 年 8 月 25 日《國語日報》語文教育版。

② 何萬順提到「流行語能繼續存活的寥寥無幾」、「當主流媒體大肆報導，大人知道甚至開始使用這些流行語之後，年輕世代就必須另創新語才能做出世代區隔。」參見何萬順：〈去年還很潮，今年變老哏：流行語的特性與宿命〉（2020.12.24.）。

**表 4　11 個網絡流行語在各年度自由時報頻次表**

| | 2019 | 2020 | 2021 | 2022 | 2023 | 2024.1.26 |
|---|---|---|---|---|---|---|
| 不敢相信 | x | x | x | x | 401 | 18 |
| 超派 | x | x | x | x | 57 | 57 |
| 腦霧 | x | x | x | 153 | 53 | 1 |
| 最頂 | x | x | 49 | 64 | 66 | 2 |
| 人與人的連結 | x | x | 154 | 22 | 15 | 0 |
| 同島一命 | x | x | 461 | 99 | 53 | 1 |
| 微解封 | x | x | 1930 | 71 | 1 | 0 |
| 校正回歸 | x | x | 538 | 74 | 33 | 7 |
| 時間管理大師 | x | 41 | 65 | 34 | 39 | 0 |
| 像極了愛情 | x | 96 | 10 | 4 | 3 | 0 |
| 是在哈囉 | 29 | 118 | 36 | 11 | 17 | 1 |

對照表 2 與表 4，有 7 個流行語符合 google trend 調查（見表 2），即「腦霧」、「最頂」、「人與人的連結」、「同島一命」、「校正回歸」、「像極了愛情」、「是在哈囉」，而 7 個當中有 5 個是疫情流行語，屬於第一種趨勢「一年有高熱度，其他年是低熱度或無熱度」，反映了時效性，相當於邱琦所謂「易隨相關人事物的熱度影響流行時間的長短」。不過，在感情色彩方面，因為僅 5 個疫情流行語，是否如許嘉容所言「感情色彩多為貶義」，則不太明顯。

不符合 google trend 的有 4 個，如「超派」屬於第一種趨勢「一年有高熱度，其他年是低熱度或無熱度」，但它在 2023 年與 2024 年（2024.1.26. 為止）的頻次是相同的，而且與其他流行語相較，「超派」的頻次也不高。「時間管理大師」屬於第一種「一年有高熱度，其他年是低熱度或無熱度」，但其實該短語各年的頻次相差不多。「微解封」屬於第四種「熱度不足」，但是根據報紙的頻次，歸入第一種較合適。

「不敢相信」本為一般短語，無法證明 2023 年自由時報出現頻次高，都屬於網絡流行語，故應排除。

因為本文僅調查一種報紙，還有眾多報刊與其他媒介，「超派」、「時間管理大師」的趨勢是否真是 google trend 失準，尚可討論。可確定的是 google trend 顯示「微解封」為「熱度不足」，與自由時報的數據有顯著落差，故「微解封」的歸類確有問題。

## 四、結語

本文根據網絡溫度計大數據的流行語調查，研究 2019 年至 2023 年 5 年內 50 個臺灣網絡流行語。

本文發現這批流行語的「源頭」眾多，最突顯的來源是 2021 年的時事新聞，衍生了 7 個與疫情有關的流行語，反映流行語的時效性。從「源語言」來看，來自國語最多，其次是臺灣閩南語與日語，比較特別的是，沒有一個流行語源自客語，可見客語對年輕族羣的影響力很低；外語方面，來自日語多於英語，日語的影響力高於英語。就「來源地點」而言，來自臺灣居多，其次是中國大陸、日本、韓國和英國，可見兩岸情勢不影響網絡交流，因為語言的流通講求便捷，兩岸有共通的官方語言，不須語碼轉換，有利於交流。

以「結構」來看，流行語常見的結構是詞、短語、句子，還出現「縮句語」（1 個）和「詞語模」（4 個）。「縮句語」是隨機抽取組合，實現了語法創新，其實不符合漢語語法規則，後續不易發展。詞語模中，有較大變化的是「今晚，我想來點……」，在流通時，「點」有動詞的用法，也有量詞的用法。

本文發現 google trend 所展現的流行語趨勢僅供參考，因為它未提供例句，不考慮語義問題。因此再以免費的自由時報語料庫為工具，檢視流行語是否從網絡媒介進入報紙媒介的狀況。結果是 50 個流行語中，僅 11 個經常見報，這 11 個中，有 7 個符合 google trend 的趨勢調查，7 個符合者當中，有 5 個是疫情流行語，它們反映了時效性（一年有高熱度），但是感情色彩難以看出變化傾向，姑且存疑。

## 參考文獻

### （一）期刊論文

徐富昌：〈網路語詞的發展與衝擊 —— 以臺灣的網路現象為例〉，《臺大中文學報》第十七期（2002 年 12 月），頁 287-326

張慧美：〈網路語言之語言風格研究〉，《彰化師大國文學誌》第十三期（2006 年 12 月），頁 331-359

楊勇：〈語言特區裏的網絡新成語〉，《澳門語言學刊》第 59 期（2022 年 6 月），頁 83-89

### （二）專書論文

李宇明：〈詞語模〉，收於邢福義主編《漢語語法特點面面觀》（北京：北京語言文化大學出版社，1999 年 3 月），頁 146-157

高婉瑜：〈網絡流行語的定位初探〉，《第十三屆思維與創作暨第三屆語文教學與文學創作研討會論文集》，臺南：國立臺南大學國語文學系（2021 年 5 月），頁 57-68

### （三）學位論文

呂昭慧：《現代漢語新詞語料的整理與研究》，臺北：中國文化大學中國文學研究所碩士論文（1998 年）

邱琦：《兩岸網絡流行語對比研究》，臺北：國立臺灣師大華語文教學系海外華語師資數位碩士在職專班碩士論文（2022 年）

許斐絢：《臺灣當代國語新詞探微》，臺北：. 國立臺灣師範大學華語文教學研究所碩士論文（1999 年）

許嘉容：《新冠肺炎下誕生的新興生活詞彙與媒體用語 —— 以 2019—2022 兩岸常見十五個新詞為例》，臺北：國立臺灣師範大學華語文教學系海外華語師資數位碩士在職專班（2023 年）

### （四）網絡資源

google trend，https://trends.google.com.tw/trends/

百度百科，https://reurl.cc/mryaml

自由時報，https://www.ltn.com.tw/

何萬順：〈去年還很潮，今年變老哏：流行語的特性與宿命〉（2020.12.24.），獨立評論，https://opinion.cw.com.tw/blog/profile/351/article/10290。原發表於 2020 年 12 月 1 日《國語日報》語文教育版

何萬順：〈是在哈囉？反映九年級語言想像〉（2020.7.16.），獨立評論，https://opinion.cw.com.tw/blog/profile/351/article/9685。原發表於 2020 年 7 月 7 日《國語日報》語文教育版

何萬順：〈像極了愛情，更像是病毒！網絡流行語是怎麼造出來的？〉（2020.9.4.），獨立評論，https://opinion.cw.com.tw/blog/profile/351/article/9877。原發表於 2020 年 8 月 25 日《國語日報》語文教育版

楊惟甯：〈神曲《放進去一下下就好》巴大雄解密歌詞「真實含意」〉（2022.10.11.），https://reurl.cc/nrqA82

網絡溫度計 https://dailyview.tw/

# 臺灣青年語言認同研究*

閩南師範大學兩岸語言文化交流研究中心教授　吳曉芳
教育部語言文字應用研究所研究員　蕭　航

**提　要**　語言是族羣意識的核心，共同的語言文字是鑄牢兩岸中華民族共同體意識的重要文化基礎。近些年來，臺灣島內分裂勢力持續以語言為工具實施「去中國化」，企圖改變植根於臺灣社會的中華文化認同、中華民族認同。調查發現，閩南方言「國語化」不僅僅停留在政策層面，在臺灣地區青年中已成主流民意。臺灣地區青年擁護閩南話（臺灣地區稱「臺語」）為官方語言，認為閩南話比普通話更為親切，顯示島內語言文化認同出現不利變化。為此，文章建議，及早將臺灣語言文字工作納入國家語言文字整體規劃當中，建立語言文字的對臺工作體系，建設兩岸語言文化智庫，累積發展兩岸關係、促進兩岸融合的文化基礎。

**關鍵詞**　臺灣青年　語言認同　語言政策

# 前言：臺灣人口、族羣與語言使用現況[①]

臺灣自古以來就是中國的一部分。它東臨太平洋，西隔臺灣海峽與福建省相望，轄有臺灣本島及澎湖、金門、馬祖等島嶼，土地面積36197平方公里。

臺灣現有常住人口2,383.4萬人，其人口比例分別是：臺灣16族原住民2.48%，漢族96.42%，其他1.10%（包括來自中國大陸的少數民族、大陸、港澳人民及外籍人士）[②]。依照一般通俗的分法，臺灣人分為本省人和外省人。1945年前在臺灣生活的被稱為本省人，1945年後隨國民黨政府來到臺灣的中國大陸人及其後代被稱為外省人。本省人又分為閩南人、客家人、原住民。1993年，時任立法委員的林濁水及葉菊蘭首先提出「四大族羣」之說，把臺灣人分為四大族羣，即閩南人、客家人、原住民、外省人，族羣成了政治操作的工具，經過多年，臺灣人口中的「四大族羣」的劃分已形成相當普遍的族羣想像主張。另有新住民56萬9851人（統計時間自1987年1月至2021年12月底）[③]。

臺灣官方認定的所謂的「國家語言」包括國語、閩南話、客話、原住民語等共20種。臺灣法律上沒有官方語言，國語是實質上的官方語言，且多數家庭為雙語家庭、多數人掌握雙語。2020年人口普查資料顯示，6歲以上主要使用語言（主要使用語言即常用語言）為國語者

① 普通話，臺灣地區稱「國語」「華語」。少數民族，臺灣地區稱原住民。少數民族語言，臺灣地區稱「原住民語」。閩南話、閩南方言，臺灣地區又稱為「臺語」。

② 2020年臺灣人口普查數據 https://www.ey.gov.tw/state/99B2E89521FC31E1/2820610c-e97f-4d33-aa1e-e7b15222e45a

③ 人口數據見上。

佔 66.3%，閩南語佔 31.7%，次要使用語言為閩南語者佔 54.3%，國語佔 30.5%；主要使用或次要使用國語者佔 96.8%，閩南語者佔 86.0%，客語者佔 5.5%，原住民族語者佔 1.1%。各項總和達到 189.4%，亦即平均每個人回答 1.89 種語言。臺灣的國語普及率達 96.8%，若就年齡別觀察，6 至 14 歲者主要使用國語者佔 92.1%，使用閩南語者佔 7.4%，越年輕，說國語的比例越高，說母語的比例越低[①]。

語言使用狀況和語言認同是觀察語言政策變遷的重要線索，臺灣從 1945 年光復至今，前後實行兩種方向截然相反的語言政策，即兩蔣時期的「中國化」語言政策和李登輝、陳水扁、蔡英文的「去中國化」語言政策。與此相關聯，國語的地位從「獨尊」到「被擠壓」、從全力推廣到被塑造為「他者」的「外來語言」。臺灣 2020 年人口普查中的語言使用狀況表明，臺灣的國語普及率達 96.8%，很顯然「去中國化」的語言政策並沒有達到壓縮國語生存空間的目的，國語依然佔據絕對優勢，依然是社會共同語，「去中國化」的語言政策對臺灣社會的語言使用狀況沒有造成影響。那麼，是否影響了臺灣社會的語言認同呢？

## 臺灣青年語言認同調查

本文討論的臺灣青年語言認同是在臺灣語言政策變遷、臺灣社會國家認同變遷的大背景下展開的。

什麼是語言認同？ 語言認同是語言身份的自我認同。與語言認同

① 【圖表】最新普查：全國 6 成常用國語，而這 6 縣市主要用臺語，https://www.thenewslens.com/article/157030，公佈日期 2021 年 9 月 30, 引用日期 2022 年 3 月 18 日 .

相關的理論有原生論和建構論。原生論認為語言認同是先天的，決定於與生俱來的種族、歷史、文化、血緣、語言等。建構論則認為語言認同是人為構建的，強調彼此的共同經驗、集體記憶和未來。語言既表達了認同，也在建構着認同 。在臺當局重構臺灣歷史、文化、民族的「文化重建工程」「臺獨系統工程」中，語言認同既是目標也是途徑。在臺灣特殊的社會語境下，臺灣民眾的語言認同既有原生的，也有建構的，並且隨着社會語境的變化而變化。不同階段、不同取向的臺灣的語言政策都有效地影響了臺灣民眾的語言認同。因此，本文關注在李登輝、陳水扁、蔡英文重塑臺灣民族、臺灣歷史、臺灣語言文化的過程中，臺灣民眾語言認同的實況。

關於語言認同內涵與語言認同評價指標 我們認為語言認同的實質是語言身份認同。但是語言如何反映身份認同？在語言認同評估實證研究中，如何設置量化指標呢？結合學者們的實證研究經驗和理論探索，結合本課題語言認同研究的臺灣社會語境，我們以語言情感（語言好聽度、語言親切度、語言優雅度）、語言價值判斷（有用度、社會影響力）、語言地位作為語言認同的重要評估指標。調查問卷[①]中涉及

① 2014 年 9 月至 2015 年 8 月筆者在臺灣中央大學訪學一年，實地調查了臺灣北、東、南、中、離島五個區域八所綜合性大學的 1400 多名的大學生的語言使用現狀，在校大學生年齡跨度是 18—24 歲（1991—1997 年出生），正是接受母語教育進課堂的一代人，也就是在實施鄉土語言政策、提倡多元語言文化、語言平等權的社會氛圍中成長起來的一代人。本調查共發放問卷 1420 份，回收 1280 份，有效 1188 份（雖然有些問卷空漏某些問題，但我們的處理方式是以每題單獨處理，每題的有效答卷數或有差異，但不影響問卷的有效性）。調查時間是 2015 年 1—8 月，調查項目涉及受訪人祖孫三代人的母語認同、語言能力、族群（在臺灣省籍和族群兩個概念經常混用）認同，及受訪人的語言使用、語言認同、閩南語專題等。本文依據此次調查所獲得的有關語言認同的調查數據（尚未公開）寫成。不再進一步採用其他新的調查數據，是因為：一，比對了臺灣 2020 年人口普查中的語言使用情況數據後，發現筆者 2015 年的語言使用現狀調查數據與臺灣 2020 年的數據基本一致，結論也一致；二，語言政策對語言認同的影響持續而緩慢，近 30 年來，臺灣的語言政策持續沿著「本土化」「多元化」「去中國化」的走向滑行，沒有發生根本的轉變。

語言認同的題目是第 25 題和第 36 題（題號是原問卷上的題號）。見下。

25 題：從優雅度、好聽度、親切度、有用度、社會影響力五方面給國語、閩南語、客語、原住民語、英語評分。（從高到低分為六個等級，其賦值從 5 到 0 逐漸降低，如，「很好聽」＝ 5，「好聽」＝ 4，「一般」＝ 3，「難聽」＝ 2，「很難聽」＝ 1，「無法判斷」（或「沒聽過」）＝ 0

| 指標<br>語言或方言<br>方言 | 國語 | 閩南語 | 客語 | 原住民語（　） | 英語 |
|---|---|---|---|---|---|
| 優雅度 | | | | | |
| 好聽度 | | | | | |
| 親切度 | | | | | |
| 有用度 | | | | | |
| 社會影響力 | | | | | |
| 無法判斷 | | | | | |

36 題：您認為閩南話也可以定位為官方語言嗎？

| 態度<br>族羣 | 是 | 否 |
|---|---|---|
| 外省人 | | |
| 閩南人 | | |
| 客家人 | | |
| 原住民 | | |
| 其他 | | |

語言認同之語言情感和語言價值判斷 第25題考察語言情感和語言價值判斷。我們採用廣泛認可的五個指標：優雅度、好聽度、親切度、有用度、社會影響力給國語、閩南語、客語、原住民語、英語評分。分值從高到低分為六個等級，其賦值從5到0逐漸降低，如，「很好聽」＝5，「好聽」＝4，「一般」＝3，「難聽」＝2，「很難聽」＝1，「無法判斷」（或「沒聽過」）＝0。為了更詳細地了解不同地區、族羣、母語背景、性別、系所的臺灣大學生的語言認同情況，在每個指標中，我們又做了次級分類（組）間的比較。具體如下。地區：東、南、北、中、離島；族羣：外省人、閩南人、客家人、原住民、其他；母語背景：國語、閩南語、客語、原住民語、英語、日語、其他。系所：臺文系、非臺文系。限於篇幅，詳情另文報告。

為便於比較，我們把各個指標的分值再次合併，從高到低分為三個等級，即「很好聽」＋「好聽」＝「高」，「難聽」＋「很難聽」＋「無法判斷」（或「沒聽過」）＝「低」，「一般」＝「一般」。限於篇幅，我們在這裏呈現出來的是「高」的情況。

1. 關於語言優雅度，五種語言「很優雅＋優雅」的「高」評價的次序是：

國語（827人，72.9%）〉英語（739人，69.8%）〉閩南語（446人，40.2%）〉客語（208人，21.4%）〉原住民語（185人，20.5%）。

2. 關於語言好聽度，五種語言「很好聽＋好聽」的「高」評價的次序是：國語（811人，72.5%）〉英語（709人，67.6%）〉閩南語（525人，47.5%）〉原住民語（220人，24.4%）〉客語（226人，23.2%）。

3. 關於語言親切度，五種語言「很親切＋親切」的「高」評價的次序是：

閩南語（859 人，77.6%）〉國語（810 人，72.6%）〉英語（432 人，41.23%）〉客語（267 人，27.4%）〉原住民語（165 人，18.5%）。

4. 關於語言有用度，五種語言「很有用＋有用」的「高」評價的次序是：

國語（983 人，88.5%）〉英語（859 人，81.2%）〉閩南語（646 人，58.4%）〉客語（137 人，14.2%）〉原住民語（91 人，10.1%）。

5. 關於語言社會影響力，五種語言「很有影響力＋有影響力」的「高」評價的次序是：國語（924 人，83.7%）〉英語（866 人，82.5%）〉閩南語（570 人，52.2%）〉客語（126 人，13.1%）〉原住民語（96 人，10.8%）。

我們發現，在語言優雅度、有用度、社會影響力三個方面，排列順序都是國語〉英語〉閩南語〉客語〉原住民語，在語言好聽度方面，排列順序是國語〉英語〉閩南語〉原住語〉客語，原住民語略高於客語。在語言親切度方面，閩南語佔據第一，且排第一的閩南語高出了排第二的國語 5%，依次是閩南語〉國語〉英語〉客語〉原住民語。在親切度方面，閩南語領先。兩個數據值得重視：閩南語的親切度超過國語；國語在有用度、影響力、好聽度、優雅度超過閩南語。這是一個問題的兩個方面，很好地説明了前後不同的語言政策對語言認同的影響。一方面，在單語政策時期，國語為高階語言，閩南語為低階語言，不論是語言情感，還是語言價值判斷，「低價語言」的閩南語不可能高於國語。「高階語言」的國語高於閩南語是正常現象。閩南語親切度高於國語，顯然是語言政策本土化、多元化的結果。另一方面，在閩南語「國語化」的語言政策下，被擠壓的臺灣國語在有用度、影響力、好聽度、優雅度方面高於閩南語。有用度、影響力是理智的價值評價，好聽度、優雅度是情感評價，這說明閩南語雖有了「國語」的聲望、地位，其聲望也還沒有超過被稱為「外來語言」的國語，在實際使用中還遠不能取代國語，前期的國語推廣政策依然在臺灣社會發揮作用。

語言認同之語言情感、語言價值與族羣意識交叉分析 交叉分析外省族羣、閩南族羣、客家族羣、原住民族羣對五種語言的情感、價值評價：

**1. 外省人對五種語言的情感、價值評價**

親切度方面，外省人對國語（76.88%）和閩南語（76.62%）基本持平；優雅度方面，英語（76.16%）〉國語（75.93%）。社會影響力方面，英語（89.93%）〉國語（85.35%）。通常認為外省人的母語是國語，國語實際上是臺灣的通用語。我們以為外省人認同自己的母語 - 國語的意識最強，對國語會有更高的評價，事實不然。總體上，外省人對自己的母語 - 國語的評價不如其他族羣的人高。

**2. 閩南人對五種語言的情感、價值評價**

閩南人認為，親切度，閩南語（78.75%）〉國語（71.49%）；優雅度，國語〉閩南語〉原住民語（20.32%）〉客語（19.15%）；好聽度，國語〉閩南語〉原住民語（22.82%）〉客語（20.82%），有用度和社會影響力，國語高於英語、閩南語、客語、原住民語。

**3. 客家人對五種語言的情感、價值評價**

客家人認為，親切度，閩南語〉國語；優雅度、好聽度都是國語〉閩南語、英語、客語、原住民語；有用度、影響力，也是國語最高。

**4. 原住民對五種語言的情感、價值評價**

原住民對閩南語的評價較低，在優雅度、好聽度，親切度方面，遠低於國語。特別是其他族羣都認為閩南語比國語親切的情況下，它認為國語（82.35%）〉閩南語（56.25），優雅度方面，國語（65%）〉閩南語（11.76%），好聽度，國語（58.82%）〉閩南語（17.65%），體現了對通用語國語的工具價值、情感價值的認同，也説明了對閩南語及閩南語所代表的閩南族羣的好感度較低。原住民族羣對自己的族語給以了較高的評價。優雅度（33.33%）高於閩南語（11.76%）、客語（13.33%），好聽度（56.25%）高於閩南語 17.65%，客語 13.33%），親切度（73.33%）遠高於閩南語 56.25%、客語 25%、英語 13.33%。表現了對母語的情感依戀，有較強的族羣意識。

**5.「其他」對五種語言的情感、價值評價**

「其他」，63 人，佔總數的 5.4%。以父親的籍貫（族羣）作為受訪人所屬的籍貫（族羣）①。「其他」包含非「外省、閩南、客、原住民族羣」的人，比如一些父親為非四大族羣的新住民，也包括外國人等。這部分人，在親切度方面，認為國語 75% 高於閩南語 71.67%，對英語的親切度評價較低 36.21%。在有用度和社會影響力方面，給以國語和英語高的評價。顯然，這部分人更多地以語言的實際功能和作用來評價。

語言認同之閩南語地位判斷「36 題（原題號）：您認為閩南語也可以定為官方語言嗎？」近三十年的語言「本土化」「去中國化」政策極

① 在臺灣 1945 年 8 月光復之前已經居住在臺灣的居民成為「本省人」，戰後進入臺灣的成為「外省人」（即隨國民黨政權敗退臺灣的 100 多萬軍民）原本只是不同省籍的區分，但由於政治原因，卻形成了不同「族群」的界限。這不是一個科學的區分，但卻是在臺灣歷史上形成的，本省人和外省人之分，「四大族群」之説，已經成為了臺灣社會約定俗成的說法了。在臺灣，在許多場合「省籍」和「族群」是混用的，我們也借用這個約定俗成的概念，來討論臺灣的語言問題。在前期調查中，一些臺灣青年大學生認為，他們這一代人，不應該以四大族群區分臺灣人，大家都是「臺灣人」。為準確地區分出受訪人原生的「族群」，我們在問卷設計中，只是詢問其父親、母親的「省籍」，而不直接詢問受訪人的「族群」。

大地改變了臺灣的社會文化環境，本題的目標在於考查民進黨當局的「閩南語『國語化』」的語言政策是否已在臺灣社會中確立與散播，是否已被臺灣民眾接受？不同族羣的態度如下：

**表格 1　您認為閩南語可以定為官方語言嗎**

| | | 頻率 | 百分比 | 有效百分比 | 累積百分比 |
|---|---|---|---|---|---|
| 有效 | 是 | 705 | 68.9 | 69.7 | 69.7 |
| | 否 | 306 | 29.9 | 30.3 | 100.0 |
| | 合計 | 1011 | 98.8 | 100.0 | |
| 缺失 | 系統 | 12 | 1.2 | | |
| 合計 | | 1023 | 100.0 | | |

| 族羣 | 是 | 否 |
|---|---|---|
| 外省人 | 114（67.9%） | 54（32.1%） |
| 閩南人 | 580（73.1%） | 213（26.9%） |
| 客家人 | 56（54.9%） | 46（45.1%） |
| 原住民 | 8（44.4%） | 10（55.6%） |
| 其他 | 34（54.8%） | 28（45.2%） |

從表 1 中可以看出，除了原住民，其他族羣對閩南語也可以定位為官方語言更多地持肯定態度，分別是閩南人 73.1%> 外省人 67.9%> 客家人 54.9%> 其他 54.8%> 原住民 44.4%。語言是族羣意識的核心。三十多年來，在臺灣當局「去中國化」的社會語境下，在「本土化」「多元語言文化」鄉土語言政策的帶領下，閩南語被塑造成臺灣的象徵。因此，我們看到了這種「超族羣」的選擇，看到了所謂的「臺灣國族認同」正在逐步成形。

小結 根據以上數據分析，臺灣青年語言認同變化可歸納為以下四點：

1. 閩南語被塑造成臺灣的象徵，閩南語在臺灣社會中正在取得「官方語言」的身份，閩南語「國語化」成了臺灣社會的主流民意，這是一種「超族羣」的選擇。

2. 在臺當局追求建立臺灣主體文化，去除中華語言文化的政策推動下，國語認同出現鬆動跡象，在語言價值判斷上，國語因為其實際上的通用語地位而依然遠高於其他鄉土語言，包括閩南語。但在語言情感評價方面，閩南語在親切度方面高於國語。

3. 不論是情感評價，還是價值判斷，與閩南、客家、原住民族羣相比，外省族羣對自己的母語——國語的評價最低。

臺灣社會語言認同的這種變化並不是一個意外①。1987 年解嚴以後，由於政治、社會環境的變化、政治人物對族羣、語言問題的政治操弄，語言政策也成了政治角力場，語言政策的走向發生了很大的變化，從單語走向多語，從「中國化」走向「鄉土化」「去中國化」。語言政策的變化推動了語言認同的變化。在國家認同教育和社會動員機制下，臺灣的本土意識和「去中國化」社會文化思潮逐步加強，臺灣社會的語言認同也發生了明顯的變化。

在民進黨當局對國語、閩南語、客語和原住民語的政治操弄下，語言淪為臺獨的政治工具：閩南語、客語、原住民語是本土語言，是「我者」，國語是外來語言，是「他者」。「國語是外來語言，閩南語、客語、原住民語是本土語言」等一系列「本土化」「去中國化」思想在

① 觀察臺灣社會統獨立場、國家認同情況的民調數據就能說明這一點。

臺灣社會的確立和散播助推了臺灣社會的語言認同從「獨尊」國語向閩南語「國語化」轉變。臺灣語言認同的變化是民進黨政治操弄的需要，更是民進黨政治操弄的結果[①]。

## 對策建議

臺灣社會國家認同的根本性轉變已被學界、政界高度重視，而基礎性、系統性的語言認同危機則被忽視。在「多元文化主義」、「相對主義」的旗幟下，「本土語言」（閩南語、客語、原住民語）被異化為臺獨工具，在整合、建構臺灣（人）認同、臺灣意識的形成過程中扮演了重要角色，也參與了對中華文化認同和中華民族認同的裂解。「自古以來，語言問題始終關係到國家和民族主權」，在臺灣謀求獨立的進程中，臺灣青年語言認同傾向需加倍重視。

建議把臺灣的語言文字工作納入國家的語言文字工作中，持續跟蹤、深度調查臺灣實施《國家語言發展法》（2019 年）、「開設新住民語文課程」（2020 年）、試點「2030 雙語國家」（2021 年）等語言政策對臺灣社會語言認同和國家認同及兩岸關係的影響，監測臺灣語言輿情與社會語文生活。制定統一進程中的臺灣語言文字政策，適時完成對臺灣文科教材的審核和重編，以備統一後治理臺灣之需。教材審核的重點是語文、社會、歷史、地理教材的意識形態問題和語言文字使

① 臺灣的語言認同與臺灣社會的政治問題、族群問題緊密相關，「文化臺獨」是個系統工程，單從社會語言學的視角考察語言認同情況，顯然只是冰山一角。

用規範問題；教材重編不能僅僅是大陸教材的簡單的增刪，要適度體現臺灣地區的語言使用和語言文化特色。

建立閩南方言文化對臺工作體系。臺獨勢力竭力屏蔽臺灣閩南方言文化源自福建廈門、漳州和泉州地區的事實，把閩南方言／閩南文化與普通話／中華文化對立建構，以閩南方言文化為工具，杜撰「臺灣民族論」，建構臺灣主體語言文化。活態存在於閩臺兩地的閩南方言文化是建立閩南方言文化對臺工作體系的重要基礎，在消解民進黨當局的臺灣語言文化主體性建構、深化兩岸語言文化交流方面有着獨特的作用。相關部門可在福建等地增設以「兩岸語言文化交流」為特色的語言文字智庫、語言文化基地，整合兩岸語言文化交流研究的學術資源和人脈資源，使之成為對臺工作的新的增長點。

建設兩岸語言文化智庫。建設一支精於專業知識、又關注臺海形勢的語言學專業隊伍，揭批」語言臺獨」，促進兩岸語言文字融合發展，引領兩岸語言文化輿論，為兩岸語言文化交流實踐提供對策建議。

## 結語

語言認同是文化認同的重要方面。我們應以兩岸共同的語言文字為基礎，凝聚兩岸同胞的中華民族共同體意識，累積發展兩岸關係、促進兩岸融合的文化基礎，鑄牢兩岸中華民族共同體意識。

## 參考文獻

葉高華　2018　《臺灣歷次語言普查回顧》,《臺灣語文研究》第 13 卷第 2 期。

方小兵　2018　《當前語言認同演進的四大轉變》,《語言戰略研究》第 3 期。

姚欣　2020　《語言認同的本質及其發展進路》,《西安外國語大學學報》第 4 期。

朱雙一　2017　《語言與臺灣民眾的「國族認同」》,《文學評論》第 5 期。

吳曉芳　林曉峰　2017　《臺灣 70 年語言政策演變與語言使用現實及其政治影響》,《雲南師範大學學報（哲學社會科學版）》第 1 期。

臺灣《國家語言發展法》

https://law.moj.gov.tw/LawClass/LawAll.aspx?pcode = H0170143「全國」法規資料庫，公佈日期 2019 年 1 月 9 日，引用日期 2022 年 3 月 18 日 .

《2109 年人口及住宅普查初步統計結果》，臺灣行政院主計處 https://www.dgbas.gov.tw/ct.asp?xItem = 47564&ctNode = 5624&mp = 1，公佈日期 2021 年 8 月 31 日，引用日期 2022 年 3 月 18 日 .

【圖表】最新普查：全國 6 成常用國語，而這 6 縣市主要用臺語，

https://www.thenewslens.com/article/157030，公佈日期 2021 年 9 月 30，引用日期 2022 年 3 月 18 日 .

109 年人口及住宅普查初步統計結果提要分析，中華民國統計資訊網 https://www.stat.gov.tw/ct.asp?xItem = 47818&ctNode = 6679&mp = 4，第 3 頁，第 16-17 頁，臺灣維基百科 https://zh.m.wikipedia.org/zh-hans/%E8%87%BA%E7%81%A3%E8%AA%9E%E8%A8%80%E5%88%97%E8%A1%A8，最新編輯日期 2022 年 7 月 16 日，引用日期 2022 年 7 月 23 日 .

Gumperz, J. Language and Social Identity [M]. Cambridge: Cam-bridge University Press, 1982.

# A survey on Language identity of Taiwan youth

**Abstract:** Language is the core of group consciousness,Common language is an important cultural basis for the formation of a sense of community of the Chinese nation on both sides of the Straits. In recent years, the separatist forces in Taiwan island continue to use language as a tool to "eliminating-Chinese-culture" , attempting to change the Chinese cultural identity and national identity rooted in Taiwan society. According to a survey of 1200 college students from 8 universities in Taiwan, Minnan Dialect tends to be "mandarinized" . The young people in Taiwan support Minnan (called "Tai Language" in Taiwan) as the official language, and consider it more cordial than Mandarin, indicating that the identity of language and culture in the island has undergone adverse changes. Therefore, this paper suggests that Taiwan language and characters should be incorporated into the overall national language and characters planning as soon as possible, that a research base should be established in the Minnan dialect core area of Fujian province, and that a language and characters work system for Taiwan should be established, so as to accumulate the cultural foundation for developing cross-Straits relations and promoting cross-Straits integration.

**Key words:** Taiwan youth, language identity , language policies

# 21 世紀以來臺灣閩南語本體研究綜述

北京師範大學文理學院教授　潘家榮

**提　要**　21 世紀以來臺灣閩南語研究的碩果纍纍。本文以 21 世紀的時間為序，以臺灣地區為界，梳理了閩南語研究在臺灣的發展歷程，從中幫助我們了解語言本體研究興起的背景、議題範圍、代表成果和主要進展等。選取的議題主要分為語音研究、詞彙研究和語法研究三大方面。本文通過對語言本體研究進行梳理，得知臺灣閩南語已有很好的研究基礎及相關成果，並對該語言的未來的發展充滿信心。也希望未來臺灣閩南語研究朝着跨學科、多元化、數字化和國際化的多元方向發展。

**關鍵詞**　臺灣閩南語　語音　詞彙　語法

## 一、引言

臺灣閩南語是在明朝末年和清朝時期隨着福建、廣東等地的先民移入臺灣而逐漸形成的一個具有區域特色的閩南方言。在清朝末年到民國初期，大量閩南籍移民開始來到臺灣，這些移民所使用的閩南語在臺灣社會中也逐漸被確立了其地位。閩南語是現今臺灣主要通行的民間口語之一，僅次於普通話（臺灣地區稱為「國語」）。不少臺灣人在日常生活使用閩南語進行交流，尤其對於閩南籍的人而言，閩南語更是被普遍使用於家庭生活和社區交流中。閩南語在臺灣不同縣市有些許不同的方言變體，主要體現在語音、詞彙和語法上，但完全不影響日常交流。

閩南語在不同歷史階段的演變一直影響着現今臺灣閩南語的發展。清代的移民潮是閩南語傳入臺灣的重要歷史事件之一，奠定了閩南語在臺灣的重要地位，同時也對臺灣的語言多樣性和豐富性產生了影響。日本佔據臺灣時期的語言政策也改變了閩南語的發展。日本政府當時實施全日本語教育的政策大大地壓縮了臺灣當地方言的使用空間，對閩南語的發展及其相關文化的傳承造成了重大的衝擊。另外，如今的現代化進程和全球化趨勢對閩南語的發展同樣也有較大的影響，也使閩南語面臨不同的挑戰影響和發展契機。現代化會使閩南文化及其語言面臨衰退和消失的危機，而全球化則給閩南語帶來了全新的傳播與融合的機會。

本研究綜述旨在回顧和分析臺灣閩南語的本體研究的特點和動態，包括語音研究、詞彙研究和語法研究等。通過對臺灣閩南語本體研究的綜合梳理，旨在深入了解其語言特點以及對語言學理論和實踐的貢獻。最後我們還會提出對臺灣閩南語研究發展的展望，對於促進臺灣閩南語研究具有重要意義。

## 二、語音研究

語音研究方面，除去傳統音韻研究外，臺灣閩南語的話語邊界、變調及語音感知等研究也受到學者關注。尤其隨着計算機技術的提升和研究手段的多樣化，語音研究成果突顯。傳統音韻研究方面，對比閩南語內部音韻差異的研究如馬重奇（2020），探討了現代閩臺閩南方言音韻的一致性和差異性，並說明導致閩臺閩南方言語音差異的原因。黃以丞（2007）考察各個閩南語次方言的語音層次，建構閩南語通變系統，呈現中古音和方言的功能。

語音演化方面，董忠司（2009）利用短時代、近距離的古今語料，重構漳州話祖調，並以此驗證重構調位系統的合理性，說明祖調在閩南、臺灣的演化。陳淑娟、陳彥君（2020）調查花蓮市、瑞穗及富里三個閩南方言點，用結構擴散解釋 [dz]>[l] 及不同韻尾陽入原調的變異，並用催化演變及世界元音系統類型解釋花蓮元音系統的演變。

鼻音研究議題方面，利用當代先進儀器對鼻化元音進行研究促使研究向更加直觀的道路行進，謝育倫（2011）利用空氣動力學研究臺灣閩南語鼻元音及鼻化元音的構音和聲學特性，並認為臺灣閩南語鼻元音較法語鼻元音鼻化程度低，且舌位越高鼻化程度越高，聲母輔音和韻尾輔音會影響元音的鼻化程度。王佳淇（2018）從氣流研究角度發現臺灣閩南語輕讀音節在鼻音環境下有較高程度的鼻化。利心瑜（2021）利用電磁構音儀研究臺灣閩南語口元音和鼻元音在聲學和構音上的差異。結果顯示，閩南語口鼻元音差異方面，第一共振峰與舌位高低並非呈反比，第二共振峰也並非與舌位前後呈正比，鼻元音相比口元音，一般有較低的第二共振峰及比較靠前的舌位。

韻母研究方面，主要關注音節元音合併、鬆化、衰退及和諧，音節縮併等研究議題。Hsu（2004）從押韻模式、音節縮併以及能量強度的聲學測量等方面重新檢視臺灣閩南語的 /iu/ 和 /ui/ 韻母結構，/iu/ 為下降複元音，/ui/ 為上升複元音。Myers & Li（2009）則從詞頻的角度定量考察臺灣閩南語音節收縮現象，研究表明片段縮減（segment reduction）及聲調合併（tonal merger）與詞頻相關，與其他因素無關，詞頻和音節收縮程度間存在梯度關係，且沒有證據表明完全收縮和未收縮形式之間的替換關係。

元音鬆化研究方面，羅家治（2019）對比臺灣閩南語和海陸客語閉音節元音鬆化現象，提出該現象的產生可能是在較短的閉音節環境中，音節尾的構音姿勢造成閉音節元音不到位的現象，導致非低元音的第一共振峰值上升以便補償失去的元音高度信息，同時增加第二共振峰的顯著性，並在優選理論下對閉音節元音鬆化影響漢語方言中韻缺的出現與分佈提出統一解釋。陳淑娟（2019）關注央元音的衰退現象及其引起的元音系統的調整。陳以承（2015）研究臺灣閩南語的 CV 和 VC 結構系統構音的異同，並認為韻尾對元音有協同構音現象，以及在描述元音高低時，應將舌頭整體形狀納入構音描述中。

話語邊界問題是臺灣閩南語語音研究的中心議題之一，主要涉及元音、輔音、聲調、音長等因素對話語邊界的影響。Ou & Guo（2021）通過兩個人工語言學習實驗研究臺灣閩南語聽話人對延長線索的使用，實驗證實聽話人會利用元音拉長和音節起始輔音拉長定位詞尾和詞頭，元音拉長似乎比起始輔音拉長對話語邊界影響更大。Wang & Fon（2011、2012、2015）專注話語邊界問題，通過句末小詞的音高變化研究臺灣閩南語的邊界音高運動，認為句末小詞的聲調可以捕捉不同的語用和篇章義（Wang & Fon 2011），句中最後兩個音節的延長是話語邊界的有力線索，話語邊界停頓的持續時間是邊界層次結構的重要指標（Wang & Fon 2012）。Wang & Fon（2015）持續關注話語邊界停頓時間，並提出邊界前位置的音節持續時間與語篇邊界強度呈反比關係。

臺灣閩南語是聲調豐富的漢語方言，聲調和變調是語音研究熱點。Liu（2021）研究臺灣閩南語輕聲的語音實現態樣，提出輕聲詞聲母的響亮程度對於輕聲詞傳調與否有決定性作用，零聲母輕聲詞可歸屬於第二型輕聲，響音聲母輕聲詞次之，無聲阻音聲母的輕聲詞大部分為第一型輕聲。Myers & Tsay（2008）證實臺灣閩南語的 f0 斜率沒有保留預期的基礎音調輪廓，語用語境對 f0 沒有影響，且 f0 的原始差異比在其他聲調語言中發現的差異要小得多，因此臺灣閩南語的變調是中和的，涉及音位單位。Chen（2016）關注臺灣閩南語未核查的 21 調及已被核查的帶有聲門塞音尾的 21 調在語境中的聲調中和現象，通過實驗證實這兩個聲調的目標音節持續時間沒有顯著差異。

臺灣閩南語的變調研究主要包括連讀變調、小稱變調、借詞變調等方面。Chen（2017）研究核查臺灣閩南語中單音節語素與其相應的雙音節目標之間的啟動效應，並證明 51 調比 55 調有更強的整體促進效果，顯示基礎音調匹配在聽覺處理中的重要性。Chen（2018）則研究臺灣閩南語變調現象的各個方面，認為 55 和 24 變調後的兩個 33 調之間的中和不完全，表明聲音正在向完全合併靠攏，通過比較直接和間接的參考模型，文章認為臺灣閩南語的變調應被分析為基於 DM 理論框架下（DM-based theoretical framework）的左首連接規則（head-left concatenation rule）。小稱變調方面，曹逢甫、石曉娉（2009）調查臺灣閩南語「仔」前變調情況，發現原本存在的多種調值正逐漸趨同為兩個調，而且方言腔之間的不同也在消失。Feng & Shih（2009）調查了臺灣六種閩南語方言小稱後綴前的變調，這些變調不僅在不同方言間存在，在同一方言的不同使用者間也存在，並提出這些變調與音節收縮有關，方言間變調的不同在發生融合，以漳州方言為基礎和以泉州方言為基礎的語音差別在迅速消失，體現了音韻和社會語言學上的趨同。借詞變調研究也是語音研究的議題之一，Tu（2013）關注臺灣閩南語日語借詞中的詞韻律，指出臺灣閩南語聲調和諧如何適用於多音節語素詞中。

由於臺灣閩南語是分析語，形態相對較少，其形態研究多關注重疊現象，也有附加和複合構詞的研究。重疊現象研究方面，Tsao（2004）聚焦漢語普通話和臺灣閩南語動詞和形容詞重疊的語義和句法表現。還有一批碩士論文採用優選理論、莫拉理論等對重疊現象進行研究，如許淨涵（2010）以優選理論探討臺灣閩南語三字組及四字組重疊構詞。張景程（2010）通過莫拉理論研究 AA、AAA、AABB、ABAB 等四種形式的重疊形容詞，主張連音變調可能產生音節重量，改變不同形式重疊是形容詞的語意上的語氣強度。莊蕙如（2007）則從象似性（iconicity）和構式語法（Construction Grammar）的角度研究臺灣閩南語的動詞重疊，重疊產生的諸如複數、減弱、增強等語義均來自象似性動因，確認哪些類別的動詞可以重疊，以及使用構式語法的繼承動因（inheritance motivation）解釋動補重疊式。

附加構詞研究方面，如湯廷池（2009）研究閩南語屬人名詞後綴「家」「者」「員」的語法語義功能，與詞幹之間的選擇限制及對其形成的派生名詞的語法、語義和語用功能等各方面的分析。複合詞也有相應研究成果。林香薇（2001）探討了雙音節複合詞的結構關係、詞素語序、內部形式與詞素的詞綴化現象。

## 三、詞彙研究

詞彙研究方面，由於自 1895 年始，臺灣地區被日本殖民半個世紀，臺灣閩南語的詞彙受到日語詞彙影響較大，臺灣閩南語的詞彙研究有不少是日語借詞研究。如郭獻尹、吳瑞文（2021）關注臺灣閩南語和廈門閩南語的外來語借詞，其中臺灣閩南語的借詞主要來源為日語，廈門閩南語借詞主要源於印尼語，臺灣和廈門的閩南語借詞都經歷過輔音對當、語音中插、音節刪略、近似音替代及超音段轉譯等調整，但由於來源不同，兩地借詞讀音不同。洪妙育（2016）則從基頻和時長兩方面的聲學特性對臺灣閩南語本族詞和日語借詞在聲學數據上做比較研究，研究發現，日語借詞聲調實際調值和文獻記錄的不完全相同，借詞升調與本族詞升調不同，二者均有中降短舒聲調，日語借詞的前字高調、前字中調、後字中降短調和後字入聲中調的音長都比本族詞的相對應音長短。

臺灣閩南語有較多的多功能詞，其相關研究也是臺灣閩南語詞彙研究熱點之一，研究的代表學者為 Lien，於 2001、2004 及 2021 分別探究臺灣閩南語的三個多功能詞，tioh 8、Pang 3 及 phah4 。Lien（2001）基於框架語義（frame semantics）和構式語法對 tioh 8 的多義性進行統一描述。Lien（2004）提出涉及運動的因果關係和涉及狀態變化的因果關係事件結構支撐 Pang 3 的單一概念結構網絡。Lien（2021）

從跨語言視角聚焦臺灣閩南語中 phah4 的不同功能的句法表現和語義解讀，phah4 表現為動詞之上的三種小 V 形式，使役（causative）、反使役（anti-causative）和反被動（antipassives）。

除了上述研究外，Lien 還指導了多篇多功能詞研究的清華大學語言學研究所碩士學位論文。如趙靜雅（2000）關注 iah8「也」、ma7「嘛」、koh4「閣」的用法、語義功能，並提出可能的語義網絡。曾明樺（2008）從句法、語義和語用三個維度探討了 Kong2「講」的多功能性。沈君蓉（2011）研究 an2-ni1「安呢」的用法、功能發展及語法化路徑，提出其主要功能為方式副詞、述語限定詞、言談標記和強調標記等，功能發展路徑為類推、重新分析、概念轉換、語義考量等，其語法化路徑演變符合語法化規律等。

臺灣閩南語某些特殊的語義類詞彙也備受關注，比如商業交易動詞、言說類動詞、方位詞等。蘇婉珮（2005）研究「講」「提出」「建議」等三個言說動詞的功能語義，其中「講」最為常用，「提出」所受限制最多，「建議」在二者之間，在語法表現上，「提出」可及物性最高，「建議」可及物性最低，「講」在各種場合均大量使用，「提出」較多用於正式場合等，「講」包含雙向與單向的溝通方向，「建議」只有單向溝通含義，從事件結構上看，「講」最具彈性，而「提出」有明確的結束時間。楊聿鈞（2019）關注臺灣閩南語近義的 ti7、tiam3、tua3 方位詞組的語義網絡和使用分佈，說明三者多義狀態的動因分佈，並以 ti7 為例，提出一個三維語義網絡模型（three-dimensional semantic network model）呈現語義的形式分佈。

另外，與社會文化緊密聯繫的詞彙範疇受到關注，如料理詞、顏色詞、農具詞及親屬稱謂等。臺灣閩南地區的食物有多種多樣的烹飪方式，莊秋萍（2013）研究臺灣閩南語料理前置動詞語義，並將之與華語料理前置動詞比較。顏色詞蘊含社會文化，呂淑禎（2011）專注顏色詞「黑／烏」和「白」在臺灣華語、臺灣客語和臺灣閩南語中的語義延伸比較，並說明其背後的認知機制。傳統農具在早期臺灣農業生產中起到重要作用。陳素雲（2014）以臺灣閩南語中有關的農具詞彙為研究對象，按其功用進行分類，並就詞音、詞義和用途等角度進行分析探討。親屬稱謂是人類社會的普遍範疇，不同的社會歷史發展出各異親屬稱謂系統。

## 四、語法研究

對臺灣閩南語語法現象進行研究的成果豐碩，研究理論包括轉換生成語法理論、功能和構式語法等。自 1957 年喬姆斯基《句法結構》出版以來，轉換生成語法理論成為語法研究的主流之一。在轉換生成語法理論引領下對臺灣閩南語的研究主要是使用轉換生成語法理論處理臺灣閩南語語法問題，促進語法研究從描寫向解釋的道路前進。從功能和構式角度對臺灣閩南語語法現象進行研究仍是臺灣閩南語語法研究的主流。不同研究視角共同細化和深化了臺灣閩南語的語法研究。

期刊論文和碩博士學位論文就臺灣閩南語語法現象進行研究的學術成果豐富，議題涉及語法的各種結構和範疇，如疑問句、雙及物結構、趨向結構、賓語前置、情態等。Hsiao & Her（2021）對臺灣閩南語疑問句提出二分法，包括信息確認（CS）極性問和信息尋求（IS）內容問兩種，其中 A-not-A 屬於析取型（disjunctive），也是構成信息尋求內容問的一個小類，文章還對一些句末疑問詞和 kám 進行討論。Lau & Tsai（2020）在轉換生成語法理論下，對比研究臺灣閩南語和普通話間 how 和 why 的異同，在否定的說話人態度下解釋動詞後 how 結構，認為疑問結構是由 sī 和 leh 組合產生，而後生成否定的說話人態度。Lien（2017）探討早期閩南語文本中三個指人疑問代詞在現代閩南語中的發展情況，表現不一，活力視次方言而變。臺灣閩南語的 kám 問句受到關注，王本瑛和連金髮（2001）等將之視為是非問句，黃陸山（2016）在形式句法理論下推導其與華語正反問句在句法特徵上有高度關聯，並提出其在焦點途徑下的生成機制，林俊宏（2020）分析 kám 的本字為古漢語特指問中的「焉 / 安」，並從極性出發，認為 kám 問句為特指問句的一種語用形式。鄭雅方（2007）探討臺灣閩南語正反問句的語義衍生、限制及否定助動詞的系統，包括其結構特點、類型、疑問範域的位置、句法語義特徵以及正反問句中肯定助動詞與否定助動詞配對的不對稱現象。

臺灣閩南語雙及物結構研究成果較多，主要涉及 ka 結構和 hoo 結構，即受益結構和受損結構。綜合研究這兩類結構的研究如，Lin（2018）研究說明在受損結構中，既可以使用表「給予」的語素 hoo，也可以使用 ka，儘管 hoo 受損結構和 ka 受益結構有不同的形式，但使用 ka 的結構，不論其表達的是受益還是受損，都有相同的句法結構。王晶瀅（2001）以構式語法作為理論基礎，將之分為「送」類、「偷」類、「問」類、「叫」類、「欠」類，並認為在有些結構中，單賓動詞也能產生雙賓動詞的用法。Huang（2022）認為臺灣閩南語中的 hoo「予」可使用名詞、屈折詞和補語詞組作為補語，由於詞類選擇的變異，導致普通話中的「給」和臺灣閩南語中的「予」句法表現不同。學界亦關注 ka 或者 hoo 單用的情況，Lee（2009）探討了 ka...hoo 結構可以用作雙及物結構和結果結構，並提出兩種結構的區別，即當 hoo 出現致使義時，事件終結性可能產生變化。除了 ka...hoo 格式外，Lee（2012）提到受損結構和反被動一起出現時，以 hoo...ka 格式呈現，認為 ka- 雙係詞結構表達受益和受損義屬於詞彙層，受損的 ka- 短語位置高於受益的雙係詞結構。除了綜合研究 ka 結構和 hoo 結構外，還有關注單一結構的研究成果呈現，如 Ku（2011）以製圖理論的觀點，指出閩南語與格標記 hoo 是低階施用詞組的中心語，引介與格論元，而作為使役功能標記的 hoo 則是一種輕動詞，佔據輕動詞詞組的中心語位置。Yang（2016）解構 ka 結構的多面性（polysemy），將 ka 分為三種不同的類型，即輕動詞、雙系式和介詞，並提出 ka 結構的多面性源於不同類型的 ka 與其相應句法結構之間的互動。

情態也是臺灣閩南語研究的焦點之一。Lien 較為關注臺灣閩南語情態研究，並有多篇相關成果。Lien（2011）從歷時觀點討論早期閩南文本中兩種「得」構式和肯定否定動前情態詞的互動，認為現代複雜動力情態詞是從第一種構式語法化而來，第二種構式反映明清戲文中方言混雜的現象，動前情態詞和動後「得」相互競爭，前者勝出，後者在不斷消耗，Lien（2010）、（2013）、（2014）則關注情態的否定研究，Lien（2010）探討臺灣閩南語欲求情態肯定詞和否定詞的語義屬性及其與其他語詞連用時的語義，Lien（2013）關注義務、認識、動力和意願四種情態的否定，其否定反映語言的綜合性和分析性二者互相制約的傾向，Lien（2014）研究更為細化，關注情態詞「通」的語義句法屬性，「通」可以出現在六類構式中，反映存在、否定、情態、語氣之間的互動關係。除了 Lien 以外，情態詞的否定研究還有如 Liao & Wang

（2022）對否定情態和禁止的研究，主要是 m-modals 和 b-modals，它們分別以指令的方式和描述性的方式使用，m-modals 應分析為情態補足語，表達語義控制關係。Tsai, Yang & Lau（2017）在製圖理論下對主語不定式的情態許可進行解釋，普通話和臺灣閩南語的數量主語不定式的模態許可存在不對稱性，與道義情態不同，認知和動態情態不會允准主語不定式，並不是所有的言語情態都有相同的結構，且針對不對稱性提出了一個連貫的解釋。

臺灣閩南語的分類詞非常豐富，相關研究如 Chen, Hsieh & Her（2020）界定臺灣閩南語分類詞範疇，建立臺灣閩南語分類詞清單，認定其中 65 個為分類詞，18 個兼具分類詞和量詞的特徵。陳孟英（2012）基於 Her & Hsieh（2020）和 Her（2010），對臺灣閩南語的分類詞進行確認和劃分。陳雅雯（2007）在社會文化背景下，考量城鄉生活環境，不同時代對分類詞使用的差異。陳韻予（2003）對比臺灣閩南語量詞系統和客語量詞系統，從而探討兩種語言的相互影響關係，說明其認知基礎的異同。除關於臺灣閩南語分類詞的整體性研究外，還有基於特定一類分類詞的研究成果，如 Hsieh & Hsiao（2022）對出現在不定賓語補足語之後的「one ＋ verb classifier」結構（post-complement（PC）tsi̍t-ē）的研究，證明該結構是句末小詞，有弱化義（down-play），標誌有界性（delimitativaty），在句法上為 AspP 的核心，位置在 vP 之上。計量詞和分類詞聯繫緊密，經常出現在相同的句法位置上，傳統研究經常不區分這二者，計量詞的研究也有相應成果，蕭宇佑（2013）採用滯留理論（the stranding analysis）和 Lin（2009）的被動句分析（the Nop analysis）討論臺灣閩南語游離計量詞出現在及物句和被動句中動後的現象，並指出其出現在動後的限制。

臺灣閩南語的基本語序為 SVO，但是也有一類為 SOV 語序，這種語序在 O 之前需加入介詞 ka7，即為「S ＋ ka7 ＋ O ＋ V」語序，這種賓語前置現象引發學界關注。曹逢甫（2005）聚焦臺灣閩南語的賓語前置標誌 ka7，認為 ka7 標誌四種賓語前置的語義角色，即來源標誌、目的標誌、受事者標誌和受惠者標誌，並分析這四種語義角色的關係。馮思蓉（2014）探討臺灣閩南語的賓語前置現象，將之分為兩種類型，「帶有動相標誌」的動詞和「ka」字句，並認為「帶有動相標誌」的動詞結構為「動詞＋動相標誌」，而「ka」字句中 ka 後面的名詞為輕動詞的主要論元。Wang & Wu（2020）關注臺灣閩南語和客家話中的強制賓語前置現象，指出終結性（telicity）是兩個語言賓語前置重要原因，認為動詞的特徵核查包括終結性，動詞賓語在功能性投射的 InAspP 的核查域（checking domain）中，為了使主目能分配（measure out）事件，該主目必須在 InAsp 中帶有 [telic] 特徵，該特徵導致主目向它的指定語（specifier）位置移動。

「來」和「去」的語言學問題也引起學界關注。連金發（2011）探討閩南語趨向式從十世紀以來的演變和發展，由於認知活動的隱喻手段，趨向式因非位移動詞驅動而由原指稱空間轉而指稱動相，連金發（2003）表示，「來去」詞組是由兩個有相反趨向義的動詞而形成的特列結構，「去」保留了趨向語意，「來」可視為光杆動詞（bare verb）。郭維茹（2011）認為「來」可視為一個輕動詞，許詠惠（2016）從構式語法視角比較中古漢語「去來」結構、臺灣閩南語和臺灣華語的「來去」結構之間的異同，說明這些結構均有多重語義，都只留下「去」的語義，通常表達未然事件，文章指出臺灣閩南語的「V 來去」和「來去＋ VP」構式中，「來」為輕動詞，有意圖或邀約的意思，「去」說明說話者移動的路徑，在「來去」獨立成句的結構和「來去＋ Ground NP」構式中，「去」為輕動詞「來」所引導出的目的，而後方出現的地點為目的地。

除了上述受到較多學者關注的研究議題外，更多的語法議題研究尚處於起步階段。比如 Lien（2010）研究了臺灣閩南語的兩種中間語，一種為 u7「有」及其否定形式 bo5「沒有」的複數中間語（pluractional），另一種為 ho2「好」和 phai2「不好」的評價中間語（evaluative middles），文章討論了這兩種中間語的語義屬性，並將二者進行比較。Lee（2010）研究臺灣閩南語的名詞轉動詞的語法分佈、獨特的處物 / 處所（locatum/location）句型轉換及其語義特色。Hsieh（2022）研究臺灣閩南語表新異的 leh4，認為表新異的 leh4 的位置投射比示證投射位置更高。Chen & Lien（2011）聚焦明清時代閩南語戲文中的使役和致使動詞，chhoa7 拽、kah4 甲、sai2 使、kio3 叫、khit4 乞和 thoo 3 度，對比研究這些致使動詞的語義及語法化歷程。否定現象也引起學者關注，如 Yang（2014）對臺灣閩南語的 V <i>bo</i> XP 結構提供歷時解釋，文章將臺灣閩南語表否定的 <i>bo</i> 看作是源自 V 的，並且重新分析為 V <i>bo</i> XP 中的體標記，提出 <i>bo</i> 佔據兩個位置，雖然體中心（aspectural head）<i>bo</i> 處於主目位置（the nominal position）時產生情態義（episodic interpretation），<i>bo</i> 在 <i> </i> 更高的中心位置時產生通用義（genericity）。吳瑞文（2017）關注金門閩南語中的介詞 ta2，說明 ta2 來自「同」，提出閩南語區分與同介詞（commitative preposition）和非協同行為者介詞（non-commitative preposition），受事成分介詞從「共有義」動詞語法化而來，與來自「聚合義」的與同介詞仍對立存在。Chen（2021）分析臺灣閩

南語的 ū「有」，通過三種句法測試得出補足語在句法上起到名詞分層（nominal gradabilities）的作用。Liu（2022）則認為臺灣閩南語的 ū「有」結構採用領有的形態句法策略，構建了一個由領有動詞 ū「有」構成謂語核心的分層謂語。Yang（2012）研究漢語普通話和臺灣閩南語被動的信息結構，提出與英語相比，普通話和臺灣閩南語的被動使用頻率更低，受時態和語態的限制更大，反向（adversity）和被動之間的聯繫更強，在實現被動語態時，被動結構不是首選策略，一般逆境與被動結構有強烈關聯。

## 五、未來展望

本文以 21 世紀的時間為序，以臺灣地區為界，梳理了閩南語研究在臺灣的發展歷程，從中幫助我們了解語言本體研究興起的背景、議題範圍、代表成果和主要進展等。選取的議題主要分為語音研究、詞彙研究和語法研究三大方面。

未來的臺灣閩南語語音研究可以更加關注聲學分析和實驗研究。不斷發展和改進的語音實驗和聲學技術能夠更加準確地分析臺灣閩南語的語音特徵。另外，通過臺灣閩南語已有的語音特徵研究基礎，還可以更深入研究這些語音特徵和語音學習、語音認知等方面的關係，為語音學理論和研究提供新的思路和視角，也為語音學教學提供可能的啟示。

未來的臺灣閩南語詞彙研究可以更加關注新興詞彙以及與社會、文化、民族、歷史等相關的特殊詞彙，構建更全面的臺灣閩南語詞彙特徵和詞彙系統。此外，還可以更加關注語料庫語言學和計算語言學方法在詞彙研究中的應用，有效地使用前沿的語言學研究工具和研究方法及其計算技術，來協助收集、整理和分析大規模的臺灣閩南語語言數據，構建詞彙的分佈規律、使用頻率和語義關聯，為詞彙研究提供客觀和全面的數據支持，為臺灣閩南語的詞彙研究做出更大的有益貢獻。

語法研究的成果數量是所有臺灣閩南語研究中最多的，受到最多學者的關注，成果頗為豐碩。未來的研究可以更加注重討論臺灣閩南語中各類句式的結構及其使用情況，分析其對語法理論和句法分析方法的啟示，為句法學研究提供新的語言學理論依據。此外，應該更加注重語言對比和語法理論的應用。嘗試比較分析臺灣閩南語與其他語言的語法結構和語法現象，深究其異同，乃至其彼此相互影響的關係，深化臺灣閩南語的語法研究，為語言學理論的發展提供有效助益和新的依據。

本文通過對語言本體研究進行梳理，得知臺灣閩南語已有很好的研究基礎及相關成果，並對該語言的未來的發展充滿信心。不管是臺灣當地的本土學者、大陸高校的學者或海外高校的學者，臺灣閩南語的研究和發展一直受到他們的關注。除了儘量挖掘和開發未開展的研究議題外，也可以用新的方法來重新檢驗已經研究過的議題。期盼臺灣閩南語朝着更廣、更深、更精的方向邁進。同時也希望臺灣閩南語研究朝着跨學科、多元化、數字化和國際化的多元方向發展。

## 參考文獻

曹逢甫　2005　《台灣閩南語的 ka7 與賓語的前置》，《漢語學報》第 1 期，21-30 頁。

曹逢甫　石曉娉　2009　《台灣閩南語「仔」前變調的趨同變化 - 社會語言學及音韻學的調查》，《漢學研究》第 27 卷第 1 期，299-329 頁。

陳孟英　2012　《台灣閩南語中的分類詞》，國立政治大學語言學研究所碩士論文。

陳淑娟　2019　《新竹老同安腔閩南語央元音的衰退及元音系統的重整》，《清華學報》第 49 卷第 3 期，545-576 頁。

陳淑娟　陳彥君　2020　《花蓮閩南語的方音差異及音變研究——花蓮市、瑞穗及富裏三個方言點的調查研究》，《台灣語文研究》，第 15 卷第 2 期，157-206 頁。

陳素雲　2014　《台灣閩南語農具辭彙研究——以新北市樹林區為例》，國立台灣師範大學台灣文化及語言文學研究所碩士論文。

陳雅雯　2007　《台灣閩南語類詞使用研究》，國立台灣師範大學台灣文化及語言文學研究所碩士論文。

陳韻予　2003　《台灣閩南語及客語量詞系統比較研究》，國立中正大學語言學研究所碩士論文。

董忠司　2009　《試論漳州話祖調及其在閩南、台灣的演化》，《台灣語文研究》第 3 期，19-50 頁。

馮思蓉　2014　《台灣閩南語前置賓語研究》，國立高雄師範大學台灣歷史文化及語言研究所碩士論文。

郭維茹　2011　《台灣閩南語非趨向性「來」、「去」之研究》，《華語文教學研究》第 8 卷第 1 期，99-129 頁。

郭獻尹　吳瑞文　2021　《台廈兩地閩南語中外來詞的語音調整與對比——以日語和印尼語為例》，《閩臺文化研究》第 3 期，74-82 頁。

黃以丞　2007　《台灣閩南語漳泉方言音韻比較研究》，國立新竹教育大學台灣語言與語文教育研究所碩士論文。

連金發　2004　《臺灣閩南語「放」的多重功能：探索語意和形式的關係制》，《漢學研究》第 22 卷第 1 期，391-418 頁。

連金發　2011　《閩南語趨向式歷時演變探索》，《語言暨語言學》第 12 卷第 2 期，427-475 頁。

連金發　2013　《台灣閩南語情態詞的否定類型探索》，《語言暨語言學》第 14 卷第 2 期，213-239 頁。

連金發　2014　《台灣閩南語情態詞「通」的語義句法屬性：存在、否定、情態、語氣的互動》，《語言暨語言學》第 15 卷第 5 期，601-612 頁。

林俊宏　2020　《台灣閩南語 kám 問句研究》，國立高雄師範大學台灣歷史文化及語言研究所碩士論文。

林香薇　2001　《台灣閩南語複合詞研究》，國立台灣師範大學國文研究所博士論文。

呂淑禎　2011　《顏色詞「黑 / 烏」與「白」在台灣華語、台灣客語以及台灣閩南語語意延伸之比較》，國立政治大學語言學研究所碩士論文。

馬重奇　2020　《現代閩臺閩南方言音韻的一致性與差異性》，《漢語學報》第 1 期，2-13 頁。

湯廷池　2009　《閩南語的屬人名詞尾碼：「—家、—者、—員」》，《台灣語文研究》第 3 期，1-18 頁。

吳瑞文　2017　《論金門閩南語介詞 ta2 的語法功能及相關問題》，《清華中文學報》第 18 卷，275-340 頁。

謝育倫　2011　《台灣閩南語的鼻母音和鼻化母音的氣流及聲學研究》，國立清華大學語言學研究所碩士論文。

趙靜雅　2000　《台灣閩南語多義詞「也」，「擱」的研究》，國立清華大學語言學研究所碩士論文。

鄭雅方　2007　《台灣閩南語正反問句中否定助動詞的系統》，國立清華大學語言學研究所碩士論文。

莊秋萍　2013　《台灣閩南語料理前置動詞語義辨析》，國立新竹教育大學台灣語言與語文教育研究所碩士論文。

Chang, Ching-Cheng. 2010. The Relation of Mora Theory and Reduplicative Adjectives in Taiwanese Southern Min. Hsinchu: Hsuan Chuang University Master Thesis.

Chen, I-hsuan & Chinfa Lien. 2011. A diachronic perspective on causative variants and related passives in Southern Min — Interface between lexical properties and construction. *Journal of Chinese Linguistics* 39(2): 311-344.

Chen, Mao-hsu. 2016. Complete tonal neutralization in Taiwan southern Min. *The Journal of the Acoustical Society of America* 139(4): 2220-2221.

Chen, Mao-hsu. 2017. Priming effects of Tone 51 Sandhi in Taiwan Southern Min. *The Journal of the Acoustical Society of America* 141(5): 4040.

Chen, Mao-hsu. 2018. Tone Sandhi Phenomena In Taiwan Southern Min. University of Pennsylvania PhD Thesis.

Chen, Yi Cheng. 2015. Vowels and CV/VC coarticulatory patterns in Taiwanese Southern Min: An EMA study. Hsinchu: National Tsing Hua University Master Thesis.

Cheng, Adæmrys Chihjen. 2021. The property concepts and the possessive verb Ū 'Have' in Taiwan Southern Min. *Asian Languages and Linguistics*, 2(2): 217-248.

Chuang, Hui-Ju. 2007. Verbal Reduplication in Taiwanese Southern Min. Chaiyi: National Chung Cheng University Master Thesis.

Hsiao, Pei-yi & One-Soon Her. 2021. Taxonomy of questions in Taiwan Southern Min. *Concentric: Studies in Linguistics* 47(2): 253-299.

Hsiao, Yu-you. 2013. Floating Quantifiers in Taiwanese Southern Min. Hsinchu: National Tsing Hua University Master Thesis.

Hsieh, Miao-ling & Su-Ying Hsiao. 2022. On the "one+verbal classifier" sequence as a delimitative aspect marker in Taiwanese Southern Min. *Language and Linguistics* 23(4):680-709.

Hsieh, Miao-ling. 2022. On the mirative marker leh4 in Taiwanese Southern Min. In *New Explorations in Chinese Theoretical Syntax: Studies in honor of Yen-Hui Audrey Li*, ed. by Andrew Simpson, 445-447. Linguistik Aktuell/

Linguistics Today 272. Amsterdam: John Benjamins Publishing Company.

Hsu, Ching Han. 2010. An OT Approach to Reduplication in Taiwan Southern Min. Taipei: National Chengchi University Master Thesis.

Hsu, Hui-chuan. 2004. Compositional Structure of /iu/ and /ui/ in Taiwanese Southern Min Revisited. *Language and Linguistics* 5(4): 1003-1018.

Hsu, Yung-hui. 2016. A Study of 'Come-go' Construction in Mandarin and Taiwan Southern Min. Tainan: National Cheng Kung University Master Thesis.

Huang, Lu-Shan. 2016. A Study of Kám Questions in Taiwan Southern Min. Kaohsiung: National Sun Yat-sen University Master Thesis.

Huang, Ray Rui-heng. 2022. On the Syntax of Hoo Constructions in Taiwanese Southern Min. *Taiwan Journal of Linguistics* 20(1): 151-195.

Hung, Miao-Yu. 2016. An acoustic study of Japanese loanwords into Taiwanese Southern Min. Hsinchu: National Tsing Hua University Master Thesis.

Lau, Seng-hian & DylanWei-tien Tsai. 2020. A comparative study of how and why in Taiwan Southern Min and Mandarin Chinese. *Language and Linguistics* 21(2): 254-284.

Lee, Hui-chi. 2009. KA⋯HOO Constructions in Taiwan Southern Min. *Taiwan Journal of Linguistic* 7(2): 25-48.

Lee, Hui-chi. 2010. Taiwan Southern Min Denominal Verbs. *Language and Linguistics* 11(3): 503-526.

Lee, Hui-chi. 2012. Applicatives in Taiwan Southern Min: benefactives and malefactives. *Journal of East Asian Linguistics* 21(4): 367-386.

Li, Hsin-yu. 2021. An Acoustic and Articulatory Study of Oral and Nasal Vowels in Taiwanese Southern Min. Hsinchu: National Tsing Hua University Master Thesis.

Liao, Roger Wei-wen & Iris Yu-yun Wang. 2022. Negative modals and prohibitives in Taiwanese Southern Min. In *New Explorations in Chinese Theoretical Syntax: Studies in honor of Yen-Hui Audrey Li*, ed. by Andrew Simpson, 193-216. Linguistik Aktuell/Linguistics Today 272. Amsterdam: John Benjamins Publishing Company.

Lien, Chinfa. 2001. The semantic extension of Tioh8 著 in Taiwanese Southern Min: An Interactive Approach. *Language and Linguistics* 2(2): 173-202.

Lien, Chinfa. 2010. Desiderative models and negative words in taiwanese southern min: a dynamic account of competition and change. In *Diachronic Chang and Language Contact: Dialects in South East China* (Journal of Chinese Linguistics Monograph Series 24), eds. By Hung-nin Samuel Cheung & Song Hing Chang, pp. 68-88. Berkeley: Project on Linguistic Analysis, University of California.

Lien, Chinfa. 2010. Middles in Taiwanese Southern Min: The interface of lexical meaning and event structure. *Lingua* 120(5):1273-1287.

Lien, Chinfa. 2011. Interface of Modality and the tit4 得 Constructions in Southern Min: A Case Study of Their Developments from Earlier Southern Min in the Ming and Qing to Modern Taiwanese Southern Min. *Language and Linguistics* 12(4): 723-752.

Lien, Chinfa. 2017. Human-denoting interrogative words in early Southern Min: Coexistence and evolution. *Journal of Chinese Linguistics Monograph Series* 27: 130-158.

Lien, Chinfa. 2021. Flavors of 拍 phah4 in Taiwanese Southern Min: Semantics-syntax interface. *Lingua* 260：103-121.

Lin, Huei-ling. 2018. Benefactive and malefactive constructions in Taiwan Southern Min. *Language and Linguistics* 19(2):209-230.

Liu, Luther Chen-sheng. 2022. The possessive morphosyntactic strategy of gradable predication in Taiwanese Southern Min and the measure function. *Journal of East Asian Linguistics* 31: 179-220.

Liu, Roger Cheng-yen, Feng-fan Hsieh & Yueh-chin Chang. 2021. Targeted and Targetless Neutral Tones in Taiwanese Southern Min. *Interspeech* 2631-2635.

Lo, Chia-chih. 2019. A Comparative Study of Closed-Syllable Vowel Laxing in Taiwanese Southern Min and Hailu Hakka. Hsinchu: National Tsing Hua University PhD Thesis.

Myers, James & Yingshing Li. 2009. Lexical frequency effects in Taiwan Southern Min syllable contraction. *Journal of Phonetics* 37(2): 212-230.

Myers, James & Jane Tsay. 2008. Neutralization in taiwan southern min tone sandhi. In: Yuchau E. Hsiao, Hui-chuan Hlsu, Lian-Hlee Wee, and Dah-an Ho, (eds.) *Interfaces in Chinese phonology: Festschrift in honor of Matthew Y. Chen on his 70th Birthday*, Taipei: Institute of Linguistics, Academia Sinica, pp. 47-78.

Ou, Shu-chen & Zhe-chen Guo. 2021. The differential effects of vowel and onset consonant lengthening on speech segmentation: Evidence from Taiwanese Southern Min. *The Journal of the Acoustical Society of America* 149(3): 1866-1877.

Shen, Chun jung. 2011. On Multiple Functions and Grammaticalization of The TSM Function Word, An2-ni1. Hsinchu: National Tsing Hua University Master Thesis.

Tsai, Dylan Wei-tien, Helen Ching-yu Yang & Seng-hian Lau. 2017. Modal Licensing and Subject Specificity in Mandarin and Taiwan Southern Min: A Cartographic Analysis. In *Studies on Syntactic Cartography,* (ed.) Fuzhen Si, 75-104. Beijing: China Social Sciences Press.

Tsao, Feng-fu. 2004. Semantics and syntax of verbal and adjectival reduplication in Mandarin and Taiwanese Southern Min. In *Sinitic Grammar: Synchronic and Diachronic Perspectives Sinitic Grammar: Synchronic and Diachronic Perspectives*, eds. by Hilary Chappell, 285-308. Oxford: Oxford University Press.

Tseng, Ming-hua. 2008. The multifunction of Taiwanese Southern Min 'Kong2'. Hsinchu: National Tsing Hua University Master Thesis.

Tu, Jung-yueh. 2013. Word prosody in loanword phonology: Focus on Japanese borrowings into Taiwanese Southern Min. Indiana University PhD Thesis.

Wan, Pei Su. 2005. A Functional Semantic Study of KONG, THECHHUT and KIANGI in Taiwanese Southern Min. Taipei: National Taiwan Normal University Master Thesis.

Wang, Arthur Chyan-an & Iris Hsiao-hung Wu. 2020. Telicity and Object Position in Taiwanese Southern Min and Hakka. *The Linguistic Review* 37(3):331-357.

Wang, Chia-Chi. 2018. An Airflow Study of Nasalization in Taiwanese Southern Min - With Special Reference to Weak Elements. Hsinchu: National Tsing Hua University Master Thesis.

Wang, Ching-ying. 2001. Double-object Construction in Taiwanese Southern Min. Hsinchu: National Tsing Hua University Master Thesis.

Wang, Pen-ying & Lien, Chinfa. 2001. A-not-A Question in Taiwanese Southern Min. *Journal of Chinese Linguistics* 29(2): 351-376.

Wang, Sheng-fu & Janice Fon. 2011. Exploring Boundary Tones in Taiwan Southern Min. *Proceedings of the 17th International Congress of Phonetic Sciences*, 2094-2097.

Wang, Shengfu & Janice Fon. 2012. Durational cues at discourse boundaries in Taiwan Southern Min. *Speech Prosody,* 599-602.

Wang, Shengfu & Janice Fon. 2015. Syllable duration and discourse organization at intonational phrase boundaries in Taiwan Southern Min. *Proceedings of the 18th International Congress of Phonetic Sciences.*

Yang, Barry Chung-yu. 2016. Decomposing polysemy: A structural perspective from the ka-construction in Taiwan Southern Min. *International Journal of Chinese Linguistics* 3(1):132-159.

Yang, Hui-ling. 2014. Taiwanese Southern Min V2 negation: A historical perspective. In *The Diachrony of Negation*, eds. by Maj-Britt Mosegaard Hansen and Jacqueline Visconti, 131-166. Studies in Language Companion Series 160. Amsterdam: John Benjamins Publishing Company.

Yang, Jenny Yuan-chen. 2012. An information structure approach to passives: With special focus on Mandarin Chinese and Taiwanese Southern Min. Yale University PhD Thesis.

Yang, Yu-Chun. 2019. A Cognitive Approach to the Semantic Network of Locative Phrases in Taiwan Southern Min: A Case Study of ti7, tiam3 and tua3, and Their Collocates. Taipei: National Taiwan University Master Thesis.

# 社區詞研究瞻望

嶺南大學教授　田小琳

**提　要**　社區詞研究在近三十年來取得卓有成效的成績，是詞彙學和社會語言學關注的熱門話題。今後的研究，首先要注重各社區社區詞詞典的編纂，積累大華語各社區的社區詞，為構建全球華語社區詞詞庫創造條件。語料的極大豐富是理論得以深入研究的基礎。同時熟悉了解現有理論研究成果，分析出應該研究的重點問題，並加以解決。進一步分清社區詞和其他一般詞彙類別的關係；通用詞語吸收社區詞的現狀及未來走向，都希望受到學者的特別關注。

**關鍵詞**　田野調查　詞典編纂　探求詞源　理論建設

「社區詞」概念提出至今已經有三十年（田小琳，1993）。2011 年《全國科學技術名詞審定委員會公佈 語言學名詞 CHINESE TERMS IN LINGUISTICS 2011》收入「社區詞」術語，也已經超過十年。社區詞研究課題已經成為現代漢語詞彙研究的熱門課題，也取得了許多成績。

瞻望社區詞研究未來走向，我以為有以下幾點值得注意：

## 一、做好田野調查建立全球華語社區詞詞庫

社區詞的外延，包括中國所轄的中國大陸、香港、澳門、臺灣；還有東南亞各國（新加坡、馬來西亞、泰國、菲律賓等）；以及其他國家的華人社區等。目前按國家或地區來編寫的華語社區詞詞典還十分有限，未開墾的處女地還很多。這是一個工作量十分巨大的工作，細緻而繁瑣，需要耐心去做。

李宇明主編的《全球華語詞典》（2010）收詞 10000 條，為建立全球華語社區詞詞庫打下了良好的基礎。後來不少詞典中又有社區詞的積累。例如，鄒嘉彥、游汝傑編著《全球華語新詞語詞典》（2010），李行健主編《兩岸差異詞詞典》（2014），李宇明主編《全球華語大詞典》（2016），王曉梅、莊曉齡、湯志祥編著《馬來西亞華語特有詞語詞典》（2022）等。詞庫建設在不斷進行中。其中《全球華語大詞典》收錄世界各華語社區的詞語（含義項）達 13150 個（田靜，2022）。

近年，我和團隊正在編寫《香港澳門社區詞詞典》。2009 年出版的《香港社區詞詞典》距今已經 15 年了，詞彙隨著社會的發展有消有長。《香港社區詞詞典》收詞 2418 條，需要在此基礎上增補修訂，這就要繼續田野調查工作。田野調查工作分書面調查和口語調查，二者又相輔相成。確定這個詞條是香港、澳門社區詞，需要語感，和進一步查找資料確認。

舉例來說，我每天聽香港電視臺的新聞，很注意有沒有新詞出現。有一天聽到香港要設立「暑熱警告」，目的是在夏天不同的高溫溫度下，保障工人要有一定休息時間，是一項安全工作的措施。暑熱警告信號會在電視上面顯示，如同風球和暴雨的不同信號。語感告訴

我，「暑熱警告」是香港一個新社區詞，體現香港社會的人文關懷。我提出這個詞以後，詞典編寫團隊成員立即查找勞工處資料，確定準確的詞條為「工作暑熱警告」，並做了精準釋義：「由香港勞工處發出的在酷熱天氣下工作的熱壓力水準之警告訊號。例：勞工處制定的～，可以讓戶外工作人員及時採取適當的防暑措施。」詞條後面設立了「知識窗」:「香港酷熱指數在 30 至＜ 32 時，工作暑熱警告為黃色，表示部分工作環境的熱壓力頗高；在 32 至＜ 34 時，工作暑熱警告為紅色，表示部分工作環境的熱壓力甚高；在≥ 34 時，工作暑熱警告為黑色，表示部分工作環境的熱壓力極高。根據酷熱指數不同，休息時間不同。勞工處建議僱主在不同的勞動（極重勞動、重勞動、中等勞動、輕勞動）強度下，安排工作人員不同的休息時間。」（李黃萍執筆註釋）能夠增加一個香港社區詞入典，真是十分高興的事情。現在資訊發達，比起過去，對於入選的社區詞詞語的釋義工作有很大的幫助。

正在編寫的《香港澳門社區詞詞典》裏，大量的社區詞是兩地共有的。我們從《全球華語詞典》《全球華語大詞典》裏，常常可以看到對一些詞語使用地區的標誌為「港澳」或者「用於港澳等地」。這是因為兩地地理位置鄰近，兩地市民往來頻繁，又都同屬於粵方言區。香港和澳門在 1997 年和 1999 年相繼回歸祖國，都有《基本法》，實行一國兩制，實行資本主義制度，港人治港，澳人治澳。社會形態上有許多共同點。就算是澳門特有的博彩業，去博彩的香港人比當地澳門人還多，對於博彩業的詞語也很熟悉。

但是，澳門作為一個特區，仍然會有流通於澳門的社區詞。香港的語言政策是「兩文三語」，澳門的是「三文四語」。澳門被葡萄牙管治長達 500 年的時間，澳門語言受到葡萄牙語的影響，這在中國其他地方包括香港是沒有的。我們在編寫《香港澳門社區詞詞典》時，注意收集只在澳門社會流通的社區詞。數量雖然不多，也難能可貴，因而詞典命名裏是香港、澳門並列。

上面我以正在編寫的《香港澳門社區詞詞典》為例談自己的一點體會，希望東南亞各國的同行在已有的基礎上，不斷收集本社區流通的社區詞，編寫出版社區詞詞典。最近《馬來西亞華語特有詞語詞典》在吉隆坡出版就是好消息。其他華人社區如有當地的學者和教師注意研究這個問題，收集積累當地華人社區的社區詞，這是我們大家極其盼望的。要建立全球華語社區詞詞庫，需要大家一起添磚加瓦。

## 二、重視已有研究成果擴大研究領域

上述田野調查工作，編寫增補社區詞詞典是要不斷積累語料，是在為建立全球華語社區詞語料庫做好準備。同時，我們還要重視目前社區詞研究的成果。擴大研究領域，推動社區詞研究的理論建設。三十年來，關於社區詞的研究已經頗具規模。

學者研究社區詞的內容主要有三個方面：一是圍繞社區詞術語的名實之辨，分清社區詞與方言詞、外來詞、文化詞、行業詞、社會方言、社區特有詞語等概念的區別，以及不同詞類的交叉關係，還是大家關注的熱點。二是社區詞的蒐集整理與個案的調查，這是田野調查工作的繼續。三是基於詞典的社區詞研究，收錄社區詞的詞典，及各社區的社區詞詞典的出版，為社區詞理論的建樹提供豐富的語料。學界研究的豐富成果，顯示出研究的許多特徵，可以做進一步的歸納研究。

截止目前，田小琳共計發表有關社區詞的文章 70 餘篇，其中對個別語料分析的文章有 20 多篇。還應注意到，田靜出版了有關社區詞的專著《基於〈全球華語大詞典〉的大華語社區詞研究》(東方出版社，2023 年 3 月)；她還做了比較全面的統計，蒐集到學者發表的文章在百篇以上。這些學者包括江藍生、刁晏斌、蘇新春、邵敬敏、郭熙、汪惠迪、施春宏、趙學清、李麗、陳茜、孫銀新、鄧思穎、李斐、馬毛朋等，這裏由於篇幅關係，不做一一介紹。

落實和鞏固大家公認的研究成果，在此基礎上，擴大研究領域，尋找新的課題，不做重複的工作，是今後研究的一個重要方面。

## 三、深入探究社區詞詞源以準確釋義

各華人社區的社區詞的詞源，有部分是可以探索的。可以探索的詞源要準確地記錄下來。這如同我們探索成語的來源，是十分有意義的工作。本義清楚了，關於引申義自然會有進一步了解，那對於這個詞的應用就會準確得體。再說，不及時記錄詞源，時間不斷推移後，再找詞源就要花費力氣了。

在編寫《香港澳門社區詞詞典》的過程中，當我們發現這個詞的詞源可以準確把握時，會在釋義中說明。如果需要較多文字解釋清楚，就會在釋義後面設置「知識窗」，讓讀者有更多的了解。這個編寫方法延續了《香港社區詞詞典》的做法，有書評對此做出好評（宋作艷，2014）。

探求社區詞詞源，也是研究中相當有趣的工作。例如，我們研究香港社區詞「長命斜」這個詞條的來源。長命斜是香港奧卑利街的俗稱，並非只是指這條街道特別長和特別斜，而是與過去在奧卑利街的域多利監獄及囚犯的死刑制度有關。當時在奧卑利街監獄收押的犯人，不是屬於即時執行死刑的，可以緩刑，他們相對比較「長命」，這條街由此得名「長命斜」。如果只是對「長命」做望文生義的解釋，就無法了解「長命斜」一詞的歷史典故。

再如，香港社區詞「便服日」一詞。釋義為：「香港公益金一年一度的慈善籌款活動日。捐款者於當天可選擇不穿著校服、制服或西裝，而改為穿著便服上學或上班。例：工作需要不能穿上便服的捐款者，也可將～標貼貼在制服上。」

為什麼會有「便服日」的舉辦，我們設立了「知識窗」再補充釋義：「香港公益金便服日於 1993 年開始舉辦。參加者只需向香港公益金捐款 70 港元或以上（學生不設最低捐款額），即可在活動當日穿著便服上班、上學。在 2006 年至 2010 年期間被稱為服飾日，鼓勵捐款者穿著特色服裝。2011 年起又恢復原名便服日，為吸引更多參加者投入這項有意義的活動，每年便服日會設有不同類型的主題或活動。」（李黃萍執筆註釋）「知識窗」就把「便服日」的來歷和變化情況講清楚了。這是香港社會一個很有意義的公益活動，值得宣傳。

又如，澳門博彩業社區詞「百家樂」，釋義是：「義大利語 baccarà 的音譯，是賭場中常見的撲克賭博遊戲之一。起源於義大利，至今在世界各地賭場中受到歡迎。澳門博彩業中，百家樂賭桌的數目為全球最多。例：在澳門，～的下注金額與獲利居賭場之冠。」我們進一步設「知識窗」講解：「百家樂起源於 1490 年前後的義大利，取自義大利語的 baccara（意思是「零」），因為在遊戲中 J、Q、K 和 10 點牌都算零點。後傳入法國，在歐洲其他國家及世界各國流行。玩百家樂時，玩家可以下注或者賭打平，目標是賭「閒家」或「莊家」哪一方的總點數最接近 9。」（魏慧萍執筆註釋）澳門以博彩業著稱世界，博彩業詞語是澳門社區詞的重要組成部分，因此我們重視博彩業詞語的來龍去脈。

比較起通用詞典，設立比較多的「知識窗」，可能是社區詞詞典的需要。因為社會形態的差異，有些社區詞只靠釋義的簡潔表述，可能不足於令讀者對這個詞語有更多的了解。所以，知識窗是對部分詞條釋義的必要補充。

## 四、明確社區詞概念分清和方言詞的差異

這個問題要做一個一個社區的研究。例如，在香港和澳門，我們在編寫《香港澳門社區詞詞典》的過程中，首先選新社區詞入典，遇到的問題之一，是區分港澳社區詞和粵方言的差別。

中國的粵方言主要分佈於廣東、廣西等地，也包括香港特區和澳門特區。香港澳門社區詞反映香港澳門的社會制度，反映香港澳門的政治、經濟、文化的特徵。港澳社區詞首先在香港澳門流通。如果在港澳流通的粵方言詞和其他粵方言區的粵方言詞是一樣的，這一類詞就是通用粵方言詞，可以確定不是港澳的社區詞。

因為社區詞分佈的區域和方言分佈區域有交叉情況，需要從理論上說明區分要點，建立基礎理論；並且在實際操作上，做進一步的調

查和研究。《香港社區詞詞典》（田小琳，2009）在確定詞條時以前，作者曾經到廣州暨南大學求教於那裏的粵方言為母方言的語言專業的老師，把初定的詞條裏刪去了幾百條詞條，因為這些詞條在廣東仍然流通。這個田野調查的實際操作過程，是不能輕視的。

以此推論，臺灣社區詞的入典，需要區分和閩南方言詞的差異，等等。

## 五、研究社區詞和方言詞等不同類型詞的交叉

既要分清楚社區詞和方言詞的差異，又要研究它們之間存在的少量交叉情況，這是一個問題的兩個方面，是不矛盾的。與社區詞存在交叉情況的還有文言詞、外來詞、行業詞、文化詞等。這也反映了漢語的詞彙現象有時不能「一刀切」。呂叔湘先生談及漢語語法現象，指出有時分界難，劃分起來都難於處處「一刀切」（呂叔湘，1979）。這是辯證地思考問題的方法。

社區詞的來源，除了自創新詞以外，還包括從方言詞、文言詞、外來詞、行業詞以及文化詞中吸取少量詞語來補充自己的庫存。

文言詞，或者書面語詞中，也有和社區詞交叉的詞語，數量可能比較少。例如，「長俸、長約、紓困、差餉、差館、差人、僭建、械劫、式微行業」等。

文化詞也是《語言學名詞 2011》確立的詞條。「文化詞 cultural word」的定義是：「含有某種特定文化意義的詞。是民族文化在語言中直接或間接的反映。例如『武術』『功夫』『太極』等詞。又如『梅』『松』

『竹』含有『高風亮節』『清雅情操』義。」那麼，像世界物質遺產和非物質遺產的專有名詞，是民族文化在語言中的直接反映，也可以算在文化詞裏。

再說「行業詞」，香港社區詞裏吸收了不少金融行業的詞語。因為香港是世界的金融中心，香港很早就有「銀行多過米店」的說法。單是買賣股票的生意，就生發出很多生動的社區詞。例如「金魚缸、鱷魚池、大鱷、大閘蟹、國企股、紅籌股、藍籌股、毫股、垃圾股」等。

社區詞和這些詞類的交叉關係，交叉的多少比例，可做進一步的研究，做出概括的分析。以目前研究的情況看，社區詞和方言詞、外來詞的交集，相對比較多。其次是和行業詞、文化詞的交集，遇到問題比較少的是和文言詞的交集。

## 六、借鑒其他學科研究成果豐富社區詞理論

社區詞研究本身是詞彙學的研究，由它的生成和流通看，社區詞的研究必然和語義學、辭書學、修辭學、社會語言學、應用語言學、心理語言學、比較語言學發生或近或遠的關係。借鑒其他學科研究成果，必定會令研究更加深入，豐富社區詞理論。下面舉例來說。

例如，社會語言學就是研究語言與社會之間的相互關係。社區詞的產生就和社會因素緊密聯繫。我們看港澳社區詞在香港、澳門社會交流中產生的價值，就要從香港、澳門的歷史和現實的社會背景裏去分析。分析觀察香港在 1997 年回歸祖國前流通的社區詞，比較它們和香港回歸後的社區詞，會發現有消亡，有保留，有新生。這和香港歸屬

的巨變有直接的關係。香港社區詞的發展變化規律，和詞彙整體的發展變化是一樣的，一定是隨着社會的發展變化走的。澳門亦然。

再如，和心理語言學的關係。我在最初給社區詞下定義時，就強調了生活在不同社區的人們的心理因素對社區詞生成的影響。像在香港上世紀七十年代「清潔香港運動」中產生的「垃圾蟲」一詞、在澳門，以及新馬泰等地，流通廣泛。「垃圾蟲」（不守衞生規則、破壞公共衞生的人）在香港有很明確的內涵，亂丟垃圾、隨地吐痰、亂貼街招（廣告、海報）、狗隻糞便弄髒街道等行為，都有法定的罰款數額，近幾年還不斷提高罰款額度。「垃圾」作為構詞的語素組，可以組成「垃圾股、垃圾郵件、垃圾電郵、垃圾食品、垃圾食物」等，這些詞有的已經在內地流通；而「垃圾蟲」卻沒有進入流通的系列，這可能與內地人不喜歡用「蟲」來比喻人有關係，是心理因素的影響。香港還流行「寶物黨、寶藥黨、跌錢黨、祈福黨、手鐲黨、色誘黨、撲頭黨」等這些負面詞語，這些在中國內地也難以流行，也是心理因素在起作用。

又如，和修辭學的關係。香港澳門社區詞的構成善用各種積極修辭格，生動活潑，傳神。我曾在《香港社區詞的修辭特點》（2018）一文中列舉許多香港社區詞，説明它們利用積極修辭手法作為造詞手段。常用造詞的修辭手法有比喻、比擬、借代、誇張、摹繪、委婉、避諱等。例如，「小刀鋸大樹」就是博彩業的一個固定詞語，比喻用了不多的錢賺到很多的錢。香港人不少人喜歡看賽馬，買馬，賭哪一匹馬跑第一。有時投資十元買馬可能贏到上萬元，投資幾百元贏到幾十萬的也有。「小刀鋸大樹」是多麼形象的比喻。「紅警繩、黑警繩、花警繩」，「黃色暴雨、紅色暴雨、黑色暴雨」，則用了色彩詞來摹繪，標識不同含義。「殯儀館」不吉利，所以避忌，口語俗稱「大酒店」。

## 七、通用詞彙吸收社區詞的現狀及未來走向

這個研究處於比較薄弱的環節，需要重視。

社區詞多以通用語素構詞，以現代資訊社會交流的頻繁和廣泛程度來看，在為現代漢語通用詞彙吸收方面，有它的優勢。《現代漢語學習詞典》(2010，北京：商務印書館) 吸收了少量社區詞。例如，新加坡的「組屋」(1824 頁)。我和馬毛朋、李斐主持修訂的《現代漢語學習詞典》繁體版 (2015，香港:三聯書店)，有意識增加了臺灣、香港、澳門的社區詞，分別標明流通地區，以開闊讀者眼界。

大家盼望的即將出版的《現代漢語大詞典》，對於社區詞有充分的關注。主編江藍生指出，《現代漢語大詞典》「收錄了若干通行於港澳臺地區的社區詞，所謂社區詞，是指在一定社會區域流通、反映該社會區域的社會制度和政治、經濟、文化背景的詞語（詳見田小琳《香港社區詞詞典 說明》）。這些詞語的性質與當地使用的方言詞有別，不作為方言詞對待。」(2022) 作為大型漢語通用詞典，採用了「社區詞」的術語，以「社區詞」在港澳臺的分佈標註來源，區分了社區詞和方言詞。這對於社區詞的研究有很大的推動意義。待詞典出版後可以做港澳臺社區詞入典的統計及研究，分析社區詞能夠進入通用詞彙的各種條件。臺灣社區詞進入現代漢語大詞典，有深層的意義，說明臺灣的用詞用語從來是現代漢語詞彙的組成部分，我們從不會忽略。希望社區詞作為一般詞彙的來源，對於通用詞語詞庫的建設，起到積極的作用。待《現代漢語大詞典》面世，還可以和《全球華語大詞典》等詞典做一些社區詞研究的專題比較。有了豐富的語料，就會提供多方面多角度研究的題目，促進社區詞的理論建設。

## 參考文獻

李宇明主編　2010　《全球華語詞典》，北京：商務印書館。

李宇明主編　2015　《全球華語大詞典》，北京：商務印書館。

《全國科學技術審定委員會公佈語言學名詞 CHINESE TERMS IN LINGUISTICS 2011》，北京：商務印書館。

宋作豔　2014　田小琳（Tin Siu-Lam）2009《香港社區詞詞典》Dictionary of Hong Kong Community Words. Chinese Language and Discourse（ESCI）. 5（2）,293-295。

田靜　2023　《基於〈全球華語大詞典〉的大華語社區詞研究》，北京：東方出版社。

田小琳　2009　《香港社區詞詞典》，北京：商務印書館。

王曉梅　莊曉齡　湯志祥　2022　《馬來西亞華語特有詞典》，吉隆坡：馬來西亞吉隆坡聯營出版社。

江藍生（2022）《〈現代漢語大詞典〉的編纂理念與學術特色》刊於《語言戰略研究》第 1 期。北京：商務印書館。

**Abstract:** The study of community words has achieved fruitful results in the past thirty years and has become a hot topic in lexicology and sociolinguistics. Research in

future should focus on the compilation of community word dictionaries for each community in the first step, accumulate community words from various Chinese communities, and construct a global Chinese community words dictionary. The great abundance of corpus is the basis for in-depth theoretical research. At the same time, be familiar with existing theoretical research results, analyze key issues that should be studied, and solve them. Further clarifying the relationship between community words and other general vocabulary categories, the current situation and future trends of absorbing community words into general words are expected to receive special attention from scholars.

**Keywords:** fieldwork; dictionary compilation; exploring etymology; theory construction

# 社區詞理論視角下的臺灣詞彙研究

## ——以語言景觀語料為中心

陝西師範大學博士研究生　張慧穎
陝西師範大學文學院教授　趙學清

**提　要**　臺灣社區詞是指相對於漢語共同語（普通話）詞彙而言，產生或使用於臺灣地區，反映臺灣社會構成要素特徵的臺灣國語變體詞語。本文基於臺灣雲林縣斗六鎮的語言景觀材料，將臺灣社區詞分為形義均異社區詞、異形同義社區詞、同形異義社區詞三類，運用定性和定量的研究方法分別從詞義特徵（內容）、構詞特徵、詞義演變特徵三個維度系統分析臺灣社區詞的典型特徵，並從內部因素和外部因素進一步分析其生成機制。對臺灣社區詞的研究可以呈現臺灣國語變體與臺灣社會力量的互動，有助於驗證漢語的多樣性與統一性，從而開闊語言政策和語言規範制定的視野，構建具有促進國家統一、民族認同作用的新時代語言規劃。

**關鍵詞**　社區詞　臺灣　特徵　生成機制　語言景觀語料

# 1. 引言

語言的演變與社會生活的發展密切相關，獨特的社會歷史背景使漢語在臺灣產生了適應當地文化與社會的臺灣國語變體。臺灣國語變體一方面包括漢語的共核部分，另一方面包括漢語與臺灣社會力量的互動而產生的本土化特徵。上世紀 80 年代後期兩岸開始增加往來和交流之後，臺灣國語變體最先引起人們注意的是詞彙層面的表現。學界對臺灣詞彙研究主要涉及兩個方面：一是兩岸詞彙差異研究，如從宏觀上分析兩岸詞彙詞形與詞義差異類型並探析產生原因（朱景松、周維網，1990；嚴奉強，1992），從微觀上分析兩岸具體詞語用法差異和生成機制（楊海明、邵敬敏，2011；儲澤祥、張琪，2013）。二是兩岸詞彙互動與融合研究，如從宏觀上分析海峽兩岸詞語系統互動關係的模式、層級和互動效果（李昱，施春宏，2011），以及吸收方式和發展趨勢（蘇金智，2014），從微觀上分析具體詞語在兩岸四地的使用情況（刁晏斌，2015）。

總體而言，學界從差異與融合、宏觀與微觀等層面對兩岸詞彙問題展開研究，取得了十分豐碩的成果，但也存在着一些需要繼續推進與完善的地方。在研究內容方面，對臺灣詞彙差異類型及產生機制的研究缺乏理論支撐和系統分析；在研究方法方面，着重於語言事實的質性描寫，較少量化支撐；在研究材料方面，語料大多來自詞典、報刊、文學作品等間接性材料和書面語，可能會與實際使用中的詞語情況有一定的差距。因此，本文在實地考察獲取語言景觀語料的基礎上，運用社區詞理論，通過定性與定量的方法來建立脈絡清晰的臺灣詞彙分析系統。

「社區詞是近年來漢語詞彙研究以及語言接觸研究的熱點之一。」（邵敬敏、劉宗保，2011）1993年，田小琳先生率先提出了「社區詞」這一概念，認為社區詞指的是「由於社會背景不同，社會制度不同，社會的政治、經濟、文化生活不同，以及由於背景不同帶來的人們心理因素的差異，而產生的適應和反映本地社會區域的詞語」（田小琳，1993）。本文所稱的臺灣社區詞是指相對於漢語共同語（普通話）而言，產生或使用於臺灣地區，反映臺灣社會構成要素特徵的臺灣國語變體詞語。參照邵敬敏、劉宗保（2011）的分類，本文按照形義關係將臺灣社區詞分為形義均異社區詞、異形同義社區詞和同形異義社區詞三大分支。臺灣社區詞的總體情況如何？臺灣社區詞的本土化特徵是什麼？對臺灣社區詞的產生起作用的內部和外部因素有哪些？這些方面的研究並不充分。本文以從臺灣雲林縣斗六鎮街區語言景觀中提取的臺灣社區詞為語料，分別從詞義特徵（內容）、構詞特徵、詞義演變特徵角度系統分析臺灣社區詞的特點並探討其生成機制。

## 2. 臺灣社區詞的語料來源及確定方式

語言景觀為我們提供了觀察社會語言生活實況的重要窗口。要想推進社區詞的深入研究，就要立足於臺灣語言生活中的詞彙運用實際。從載體上來說，語言景觀是「常用、常見且與現實社會生活非常貼近的文本形式」（刁晏斌，2016）；從使用範圍和頻率來說，語言景觀中的社區詞是臺灣社會的常用詞語，能夠「代表和反映語言的基本面貌」（刁晏斌，2016），由此取得的語料具備常用性與典型性的特點，同時，其中的非規範性和口語性的社區詞[①]也可以與報紙等書面語體中的社區詞互為補充，從而全面地發現、總結臺灣社區詞的特點。

雲林縣是臺灣島上漢民族最早開墾的地方，早在明天啟元年（1621年）福建漳州人顏思齊、鄭芝龍等人就由笨港（即現在雲林北港和嘉義新港一帶）入臺島從事開墾。本次調查主要是在臺灣雲林縣斗六市街區展開，不過有個別用例來自臺灣其他地區，如臺東縣、高雄市、臺中市、花蓮市、彰化縣等地。調查時間為 2019 年 3 月—5 月，語言景觀的取樣範圍涵蓋店鋪招牌、廣告牌、路牌、警示牌、景點介紹牌、汽車廣告、電視新聞等，筆者拍攝及整理了 800 多張照片樣本，從中篩選出 300 多張具有語言特徵的樣本，同時參考臺灣《重編國語辭典修訂本》(2023 網絡版)、[②]《現代漢語詞典》(第 7 版)、《兩岸差異詞詞典》、《全球華語大詞典》、《海峽兩岸日常詞語對照手冊》等詞典的釋義和北京大學漢語語言學研究中心語料庫、人民日報語料庫、中文各地共時語料庫（LIVAC），最終獲得臺灣社區詞共計 342 個。其中，已經被詞典收錄的臺灣社區詞有 187 個，我們通過語言景觀材料發現的新增社區詞有 155 個。本文雖主要從臺灣雲林縣斗六鎮街區的語言景觀中選取用例加以分析，未必能反映臺灣社區詞的全貌，但也可窺見臺灣語言生活實況一角。

① 非官方的語言標識在語言使用方面有更大的自由度，會出現一些非規範性的社區詞，如我們語料中「麻糬」「揪團」的寫法都跟詞典所列的臺灣社區詞用字不同。

② 臺灣《重編國語辭典修訂本》(2023 網絡版) 網址為 https://dict.revised.moe.edu.tw/search.jsp?md = 1.

# 3. 臺灣社區詞類型及特點

根據形義關係，本文將臺灣社區詞分為形義均異社區詞、異形同義社區詞和同形異義社區詞三大分支，以便於展現臺灣社會的獨特特徵、詞形選擇與組合特徵，以及詞義延伸、情感色彩的轉換、用法性質上的社區特色，從而建立臺灣社區詞研究的基本體系，系統展現漢語的多樣性與統一性。

## 3.1 臺灣社區詞的類型

### 3.1.1 形義均異社區詞

形義均異社區詞所指稱的事物或現象是臺灣社區特有的，體現了臺灣特殊的社會文化背景和政治經濟制度，因此其詞形和詞義都與漢語共同語（普通話）不同。例如「綠營」指臺灣地區民進黨人和親民進黨的人士。因民進黨黨旗以綠色為底色，故稱。「在職專班」為臺灣特殊的回流教育學制，種類涵蓋專科、大學、碩士甚至博士。專班中的學生年齡一般都比應屆生大，而且大多數都是已有工作經驗的社會業界人士。其學習方式與國外短期大學、MBA 等相似，但是本質是形式獨特的在職專班，現今最成功的學制屬於碩士層級。「煙捐」是煙品健康福利捐的簡稱，臺灣稅種之一，初用於防治煙害，後擴大到防癌及罕見病、資助缺醫少藥地區等。

### 3.1.2 異形同義社區詞

這類臺灣社區詞所指稱的事物或現象不是臺灣特有的，不過其在字形上有社區特色。包括兩種情況：一種情況是臺灣國語變體和漢語共同語（普通話）都以詞級單位表述共有的事物或現象，例如「運動彩券」普通話稱「體育彩票」，「送報生」普通話稱「報紙投遞員」，「起司」普通話稱「奶酪」；另一種情況是臺灣以詞級單位表述的內容，共同語（普通話）裏與之相對應的是短語或語句，即概念化程度存在差異，如「保安林」指對保持水土、防風或衛生有重要作用而禁止砍伐的森林，「工法」指製作技術與方法，「藝品」指美術、工藝等的創作成品。不過，本文所稱的異形同義社區詞並不包括單純的用字差異，如「計劃」，臺灣國語寫作「計畫」，「保姆」寫作「保母」等。

**3.1.3 同形義異社區詞**

這類臺灣社區詞雖然和漢語共同語詞（普通話詞）在詞形上相同，但其內涵或用法發生了改變。例如「不肖」在《現代漢語詞典》中釋為：品行不好（多用於子弟），臺灣還有「不法」的意思。「買氣」在普通話中大部分用於金融場景中，而臺灣適用範圍更大，指消費者購買的積極性。「特區」在《現代漢語詞典》中釋為：①在政治經濟等方面實行特殊政策的地區。②特別行政區的簡稱。③行政區劃單位，與縣同級。在臺灣《重編國語辭典修訂本》中釋為：為特殊目的所劃出來的區域，語義範圍比普通話要大。

需要說明的是，對於方言詞，「很多臺灣國語中的方言借詞與大陸閩方言共有，但它們在臺灣的地位發生了變化，成為國語中的詞語」（李行健，2013），並有固定的書寫形式來指稱，因此這種方言詞可以看作臺灣社區詞。對於外來詞，「兩岸外來詞的引進方式不盡相同，對外語原詞進行語音、語義、詞形等方面的改造各有遵循，其結果也會形成差異」（李行健、仇志羣，2012），主要是在詞形方面具有社區特色，因此這種外來詞可以看作臺灣社區詞。對於文言詞，由於使用頻率的差異，某些在共同語（普通話）不常使用的古語詞，在臺灣國語變體裏卻十分活躍，因此這種文言詞可以看作臺灣社區詞。從地位和功能角度來看，這部分方言詞、外來詞和文言詞既然已經融入臺灣國語變體中，本文就把它們看作臺灣社區詞的來源或影響因素，從而使得臺灣社區詞的研究脈絡更為清晰。史有為（2021）認為「社區詞與方言詞不是並列關係，也非從屬關係。同理，借詞性質的社區詞與外來詞也是從不同角度的提取與分類，並不矛盾。因此，我們應跳出方言詞、外來詞的框框，從更新更廣的角度去看待社區詞……這樣可以讓我們的路走得更寬廣。」

## 3.2 臺灣社區詞的特徵

### 3.2.1 臺灣社區詞的整體特徵

不同類型的社區詞數量能顯示臺灣國語變體本土化情況，是觀察臺灣社區詞整體特徵的顯性指標。本文對蒐集到的 342 個臺灣社區詞的整體特徵進行分析，結果如下：

**表 1　臺灣社區詞整體特徵**

| 類型 | 數量（個） | 佔比（%） | 臺灣社區詞實例 |
|---|---|---|---|
| 形義均異 | 86 | 25.15 | 藥妝店、燒仙草、長照扣除額、榮民 |
| 異形同義 | 219 | 64.04 | 倡導、西元、鎖匙、列管 |
| 同形異義 | 37 | 10.82 | 培養、口白、關懷、事務所 |

由表 1 可知，不同類型臺灣社區詞數量呈現出鮮明差異。異形同義社區詞數量最多，共有 219 個，佔比達到 64.04%。其次是形義均異

社區詞，佔比為 25.15%。同形異義社區詞數量最少，有 37 個，佔比為 10.82%。

異形同義社區詞是臺灣社區詞中最為普遍的形式，出現頻率最高，由此可見，漢語共同語在臺灣社區的演變更多涉及的是詞語構詞成分的選擇和組合方式等詞形方面的差異，而較少涉及詞語意義延伸的方向、用法性質、色彩等詞義方面的差異。此外，共同語在臺灣社區的演變與其殖民歷史、人口結構、制度、對外關係、語言政策等社會歷史背景密切相關。在半個多世紀的隔絕中，臺灣社區因其特殊的社會歷史背景，產生了一些其他漢語／華語社區沒有的事物或現象，因此產生了一部分形義均異社區詞。不過，隨着不同漢語／華語社區日益頻繁的經濟文化交流和語言的不斷接觸，臺灣社區獨有的事物或現象並不多。

### 3.2.2 形義均異社區詞的特徵

從內容上說，臺灣形義均異社區詞的詞義聚類反映了臺灣社區生活環境和文化背景中存在差異的領域。通過對每種語義聚類的臺灣社區詞的數量統計，可以揭示出臺灣社區獨具特色的社會特徵。本文對蒐集到的 86 個臺灣形義均異社區詞的語義特徵進行分析，結果如下：

表 2　臺灣形義均異社區詞語義特徵

| 語義分類 | 數量（個） | 佔比（%） | 臺灣社區詞實例 |
| --- | --- | --- | --- |
| 餐飲食物 | 30 | 34.88 | 臭臭鍋、肉燥飯、外燴、龍珠、味噌、圓仔冰、芋簽、豆輪、竹輪、肉圓、腳庫飯、烏龍麵、魷魚焿／羹麵、番薯仔炊飯、飯捲、浮水蝨目魚羹、刈包／虎咬豬、肉哆、花枝哆、黑輪、霜淇淋、日月粥、科學麵、王子麵、蝨目魚、素圓、麻糬、燒仙草、米血糕、蚵仔煎 |
| 政治體制 | 20 | 23.26 | 綠營、灌票、國軍、稅籍、監察院、專勤隊、里別、清潔隊、中區、里長、藍委、藍綠、退除役、保警、駐警隊、立委、特考、榮民、戒嚴時期、高普考試 |

續表

| 語義分類 | 數量（個） | 佔比（%） | 臺灣社區詞實例 |
|---|---|---|---|
| 教育文體 | 10 | 11.63 | 繞境、在職專班、蘇州碼子、發財金、家商、全民英檢、指考、少棒、鞋技中心、金紙 |
| 商業經濟 | 9 | 10.47 | 煙捐、集點、青草行、廢四機、房地二胎、黃昏市場、福利社、代書、藥妝店 |
| 建築交通 | 8 | 9.30 | 回數票、升等、自由座、娃娃車、水防道路 / 越堤路、地坪、坪、透天 |
| 社會關懷 | 6 | 6.98 | 連假、通用廁所、傑門、長照扣除額、健保、休診 |
| 社會生活 | 3 | 3.49 | 電洽、紅檜、挽面 |

我們將 86 個臺灣形義均異社區詞分為 7 個語義聚類，按照各語義聚類詞語數量由多至少依次排列為餐飲食物、政治體制、教育文體、商業經濟、建築交通、社會關懷、社會生活等。根據表 2，排在前三項的是餐飲食物、政治體制和教育文體。由此可見，臺灣是一個餐飲業發達、政治體制特殊，重視教育文體的社會。基於這樣的社會特徵，臺灣國語變體中產生了相應的反映臺灣特有事物的社區詞。

臺灣是美食王國，圓仔冰、腳庫飯、烏龍麵、刈包 / 虎咬豬、米血糕等臺灣小吃是反映臺灣生活文化特色的最佳代表。臺灣小吃之所以發達，有其歷史淵源：「臺灣自清代起，漢人自福建開墾山林，非常耗費勞力於耕耘，小吃生意者便以挑夫姿態，挑各樣冷、熱小吃到田邊、山邊供應開墾者食用。」（黃靖媛，2011）實惠美味的臺灣小吃承載了「民以食為天」這一中華民族的集體記憶和情感連結。同時，由於地理環境與歷史因素，「明鄭時期留下的閩南口味，融入了原住民、荷蘭人、西班牙人、日本人的飲食，到 1949 年中國各省人來臺」（黃靖媛，2011），造就了臺灣獨特的餐飲文化。

大陸與臺灣政治體制迥異，政治體制作為臺灣獨具特色的社會領域，已被一些學者所關注（邵敬敏、劉宗保，2011；鄒貞，2014）。在我們收集到的語料中，反映臺灣政治體制的社區詞也有很多，如綠營、灌票、藍委、藍綠、立委等社區詞反映了臺灣的選舉文化，監察院、專勤隊、里別、清潔隊、中區、里長、保警、駐警隊等社區詞反映了臺灣的政治和組織架構。

臺灣社會在教育體系和民俗文化方面也獨具特色。繞境、發財金、金紙等社區詞反映了臺灣的民間信仰活動，在職專班、家商、全民英檢、指考、鞋技中心等社區詞反映了臺灣複雜多元的教育體系和內容。

#### 3.2.3 臺灣異形同義社區詞的構詞特徵

構詞特徵作為臺灣社區詞最顯著的特徵，反映出共同語在臺灣社區構詞成分的選擇和組合方式等特徵。本文對蒐集到的 219 個臺灣異形同義社區詞的構詞特徵進行分析，結果如下：

**表 3 臺灣異形同義社區詞詞形差異**

| 構詞特徵 | 數量（個） | 佔比（%） | 臺灣社區詞實例 |
|---|---|---|---|
| 部分語素不同 | 115 | 52.51 | 塑膠、螢幕、聯絡、計程車、道路縮減 |
| 語素完全不同 | 40 | 18.26 | 吃到飽、啟、優格、起士、昆布 |
| 概念化程度不同（普通話無詞級單位對應） | 60 | 27.40 | 內洽、申裝、農產、免運、單書 |
| 同素異序 | 4 | 1.83 | 技職、道地、校院、市集 |

臺灣形義均異社區詞的構詞特徵多樣。從詞的構詞成分和組合方式來説，以共同語詞（普通話詞）為尺度，臺灣異形同義社區詞的構詞特徵可以分為部分語素不同、語素完全不同、概念化程度不同（普通話無詞級單位對應）和同素異序四類。由表 3 可知，部分語素不同的異形同義社區詞數量最多，共 115 個，佔比為 52.51%。其次是概念化程度不同（普通話無詞級單位對應）的異形同義社區詞，共 60 個，佔比為 27.40%，再次是語素完全不同的異形同義社區詞，共 40 個，佔比為 18.26%。佔比最少的為同素異序異形同義社區詞，僅為 1.83%。

超過一半的臺灣異形同義社區詞與共同語詞（普通話詞）有共同的構詞語素，如在地（臺）—本地（陸）、動線（臺）—路線（陸）、齒科（臺）—牙科（陸）等。同時，通過對這類臺灣社區詞的詞類分析，我們發現名詞共 166 個，佔比 75.80%，這反映出兩岸民眾對同一事物的認知方式和指稱習慣的不同。

### 3.2.4 臺灣同形異義社區詞的詞義演變特徵

從詞義演變來説，臺灣同形異義社區詞的詞義特徵反映出共同語在臺灣社區的詞義發展特徵。本文對蒐集到的 37 個臺灣異形同義社區詞的詞義演變特徵進行分析，結果如下：

**表 4　臺灣形同義異社區詞詞義差異**

| 詞義差異度 | 數量（個） | 佔比（%） | 臺灣社區詞實例 |
|---|---|---|---|
| 詞彙意義有聯繫 | 15 | 40.54 | 體能、工友、機能、保育、連線 |
| 詞彙意義無聯繫 | 10 | 27.03 | 工讀生、和風、私貨、品質 |
| 用法有異 | 12 | 32.43 | 莅臨、限乘、關心、建構 |

共同語詞的詞義在臺灣國語變體中的發展可以分為三類：一是臺灣同形異義社區詞與其存在引申關係，這類臺灣同形異義社區詞數量最多，佔比 40.54%，如「企劃」在共同語（普通話）中是「策劃、謀劃」的意思，而在臺灣國語變體中還有「企業內有關經營的策劃工作，也指做這種工作的人員」的意思。無論是「工作」，還是「人員」，都與「策劃、謀劃」相關。二是臺灣同形異義社區詞與其並沒有明顯的引申關係，可能與臺灣的社會環境和多語言接觸的文化背景有關。這類臺灣同形異義社區詞數量最少，佔比為 27.03%，如「集水區」在共同語（普通話）中表示「匯集水流的區域，特指自來水的水源區」，而在臺灣國語變體中表示「河流上的某一個控制點，所有上游河域內的水流都會流經此點。」這一差異是由於術語指稱的不同造成的。三是相對於共同語（普通話），臺灣異形同義社區詞存在鮮明的「隱性特徵」，如語用範圍、情感色彩特徵。而一些兩岸對比工具書常常忽略或無視隱形差異的存在（刁晏斌，2021），在我們蒐集到的 13 個這一類型的臺灣同形異義社區詞中，有 12 個都是新增的臺灣社區詞。

## 4. 臺灣社區詞的生成機制探析

在漢語規則允許的範圍內，漢語與臺灣社會力量不斷互動，經過本土化過程產生臺灣社區詞。臺灣社區詞的產生主要受外部因素和內部因素的影響。不同類型臺灣社區詞的特徵不同，其生成機制也存在差異。本文將分別從內部因素和外部因素的角度對不同類型臺灣社區詞的生成機制進行分析。

## 4.1 臺灣形義均異社區詞的生成機制分析

表 5　臺灣形義均異社區詞的生成機制

| 詞語來源 | 數量（個） | 佔比（%） | 臺灣社區詞實例 |
| --- | --- | --- | --- |
| 本土詞語 | 77 | 89.53 | 駐警隊、家商、全民英檢、里長 |
| 受方言影響 | 4 | 4.65 | 挽面、肉嗲、花枝嗲、透天 |
| 受外來語影響 | 5 | 5.81 | 味噌、烏龍麵、傑門、坪、黑輪 |

由表 5 可知，臺灣形義均異社區詞的產生是外部因素在起作用。絕大部分形義均異社區詞指稱臺灣社區獨有的事物或現象，反映臺灣社會政治經濟生活。通過對 77 個臺灣本土詞語的語義聚類分析，我們發現餐飲食物、政治體制和教育文體這三大領域的差異性和獨特性使得臺灣國語中產生了大量反映臺灣相應社會形態的形義均異社區詞。

受方言影響的形義均異社區詞共有 4 個，全部受閩南方言影響而產生。如「肉嗲」和「花枝嗲」是臺灣用具有當地特色的處理方式加工生蠔製成的食物。「嗲（蚵嗲）」是閩南方言，進入臺灣國語中成為臺灣社區詞，共同語（普通話）指生蠔。「透天」是閩南方言指稱建築形式的詞語，指門戶獨立，各樓層由內部樓梯可互通的房子，常見於臺灣非都市地區。「挽面」是一種利用紗線拔除臉上汗毛的古老美容方法，閩南方言中「挽」是「拔」的意思。在現代，臺灣「挽面」的攤點依然很多。

受外來詞影響的形義均異社區詞共有 5 個，其中受日語影響的形義均異社區詞共有 4 個，如「烏龍麵」和「黑輪」為日語音譯詞，指的是日式食品：前者指粗圓的白麵條，用於日本料理，煮、炒皆宜；

後者指以魚漿製成形狀、大小、長短不一的一種食物，可以與柴魚、白蘿蔔塊等一起煮，蘸甜辣醬食用。「坪」為日語形義借詞，原指日本面積單位，19 世紀末日本佔領了朝鮮半島和臺灣之後，「坪」作為面積單位也在這些地區使用並沿用至今。「味增」是日語詞，指一種日式調味品，由豆、麥發酵後加鹽做成，多用來做湯。受英語影響的形義均異社區詞有 1 個，「傑鬥」為英語音譯詞，指一個成年人童心未泯，仍然熱衷年輕人文化，亦指心理上長不大的成年人，心思意念仍像孩子。

## 4.2 臺灣異形同義社區詞的生成機制分析

影響臺灣異形同義社區詞產生的因素是多方面的，既有外部因素的影響，也有詞語內部因素的影響。本文對蒐集到的 219 個臺灣異形同義社區詞的生成機制進行分析，結果如下：

**表 6　臺灣異形同義社區詞的生成機制**

<table>
<tr><th colspan="2">影響因素</th><th>數量（個）</th><th colspan="2">佔比（%）</th><th>臺灣社區詞實例</th></tr>
<tr><td rowspan="3">外部因素</td><td>受方言影響</td><td>11</td><td>5.02</td><td rowspan="3">33.33</td><td>嗆、厝邊、好食、中古車</td></tr>
<tr><td>受文言詞（舊詞語）影響</td><td>37</td><td>16.89</td><td>不彰、暗夜、長官、啖</td></tr>
<tr><td>受外國語言影響</td><td>25</td><td>11.42</td><td>杯葛、化妝室、改札口、奈米</td></tr>
<tr><td rowspan="3">內部因素</td><td>造詞法</td><td>67</td><td>30.59</td><td rowspan="3">66.67</td><td>村人、藝品、關係企業、客制（化）、白屋</td></tr>
<tr><td>同義 / 近義語素的選擇和組合</td><td>42</td><td>19.18</td><td>快速道路、丟擲、硬盤、藥局</td></tr>
<tr><td>命名角度</td><td>37</td><td>16.89</td><td>冷氣、印表機、高麗菜、軟件</td></tr>
</table>

由表 6 可知，臺灣異形同義社區詞的產生受方言、文言詞（舊詞語）、外國語言等外部因素的影響，以及造詞法、同義 / 近義語素的選擇和組合、命名角度等內部因素的影響。在我們蒐集的臺灣異形同義社區詞中，受內部因素影響而產生的異形同義社區詞數量最多，共 146 個，佔比為 66.67%。在內部因素中，又以造詞法的影響最大，可見，縮略造詞法（由比喻造詞法產生的異形同義社區詞僅有 1 個）是臺灣異形同義社區詞產生的重要方式。「臺灣對非固定短語的縮略是比較大膽的，這給漢語新詞的產生開闢了更加廣闊的空間。」（侯昌碩，2004）在外部因素中，又以文言詞（舊詞語）影響最大，共同語在臺灣的標準取向在一定程度上更多靠向 1950 年代前的「老國語」，因此許多保存下來的反映舊事物的詞語也影響了臺灣異形同義社區詞的產生。

#### 4.2.1 受內部因素影響

對同一事物和概念，臺灣國語變體在漢語規則允許的範圍內，或使用不同造詞法，或不同程度，或不同角度來選用不同的語素構造詞語，因此形成了大量的臺灣異形同義社區詞。

「為使表達經濟、簡約、快捷，人們常縮減一些常用短語，改用縮略形式代替形成縮略語。但一個短語能否縮略不是任意的，在一個地區經常使用的縮略形式到了另外一個地區不一定被承認。」（賈益民、許迎春，2005）由縮略造詞法形成的臺灣異形同義社區詞在共同語（普通話）中仍然以短語形式出現。例如「徵才」，共同語（普通話）稱「公開徵求或招聘人才」。「制震」是一種工程方法，指在地震多發地區，在建築設計中通過一系列措施減緩地震對建築物的影響。「縣市長」是「縣長和市長」的簡稱。縮略造詞也可以使用在由外語短語簡縮形成的帶有西文字母形式的詞中，如「e 化」的意思是「電子科技化」。

漢語的造詞語素中有大量同義和近義語素，從而為漢語詞彙構造提供了多種可能性。例如「學區宅（臺）—學區房（陸）」指的是學校區域的稀缺性房產，這兩個詞的相異部分「宅」和「房」為近義詞。「着生植物（臺）—附生植物（陸）」指的是附着在巖壁、枯木或其他種植物之植株上，但不從其所附生之植物體內吸收生長所需的養分和水分的一種植物。這兩個詞的相異部分「附」和「着」，不僅同義，而且可以組成一個聯合結構的動詞「附着」。「二個（臺）—兩個（陸）」中「二」和「兩」是同義語素，表示數量。不過《現代漢語詞典》中說在一般量詞前用「兩」不用「二」，而臺灣則沒有這種限制。

即使是同義語素，由於排列順序的不同，也會產生臺灣異形同義社區詞，我們收集到的語料中有 4 個由此形成的臺灣形義均異社區詞，包括技職、道地、校院、市集。

另外，同一事物和概念，臺灣國語變體説話者特有的造詞心理會導致詞語命名角度也比較獨特，從而產生臺灣異形同義社區詞。「語詞命名基於説話者對事物的認知與重點掌握」（盧國平，2019），例如「交流道（臺）—立交橋（陸）」，其中「道」與「橋」作為構詞的中心語，它們是近義語素，都是交通道路的一種。「交流」是從「車輛匯集」的角度來構詞，「立交」是從「道路形態」的角度來構詞。「健檢（臺）—體檢（陸）」中相異部分「健（健康）」是從檢查的目的來造詞的，「體（身體）」是從檢查的部位來造詞的。「加值（臺）—充值（陸）」中相異部分「加」是從累積方面來造詞的，「充」是從動作方面來造詞的。通過以上例子可以看出，在粵文化、楚文化和吳越文化的歷史影響下，在同類而具新質的閩臺文化的作用下（于賢德、顧向欣，2019），臺灣國語變體説話者造詞心理表現為重具體感性，而在中原傳統文化

（儒家文化）的影響下（于賢德、顧向欣，2019），共同語（普通話）説話者的造詞心理則表現為重實踐理性。

#### 4.2.2 受外部因素的影響

受文言詞（舊詞語）影響的詞語共有36個。一些共同語（普通話）中已經不再使用的文言詞（舊詞語），在臺灣國語變體中依然活躍，包括挹注、公所、山嵐、蔬食、要口、輻輳、移住、查訖、本府、稅捐稽征處、自力、仕紳、徵人、銀樓、開基、康強、不彰、暗夜、長官、啖、未幾、吾人、俾、不遑、西元、舖、偷兒、致贈、施設、彌月、乙張、乙名、印舖、日人、啟、行、利市。

受外國語言影響的詞語共有25個，其中，受日語影響的有11個，包括路地、齒科、一番、化妝室、改札口、部屋、珈琲、心室細動、宅配、便當、昆布。受英語影響的有14個，它們或由音譯或由意譯翻譯而來，包括輕航、數位、杯葛、奈米、數位相機、雷射、多益檢測、起司、伴唱機、多士、紐澳良、芮氏、優格、起士。

受方言影響的詞語共有11個。它們原本屬於方言詞，後來隨着使用頻率的增高和使用範圍的擴大，最後逐漸融入到臺灣國語變體的書面語言系統中，成為社區詞產生的重要因素之一。其中，受閩南方言影響的有8個，包括強強滾、啾團（詞典中寫作「揪團」）、蚵嗲、嗆、古早味、厝邊、呷、中古車；受原住民方言影響的有「太麻里」；受吳方言影響的有「嘸」；受粵方言影響的有「好食」。

### 4.3 臺灣同形異義社區詞的生成機制分析

臺灣同形異義社區詞的產生同樣受外部因素和內部因素的影響，

本文對蒐集到的 37 個臺灣異形同義社區詞的生成機制進行分析[①]，結果如下：

**表 7　臺灣同形異義社區詞的生成機制**

<table>
<tr><th colspan="2">影響因素</th><th>數量（個）</th><th colspan="2">佔比（%）</th><th>臺灣社區詞實例</th></tr>
<tr><td rowspan="2">外部因素</td><td>受日本文化／日語的影響</td><td>2</td><td>5.41</td><td rowspan="2">10.82</td><td>特別列車、和風</td></tr>
<tr><td>社會生活</td><td>2</td><td>5.41</td><td>集水區、工讀生</td></tr>
<tr><td rowspan="5">內部因素</td><td>詞義擴大</td><td>18</td><td>48.65</td><td rowspan="5">89.19</td><td>證照、精工、門號、保育</td></tr>
<tr><td>詞義縮小</td><td>2</td><td>5.41</td><td>工友、理髮廳</td></tr>
<tr><td>義項選擇</td><td>1</td><td>2.70</td><td>管道</td></tr>
<tr><td>語用範圍擴大</td><td>11</td><td>29.73</td><td>限乘、品質、關心、建構、請安</td></tr>
<tr><td>色彩改變</td><td>1</td><td>2.70</td><td>討好</td></tr>
</table>

由表 7 可知，臺灣同形異義社區詞的產生受日本文化／語言、臺灣社會生活等外部因素的影響，以及詞義演變等內部因素的影響。在我們蒐集的語料中，受詞義演變這一內部因素影響而產生的同形異義社區詞數量最多，共 33 個，佔比為 89.19%。在內部因素中，又以詞義擴大的影響最大，可見，詞義擴大是臺灣同形異義社區詞產生的重要方式。

#### 4.3.1 內部詞義演變的影響

詞義擴大是指臺灣社區詞在臺灣社會中發展出新義項，並且新義項大多在臺灣語言生活中具有較高的使用頻率。這類詞語共有 18 個，

① 主要參照《現代漢語詞典》（第 7 版）（文中簡稱《現漢》）和《臺灣重編國語辭典修訂本》（2023 網絡版）（文中簡稱《臺重編》）的詞語釋義，個別詞語雖沒有被《現漢》和《臺重編》收錄，但已在北京大學漢語言研究中心語料庫（文中簡稱好 CCL 語料庫）中使用。文中所用的例句源於我們所搜集的語言景觀語料。

如「證照」在《現漢》中解釋為：證件、執照。在《臺重編》中解釋為：①證件與護照的合稱。②通過專業考試認證取得的執照。③證件與護照上的照片。臺灣國語變體增加了義項：名詞，證件與護照上的照片。例如「護照證照拍攝」。除了以上的例子外，還有中古、企劃、簡訊、特區、部落、項目、體能、機能、保育、不肖、庇蔭、連線、徵收、門號、精工、私貨、口白。

語用範圍擴大也是臺灣同形異義社區詞產生的重要方式。如「莅臨」在《現漢》中解釋為：親自到來（多用於貴賓）。其在臺灣國語變體中的使用對象無限制，如「歡迎舊雨新知莅臨」。「關心」的主語在共同語（普通話）中一般是人，而在臺灣國語變體中「關心」的主語也可以是實體，如「新光保全關心您」。「請安」在《現漢》中解釋為：①問安（多用於長輩）。②方言，打千兒，舊時的敬禮。其在臺灣國語變體中使用對象無限制，如「黃啟嘉醫師向您請安」。除了以上 3 個例子，還有買氣、限乘、建構、培養、粒、關懷、事務所。

此外，詞義縮小、義項選擇和色彩改變也在一定程度上影響了臺灣同形異義社區詞的產生。詞義縮小是指臺灣同形異義社區詞與共同語詞（普通話詞）的義項相比，在臺灣社會使用中減少了義項或詞義的主體範圍縮小。如「工友」在《現漢》中有兩個義項：名詞。①工人。②機關學校裏擔任雜事的人員。臺灣國語變體中只使用義項②。如校園標牌「檢查工友簽章」。「理髮廳」在《臺重編》中解釋為：修剪、梳理頭髮的場所。現今一般指男子的理髮場所。而共同語（普通話）中則沒有性別限制。「管道」在《現漢》中有兩個義項：名詞。①輸送流體或粉末的管子（本義）。②途徑、門路（引申義）。臺灣國語變體通常不用義項①，只使用義項②。「討好」在共同語（普通話）中的情感色彩偏貶義，而在臺灣國語變體中的情感色彩由貶義到中性，如「亞太電信攜手小米討好你！」

#### 4.3.2 外部因素的影響

這類詞語共有 4 個。一是受日語和日本文化的影響，如「特別列車」中的「特別」為日語詞，通常指比起一般列車「急行」或「快速」，停站更少，或是有更好的服務。「和風」在《現漢》中解釋為：溫和的風。在臺灣國語變體中指的是「日本的風格」。二是臺灣社會生活的影響。「集水區」在《現漢》中解釋為：匯集水流的區域，特指自來水的水源區。在《臺重編》中解釋為：河流上的某一個控制點，所有上游河域內的水流都會流經此點。對具體學科術語的定義和命名角度不同，也會影響詞義的差異。

## 5. 結語

本文根據形義關係將臺灣社區詞分為三大類，並系統分析了不同類型臺灣社區詞的特徵和生成機制。臺灣社區詞不僅可以表達臺灣社會文化環境中的特有概念、事物，還可以通過構詞成分的選擇和組合，以及詞義延伸、情感色彩的轉換、用法性質上的社區特色來豐富漢語詞彙。臺灣社區和大陸社區共有的事物和概念還是比較多的，漢語共同語在臺灣國語變體中更多涉及的是詞語構詞成分的選擇及其組合方式等詞形方面的演變。不同類型的社區詞生成機制存在差異。臺灣是一個餐飲業發達、政治體制特殊，重視教育文化的社會，基於這樣的社會背景，臺灣國語變體中產生了大量的反映相應社會特徵的形義均異社區詞，同時它們也受閩南方言和日語的影響。臺灣異形同義社區詞和同形異義社區詞的存在體現了漢語詞語構造的多能性與時空性，即「具有多種理解可能的漢語組合形式，或由於多種認知可能形成的多個相同意義的詞語」（高曉虹、施春宏，2013），受臺灣國語變體語言系統的制約，在臺灣國語變體中往往只呈現某一種理解或顯現為某一個詞語。二者的產生既受外部因素的影響，也受內部因素的影響。在外部影響因素中，前者主要是受文言詞（舊詞）的影響，後者主要是受日語和臺灣社會生活的影響；在內部因素中，前者主要受縮略這一造詞法因素的影響，後者主要受詞義擴大的影響。對臺灣社區詞的特徵和生成機制的分析驗證了漢語的統一性與多樣性，有助於開闊語言政策和語言規範制定的視野，有助於構建具有促進國家統一、民族認同作用的新時代語言規劃。

李宇明（2021）提出：「隨着研究的深入，大家不僅重視普通話在華語（大華語）中的作用，而且也逐漸重視 1949 年之前的國語及之後的臺灣國語在華語（大華語）的歷史、現實及未來的作用。」游汝傑（2021）將海外漢語標準語分為三大類型：香港型、臺灣型、新加坡型。其中臺灣型即臺灣國語變體。臺灣國語變體不僅流行於臺灣，也流行於以閩方言華裔為主的華人社區，分佈於東南亞等地。因此，研究臺灣國語變體特徵對了解華語（大華語），尤其是東南亞華語變體的特徵具有基礎作用。臺灣國語變體對哪些漢語／華語社區影響較大？影響程度如何？這些都是值得進一步研究的問題。

此外，我們發現，在收錄臺灣社區詞時，現有的詞典在標註使用地區時仍有許多不符合當地實際情況之處。比如「國小」「國中」在《全球華語大詞典》中標註的使用地區只有馬來西亞，但語言景觀語料顯示它們在臺灣也有用例，「多士」在《全球華語大詞典》中標註的使用地區只有港澳，但語言景觀語料顯示它們在臺灣也有用例。這説明在全球互聯互通的背景下，社區詞的跨區域交流越發頻繁，詞典在標註使用地區時，很難判定該詞是否只在特定的地區使用。這就提醒我們在社區詞研究時不僅要以詞典為語料依託，還要看到目前詞彙動態化發展的趨勢，及時進行大規模的實地調查，不斷豐富語料來源，從而全面、深入地發現、總結漢語社區詞的特點。

## 參考文獻

陳琪　2008 《新加坡華語詞語研究》，復旦大學博士學位論文。

儲澤祥　張琪　2013 《海峽兩岸「透過」用法的多樣性與傾向性考察》，《語言文字應用》，第 4 期。

戴洪亮　2012 《臺灣語言文字政策》，九州出版社。

刁晏斌　2015 《臺灣「國語」詞彙與大陸普通話趨同現象調查》，《中國語文》，第 3 期。

2016 《關於海峽兩岸詞彙深度對比研究的思考》，《勵耘語言學刊》，第 1 期。

2021 《對海峽兩岸語言差異的重新認識》，《語言教學與研究》，第 4 期。

高曉虹　施春宏　2013 《詞語構造的多能性和時空性——從「腰封」及其相關詞語的形義關係談起》，《語言教學與研究》，第 3 期。

侯昌碩　2004 《臺灣國語的縮略語》，《湛江師範學院學報》，第 5 期。

黃靖媛　2011 《臺灣傳統小吃探討 - 以台南、高雄、屏東縣市為例》，《大同技術學院學報（臺灣）》，第 16 期。

賈益民　許迎春　2005 《新加坡華語特有詞語補例及其與普通話詞語差異分析》，《暨南大學華文學院學報》，第 4 期。

李麗　趙學清　2020 《「社區詞」理論對構建和諧語言生態的重要貢獻》，收入《近思博學　知行兼舉——田小琳先生八秩榮慶文集》，和平圖書有限公司。

李行健　2013　《兩岸差異詞再認識》，《北華大學學報（社會科學版）》，第6期。

李行健　仇志群　2012　《兩岸詞典中差異詞的界定及其處理——兩岸合編語文詞典中的新問題》，《語言文字應用》，第4期。

李宇明　2021　《世界漢語與漢語世界》，《中山大學學報（社會科學版）》，第3期。

李昱　施春宏　2011　《海峽兩岸詞語互動關係研究》，《當代修辭學》，第3期。

盧國平　2019　《兩岸語詞邏輯思維差異之比較研究》，收入《兩岸語言文字調查與語言生活》，商務印書館。

邵敬敏　劉宗保　2011　《華語社區詞的典型性及其鑒定標準》，《語文研究》，第3期。

史有為　2021　《試論香港多語人社群的語言生活》，《語言戰略研究》，第4期。

蘇金智　2014　《兩岸四地詞彙相互吸收趨勢探析》，《雲南師範大學學報（哲學社會科學版）》，第4期。

田小琳　1993　《現代漢語詞彙的特點》，收入《語文和學習：九三國際語文教育研討會論文集》，九三年國際語文教育研討會論文集編輯委員會。

嚴奉強　1992　《臺灣國語詞彙與大陸普通話詞彙的比較》，《暨南學報（哲學社會科學）》，第2期。

楊海明　邵敬敏　2011　《兩岸漢語「男生」「女生」的指稱比較》，《語言文字應用》，第4期。

遊汝傑　2021　《漢語研究的當代觀和全球觀》，《語言戰略研究》，第3期。

於賢德　顧向欣　2000　《海峽兩岸詞語差異的政治文化因素》，《汕頭大學學報》，第4期。

朱景松　周維網　1990　《臺灣國語詞彙與普通話的主要差異》，《安徽師大學報（哲學社會科學版）》，第1期。

鄒貞　2014　《臺灣社區詞在大陸使用情況之考察》，《廊坊師範學院學報（社會科學版）》，第5期。

# 漢字字本位學習法聲符規則探析

## ——以《漢字積木》為探討核心

臺灣師範大學華語文教學系副教授　邱詩雯

**提　要**　就中文作為外語教學而言，漢字書寫一直是學習者的難點。漢字造字法中，以「形聲」所佔的比例最高，東漢許慎《說文解字》9353 字中，形聲字即佔 90%，今日使用漢字形聲字量更是高達 99% 以上。形聲字為先取一形符字表示類屬，再取另一聲符字表示讀音。有時，形聲字的聲符不只表音，亦協助形符表義，而有「聲符兼義」的現象。字本位教學法強調漢字是華語的基本單位，透過集中識字模式，集中學習部件相同的詞彙，以字繫詞，以詞領句，提昇華語學習力。此種系統化習得漢字的方法，對於華語文漢字的辨認與書寫，誠有所幫助。然而，在教學實務上，由於漢語語音的流變，許多「有邊讀邊，沒邊讀中間」的例外，造成學習者難以類推衍生字聲符的狀況。若教學研究者能系統化建立語音規則，是否能夠讓漢字字本位學習法的集中識字模式更加便利？本研究以臺灣正中書局出版《漢字積木》兩冊 20 課教材為研究對象，對於教材中 33 個部件字，469 個衍生字，運用數字人文社會關係網絡分析方法（SNA，Social Network Analyze），從衍生字部件表音的規則，進行系統化的串連。完成此研究，可藉由羣聚類分的方式，提供教師在使用字本位教材教學時音讀的教學原則；並且可以就現行字本位學習教材，獲得漢字部件標音的規則，作為日後漢字字本位學習教材編寫、修訂之參考。

**關鍵詞**　漢字教學　字本位　部件　社會關係網絡　數字人文

## 一、前言

中文作為外語教學的二語學習，包括聽、說、讀、寫四個部分，而漢字的認讀和書寫是二語學習者普遍認為難度較大的部分。漢字與拼音文字不同，以獨體方塊字的方式呈現。就認讀解義而言，有單獨使用與合字成詞兩種表義方法；而就書寫來說，則仍以漢字作為基本書寫字符。前輩學者花費大量研究精力，希望能夠提出降低華語文書寫學習的難度。其中重要的如部件的概念，以部件作為漢字最小書寫單位，組合部件成字。還有字本位學習法，以部件集中識字，再連字成詞，組詞成句，集句成篇。

漢字的造字，包括象形、指事、會意、形聲，隨着時代演進與社會分工日趨複雜，最終以形聲字為大宗。形聲字本為合體的結構，以形符表義，聲符表音，或兼表音義的方式構字。然而，經過長時間語言的演進與變異，部分形聲字的聲符已逐漸失去表音的功能，常常有聲、韻、調的變異。

部件提供了二語學習者漢字學習的方便，但是部件不等於部首，漢字的造字規則，在拆解部件的過程中，難免被破壞。而在這過程中，又丟失了更多的聲符表音功能。造成學習者書寫漢字以部件組字，能快速識寫，但未必能夠同步學會讀音。舉例而言，「讀」字可拆解成「言」、「士」、「罒」、「貝」四個部件，「言」是表意部件，而二語學習者無法在「士」、「罒」、「貝」三個部件中，甚至是組合成「賣」的偏旁，找到讀音的線索。儘管就母語學習者而言，由於在過往學習經驗中「牘」、「瀆」、「犢」、「黷」等字，「賣」字旁都作「dú」，所以大致可以猜測這應該是某種語音變異的現象，而根據經驗法則，遇見「賣」的偏旁，可以讀出「dú」的發音。但就二語學習者而言，由於沒有經驗法則的支撐，在字本位集中識字的規則中，只學習過「讀」和「賣」，因此會很直覺的將「讀」字讀作「mài」，如何在集中識字的教學過程中，兼顧語音的發音規則，是教學上一大挑戰。

本研究欲探討在華語文字本位的學習過程中，部件表音功能如何？因此採用臺灣正中書局出版《漢字積木》兩冊 20 課教材為研究對象，對於教材中 33 個部件字及其衍生字，拆解部件。再運用數字人文社會關係網絡分析方法（SNA，Social Network Analyze），繫連部件，試圖以系統化圖示的串連方法，觀察部件表音的規則。希望能通過羣聚類分的方式，提供教師在使用字本位教材教學時音讀的教學原則。

## 二、研究設計

本研究以臺灣正中書局《漢字積木》上下冊為主要研究對象[①]。《漢

① 林振興, 陳學志（2015）。漢字積木。臺北，正中書局。

字積木》以字本位為概念，強調「漢字」是華語的基本單位，透過「集中識字」模式，集中學習部件相同的詞彙，可強化華語學習者對漢字形音義的理解，以增進學習效率。全套兩冊，共 20 課，可快速學會 33 個部件字，469 個衍生字。適用於 CEFR A2 到 B1 的華語學習者，約可對應至新漢語水平考試（HSK）四級到五級的程度[①]，幫助學生系統式集中識字。《漢字積木》教材根據部件衍生字的多寡不一，每課約有 1 至 3 個部件不等，各課部件表列如表一：

**表一　《漢字積木》各課部件表**

| | 課 | 1 | 2 | 3 | 4 | 5 | 6 | 7 | 8 | 9 | 10 |
|---|---|---|---|---|---|---|---|---|---|---|---|
| **第一冊** | 部件 | 女<br>父 | 言 | 日<br>月 | 口<br>食 | 氵 | 木 | 亻 | 貝<br>金 | 草<br>竹 | 刂<br>阝 |
| | 課 | 1 | 2 | 3 | 4 | 5 | 6 | 7 | 8 | 9 | 10 |
| **第二冊** | 部件 | 足<br>土 | 扌 | 月<br>疒 | 又<br>口 | 勹<br>十 | 宀 | 儿<br>車<br>隹 | 辶<br>人 | 忄 | 糸 |

《漢字積木》選取的部件，先從家族稱謂常用的「女」、「父」部件編寫，教導「奶」、「她」、「如」、「安」、「妹」、「姑」、「姐」、「姓」、「姜」、「姨」、「娜」、「娟」、「婆」、「媽」、「爸」、「爺」等衍生字羣。接着第二課再教「言」的部件及其衍生字；第三課再以時間為主題，將「日」、「月」部件相關字編寫課文；而後第四課依照飲食的主題，編寫「口」、「食」等部件字，依此類推。

本研究方法採用數字人文研究的社會關係網絡分析法。社會關係網絡分析法是使用網絡和圖論研究社會結構的過程，適用於羣體研究

① https://tocfl.edu.tw/index.php/test/reading/list/8

[1]。我們將部件作為節點（node），當「部件」連結到其他「部件」，便連結成邊（edge）。連結程度以權重（weight）表示。通過繫連部件、統計權重繪製圖像。透過可視化圖像的串聯，我們觀察節點和邊形成的羣體（group）。研究者可以檢視下面問題：度（degree）、中心性（centrality）等問題。本研究將使用 SNA 方法串連《漢字積木》衍生字的部件，藉助 Gephi 軟件繪製可視性圖像，嘗試透過權重的分組，觀察部件表音的能力。

筆者具體拆解部件、清洗數據、統計權重的步驟説明如下：

1. 拆解衍生字為兩個部件，其一為表一的課文主部件，其他扣除主部件的部分，為求論文表達方便，筆者輔部件命名之。如「媽」字，課文主部件為「女」，輔部件則為「馬」;「飯」字，課文部件為「食」，輔部件為「反」，依此類推。

2. 社會關係網絡的數據輸入，主要探討兩個節點間的關係，因此輔部件以整字為主。由於研究要探討的是二語學習者直覺式的音讀可能，因此主部件外的部分，非整字可發音的部件，先刪除不論。傳統形聲字聲符或有複合兩個輔部件者而能因讀者，以表音組合部件為準，如「花」字以「艹」為主部件，「化」為組合輔部件;「芬」字以「艹」為主部件，「分」為組合輔部件。

3. 將衍生字與輔部件的關係，拆解成聲、韻、調三個部份，分別計算邊的權重，假設音讀相同者權重為 5，音讀改變者權重為 1。如「貝」的衍生字「貨」(huò），主部件為「貝」，輔部件為「化」(huà)，聲同、韻異、調同，分別的權重為 5、1、5。考慮音讀聯想，結合韻的

---

① Otte Evelien & Rousseau Ronald（2002）.Social network analysis: a powerful strategy, also for the information sciences, Journal of Information Science, Vol. 28（No.6）, pp.441-453.

辨識從寬，以尾韻統計，如「氵」的衍生字「淨」(jìng) 與輔部件「爭」(zhēng)，聲異、韻同、調異，分別的權重為 1、5、1。如遇見多音字可作二讀音者，採計常見、相近的讀音，如「亻」的衍生字為「價」(jià)，輔部件「賈」可讀作「jiǎ」或「gǔ」，以「jiǎ」與「jià」發音相近又較常使用，以「jiǎ」統計之，聲、韻同，聲調異，則權重則為 5、5、1。

4. 由於是以學習者角度思考，輔部件的歸納以扣除課文主部件為主，並不全等同於形聲字的聲符。如第 14 課〈努力打太極拳〉，將「慢」歸納為「又」的衍生字，輔部件就不是「曼」，而是「忄」、「曰」、「罒」，剩餘部件無法組字者，先省略不討論。

經過上述數據清洗規則，初步獲得 264 個有效節點，329 條邊。換句話說，《漢字積木》的主部件與輔部件，共有 264 個，彼此可串連出 329 種關係。接着先將權重加總，輸入 Gephi 繪圖軟件，繪製可視性課會關係網絡圖，展開觀察與討論。

## 三、研究結果

筆者將初步統計完成的資料，繪製成《漢字積木》部件表音規則社會關係網絡圖，如下圖一（彩圖見第 461 頁）。節點大小反映連入度，與其他節點連結狀況較多者較大，反之較小。由於研究設計是以課為主部件及其輔部件繫連，因此主部件節點較大，輔部件節點較小。節點的位置則表現節點與其他節點的關係，能與越多節點有關係，中心性越大，分佈在圖形的中心；反之，與越少節點有關，中心性越小，就會分佈在圖形的邊陲位置。

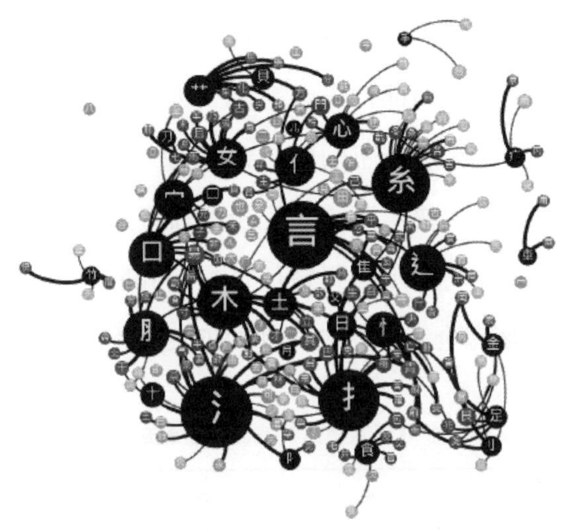

圖一 《漢字積木》部件表音規則社會關係網絡圖

筆者進一步根據節點的性質分色標示，黑色節點為課文主部件，紅、藍、綠、灰為輔部件，加總權重 15 以上為紅色，10 到 14 為藍色，6 到 9 為綠色，5 以下為灰色。由於輔部件的權重，那根據聲、韻、調的異同計算，如輔部件與衍生字聲、韻、調皆同者，其權重為 15。如輔部件與衍生字聲、韻、調其中一項有異，則權重會是 11。以此類推，如輔部件與衍生字聲、韻、調其中二項有異，則權重會是 7。輔部件與衍生字聲、韻、調三者皆不同者，權重加總則為 3。因此可以運用權重數值區分輔部件顏色，以利觀察輔部件表音的功能。而為了展現較佳的繫連效果，將隱藏 95 條灰色節點的邊，故圖一的可見邊為 234 條，佔 71.12%。

圖一中紅色的邊共 69 條，藍色的邊共 84 條，而綠色的邊則是 81 條。這似乎表示在此次《漢字積木》的部件表音研究中，有 69 個部件與衍生字發音聲、韻、調完全相同。有 84 個部件與衍生字發音聲、韻、調其中一項有不同。81 個部件與衍生字發音聲、韻、調其中二項

有不同。那麼是否意味着教學者在以部件組字，從事字本位教學時，可以強調 68 紅色節點的部件表音功能，方便學生產生音讀聯想呢？由於相同的輔部件，在連結不同的主部件時，可能會有不同的發音方式，因此這樣的推論太快，不儘然完全正確。欲獲得聲韻調完全相同的正確統計成果，我們必須回到數值後臺，扣除輔部件兩種以上讀音的狀況，最後 53 個完全表音的輔部件如下表二：

表二 《漢字積木》完全表音輔部件表

| No. | 1 | 2 | 3 | 4 | 5 | 6 | 7 | 8 | 9 | 10 |
|---|---|---|---|---|---|---|---|---|---|---|
| 0 + | 乃 | 乇 | 幹 | 分 | 午 | 氣 | 臺 | 平 | 永 | 由 |
| 10 + | 禾 | 夷 | 式 | 巠 | 快 | 月 | 那 | 侖 | 兩 | 其 |
| 20 + | 卦 | 宜 | 岡 | 沓 | 疌 | 罔 | 罙 | 表 | 非 | 俞 |
| 30 + | 叚 | 奐 | 建 | 斿 | 耶 | 員 | 旁 | 般 | 商 | 婁 |
| 40 + | 曼 | 票 | 離 | 竟 | 尌 | 尞 | 焦 | 絜 | 董 | 雍 |
| 50 + | 謚 | 甫 | 頻 | | | | | | | |

表二是《漢字積木》衍生字輔部件完全表音的狀況，應當注意的是，《漢字積木》適用於 A2 到 B1 程度的學生，表二的表音輔部件，在《漢字積木》衍生字的發音規則中適用，並不表示伴隨漢字習得的數量增加，音讀規則就固定下來。然而儘管如此，學習者由淺入深，推測音讀大致的範圍。

筆者以為，如果以音讀大致範圍歸納，除了表二之外，我們也可以在教學時，考慮補充聲韻相似相近、聲調不同的輔部件音讀規則。承前所述，聲韻相近、聲調不同的輔部件是藍色的節點，扣除也可其音變成變化較大的狀況，初步統計為 31 個輔部件字，如下表三，亦可作為教學者課程設計補充教學的參考。

**表三　《漢字積木》表音相近輔部件表**

| No. | 1 | 2 | 3 | 4 | 5 | 6 | 7 | 8 | 9 | 10 |
|---|---|---|---|---|---|---|---|---|---|---|
| 0＋ | 己 | 反 | 巴 | 方 | 王 | 丙 | 主 | 包 | 北 | 交 |
| 10＋ | 安 | 並 | 米 | 完 | 忍 | 卓 | 官 | 波 | 采 | 青 |
| 20＋ | 曷 | 相 | 禺 | 要 | 韋 | 荅 | 袁 | 退 | 馬 | 戠 |
| 30＋ | 賈 | | | | | | | | | |

如果我們再進一步追問，哪幾課的主部件與輔部件的表音功能結合狀況較好？筆者將輔部件完全表音，與聲調不同、相近表音的狀況，統計如下表四：

**表四　《漢字積木》各課表音相近字數表**

<table>
<tr><td rowspan="3">第一冊</td><td>課</td><td colspan="2">1</td><td>2</td><td colspan="2">3</td><td colspan="2">4</td><td>5</td><td>6</td><td>7</td><td colspan="2">8</td><td colspan="2">9</td><td colspan="3">10</td></tr>
<tr><td>部件</td><td>女</td><td>父</td><td>言</td><td>日</td><td>月</td><td>口</td><td>食</td><td>氵</td><td>木</td><td>亻</td><td>貝</td><td>金</td><td>草</td><td>竹</td><td>刂</td><td colspan="2">阝</td></tr>
<tr><td>字數</td><td>10</td><td>2</td><td>9</td><td>3</td><td>1</td><td>7</td><td>5</td><td>14</td><td>10</td><td>6</td><td>1</td><td>2</td><td>8</td><td>2</td><td>3</td><td colspan="2">2</td></tr>
<tr><td rowspan="3">第二冊</td><td>課</td><td colspan="2">1</td><td>2</td><td colspan="2">3</td><td colspan="2">4</td><td colspan="2">5</td><td>6</td><td colspan="3">7</td><td colspan="2">8</td><td>9</td><td>10</td></tr>
<tr><td>部件</td><td>足</td><td>土</td><td>扌</td><td>月</td><td>疒</td><td>又</td><td>口</td><td>勹</td><td>十</td><td>宀</td><td>兒</td><td>車</td><td>隹</td><td>辶</td><td>人</td><td>忄</td><td>糸</td></tr>
<tr><td>字數</td><td>4</td><td>5</td><td>14</td><td>9</td><td>2</td><td>0</td><td>1</td><td>0</td><td>0</td><td>2</td><td>0</td><td>2</td><td>2</td><td>6</td><td>5</td><td>8</td><td>9</td></tr>
</table>

表四的統計，下冊「又」、「勹」、「十」、「兒」等部件，其扣除主部件後，衍生字多數難以成字以表音，因此表音相近字數為 0。而從表四的統計中，我們可以看見表音相近字集中在《漢字積木》上冊第 1、2、5、6、9 課，以及下冊第 2、3、9、10 課，以主部件而言，則包括「女」、「言」、「氵」、「草」、「扌」、「月」、「忄」和「糸」。上述主部件是傳統形聲字的偏旁，孳乳出眾多的字族。而這些衍生字對於華語文基礎級學習者而言，也是常用漢字，因此筆者以為，綜合考慮部件

組字、字本位集中識字以及音讀聯想幾項，教師可在教授到上述表音字高頻率課文時，事實補充音讀規則，或能降低學習者學習焦慮，增加學習效果。

## 四、討論與建議

俗話說：「有邊讀邊，沒邊讀中間。」在大多數母語學習者的學習經驗中，遇見合體結構的生字，可以根據該字的部件，推測大致的讀音，這恰好反映了漢字中合體結構形聲字佔大多數的情形。

然而，隨着時代更迭、語音變異，部份形聲字逐漸產生音變，導致原本表音功能的聲符，或聲母、或韻母、或聲調，丟失了一定程度的表音功能。因此上述母語者音讀的規則，其實是長期自然歸納語文使用「經驗法則」的結果，其偏旁的讀音，未必完全等於該聲符現今的讀音，如前述「賣」作為偏旁，多數母語者會以「dú」表音。然而這樣的「經驗法則」，正是華語文二語學習者最欠缺的部份。因此當我們使用字本位集中識字，碰見大量孳乳繁多的形聲字時，雖然提供二語學習者文字書寫習得的便利，但在讀音的連結上，有時也會產生困擾。

筆者基於教學現場的瓶頸，以適用於 A2-B1 程度的字本位《漢字積木》教材為例，運用數字人文社會關係網絡研究方法，將 33 個部件字作為主部件，469 個衍生字扣除主部件部份，作為輔部件，統計其聲、韻、調變異的狀況。以部件為節點，串連成邊，根據語音變異，計算其權重，繪製可視性圖形。根據計算機匯算出的圖像，以中心性而言，可以發現「亻」、「言」、「土」、「日」、「月」、「木」、「隹」、「忄」

等部件集中分佈在圖形中心的位置，這表示上述幾個部件，在 A2-B1 的組字能力較強。

而就學習者容易產生表音聯想的輔部件而言，筆者以紅、藍、綠、灰分色標記，試圖呈現其音讀變異狀況。根據運算統計，筆者發現在《漢字積木》的衍生字中，共有 53 個字的輔部件，及其衍生字的發音，聲、韻、調完全相同，換言之，共有 53 個輔部件能完全表音。而考慮到語音聯想的規則，進一步將聲韻相近、聲調不同的狀況納入考慮，則獲得 31 個輔部件表音相近字，較容易讓學習者產生聯想，發出相近的讀音。我們將上述兩者相加，可得《漢字積木》衍生字中，共 84 相同或相近的表音字，佔全部 469 字約 19.27%。[①] 由此可知，就 A2 到 B1 的二語學習者而言，目前華語文漢字發音的現況約有五分之一能夠見字發音。

然而，應當承認的局限是：儘管我們歸納出表二、表三大致的部件標音範圍，考慮到 A2 到 B1 學習者識字量有限，目前歸納可推測音讀的輔部件，事實只適用於《漢字積木》衍生字的教學。隨着程度的增加，音讀規則可能會逐漸不適用。但以學習歷程而言，上述歸納的表音部件仍可作為學習鷹架，完成階段性任務。

筆者進一步統計衍生字與表音輔部件的關係強弱，發現集中於「女」、「言」、「氵」、「艹」、「扌」、「月」、「忄」和「糸」等部件。以課文分佈來說，則出現在《漢字積木》上冊第 1、2、5、6、9 課，以及下冊第 2、3、9、10 課等九課之中。應當注意的是，《漢字積木》

① 《漢字積木》共 469 字，包括 33 個主部件。然而主部件並沒有其他表音的輔部件，無法根據連結的節點繪製圖形，因此在統計時須先扣除，因此扣除主部件，共計 436 字。

下冊第 7 課的「隹」的主部件，本義為鳥，與其他部件組成新字時，常常作為表音的功能。然而在此次的研究時，為求研究設計邏輯的統一，就不獨立強調其表音部件的功能，進行其他統計方法。因此教師可以上述課程備課、教學時，或可強調輔部件的表音功能，幫助學習者在集中識字之時，同步建構依部件聯想發音的印象。

總體而言，本研究以臺灣正中書局出版的《漢字積木》上下冊教材為研究範圍，以社會關係網絡方法，梳理漢字部件發音規則，提出字本位教學的教學設計建議。然而，理論的提出，應當有更多教材的驗證並結合教學現場的實證研究。因此仍需進一步後續擴大研究範圍並落實在教學現場，方能確知其研究的可行性與研究效度。在此先將此初步理論研究成果，拋磚引玉，就正於方家，期待作為日後更多對外漢語教學及研究者研究改良之參考。

# 時逢秋分説説「報」

北京師範大學文學院教授　朱小健

今天秋分，一早手機跳出條提醒「今天暫無日程，休息一下吧」。我知道手機會提醒安排好的日程，但沒想到沒安排的日子它也會來提醒，那就聽話歇歇吧。

於是閒着看看微信，見到班羣裏海生兄與曉青聊龜兹，並提到同學之間相互關心支持，海生兄説了句「無以為報」。「報」這個字，前年就想説説的，一直沒顧上，既然手機讓今天休息，那就趁閒説説吧。

廣東江門新會是北京師範大學老校長陳垣先生和梁啟超的家鄉，早就聽説當地有二人的故居紀念館。2020 年 4 月我曾去新會，當時新冠疫情方盛，高速免費，凡涉室內活動的場所均不開放。只好在梁啟超故居紀念館大門口稍作停留，拍了拍外景和後面鳳山上的凌雲塔就離開了。陳垣故居也沒去成。只是路過崖山時進去轉了轉，那是室外景區，當時允許參觀。回來還寫過幾句：

青山有韻海無涯，
死士如歸目不斜。
忍看南君成厲鬼，
癡聽北馬踐枯花。
輕捐百姓萬千命，
固信胡人杯影蛇。
孰料元西華化處，
變身潤物瀝金沙。

所謂元西華化，是因為人們常說崖山之後無中華，而陳垣校長有《元西域人華化考》，提到文化融合，何為中華，別有見地。

時隔一年，2021 年 3 月再至新會，終於得進兩個故居。按兩處故居裏的介紹，梁啟超是「中國近代史上傑出的愛國政治活動家、思想家，享譽中外的學術巨擘和書法大家」，陳垣則被稱為「著名教育家、史學家」。光看這介紹，還以為二人分野清晰各領一域呢。其實梁的「學術巨擘」裏含史學，陳也是著名的社會活動家。不過更讓我感興趣的是二人有着一個真正共同的經歷身份：報人。梁啟超在國內辦過《時務報》，在日本辦過《清議報》《新民叢報》，這個之前知道。而陳垣校長辦過《時事畫報》和《震旦日報》我過去並不知道，是這次在故居看到介紹才得知。在梁啟超故居還見到一張他 1922 年在北戴河的照片，以前也沒見過。

「報人」這個詞現在不大用了，《現代漢語詞典》解為「舊時指新聞工作者」，也是覺得這是個過時的舊詞。其實顧名思義報人就是辦報的人，所謂報，就是報紙。《現漢》說報紙是「以國內外社會、政治、經濟、文化等新聞為主要內容的散頁的定期出版物」，這個定義當然不錯，但並沒說清楚這種出版物為什麼叫「報」紙。

報，甲骨文作，小篆作。從許慎到今天的文字學家們大都說這個字是由㚔（就是報字左邊的幸）和𠬝兩部分組成。㚔，甲骨文作，是個刑具，類似後代的手拷。小篆寫成了，還可以看出筆道是從變化而來。𠬝，甲骨文作，是一隻手按住一個跪着的人，通常認為就是後代服從的「服」字。用手老按着你，就問你說服不服吧。小篆作，也能看出手和那個變形了的人。手拷和被手按着的人合起來，表示對犯人的判決。這種把「報」分為左右兩部分來分析造意固然很有道理，但造字理據也未必沒有其他可能。比如這個字，在甲骨文裏也當执（執）字用。執，甲骨文作，是人被拷住的形象，所以《說文解字》說執的意思是「捕罪人也」。那也許「報」的甲骨文其實就是在捕獲罪人的（執）字上加了個審判處理罪人的（手）。

報，《說文解字》解為「當罪人」。這裏的當，類似判決的意思，就像人說的「該當何罪」的那個當。當的本義，許慎說是「田相值」，就是兩塊田地價值相等。這是就着小篆（當）的義符是田而言的，其實這個字更可能是用田的相值來表示「對等」「相當」的意思。所謂當罪人，是按你犯罪性質程度給予相對應的懲處，就是今天說的審判定罪處刑。

判罪定刑人類各民族都經歷過乞求神靈裁判的階段，比如《梁書》《南史》等都記載有扶南國（大致相當於今天的柬埔寨）的國法：「無牢獄，有訟者，先齋三日，乃燒斧極赤，令訟者捧行七步。又以金鐶、雞卵投沸湯中，令探取之，若無實者手即爛，有理者則不。又於城溝中養鰐魚，門外圈猛獸，有罪者輒以餵猛獸及鰐魚，魚獸不食為無罪，三日乃放之。」這些辦法的底面，都是罪與罰相應，有罪獲神罰，無罪神佑你的思路。而我們祖先的辦法則是讓神獸獬豸來處理，你打官司唸訴狀，獬豸在旁邊聽着，你要有罪，它會用角來頂你。所以灋（法）字由水、廌、去構成。水意味着公平，是法的追求，廌就是用來頂去有罪一方，判定誰在亂講。只是「法」字筆畫太多，「廌」又難寫，在漢代就被刪去寫成「法」了。

其實「灋」之所以寫成「法」，也未必完全是為了簡省筆畫。「報」字甲骨文 裏的那隻手，可能就是神靈裁判的人格化，是手的主人在「當罪人」。人替代了神靈之後，法的公正公平由人主說了算了。《左傳》在提到鄭國鑄刑書時說：「昔先王議事以制，不為刑辟，懼民之有爭心也。」杜預解釋說：「臨事制刑，不豫設法也。法豫設則民知爭端。」孔穎達進一步說：「不豫設定法，告示下民，令不測其淺深，常畏威而懼罪也。」子產、叔向等人幹的活兒，不知是不是十三世紀歐洲興起的「罪行法定主義」的濫觴，但杜預、孔穎達等人的邏輯實在讓人不明白。人難道不是知道定法才會守法嗎，怎麼不設定法反而成了使民不犯法的高招？真是只可使由之，不可使知之呀。

由神靈裁判，到人主裁決，再到依法定刑，決定權的易手，不影響罪與罰的對等。神靈、人主、律條都有一杆秤 —— 罪罰相值。即便是可以臨事制刑的人主，在他的心裏和立場看他做出的報（判決）也是與罪相當的，這個特徵引申可以表示「報復」「報答」。而人主斷案「以五聲聽獄訟」，就是所謂辭聽、色聽、氣聽、耳聽、目聽，認為罪人必定答非所問、心神不定、面紅耳赤、張口結舌、兩眼無光，可據之斷案。大概就是這種「聽」，讓「報」引申出了「報告」義。而這個「報」，也應與事實相符。《儒林外史》裏讓范進喜瘋了的信使們也只能是范進確實高中了才能稱為「報錄人」「報子」。而不同手機裏的天氣預報往往不同且跟不上天氣變化，也就被人譏為天氣後報，就是因為它跟着不斷變，終於與天氣相符了。而所謂虛報、大字報之類的「報」，就只是讓你看讓你聽，完全不顧事實了。報得太虛人都不信，也就不好叫報，北京的報子胡同不也改叫西四北三條了嘛。

今天秋分是太陽直射赤道的日子，全球各地白天黑夜時長對等，這像是提醒我們，新聞報道和事實應當對等。報紙的「報」，就是要把「國內外社會、政治、經濟、文化等新聞」報給你看報給你聽，如果報紙是脫離實際的甚至有意歪曲的，那就不能叫「日報」「晚報」，只能叫「日歌」「晚謠」。《詩經》有「心之憂矣，我歌且謠。」毛傳：「曲合樂曰歌，徒歌曰謠。」無論是配樂還是清唱，內心的憂傷強化了人們的情感，情感或許真實，歌謠可任意抒發，但那不是報的特質。昨天是杜老的 100 歲生日，他被稱為百歲報人，那是對的，他就主張報紙講真話報道與事實吻合。

同學可能是人世最特別而純淨的關係，海生兄說的報，是同學之間的報答，其本質也在對等。這種對等，就我們已入暮年的同學說來，也許就是高高興興聊天，開開心心聚會，葷裏吱聲無拘無束，當面互損彼此樂呵吧。

朱小健　2023 年 9 月 23 日秋分初稿，24 日修改

# 近代漢語和普通話中副詞「在」和「正在」的由來

聊城大學文學院教授　仇志羣

**提　要**　早期北京話中沒有「在＋動」和「正在＋動」這樣的格式。近代和現代漢語中的「在」形成副詞用法，是方言影響的結果。這種影響可分為直接影響和間接影響兩類。明中葉以前，「在＋動」式非常少見；明中葉以後，這一用法開始見於南方系官話區作家的作品。在現代漢語早期階段，「在」的副詞用法在北方話作家的作品裏還極為罕用，但逐漸發展起來成為共同語中一個高頻次使用的成分。「正在＋動」的形成與一種表時間義小句有關，宋元時期初見端倪。「正在＋動」與「在＋動」沒有最初的產生關係，「正在」後來才成為「副＋在」（還在、又在、仍在、也在等）系列中的一員。

**關鍵詞**　「在＋動」　「正在＋動」　近代漢語和普通話　副詞　方言影響

# 一、引言

「在＋動」(「在飲酒」「在談話」) 一式中的「在」，一般分析為副詞。副詞性「在」已成為現代漢語中使用頻率很高的一個成分，但早期北京話沒有「在＋動」式。陸志韋《北京話單音詞彙》裏「在」字條，就沒有「在」字副詞用法的記錄。老舍這樣的北京話作家，上個世紀四十年代以前的作品裏基本不見「在＋動」式。那麼普通話裏「在＋動」這一格式是怎樣形成的呢？從目前研究情況來看，副詞「在」的形成原因還沒有一個明確的說法。

上個世紀五十年代蕭斧專門作過探討，而以後的學者只是在討論其他問題時附帶提及，且多是推測之說，沒有展開論證。蕭斧 (1957) 認為「在」是由「正在」變化而來，是「正在」脱落「正」的結果。

太田辰夫 (1987) 也持同樣看法。他說「正在」一詞省略了就成為單個的「在」，這樣的用法直到清代還沒有。太田辰夫列舉《儒林外史》中的一例「若是還在應考，賢契留意看看」，認為這個例子應該理解為「還在應考之中」。同時他說：「即使不看作這樣的省略，也必須注意有『還』這個字。這個『還』好像是替換『正』的，它意味着光有一個『正』還不能表達現在某個動作正在進行。」

太田辰夫認為副詞用法的「在」「直到清代還沒有」。明清北方話色彩的白話文獻確實少見，《金瓶梅 醒世姻緣傳 聊齋俚曲集語言詞典》(徐復嶺) 沒有收錄副詞義的「在」。鍾兆華主編的《近代漢語虛詞詞典》收詞 5000 條，涵蓋唐代至清末，收有「在」這一條目，釋義近 4000 字，也沒有一個義項解釋「在」用於動詞前反映動作、行為進行義的用法。

認為副詞性的「在」是「正在」脱落「正」而來，但副詞「在」的出現並不晚於「正在」。敦煌變文已初見「在＋動」式。例如：

我家有子在臨胎，千般痛苦誕嬰孩。（敦煌變文，334頁）

在聽甚深微妙法，心中佛性甚分明。（敦煌變文，826頁）

變文以及變文以前文獻都沒有發現作副詞用法的「正在」。出現「正在＋動」的最早的文獻，據我們的調查，有《京本通俗小説·馮玉梅團圓》中的1例，《五代史平話》2例，《大宋宣和遺事》1例，[①]後兩種一般認為是元代作品。在劉堅、蔣紹愚的《近代漢語語法資料彙編（宋代卷）》裏，我們也沒有找到用於動詞前的「正在」。[②]「在」由表進行義的「正在」而來，缺乏反映這種演變過程的語料的支持。

根據對近代漢語和五四以後第一個十年的語料的考察，我們認為，國語中的「在＋動」，在早期是一個帶有明顯方言色彩的成分，這一格式進入標準語很可能是借力於方言的直接影響和間接影響。而「正在」是在特定語境下語法化的結果，從與「在＋動」的關係來看，它不是「在＋動」的直接來源，或者説不是「在＋動」的主要來源。

## 二、「在＋動」的形成

### （一）方言對共同語「在＋動」形成的直接影響和間接影響

1，所謂直接影響，就是説存在於方言中的「在＋動」直接被標準語吸收進來。南方系官話就是這一直接影響的來源之一。

檢索近代漢語白話文獻，發現最早大量出現「在＋動」這一格式的是明萬曆年間的小説《三寶太監西洋記通俗演義》（下簡稱《西洋記》）。現代漢語中各類「在＋動」的格式，在《西洋記》裏都可以找到。例如：

只見是一個老白龍，口裏不住的在吃人哩。（19 回，248 頁）

過了幾日，山上又在雷響。（24 回，260 頁）

心裏只在想着快活，也不曉得手裏的刀怎麼在舞，也不曉得刀下的馬怎麼在跑。（47 回，609 頁）

是我貧僧在打坐，猛然間一陣信風所過。（34 回，441 頁）

王明故意的說道：「小的夜來也聽着那番官在念哩。」（54 回，692 頁）

全書「在＋動」計 43 例，遠遠超過從唐敦煌變文到五四前出現於各種文獻的這一格式數目的總和。太田辰夫的《中國語歷史文法》也沒有發現《西洋記》大量使用「在＋動」的情況，放在整個近代漢語的背景下來看，這一表現顯得非常突兀，甚至可以說是驚人的，如果不看作是一種方言現象，就很難解釋。

《西洋記》作者羅懋登，明萬曆年間人。清黃文暘《曲海總目提要》以羅為陝西人，這也可能是祖籍。現代研究者們因全書多見吳語，便推斷作者應是吳語區或長期生活在吳語區的人。[③]向達《論羅懋登〈西洋記〉》指出：「所用的俗語，如『不作興』『小娃娃』之類，都是現今南京市一帶通行的言語，似乎羅懋登不是明時應天府人，便是一位流寓南京的寓公。」趙景深不同意向達的說法，認為書中有些詞語如「中生」，南京不說，「恐怕只有太湖系的語言裏才有」。④

從明代到今天吳語區變動情況十分複雜，很難以今況古。不過從書中這麼高頻率地出現「在＋動」這一用法來看，作者有可能是大致相當於現在江淮官話區的人。我們知道江淮官話中是有「在＋動」說法的。另外，該書二十回一例「就是平常的一隻僧鞋，只是裏面有四句詩寫着在」，六十三回「天師怎麼還有燈在」，其中的「寫着在」「有燈在」，也見於今天的合肥話和安徽的巢縣話、霍丘話。(黃伯榮，1996) 單憑這些方面固不足以斷定作者的籍貫，但「在＋動」當時為方言用法這一點可以肯定。

南方系官話使用「在＋動」的還有西南官話。四川遂寧人唐樞 1930 年編纂出版的四川方言集《蜀籟》就收錄了很多包含「在＋動」式的句子。例如：

別個燒房子你在歇店，別個打濫船你在拉縴，別個在說書你在說豬，別個在說事你在說戲。(《蜀籟》卷 1，51 頁)

是在做人不是在做夢。(《蜀籟》卷 3，154 頁)

現代如郭沫若，沈從文等西南官話區作家，二三十年代就大量使用「在＋動」，應該也是受了方言的影響。我們統計沈從文上世紀三十年代以前的小說作品，「在＋動」已非偶見，如：

「翠翠，你真在想什麼？」同是自己也在心裏答着：「我想的很遠，很多可是我不知想些什麼。」她的確在想，又的確連自己也不知在想些什麼。

一個不速之客居然進了我的屋子裏，猝然發問：「達士先生，你又在寫什麼戀愛小說！你一共寫了多少？」

你說對了，我是在演劇。很大膽的把角色安排下來。

說着，又把手向樓上指指，輕聲的說，「快了，快了。」那意思似乎在說兩人快要訂婚，快要結婚。

這時真靜，這時心是透明的，想一切皆深入無間。我在溫習你的一切。

郭沫若的新詩集《女神》，發表於1921年，不長的篇幅裏「在＋動」的用法達五十多例。另外，《女神》中還有十幾例「動＋在」：

大都會的脈搏呀！生的鼓動呀！打着在！吹着在！叫着在！

「動＋在」這種格式的用法，全篇見16例。這個動詞後的「在」就是四川話中強調進行、持續義的成分，是一個地道的方言成分。綜合這些現象來看，《女神》具有大量運用方言成分的風格特點，這也可以看作是當時的作家在現代漢語發展初期在語言革新上所作的嘗試。

2，方言對「在＋動」形成的間接影響，是指方言中的某些同類表達功能的格式變換後投射到共同語的現象。間接的影響主要來自吳方言。

近代漢語時期，除《西洋記》，與之差不多同時的，以及以後的文獻，「在＋動」這一格式大都出現在吳語區作家的作品裏。如《拍案驚奇》(2例)，《平妖傳》(1例)，《水滸後傳》(4例)，《海上花列傳》(6例)，等等。⑤

在現代漢語早期階段，「在」的副詞用法也多見於吳語區作家，如魯迅，葉聖陶，茅盾等人的作品。魯迅的《彷徨》（1925），10 萬字，「在＋動」15 例；葉聖陶《倪煥之》（1928）約 20 萬字，見 36 例；茅盾的《蝕》（1928），26 萬字，有 60 多例。聯繫整個早期官話階段以及沒有類似方言背景的作家的作品，上述使用頻率在那個時期是相當高的。

這很可能與吳方言中的一種「L ＋動」式有關。L 是一種表方位意義的成分，如蘇州話的「來、來浪、來里、來哚」等。其他地點的吳語也有類似成分。有時 L 完全相當於北方話中的「在」字，與「在」是平行字（cognates）的關係。如下例「L ＋名」和「L ＋動」用於同一句中：

一陣一陣風吹來哚玻璃窗浪，乒乒乓乓像有人來哚碰。（《海上花列傳》，18 回）

這樣的「L ＋動」很容易轉化為官話中的「在＋動」。實際上，有些講吳語的人也往往把書面上的「在＋動」讀為「L ＋動」，反過來也有可能把「L ＋動」寫成「在＋動」。于根元（1981）曾論及上海話的「勒勒」和「勒」，他說：它們「可能原指『在這兒 / 那兒』，可是現在人們已經不怎麼覺得它還有指方位的意義了。」這種虛化了的 L 成分，用於動詞前獲得一種體標記的性質，構成的「L ＋動」式，主要表達動作的進行或持續義。孫朝奮（1997）也認為：吳方言的進行體助詞「辣 ləʔ（辣辣）」既可以作動詞前面的處所介詞，也可以在動詞前面作進行體助詞。他的舉例是：

伊辣（辣辣）房子裏看小人（上海話）

伊辣（辣辣）看小人（上海話）

普通話中的「在＋動」的形成，不能排除由這種「L ＋動」式從功能和結構方式上帶來的影響。

五四以後的兩個十年裏，大量使用副詞「在」的都是吳方言區的作家。這個事實說明了作家的這一方言背景與「在＋動」使用狀況的關係。這批吳語區作家，不僅對現代文學，他們對現代漢語的發展，成熟和新語言規範的建立都起了巨大的影響作用。正如俞敏先生所說的：「白話文是用漢字寫的，吸收方言很容易。…… 印刷，出版業的中心在上海，還有好幾位一流作家是江浙人，這兩種事都讓吳方言在白話文裏佔的比重比別的方言大得多。」⑥ 就「在＋動」式的形成而言，吳語對標準語得影響是間接的，但由於上述原因，其影響力並不弱。

## （二）方言「在＋動」或類似格式對共同語影響的路徑考察

方言進入共同語，一般是漸進式的發展擴散。五四以後的二三十年時間裏，較之早期官話階段，我們看到「在＋動」的一個飛躍式發展。但這還僅限於南方方言區作家的作品，特別是五四後的第一個十年裏，某些在語言風格上鄉土特色鮮明的北方作家的作品，還都不用或極少用「在＋動」的說法。老舍是一個很好的例子。考察一下老舍從二十年代到四十年代的作品，就可以看到「在＋動」式由方言到標準語的一個漸進的過程。

老舍早期作品基本不用「在＋動」式。我們統計的老舍二十年代的作品有《老張的哲學》（1925），《趙子曰》（1927），《二馬》（1929）等；三十年代的作品有《小坡的生日》（1934）和《牛天賜傳》（1936），都沒有使用「在＋動」式。

老舍作品始見「在＋動」式的，是 1939 年出版的《駱駝祥子》，全書 14 萬字，共見 2 例。在四十年代的《四世同堂》裏，「在＋動」式開始多見起來。全書三卷，約 77 萬字，「在＋動」共 57 例，出現頻率為每萬字 0.74 個。《駱駝祥子》的出現頻率為每萬字 0.14 個。前後相比，使用率提高很多，但與同期的其他作家比較，這一格式在《四世同堂》裏每萬字 0.74 的使用頻率還是比較低的。

很巧的是《四世同堂》第三卷後面由幾段是從英文翻譯過來的譯文，比較一下可以看出語言風格上的差異。原作第三卷後面有一部分散佚了，由於無法找到原文，便由馬小彌據英譯本譯成中文補了上去。這部分有十三段，約一萬多字，其中「在＋動」二十例，出現頻率每萬字 3.33。

如果認為字數較少還不能説明問題，正好還有馬小彌翻譯老舍的另一部小説《鼓書藝人》。該書也寫於四十年代末，中文原作整個佚失。全書十六萬字，「在＋動」式多達六十七例，出現頻率為每萬字 4.2 個。從下面的比較可看出差異：

《四世同堂》（原作）0.74 / 萬字 ——（譯文）3.33 / 萬字

《鼓書藝人》（原作）佚失 ——（譯文）4.2 / 萬字

翻譯者自然是深入研究了老舍的語言風格，譯文表現也取得了成功，但從一個「在」字的副詞性用法來看，恐怕仍未能逼肖。五十年代以來，「在＋動」式逐漸成為標準語中的一個一般成分，馬小彌的譯文出於八十年代，這時已很難注意到一個普通的高頻率使用的「在＋

動」過去的方言身份。

以上考察顯示，在現代漢語的早期階段，至少在三十年代以前，雖然「在＋動」式在文學作品中已不鮮見，其方言色彩仍未褪盡。有人提到這樣一個事實，說：「李青崖（湖南人）頗反對『我在寫字』這樣的句法，大約湖南（至少湖南一部分）是沒有這樣的說法的。」[⑦] 李青崖是現代著名的翻譯家，他在三十年代仍認為「我在寫字」不合句法規範，說明「在＋動」式當時還沒有得到現在這樣的社會承認。語言中任何外來形式的引進，都要經過一個鞏固發展的階段，「在＋動」這一用法也不例外。

## 三、「正在＋動」的形成

### （一）近代漢語文獻所反映的「正在＋動」的使用情況

「正在＋動」這一用法，明中葉以後才大量見於文獻，以下事實也可說明我們的推斷：容與堂百回本《水滸傳》「正在＋動」僅見 1 例，另外一個百二十回本，即明末楊定見序袁無涯刊的《忠義水滸全傳》，共有 35 例，多出的三十四例都出於寫征伐田虎和王慶的二十回裏；世德堂二十回本《三遂平妖傳》「正在＋動」無 1 例，馮夢龍增補的《平妖傳》，即四十回本，共見 14 例。

有一部收錄唐宋至清末漢語虛詞的詞典《近代漢語虛詞詞典》，收有「正在」一詞，標註為副詞。兩個相關的義項中義項①釋「正在」：表示行為狀態發生時間。正當。舉例：正在彷徨之際…｜正在那混亂之時…｜那金郎正在垂泪之間…｜當時來至一山，正在行程，驀地裏颼起一陣大風。義項②：用於動詞之前，作狀語。表示行為進行之中。舉例：正在死水裏作活計…｜正在那裏打香油錢…｜正在譙樓飲酒…｜那盧俊義率領徐寧等三萬軍馬，正在攻打兗州…。以上標註為副詞的「正在」的釋義，從所舉例證來看，都不能看作是副詞用法，如義項①的「正在彷徨之際、正在那混亂之時、正在垂泪之間」，義項②的「正在那裏打香油錢、正在譙樓飲酒」，都不宜分析為「正在＋動」。只有義項②的取自清末小說《蕩寇志》書的一例「正在攻打兗州」，可視之為「正在＋動」的典型格式。

關於副詞「正在」的由來，蕭斧（1957）認為是「正在那裏／這裏」脱落「那裏／這裏」形成的，脱落的原因是「這裏／那裏」的虛化。

我們對近代漢語文獻作了近乎窮盡式的追蹤考察，沒有看出蕭斧先生所提出的脱落說的演變軌跡，「正在那裏／這裏」也從來沒有在這一階段的早期的任何文獻中表現為一種優勢分佈。

值得注意的是太田辰夫（1958）的一處分析。他說：「正在」稍文一些，在清代不作為口語用；在《紅樓夢》《兒女英雄傳》中也能見到，但限於敘述部分，在對話部分能見到的，不是這裏所說的副詞「正在」，例如「正在有趣，偏又沒了」，這樣的「正在」，在意義上是「正在有趣兒的時候」的省略。

首先要說明的一點，「正在」並不僅僅用於敘述部分，也見於對話部分，而對話部分所見的「正在＋動」，很難說都是「正在…的時候」的省略。例如：太后諱道：「不曾來。聞趙王在長信宮帶酒未醒，正在睡哩。」（《元刊全相平話五種》）[⑧] 但太田辰夫給我們一個啟發，副詞的「正在」的使用，在早期可能跟表時間的結構形式有關。

我們發現，「正在＋動」在近代漢語裏開始多用於表時間的小句。如：

袁天綱在司天臺無事，把那事數推驗，做一個圖讖。正在推算，忽太宗到來（五代史平話，梁平話）

燕守志正在煩惱，朱溫向燕孔目道：（新刊大宋宣和遺事）

姑姪兩個正在心焦，只見梁尚賓滿臉春色回家。（古今小說，2卷）

以上句子可分析為 S1 和 S2 兩部分，其中 S1 部分，係第二小句 S2 情況發生的時間背景。《水滸全傳》「正在＋動」40 例，用於表時間的「S1-S2」句的為 34 例；非「S1-S2」句，如「大王與段娘娘正在廝打的熱鬧哩」（107 回），僅 6 例；《平妖傳》裏二者比是 13：1；《拍案驚奇》14：1。《紅樓夢》41 例「正在＋動」，用於「S1-S2」的 38 例，非「S1-S2」僅三例。《兒女英雄傳》「正在＋動」55 例，其中非「S1-S2」句只有 4 例。

## (二)「正在＋動」與時間義小句 S1

早期的 S1-S2 句，表時間義的部分並沒有「正在＋動」這種後來的形式，從早期 S1 構成情況看，可分為甲、乙兩類：

甲類

正飲酒，一小校報曰：（元刊全相平話五種，三國志卷上）

正筵宴間，有一探馬至賬前報喏。（元刊全相平話五種，三國志卷上）

正恨太后之間，忽聞雁聲悲切。（元刊全相平話五種，前漢書續集卷中）

乙類

正在寨中飲酒，小嘍羅報說：（古今小說，20 卷）

正在兩難之際，忽然門上報道：（古今小說，18 卷）

乙類中的「正」與「在」只是在表層的線性語序上相鄰的兩個成分，儘管如此，「正在＋動」有線索顯示應是由乙類形式演變而來。把用同一動詞構成的兩類 S1-S2 句進行比較，發現兩類 S1 語義等值而且有明顯的衍生關係。例如：

1）高俅正在納悶間，遠探報道：「天使到來。」（水滸全傳，79 回）

正在納悶間，忽然外邊有一個和尚來尋張善友。（拍案驚奇，35 卷）

正在納悶，忽有守東門的軍士飛報將來。（水滸全傳，99 回）

2）正在躊躇之際，只聽得呀的一聲門響，王九媽走將出來。（醒世恆言，3 卷）

正在躊躇，低頭一看，乃是愛月伸手相招。（駐春園小史）

正在躊躇　焦急，忽然耳邊聽見一個人喊道（檮杌萃編）

3）正在沉吟之際，丫鬟捧洗臉水進來。（醒世恆言，3 卷）

正在沉吟，恰好月英打水回來。（醒世恆言，27 卷）

4）正在兩難之際，忽然門上報道：（古今小說，22 卷）

正在兩難，忽聽得廟外喊聲大舉。（古今小說，18 卷）

5）正在疑慮間，那女人四肢已自動了。（拍案驚奇，9 卷）

正在疑慮，只見安道全上前對宋江道：（水滸全傳，98 回）

王慶正在疑慮，又有一個人推扉近來。（水滸全傳，104 回）

6）正在疑惑間，門開處，劉氏子直到燈前。（拍案驚奇，9 卷）

正在疑惑，又見董縣丞呈說這事，暗吃一驚。（醒世恆言，29 卷））

這類「正在＋動」構成的 S1 小句，因為主要表時間意義，其中反映動作的進行或狀態的持續部分也被這一結構賦予定位 S2 發生的時間意義。例如：

1）正在叫不開，那些三班衙役也有趕到前頭來的。（兒女英雄傳，11 回）

2）那太傅正在請不着先生，又見他雖是寒素，吐屬不凡，心下早有幾分願意。（兒女英雄傳，18 回）

3）正在不得主意，只聽路旁有人說到。（兒女英雄傳，22 回）

4）黛玉正在梳洗才畢，見寶玉這個光景倒唬了一跳。（紅樓夢，50 回）

5）襲人正在沒法，只見秋紋帶着些人趕來（ 紅樓夢，108 回）

6）眾人正在聽得詫異，被襲人一說，想了一想，倒大家笑起來（紅樓夢，95 回）

S1 的「正在＋動」在這裏實際表達的正是「正在…之際 / 之間」所表達的意義。如「正在叫不開」，表達的是 S2 發生的時間；正在叫不開（之際）。值得注意的是這種用法僅滯留在近代漢語裏，現代漢語裏已經少見，含有「正在」的 S1 部分一般不容納結果意義。

### (三)「正在＋動」的形成與音步調整所起的作用

從「正（在）動間 / 之際」（如：正在沉吟間 / 之際）到「正在＋動」，造成動詞後「間 / 之際」類成分脫落的原因，主要與音步的調整有關。有的學者（馮勝利，1998）認為，漢語具有「右向音步」也就是「順向音步」的韻律特徵，往往以前面兩個音節為一個音步作為最自然的節奏。雙音節構成獨立音步的模式和「右向音步」的趨勢共同作用，使「在」字向前靠攏，與「正」組成一個獨立音步。按馮勝利的分析，「22」是四字串的最自然的韻律構成，在心理印象上對與之不平行的結構也有強制作用。這樣一來，「間 / 之際」類帶有羨余性質的成分也就很容易脫落。如上例顯示，「正在沉吟間」演變為「正在沉吟」，「正在躊躇之際」簡言為「正在躊躇」。

近代漢語裏的「S1-S2」句的 S1 部分，多為 22（正在 - 納悶 / 正然 - 吃驚）結構，這一現象不是偶然的。以《水滸全傳》為例，全書四十一例「正在＋動」，「22」結構的 40 例，奇數音步的僅一例：「正在吃早飯」（102 回）。《紅樓夢》中的「正在＋動」38 例為「22」類，都是偶數音步。

從與「在＋動」的關係來看，按照以上分析，我們認為「正在＋動」不一定是現代漢語「在＋動」的來源，至少不是主要來源。我們看到，大量使用「正在＋動」的文獻往往不用「在＋動」式。例如，百二十回本《水滸傳》40 多例「正在＋動」，「在＋動」僅 1 例。馮夢龍增補《平妖傳》14 例「正在＋動」，「在＋動」也是 1 例。《紅樓夢》41 例「正在＋動」，「在＋動」無 1 例；《兒女英雄傳》50 幾例「正在＋動」，僅 2 例「在＋動」。用地道的山東話寫成的《醒世姻緣傳》，全書「正在

＋動」97 例，而「在＋動」無 1 例。現代小說也如此，趙樹理的長篇小說《三里灣》無 1 例「在＋動」，卻有幾十例「正在＋動」。

這不是說「正在＋動」和「在＋動」毫無關係。「正在＋動」早期主要用於時間小句，表時間的「S1-S2」句中的 S1 部分（正在＋動）會向表情景的方向移動。以上列舉的使用「正在＋動」的文獻，一般都有「正在＋動」式少量出現在非「S1-S2」環境裏。明代小說《西洋記》裏，「正在＋動」全書 35 例，其中用於表情狀的非「S1-S2」結構的「正在＋動」句也有 17 例：

我去之時，他們正在看這個寶貝。（29 回，376 頁）
走到蘇門答剌國，只見兩家子正在廝殺。（51 回，657 頁）
番船正在靠着水寨，正要動手。（66 回，855 頁）
撞着他正在張口，五百隻船隻當得五百枚冷燒餅（96 回，1234 頁）

從另一角度來看，「在＋動」一般表現為「M 在＋動」格式（M 指「在」以外的其他副詞，如「還、又、也、都、仍」等）。「S1-S2」句中由「正在＋動」構成的表時間義的 S1 有可能遊離出來，用於非 S1-S2 句表一般的情狀意義，如以上例舉的「我去之時，他們正在看這個寶貝。」這種情況下，「正在」有可能躋身於「M 在＋動」系列中，如同「又在，仍在，還在，也在，都在」等，成為「M 在」的一個變體形式。「正在＋動」在《西洋記》裏這一用法的大量出現，我們認為，也與「在＋動」在這一文獻中的大量使用有關。

# 四、結語

用於動詞前表進行義的「在」構成的「在＋動」式，是北京話中的外來戶，其形成和使用過程顯示，「在＋動」是在方言的直接影響或間接影響下，逐漸走近普通話，並成為一個高頻次使用的格式。

為什麼普通話要從方言「引進」「在＋動」式這樣的用法？我們認為首先是語言內部完善表達手段的需要。早期官話裏進行體相關的功能主要由「着」來表達，而「着」又是一個語義重疊的形式（孫朝奮，1997）。從現代漢語副詞「在」的用法來看，在表進行體義上，「在」與「着」的承擔也有了明確的分工。「在」是一個動態進行體助詞，「着」用作靜態進行體助詞。（鄧守信，1979）語言形式本身演變的發生可能性需要一定的條件，原為處所詞的「在」也具備這樣的條件。正如孫朝奮（1997）所說：「從處所詞演變為進行體助詞，這在世界上很多語言裏都能看到。譬如普通話的「在」字，就兼有表處所和進行體兩個意思。」

此外，「在＋動」五四以後的加速度發展，則是語言外部的即社會環境的影響作用所致。五四時期開展的新文化運動，力求建設一種不同於老白話文的新的文學語言，因而需要吸收大量新的語言成分來豐富和調整完善標準語的表達系統。正是這樣一個社會文化背景，對「在＋動」這類語言格式在現代漢語裏的發展起了催化的作用。

「正在＋動」的形成有兩條路線，一是源自近代漢語中一種句式 S1 ＋ S2，其中 S2 為發生的行為、事件，S1 部分則為行為、事件的時間背景。另一條路線，「正在＋動」構成的 S1 小句會遊離開來，獨立地表示事物處於進行中的情狀。「在＋動」中的「在」，多以複合形式出現，包括「還在」「又在」「也在」「都在」「常在」等變體。脱離時間結構的框架後，「正在＋動」就躋身於副詞性「在」的系列中，與「還在、也在、又在、仍在、常在等形式一起，成為「在＋動」組合變體中的一員。

與「在＋動」不同的是，「正在＋動」跟作者的方言背景似無關係。近代漢語和現代漢語時期許多北方話作家的作品不用「在＋動」，但卻有「正在＋動」的大量用例。與其他「在＋動」式相比較，「正在＋動」更多反映出作品的語言風格特點。《紅樓夢》全書無「在＋動」式，但用「正在＋動」，前八十回，「正在＋動」不到十例，後四十回多達三十多例。語言運用的這條信息，對解決《紅樓夢》後四十回是否為高鶚續寫的迷思，也許能提供一點語言學的線索。

## 附註

① 《京本通俗小說　馮玉梅團圓》:「徐信正在數錢，猛聽得有婦女悲泣之聲。「《五代史平話》中的兩例為：「正在推算，忽太宗到來。」「燕守志正在煩惱，朱溫向燕孔目道」。《新刊大宋宣和遺事》一例：「宋江一見吳偉兩個正在偎依，便一條忿氣，怒髮衝冠，將起一柄刀，把閻婆惜吳偉兩個殺了。」

② 除敦煌變文，明代小說《西洋記》之前我們找到的「在＋動」有兩例。《朱子語錄》一例：自有這道理在處置他。(卷 37，子罕篇上，恪錄)《容與堂刻水滸傳》一例：兩個都在掙命。(31 回)

③ 見《西洋記》附錄。

④ 同上。

⑤ 《拍案驚奇》：尚在沉吟（卷 25），尚在商量未決（卷 8）。《水滸後傳》：

也在納悶（2 回），尚在患難（6 回），還在鋤地（16 回），還在飲酒（36 回）。《平妖傳》:出門看時，又在下著濛濛的細雨。(3 回)《海上花列傳》:已先在等候（24 頁），還在寫票頭（48 頁），雙玉也在偷看（135 頁），心中早在焦急（296 頁），都在講話（332 頁），還在收拾妝奩（379 頁）。

⑥ 俞敏《白話文的興起，過去和將來》，《中國語文》，1979 年第三期。

⑦《陳望道語文論集》，302 頁，上海教育出版社，1980 年。

⑧《元刊全相平話五種》: 太后諱道:「不曾來。聞趙王在長信宮帶酒未醒，正在睡哩。」(按，全書「正在＋動」僅此一例)《水滸後傳》九例「正在＋動」，對話部分見四例，如: 阮小七道:「……正在心焦，見你走進來，忍不住只得問了。」(2 回)《兒女英雄傳》用於對話部分的「正在＋動」，如:公子道:「只因正在貪看十三妹在牆上題的那折詞兒，他又催促着走，一時匆匆的便遺失了。」(13 回) 那位大主考方老先生便先開口説道:「方今朝廷正在整飭文風，自然要向清真雅正一路拔取真才。」(35 回)《醒世因緣傳》: 李大郎道:「好好的正在相處，怎便辭去？」(314 頁)

## 參考文獻


藊斧　1957　在那裏、正在和在《語法論集》第二集，北京中華書局。

太田辰夫　1958　《中國語歷史文法》，北京大學出版社，1987。

蔣紹愚　1994　《近代漢語研究概論》，北京大學出版社。

李訥　石毓智　1997　《論漢語體標記誕生的機制》，《中國語文》第 2 期。

孫朝奮　1997　《再論助詞「着」的用法及其來源》，《中國語文》第 2 期

于根元　1981　《上海話「勒勒」和普通話「在、着」》，《語文研究》第 1 期。

馮勝利　1998　《論漢語的自然音步》，《中國語文》第 1 期。

Teng,Shou-hsin（鄧守信）1979 Progressive Aspect in Chinese. Computational Analysis of Asian and African Languages

## 引用書目

唐樞《蜀籟》，四川人民出版社，1982，1930。

陸志韋《北京話單音詞詞彙》，科學出版社，1956。

黃伯榮《漢語方言語法類編》，青島出版社，1996。

劉堅，蔣紹愚《近代漢語語法資料彙編（宋代卷）》，商務印書館，1992。

《敦煌變文集》，人民文學出版社，1957。

《祖堂集》，日本中文出版社，1972。

《朱子語類》，中華書局，1983。

《元刊雜劇三十種》，中華書局。

《元刊全相平話五種》巴蜀書社，1980。

《五代史平話》古典文學出版社，1989。

《大宋宣和遺事》古典文學出版社，1954。

《清平山堂話本》，古典文學出版社，1954。

《永樂大典戲文三種校注》，中華書局，1957。

《元本琵琶記》，上海古籍出版社，1979。

《古今小說》人民文學出版社，1980。

《警世通言》人民文學出版社，1958。

《拍案驚奇》上海古籍出版社，1956。

《三遂平妖傳》北京大學出版社，1982。

《水滸全傳》一百二十回本，人民文學出版社，1983。

《金瓶梅詞話》人民文學出版社，1954。

《水滸後傳》上海古籍出版社，1985。

《儒林外史》人民文學出版社，1981。

《紅樓夢》人民文學出版社，1958。

《醒世姻緣傳》，齊魯書社，1982。

《三寶太監西洋記演義》，上海古籍出版社，1980。

《海上花列傳》，人民文學出版社，1985。

《兒女英雄傳》人民文學出版社，1982。

老舍著作：《駱駝祥子》《趙子曰》《四世同堂》《鼓書藝人》

# 論「副詞＋ X」類「超詞形式」關聯詞語 *

華中師範大學語言與語言教育研究中心教授　匡鵬飛

鄭州大學文學院教師　劉華林

**提　要**　「副詞＋Ｘ」類「超詞形式」關聯詞語是「超詞形式」眾多類別中特殊的一類，其內部成員語義關係複雜，小類眾多，內部構成組合方式多樣。本文以「就因為」「就是因為」「正因為」「正是因為」這一組具有相同內部構成成分和組合方式的「副詞＋Ｘ」類「超詞形式」進行羣案研究，發現「就（是）因為」側重強調限定的原因和主觀確信，「正（是）因為」強調原因的巧合性和主觀確信，其關聯模式分為由因到果和由果溯因兩類。在「就」「正」句法位置前移後，通過跨層黏合、疊加強化和高頻共現等多種因素的作用促使「就／正（是）因為」的形成，形成後在使用中呈現出主客觀視點融合、突顯説話人心理焦點等語用功能。

*　本文為教育部人文社科重點研究基地重大專案「漢語副詞的多重結合研究」（專案編號：22JJD740026）的成果。

**關鍵詞**　「副詞＋Ｘ」類「超詞形式」　語義關係　關聯模式　語用功能　形成機制

## 1. 引言

邢福義先生在《漢語語法學》和《漢語複句研究》等著作中，都指出關聯詞語包括句間連詞、關聯副詞、助詞「的話」和「超詞形式」四類，所舉「超詞形式」的例子有「如果說、若不是、不但不、總而言之、就因為、就是因為、正因為、正是因為」等，並指出：「超詞形式」關聯詞語（以下簡稱為「超詞形式」）本身已不是一個詞，而是跨語法單位的組合形式。目前，專門針對「超詞形式」的研究尚不多見。本文主要討論「副詞＋ X」類「超詞形式」。

「副詞＋ X」類「超詞形式」是指副詞或副詞性成分與其他詞類成分組成的「超詞形式」。「副詞或副詞性成分」可以是單音節副詞，如「正、就、又、只」等，也可是兩個單音節副詞的疊加，如「倒真、還真」等，還可以是單音節副詞與「是」的組合，如「正是、就是」等。「副詞＋ X」的組合中兩個成分的句法位置相對固定，副詞在前，X 在後，外部形式具有很強的概括力和能產性，因此具有一定的研究價值。

學界對「副詞＋ X」類「超詞形式」的研究成果較少，零星散見於相關著作中。如唐曙霞（1995）分析了「A 還不如 B」中副詞「還」的預設、會話含義。還有一些是關於該類「超詞形式」中副詞性成分的研究。如李宗江（1997）對「即、就、正」的歷時關係進行研究。張誼生（2002）對「就是」的篇章銜接功能和語法化功能進行研究。司羅紅（2013）認為「就」在口語中是前置性話題標記。目前國外尚未發現該類「超詞形式」的直接研究，相關性研究多集中在副詞性關聯詞語，如 Quirk（1985）從句法功能上把副詞分為附加副詞（adjunct）、附接副詞（subjunct）、外接副詞（disjunct）和連接副詞（conjunct）。

本文採取宏觀和中觀相結合的研究視角，擬通過對「副詞＋ X」類「超詞形式」總體特徵的描述以及對其中較有代表性的「就因為」「就是因為」「正因為」「正是因為」這一組「超詞形式」進行多角度比較分析，試圖探究「副詞＋ X」類「超詞形式」的整體面貌和類型特徵，以期能加深對「超詞形式」的認識。本文所用語料，如無出處括注，皆來自北京大學中國語言學研究中心語料庫（CCL 語料庫）。

## 2.「副詞＋ X」類「超詞形式」的總體特徵

### 2.1 內部成分的組合方式

「副詞＋ X」類「超詞形式」根據內部構成成分的詞性不同，其組合方式可分為「副詞＋連詞」「副詞＋介詞」「副詞＋形容詞」「副詞＋動詞」四小類。

第一小類是「副詞＋連詞」，主要有「就因為、就是因為、正因為、正是因為、正由於、正是由於、更何況、又何況、還不如、倒不如、真不如、倒真不如、還真不如、只因、只不過、再不然」等。例如：

（1）正是由於他的銷聲匿跡，所以才使得本來十分緊張的東北局勢忽然發生轉化。

(2) 她希望這場戰爭快點結束，再拖下去，「瓦罐不離井上破，」遲早圖書館中彈，再不然就是上班下班路上中彈片。

第二小類是「副詞＋介詞」，主要有「正是為了、只是為了」等。例如：

(3) 她急切地等候着李敬原的到來，正是為了告訴他一件不幸的消息。

(4) 雲中鶴獰笑道：「老三，我幾次讓你，只是為了免傷咱們四大惡人的和氣，難道我當真怕了你不成？」

第三小類是「副詞＋形容詞」，僅有「只可惜」一個，形容詞「可惜」表達前後分句之間的弱轉折關係。例如：

(5) 入伍前，父親說打算買一輛小四輪農用車，只可惜還沒見到這個「新勞力」，我就參了軍。

第四小類是「副詞＋動詞」，主要有「只需、才會、也要、就使」等。這一類相對特殊，其副詞和動詞多為單音節成分，凝固化程度較高。例如：

(6) 一些在珠海工作的老戰友看不下去，出面為他女兒找好了單位，只需他出面請人辦理調動手續，他卻說不能這麼辦。

(7) 陛下放心，罪臣務必用心竭力，效犬馬之勞，也要說服明將前來投降。

## 2.2 內部成分的語義關係

「副詞＋ X」類「超詞形式」內部構成成分之間存在不同的語義關係。具體來說，分為兩種情況：一是主從關係，二是融合關係。

「主從關係」是指 X 和副詞一個處於主導地位、一個處於從屬地位。一般來說，主要是 X 表示邏輯語義關係，起連接分句的作用，副詞則多表附加意義，體現說話人的主觀情態，不用於連接分句。如果刪掉副詞，不影響句子的成立；但刪掉 X，會影響句子的成立或流暢性。例如：

(8) 國家体委運動醫學研究所所長、反興奮劑專家楊天樂說，第八屆冬運會正是由於採取了嚴格反興奮劑措施，所以被查運動員無一人呈陽性……

例 (8) 中，「由於」表達分句之間的因果關係並起連接分句的作用，「正是」主要表達附加意義，表示對原因進行限定和強調。

「融合關係」是指 X 和副詞在語義上形成了一個整體，兩者共同表達邏輯語義關係、承擔連接功能。兩個成分均不能刪除，否則會影響句子的成立或流暢性。例如：

(9) 即使錯了，也要由他們自己總結經驗，重新探索嘛！

例 (9) 中「也要」在語義上具有一定凝固性，與前分句的「即使」互相配合，表達前後分句之間的讓步轉折關係。

組合方式和語義關係之間具有一定的對應性：「副詞＋連詞」「副詞＋介詞」「副詞＋形容詞」這三類都屬於主從關係，「副詞＋動詞」則屬於融合關係。可見，在「副詞＋ X」類「超詞形式」中，內部成分之間為主從關係的情況更為常見。作為一個「超詞形式」關聯詞語，即使是主從關係性質的，也具有表義的整體性，只是不如融合關係的那麼高。這也說明，「超詞形式」之間的凝固化程度並不完全相同。就「副詞＋ X」類「超詞形式」而言，兩種不同的語義關係，反映出不同的凝固化程度：融合關係的數量較少但凝固化程度相對較高；主從關係的數量較多，是這類「超詞形式」的主體，凝固化程度相對較低。

## 3.「就因為」「就是因為」「正因為」「正是因為」的比較分析

「就因為」「就是因為」「正因為」「正是因為」這一組「超詞形式」（以下簡稱為「就／正（是）因為」），組合方式都是「副詞＋連詞」，且具有相同的內部構成成分「因為」；語義關係屬於主從關係，既表示「原因 - 結果」關係，又表達說話人強調、限制、肯定某一原因，或恰好如此等附加主觀情態。因此，本小節以它們為研究對象，重點探討以下幾個問題：(1）為什麼「就／正（是）」與「因為」連用後形成了「超詞形式」？(2)「就／正（是）因為」在語義特徵、關聯模式和語用功能等方面有何規律？(3）該組「超詞形式」內部成員之間有何共性和個性特徵？

關於「就／正（是）因為」的研究大致分為兩類：(1)「就／正（是）」的篇章、話語標記、語法化等角度研究。如關於「正是」，李勝梅（2012）認為「正是」是具有合成詞傾向的強調標記，「所引導的直接成分與先行句之間有回指和指同關係，引出並強調先行句所述事實中的要素作為對象、條件或原因」。關於「就是」，張誼生（2002）指出「在『就是』表示判斷的同時，當人們為了表達的需要，用『就是 X』來表示列舉論證，尤其是列舉否定性極端時，表讓步的『就是』就孕育其中了」。姚雙雲、姚小鵬（2012）認為「就是」在自然口語中浮現出話語標記的新功能，分為「應答標記、話輪發端語和停頓填充詞」。史金生、胡曉萍（2013）認為話語標記「就是」的語篇組織功能是「將一個不在當前狀態的話題激活或將背景信息激活，包括確立話題、自我修正、標記遲疑和明示等」。(2)「就／正（是）因為」構成複句的研究。不少學者已經關注到「就／正（是）」常與「因為」搭配使用，如邢福義（2001：61）認為「為了取得強調的效果，『因為』前邊還可以加上『就、正』之類，以說成『就因為、正因為、正是因為』等」，邢先生這一觀察非常精準細緻，指出了該組「超詞形式」的基本語義特徵：表示強調。宋作艷、陶紅印（2008）指出「漢語中前置原因從句絕大多數都以『（正）因為……所以／就／才／而』等固定模式出現」。張文賢（2017）認為「『因為』前有表示強調的副詞『正』、『正是』等，後面有『才』、『就』、『所以』等連接詞」。

可見，「就／正（是）」與「因為」的連用形式已經形成一種固定搭配模式，「就／正（是）因為」中「就／正（是）」已經從表示判斷的短語發展成為一個表示強調意義的語用性成分，句法功能從單一的充當小句狀語發展為具有連接功能和突顯主觀情態的語用成分，功能呈現出多樣化趨勢。相比於焦點標記、話語標記等篇章功能，「就／正（是）」成為「超詞形式」構成成分後仍然部分保留了原有語義，同時能夠表達主觀情態，表示真值語義關係。

### 3.1 語義特徵

關於「就」「正」的語法意義，《現代漢語八百詞》把副詞「就」的語法意義歸納為：「表示很短時間以內即將發生；強調在很久以前已經發生；表示兩件事緊接着發生；加強肯定；確定範圍；表示承接上文，得出結論」。把「正」的語法意義分為三種：「一是表示動作在進行中或狀態在持續中；二是表示巧合，恰好，剛好；三是加強肯定語氣」。據此，我們認為「就／正（是）因為」表示對所引導的原因的肯定和強調，說話人對所述原因有一定的主觀判斷，或是限定範圍、或是恰好、剛好的原因。例如：

(10) 教育之所以是文化進步內在循環加速機制的一個環節，就因為它是文化結構中的一個能動的要素。

(11) 瑞宣當初之所以敬愛錢先生，就是因為老人的誠實，爽直，坦白，真有些詩人的氣味。

(12) 女記者們喜歡她，正因為她和我們一樣從平凡的人世間走來，她的經歷毫不傳奇……

(13) 也許，正是因為他起步的路太順了，而人生注定要有一些坎坷和曲折。

上述四例中「就／正（是）因為」既表示因果關係，又具有不同的附加意義。例 (10) 中「就因為」表示說話人主觀上認為原因在於「教育作為文化結構中的一個能動的要素」而不在別的方面。例 (11)「就是因為」強調了說話人所認為的導致瑞宣愛上錢先生的最直接、最重要的原因。例 (12)「正因為」強調「女記者喜歡她」的原因恰好是所述這一點。例 (13)「正是因為」強調是說話人主觀認為的原因。

如果把例 (10) (12)「就／正因為」換成「就是／正是因為」，說話人的強調程度和主觀確信度會增強，書面語體色彩也會增強，反之則減弱。可見「就／正因為」與「就是／正是因為」語義差異主要體現在主觀強調與確信程度的強弱。

為進一步釐清「就（是）因為」和「正（是）因為」的語義差異，將其分述如下：

第一，「就（是）因為 p，（所以）q」表示對限定原因的強調。「就（是）因為」側重對原因進行強調，所強調的原因往往具有說話人主觀限定的意味，即：主觀認為是這個原因而非其他原因。例如：

(14) 陸小鳳道:「就因為葉淩風知道了這件事，所以你才要殺他。」

(15) 有人說，就是因為她老戴個皮項圈，所以最後被絞死了，那個項圈就是不吉之兆。

「就（是）因為」前面用「就 / 就是」，表示所述原因是說話人主觀上所認定的最重要、最直接的原因，具有範圍的限定性。如例 (14)，聽話人可能有多種殺人原因，但是陸小鳳只強調「葉淩風知道了這件事」這一原因。再如例 (15)，「她」被絞死的原因可能有多種，但該句中只強調「有人說」的「她老戴個皮項圈」是最重要的原因。

第二，「正（是）因為 p，(所以) q」表示對原因巧合性的強調。「正(是) 因為」也表達對原因進行強調，所強調的一般是具有現場巧合性的原因，即：正好是因為當前談論的這個原因而不是其他原因。例如：

(16) 正因為有個謝曉峰在，他才感到不能滿足，才有興趣不斷地追求着進步。

(17) 正是因為有兩顆心跟我的心隔得很近，所以我常常想看見你們。

「正 / 正是因為」前面用「正 / 正是」，表示所述原因具有現場話題的巧合性，當前談論的某一話語內容恰好涉及導致結果的原因。如例 (16) 中「謝曉峰」這個人物和例 (17) 中的「有兩顆心跟我的心隔得很近」都是所在語境中正在談論的話語內容。

### 3.2 複句關聯模式

「就 / 正（是）因為」類複句和「因為 p，所以 q」句式一樣，有時表示由因到果，前分句表示原因，後分句表示結果，即「就／正（是）因為 p，（所以）q」；有時表示由果溯因，前分句表示結果，後分句表示原因，即「（所以／之所以）p，就／正（是）因為 q」。

首先來看「就／正（是）因為 p，（所以）q」。這一句式表示由因到果。「就／正（是）因為」既可以單獨用於前分句，也可以與後分句關聯詞語呼應使用。前分句中「就／正（是）因為」可以位於主語前，也可以位於主語後謂語前；後分句如果使用關聯詞語且出現主語，主語在關聯詞語之後。例如：

（18）就因為每一朵花只能開一次，所以，它就極為小心地絕不錯一步。

（19）他就是因為最後兩發過於急躁沉不下心來，而達不到更高的成績。

（20）我正是因為輸盧那國是一個邊地的野蠻國家，沒有人發心前去教化他們，所以我才覺得非要到那邊去傳教不可。

其次來看「（所以／之所以）p，就／正（是）因為 q」。這一句式表示由果溯因。「就／正（是）因為」既可以單獨用於後分句，也可以與前分句關聯詞語呼應使用。一般情況下，前分句如果出現關聯詞語「所以／之所以」，主語位於關聯詞語之前；後分句中「就／正（是）因為」則通常位於主語之前。例如：

（21）這位女商人打斷了他的話，「我一生坎坷，就因為我是個女人。我獲取的每一次提升機會都是經過艱苦鬥爭才獲得的。

（22）在中國這兩個區域所以有着這樣巨大的區別，正是因為這兩個區域正實行着兩種相反的政策。

（23）康拉德之所以能忽前忽後的述說，就是因為他先決定好了所要傳達的感情為何。

為進一步弄清楚「就／正（是）因為」在表示由因到果和由果溯因兩種因果關係中的使用情況，我們選取了「就／正（是）因為 p，所以 q」、「所以 p，就／正（是）因為 q」兩個句式，對 CCL 現代漢語語料庫中兩個句式的使用情況進行統計如下表。

**表 1　「就／正（是）因為」用於前、後分句的使用情況**

| 「超詞形式」<br>前後分句分佈 | 用於前分句<br>「就／正（是）因為 p，所以 q」 | 用於後分句<br>「所以 p，就／正（是）因為 q」 |
|---|---|---|
| 就因為 | 160 | 99 |
| 就是因為 | 84 | 332 |
| 正因為 | 318 | 53 |
| 正是因為 | 55 | 84 |
| 總計 | 617 | 568 |

通過上述統計，可以得出如下幾個結論。

第一，從「就（是）因為」和「正（是）因為」的差別來看，「就（是）因為」用於前分句有 244 例，用於後分句有 431 例；「正（是）因為」用於前分句有 373 例，用於後分句有 137 例。可見，「就（是）因為」更傾向用於後分句，「正（是）因為」更傾向用於前分句。因此，在表示由因到果時多選擇使用的是「正（是）因為」，表示由果溯因時多選擇使用「就（是）因為」。《漢語關聯詞詞典》中對「就因為」的釋義是：「前一分句說明結果，後一分句用「就因為」引出產生這一結果的原因」。這一解釋也說明了「就（是）因為」常用於後分句，與我們發現的這一傾向性一致。

第二，從「就因為」和「就是因為」、「正因為」和「正是因為」的差別來看，「就因為」和「正因為」更傾向用於前分句，「就是因為」和「正是因為」則更傾向用於後分句。其原因主要因為，「就是因為」和「正是因為」中不僅「就」和「正」表強調，「是」也表強調，而由果溯因相對於由因到果來說屬於非常規語序，本身就具有強調意味，強調性更強的關聯詞語與強調性更強的非常規語序，在高強調語義的表達上，兩者更加匹配。這也說明，「之所以 p，就／正（是）因為 q」比「就／正（是）因為 p，所以 q」的主觀性更強。

第三，無論是前分句還是後分句，使用「就／正因為」的例句有 630 例，使用「就是／正是因為」的例句有 555 例。可見，兩組「超詞形式」使用量上差異不大，「就／正因為」和「就是／正是因為」的使用都較為常見。

## 3.3 語用功能

### 3.3.1 主客觀視點融合

邢福義（2001：499）認為「複句格式為複句語義關係所制約，包括主觀視點的直接制約和客觀實際的間接制約，但是，複句格式一旦形成，就會對複句語義關係進行反制約，格式所表明的語義關係就直接反應格式選用者的主觀視點。」「就／正（是）因為」構成的複句關聯模式既表示「原因 - 結果」的邏輯語義關係，又表示肯定、強調、恰好如此等附加意義。分句之間的因果關係屬於客觀實際，「就／正（是）」表示的附加意義，屬於說話人的主觀視點。例如：

（24）說了你也不知道，蒙娜麗莎所以能成為世界名畫，就是因為那點兒微笑嘛。

(25) 周榕有點害羞地笑着回答道：「正是因為有危險，才值得去幹哪！」

例 (24)，蒙娜麗莎因為微笑而知名於世，這是客觀因果關係，説話人用「就是因為」表示特別強調「微笑」的重要性，整個複句體現出因果關係的主客觀視點融合。例 (25)，風險與價值之間往往存在客觀因果關係，「危險」是聽話人在前一話輪剛説出的話語內容，説話人「周榕」用「正是因為」強調了聽話人所説的「危險」恰好是他「去幹」的原因，複句因此也體現了主客觀視點的融合。

**3.3.2 突顯説話人心理焦點**

Gundel (1985) 把「焦點」分為「心理焦點、語義焦點和對比焦點」三種。其中，「心理焦點」是聽説雙方在説話時都把注意力集中到的部分，具有某種特定的突出性。在「因為……所以……」的前分句添加「就／正 (是)」，也是為了突顯説話人希望聽話人注意力集中的部分，並不一定是語義焦點，而是説話人心理上認為具有突出性的部分。例如：

(26) 就因為不知道，所以他心裏竟忽然覺得有種從未曾有過的恐懼。

(27) 正因為憋出了泪，説完這些，瞿莉長出了一口氣，似乎輕鬆了。

上兩例「就／正因為」強調的原因分別是説話人認為的「不知道」和「憋出了泪」，是説話人希望聽話人注意的部分，屬於説話人的心理焦點。如果刪除「就／正」，原因小句就只能表達客觀因果關係，説話人要突顯的部分則無法強調。

## 3.4 形成機制

「因為……所以……」最前邊有時出現「就／正（是）」等特定副詞性成分，從而形成「就／正（是）」和「因為」的連用，最初它們只是屬於跨語法單位的線性連用。當「就／正（是）」長期用於句首後，功能發生了一定改變，不僅用於限定修飾原因分句，而且突顯説話人主觀視點，產生了新的情態功能。這些改變為「就／正（是）」和「因為」凝固成一個大的語法單位提供了可能性。當「就／正（是）因為」由於高頻使用，產生了新的整體性功能後，「就／正（是）」和「因為」之間的邊界逐漸消失，最終形成一個大於詞、小於短語的語法單位，「超詞形式」也最終形成。

### 3.4.1「就」「正」位置和功能的改變

作為副詞，「就」「正」常規的句法位置是主語後、謂語前，用於修飾謂語。出於語用的需要，在某種特定情況下，為了標記焦點、表達對原因分句的強調，「就／正（是）」用於連詞「因為」之前，這為「就／正（是）」與「因為」在句首的線性連用提供了可能性。隨着句法位置的改變，「就／正（是）」由充當狀語的修飾性成分發展成具有標記焦點、表達主觀性的語用性成分，從而促使了「就／正（是）因為」發展為一個「超詞形式」。可以與之類比的是，其他一些能位於句首的語氣副詞如「大概、也許」等，也發生了功能的變化，由僅修飾謂語變成修飾整個句子的飾句語氣副詞。這説明了副詞句法位置的改變會導致其功能發生變化。例如：

（28）金七兩苦笑：「大概就因為你不是他，所以才會説這種話，我們這位大老闆是個死要面子……」

上例中，「就因為」與「大概」都位於句首修飾全句，「就因為」不僅線性連用而且也具有了新的情態功能，在語感上容易被視作與「大概」具有相同地位的整體性成分。

### 3.4.2 鄰詞跨層黏合和相鄰位置的高頻共現

「鄰詞跨層黏合」是促使「副詞」和「X」跨層融合的必不可少的因素。「就／正（是）」和「因為」，作為相鄰成分組成跨層結構後，在高頻使用中句法邊界逐漸消失，就會出現兩個語法單位融合成一個大於詞的單位的傾向。

可以作為形式證明的是，當飾句語氣副詞與「就／正（是）因為」共同位於句首時，飾句語氣副詞和「就／正（是）」的語序不能調換，「就／正（是）」只能緊貼其後的「因為」。如上述例（28）「大概」不能與「就」不能調換語序。這說明，「就／正（是）」與「因為」的關係更密切、兩者之間具有凝固化趨勢。

我們統計了 CCL 現代漢語語料庫中包含「就因為」「就是因為」「正因為」「正是因為」的複句數量，結果如下表：

**表 2　「就／正（是）」和「因為」搭配使用情況**

| | 「就因為」 | 「就是因為」 | 「正因為」 | 「正是因為」 |
|---|---|---|---|---|
| 複句數量（條） | 9257 | 20045 | 24872 | 13524 |

由上表可知，「就／正（是）」和「因為」在句中線性連用的數量均在萬條左右，有些多達兩萬多條，可見二者在線性序列上連用的頻率都非常高。

#### 3.4.3 疊加強化

疊加強化是「超詞形式」內部表示相同或相近意義的構成成分在線性序列上並存共現，或是在某一個成分的前後分別使用兩種不同的手段表示相近或互補的語義內容，形成一種套疊或復沓的語言結構，使某個特定的情態或語義得以強化突顯。在「就是／正是因為」中，「就／正」與「是」都表示強調，兩者連用體現了疊加強化的效應。

江藍生（2008）在論述概念疊合時指出「疊合式一般都具有強調的功能，其語義蘊涵並不簡單地等於原來兩式意義之和，而是仍有側重，往往產生出主觀化的新的情態語義，使之在表達上獨具特色，從而不會被作為羨餘格式而淘汰，這就是一些疊合式得以存在的原因」。「就／正」和「是」的疊加也符合上述疊合式的功能。「就是／正是因為」既表示對所述原因進行強調，也表達一定的附加意義和情態功能，還起到連接分句的作用，並將三者融合為一個整體。新的語法意義大於原有各部分語義之和，同時形式上具有相對固定性。因此，疊加強化也是導致「就／正（是）因為」成為一個具有一定整體性和凝固化傾向的關聯詞語的一種作用機制。

## 4. 結語

本文考察了「副詞＋X」類「超詞形式」的內部組合方式和語義關係等總體特徵，並以「就因為」「就是因為」「正因為」「正是因為」一組具有相同內部構成成分和組合方式的「超詞形式」進行了專題比較研究。根據內部構成成分詞性不同，「副詞＋X」類「超詞形式」可分為「副詞＋連詞」「副詞＋介詞」「副詞＋形容詞」「副詞＋動詞」四小類。該類「超詞形式」的語義關係則可分為主從關係和融合關係兩種類型：主從關係中「X」和副詞性成分之間只有一個處於主導地位，其餘成分處於從屬地位，表示附加意義，兩者分工明確；融合關係中「超詞形式」的邏輯語義關係由各構成成分共同表達，新產生的語義關係大於原來各部分相加之和。「就因為」「就是因為」「正因為」「正是因為」從語義特徵來看，「就（是）因為」側重對限定原因的強調，「正（是）因為」側重對原因巧合性的強調。「就／正（是）因為」類複句分兩類：一是表示由因到果，即「就／正（是）因為 p，（所以）q」；二是表示由果溯因，即「（所以／之所以）p，就／正（是）因為 q」。「就（是）因為」更傾向用於後分句，「正（是）因為」更傾向用於前分句。「就／正（是）因為」類複句具有主客觀視點融合、突顯説話人心理焦點等語用功能。當「就／正（是）因為」形成線性連用的跨層結構，隨着高頻使用，「就／正（是）」和「因為」之間的邊界逐漸消失，在「疊加強化」效應的作用下，最終形成一個具有一定整體性的「超詞形式」。

## 參考文獻

江藍生　2008 《概念疊加與構式整合 —— 肯定否定不對稱的解釋》，《中國語文》第 6 期。

李勝梅　2012 《論句首「正是」的篇章功能》，《當代修辭學》第 2 期。

李宗江　1997 《「即、便、就」的歷時關係》，《語文研究》，第 1 期。

呂叔湘　1999 《現代漢語八百詞》，商務印書館。

司羅紅　2013 《口語中的前置性話題標記「就」》，《中國語文》第 6 期。

史金生　胡曉萍　2013　《「就是」的話語標記功能及其語法化》，《漢語學習》第 4 期。

宋作艷　陶紅印　2008　《漢英因果複句順序的話語分析與比較》，《漢語學報》第 4 期。

唐曙霞　1995　《試論「A 還不如 B」中的「還」》，《南京大學學報（哲學社會科學版）》第 4 期。

王起瀾　張寧　宋光中編　1989　《漢語關聯詞詞典》，福建人民出版社。

邢福義　2001　《漢語複句研究》，商務印書館。

邢福義　2001　《漢語語法學》，商務印書館。

姚雙雲　姚小鵬　2012《自然口語中「就是」話語標記功能的浮現》，《世界漢語教學》第 1 期。

張文賢　2017　《現代漢語連詞的語篇連接功能研究》，北京大學出版社。

張誼生　2002　《「就是」的篇章銜接功能及其語法化歷程》，《世界漢語教學》第 3 期。

Gundel, J 1985 "Shared knowledge" and Topicality，Journal of Pragmatics.

Quirk, R. et al 1985 A Comprehensive Grammar of the English Language，New York: Longman.

# 漢語融媒體學習詞典的現狀及發展趨勢*

魯東大學國家語委漢語辭書研究中心教授　亢世勇
魯東大學人文學院教師　詹今慧
魯東大學國際教育學院教師　李璐溪

**提　要**　融媒體學習詞典是突破傳統紙本辭書向用戶中心化、信息數字化、媒體多元化方向發展的多模態電子詞典，是當代詞典學界重點探索和挖掘的對象領域。就目前我國融媒體學習詞典的發展態勢來看：大陸地區正在積極搭建融媒體詞典理論體系，聚焦以理論指導編纂的模式路徑，已開發出以用戶為本位的「JUZI 漢語」、《當代漢語學習詞典》等內、外向型融媒辭書；臺灣地區尚未形成「融媒體」概念，但較早實現了詞典數字化、網絡化和多媒體化，已初具融媒體特徵。辭書融媒化是詞典學研究的新課題，現已取得了一定的成績，但仍有較多值得改進和探索的地方。文章指出，漢語融媒體學習詞典未來有六個着力點：（1）堅持「以用戶為中心」的基本原則；（2）建設並完善相關理論體系；（3）加快資源整合利用；（4）構建多

* 本文為國家社科基金重點項目：面向融媒體漢語學習詞典的語言資源整合與平臺建設研究（編號：23AYY025）階段成果之一。

媒體、多模態信息庫；（5）設計融媒體辭書原型平臺；（6）挖掘詞語關鍵語義特徵及構建融媒體環境。以這六個方向為抓手，漢語融媒體學習詞典將邁上新的臺階。

**關鍵詞**　融媒體　兩岸學習詞典　發展

2019 年年初習近平總書記視察人民日報後，全社會開始高度重視融媒體的發展。中國辭書學會迅速做出反應，於 3 月初在煙臺魯東大學組織召開了「融媒體與漢語辭書專題研討會」，邀請了新聞傳播和辭書編纂出版領域專家進行了廣泛討論，提出了「融媒（體）詞典」的概念，號召大家關注漢語融媒體詞典。此後，融媒體詞典成為語文生活中的一項重要內容。

## 大陸的融媒體學習詞典狀況

### （一）大陸關於融媒體詞典的理論探討

辭書是語言學習、文化傳承的重要工具。隨着計算機和互聯網技術的快速發展和廣泛應用，人類創造知識的速度越來越快，傳播知識的媒介越來越多樣化，獲取知識的方法也更加便捷和高效。然而，傳統辭書信息容量小、檢索耗時、更新緩慢等弊端制約了普通讀者對於辭書的使用，正如中國辭書學會會長李宇明（2019，2020）所言，從「平面辭書」到「融媒體辭書」的轉型已成為傳統辭書發展的必經之路。因此，融媒體辭書受到了學界、業界的關注。

融媒體作為文字信息組織和傳播的載體，完全符合數字辭書發展的理念。目前國內外已有一些學者和出版機構對融媒體辭書作了一些初步探索，在理論層面，李宇明教授（2019，2020）指出融媒體辭書的本質特徵在於「融合」：一是不同媒體的融合；二是編纂者與用戶之間的融合；三是辭書與相關資源的融合。章宜華教授（2019，2021，2022）發表了一系列論文，結合國外融媒體詞典發展的情況，對融媒體詞典的編纂原則、結構組織、構成單元、編纂與呈現方式、釋義、插圖、出版發行、對辭書產業的影響等方面進行了較為全面深入的探討和分析，大致勾勒出了融媒體辭書的輪廓：通過文字、語音、視覺、動作、環境等多種方式進行人機交互或交流，使詞典從靜態文本變成動態情景話語載體。融媒體則是把上述各種媒介、媒體、模態融合貫通，整合為一體。他還進一步探索利用 ChatGPT 等技術完成詞典釋義、配圖等工作，希望經過升級最終能實現詞典自動生成。

楊玉玲教授（2022，2023）重點探討外向型漢語學習詞典編纂理念與實踐。她認為，目前，外向型學習詞典處於紙質詞典「出版多、應用少」，電子詞典「應用廣、錯誤多」的尷尬境地，解決這一供需錯位問題的根本出路在於發展漢語融媒詞典；融媒體極大地改變了語言、文字等信息的組織方式、傳播方式及傳播速度，融媒詞典不僅可以解決二語學習者檢索難、詞典篇幅受限等問題，而且可利用技術實現詞彙知識、語義關係的網絡化、可視化；融媒體多模態也有助於提高釋義、配例的可理解性；要研發真正意義的融媒詞典，無論是編寫理念、編寫人員、編寫方式、出版方式等宏觀規劃，還是詞條結構、內容、編排方式等微觀策略，都要進行巨大變革，融媒詞典絕非紙質詞典的平移或電子化，也非單純的一部詞典，而是一個包括底層數據庫、中層產品、高層服務的詞彙學習平臺。楊玉玲、李宇明（2023）進一步認為，外向型漢語學習詞典存在「需求大出版多而用戶少」的供需錯位，其主要原因是缺乏用戶意識，更談不上用戶中心，以檢索查檢方式、收詞規模、可理解性和詞典介質四個維度為例分析用戶需求和已有詞典的錯位，可以得出漢語學習詞典要走出困境，必須做到四個方面：(1) 在理念上從「編者中心」切實轉向「用戶中心」；(2) 詞典生產手段要實現電子化、數據化、融媒化、平臺化，充分利用融媒詞典編纂和使用平臺創造機會、使用戶全程「參與」詞典的編纂和完善，實現編者和用戶的角色融合；(3) 詞典研究方法應加強定量研究和實證研究，充分利用用戶查詢數據為詞典優化提供支撐；(4) 詞典評價環節也應站在用戶的角度為「用戶中心」保駕護航。

借鑒學界的研究成果，結合我們的編纂實踐，我們認為，所謂「融媒體辭書」，就是以融媒體相關理論為指導，以傳統辭書內容為基礎，以新一代信息技術為手段，在辭書編纂規劃、內容生成和出版發行階段與相關媒體進行有效融合，從而充分發揮平面辭書「權威性」與網絡辭書「大容量」「靈活性」等特點，最終實現辭書的「智能化」，有效服務用戶，實現「以用戶為中心」的目標。融媒體辭書是現代信息技術與傳統辭書的有機結合，代表了辭書發展的一個方向。融媒體詞典的本質特點是融合，即媒體融合、編纂者和讀者融合互動、各種資源的融合；融媒體詞典是實現學習詞典「以用戶為中心」原則的有效途徑；融媒體詞典需要整合、利用選詞立目、注音、釋義、語法信息、文化背景、插圖、小視頻、音頻等資源，利用其優勢從詞義解釋、語法信息呈現、插圖、小視頻、音頻的應用等方面入手，豐富詞典的內容，提高詞典信息的精細度，從而激發學生學習興趣，讓學生

掌握規律、提高學習能力和效率。（亢世勇，2020；王興隆、亢世勇，2021）

## （二）大陸融媒體漢語學習詞典的研發實踐

### 1. 國內整體的情況

在實踐層面，當前取得的成果主要集中在出版機構將傳統辭書電子化，其中國外的出版機構起步較早，比如《不列顛百科全書》《牛津英語大辭典》《朗文當代高級英語辭典》等都已經推出了相應的網絡電子版本，而在近些年，國內的不少出版機構也在辭書數字化方面做出了初步探索。比如 2017 年由商務印書館推出的《新華字典》App 上線，完整收錄了《新華字典》第 11 版的內容，並提供「原聲朗讀」等內容服務。《現代漢語詞典》《中國文學鑒賞辭典》《中國大百科全書》《辭海》等辭書也都相繼推出了網絡版和 App 版。

### 2.《JUZI 漢語》：外向型漢語學習詞典

《JUZI 漢語》是由商務印書館萬有知典和北京語言大學楊玉玲教授團隊聯合基於融媒體辭書理念研發的漢語二語學習平臺，2022 年推出，被稱為第一部外向型融媒體漢語學習詞典。目前，《JUZI 漢語》App 內容以學習型詞典為主，規範型詞典作為補充，學習特色比較明顯。總收詞量 177000 餘條，除基礎詞彙外，還收錄成語、熟語、百科詞語等。其中，學習型詞典共收條目 13000 條，收詞源於對外漢語教材教輔語料和歷屆 HSK 大綱詞彙，基本覆蓋 2021 年新推出的《國際中文教育中文水平等級標準》中所有詞條，正在增補 3000 條學習型條目，以常見新詞和新大綱中高等級詞彙的關聯詞彙為主，目前已經進入編輯加工環節。規範型詞典以商務印書館已經出版的中大型漢外詞典為主要支撐，收詞規模根據語種動態適配。如漢英版內容源於已出版的《新時代漢英大詞典》，總收詞量 140000 條。《JUZI 漢語》收錄了《新時代中文學習詞典》《商務館學漢語詞典》兩本外向型漢語學習詞典，其中《新時代中文學習詞典》內容尤其豐富，其主要特點包括：(1) 詞類標註全面，詞類體系及標記如：adj. 形容詞，adv. 副詞，aux.v. 助動詞，chunk. 非慣用語，conj. 連詞，idiom. 成語、俗語慣用語等，interj. 歎詞，m.p. 語氣詞，m.w. 量詞，n. 名詞，num. 數詞，omo. 擬聲詞，parti. 助詞，prep. 介詞，pron. 代詞，quant. 數量詞，v. 動詞，v.o. 離合詞，㔾. 語素。(2) 例句豐富，例句庫總量共 512000 條，總顯示 105000 餘條，因為政治或價值觀等問題，隱藏了 7000 餘條；例句來源於對外漢語教材、BCC 語料等；例句拼音按照《漢語拼音正詞法》，採用人工與機器相結合，共計 112000 餘條；例句英文翻譯採用人工翻譯、審譯結合，共計 112000 餘條。(3) 圖片、視頻、音頻等多媒體資源豐富，目前釋義用圖 4100 餘張，例句及習題用圖近 17000 張；寫字視頻 7000 個，拼音學習視頻 58 個，情景會話視頻 80 個；音頻共計 250000 餘條，其中詞條音頻 144000 餘條，例句語音共 105000 餘條。(4) 還有大量配套習題，其中人工編寫的習題共 9200 餘條，計算機智能生成的習題近 47000 條。(5) 同義辨析共 2271 組，其中義類詞共 2064 組，涉及 16500 餘個詞條。另外，App 還開發相關學習板塊，包括 HSK 詞卡學習、拼音認字、部首認字、寫字、情境會話等功能。還提供了專有的量詞和姓氏學習資源，供用戶參考查詢。

### 3.《當代漢語學習詞典》：內向型漢語學習詞典

魯東大學國家語委漢語辭書研究中心研發了融媒體《當代漢語學習詞典》網絡初級版，於 2023 年 5 月上線測試。該詞典收詞 14000 多個，確立 16000 多個義項，總字數 750 多萬字；目前插圖 1 萬多幅，小視頻 180 多個，音頻 100 個左右。收詞以廈門大學國家語言資源監測與研究教材中心研發的《義務教育常用詞表（草案）》（蘇新春，2019）為基礎，結合《新詞語大詞典 1978—2018》（亢世勇，2018）及教材語料庫確定。每條詞目按照 GB/T16159—2012《漢語拼音正詞法基本規則》注音拼寫；有不同讀音的詞，原則上按照《普通話異讀詞審音表》注音；未列入《普通話異讀詞審音表》的，採用當前比較通行的讀音，並參考《漢語拼音詞彙數據庫》（董琨，2015）。詞性標註，在北京大學計算語言學研究所《現代漢語語法信息詞典》詞類體系（俞士汶，1998）的基礎上，結合中小學生語文學習可接受的狀況，確立詞類體系並在詞典中標註代碼如下：名詞〈名〉、動詞〈動〉、形容詞〈形〉、副詞〈副〉、代詞〈代〉、數詞〈數〉、量詞〈量〉、歎詞〈歎〉、擬聲詞〈擬聲〉、介詞〈介〉、連詞〈連〉、助詞〈助〉、語氣詞〈語〉。依據詞語的優勢語法功能，並參考《現代漢語語法信息詞典》確定詞性。釋義以教材語料庫為基礎，參考《現代漢語詞典》《現代漢語規範詞典》「百度漢語」等資源，根據中小學生學習的認知能力和水平確立義項，編寫釋義。例句以課文語料庫為基礎，本着語法、語義、語用的典型性及中小學生的學習需求，確定 10 個左右有特色的例句。另外設置的欄目有（亢世勇，2020）：

語義說明：整合漢字屬性信息庫、漢語語義構詞信息庫、漢語詞彙屬性信息庫等資源，用漢字「六書」說明字（單音節詞）義與字形、字音的關係，用語義構詞規則說明複合詞語素義與詞義的關係、用生成詞庫理論等說明多義詞義項引申的邏輯關係。

文化背景：參考《慣用語詞典》《成語大詞典》等資源，對一些字面義與實際意義距離較遠的詞語，比如慣用語（吹牛）、成語（南轅北轍）等交代清楚文化背景，以便更好地理解詞語的實際意義。

知識提示：對於少量百科詞語，適當交代相關的百科知識，比如二十四節氣。

詞義辨析：按照同義詞辨析的有關理論，參考同義詞詞典（張志毅，2005；程榮，2010）及《新編同義詞詞林》（亢世勇，2015）以及語文課文例句等資源對中小學生常用的同義詞、近義詞進行辨析，以便學習者更好地掌握詞語。

關聯語彙：利用《新編同義詞詞林》《現代漢語語法信息詞典》《現代漢語新詞語信息電子詞典》等資源，將相關詞語按語義場或同語素、同結構、同詞性等條件聚合成詞羣，分列在詞典立目的典型詞語之後，學生可藉助典型詞語的詞義、結構、詞性等信息類推出詞羣中其他詞語的意義，擴大詞彙量，提高學習效率。

插圖、小視頻、音頻等多模態信息：努力營造詞語所在的生活場景，幫助中小學生更好地理解、掌握詞語。

目前詞典中包含插圖 1 萬多張，多數詞語、義項都配了圖。另外對於一些難以用文字、插圖等來描述的詞條，我們設計了音頻和視頻資源，這些資源一部分是研究團隊自己錄製的，一部分來自網絡公開共享資源的再加工，表 1 和表 2 分別是包含音頻、小視頻的部分詞條。

**表 1　包含音頻的詞條**

| 字母 | 詞條 |
| --- | --- |
| A | 哀鳴、哀歎、按鍵 |
| B | 叭、百步穿楊、百發百中、擺動、伴奏、拌、報警、報時、暴風、暴風雨、暴風驟雨、爆破、爆炸、爆竹、悲歎、悲痛、奔跑、奔騰、奔走、崩塌、迸濺、鼻涕、鞭炮、鞭子、剝、搏擊、脈搏、嗶 |
| C | 嘈雜、插鑰匙、抄寫、馳騁、抽泣、船鳴、吹笛、吹奏 |
| D | 捶打、打鼾、地鐵、低聲細語、滴答、滴水、電報、電擊、叮噹、咚咚、動畫、動聽、逗笑、斷裂、咕嘟 |
| F | 發聲、發文、發笑、翻譯、沸騰、吠、風聲、撫慰、呼嘯 |
| G | 感謝、告別、高興、歌唱、格言、恭喜、鼓勵、咕嚕、咕噥、打鼓、聒噪、關切、鼓掌、鑼鼓 |
| H | 鼾聲、呼嚕、嘩啦、迴響、哈欠、號角、喝彩、合唱、合奏、哼、洪亮、轟隆隆、轟鳴、吼、回音、呼喊、呼吸、喚醒、恍然大悟 |
| J | 嘰嘰喳喳、機動車、機關槍、激流、濺落、腳步、節奏感、京劇、警笛、救護車、鋸木頭、鳥叫 |
| K | 砍伐、咔嚓、口哨 |
| L | 拉小提琴、喇叭、雷聲、門鈴 |
| M | 馬不停蹄、綿羊、秒針、母雞 |
| P | 乒乓球、破碎、撲通 |
| Q | 齊步走、啪、拍、拍照、咆哮、噴、撲通、氣喘吁吁、氣息、槍林彈雨、敲擊、取笑 |
| R | 燃放、燃燒、嚷嚷 |
| S | 沙沙、嗖、撒嬌、山崩地裂、閃電、射擊、攝像、呻吟、漱、刷、刷牙、水流、撕、碎 |
| T | 彈鋼琴、坍塌、歎氣、颱風、痛哭流涕、彈奏 |
| W | 無辜、威脅、慰問、問、無奈、嗡嗡 |
| X | 吸、羨慕、響 |
| Y | 疑惑、疑問、異議、吟誦、演講 |
| Z | 囑咐、祝福、祝賀、自言自語、自怨自艾、自責、遵命、噪音、鐘聲 |

**表 2 包含小視頻的詞條**

| 字母 | 詞條樣例 |
|---|---|
| A | 安放、安檢、安裝、按、按鍵、按摩、暗、翱翔 |
| B | 擺放、扳、頒發、搬、辦公、辦理、伴奏、拌、綁、包裹、包紮、剝、搏擊、捕撈、步行、保存、包裝、抱、暴雨、爆炸、爆竹、奔跑、迸濺、蹦、編、冰凍、撥打 |
| C | 擦藥、擦地、採訪、採摘、踩水、殘陽、操練、操作、測量、攙扶、顫動、暢談、暢通無阻、暢游、潮水、炒菜、車水馬龍、扯下、撤離、陳列、稱重、成交、乘船、乘公交、沖茶、沖洗、充電、出站、除草、觸動、穿梭、存款、搓拈、野餐、下沉、送餐 |
| D | 打電話、打開、打籃球、打印、打字、倒數、倒置、登山、蹬自行車、點火、兑換、降落 |
| F | 發達、發抖、發亮、發送、發芽、返回、反面、翻閱、分發、分割、粉碎、封、撫摸、拂拭、俯視、複印、發呆 |
| G | 改、蓋、給、估量、鼓掌、拐彎、關閉、滾動、甘露、隔開 |
| H | 含、汗、喝、合、烘烤、劃、繪畫、毀壞、回頭、揮、活動 |
| J | 急救、計算、講演、降落、攪拌、教學、接力、接球、金蟬脱殼 |
| K | 砍伐、烤肉 |
| P | 爬、拍攝、拍照、攀登、跑步、噴射、烹調、飄動、飄零、漂浮、匍匐 |
| Q | 欺凌、搶救、敲打、清掃、清洗 |
| R | 熱氣騰騰 |
| S | 賽跑、上升、射擊、攝像、輸送 |
| T | 踏、剃、舔、挑揀 |
| W | 歪頭、歪曲、臥、握手、握 |
| X | 洗手、享受、消毒、消費、寫作、行走、休息、修改、修剪 |
| Y | 閱讀、壓 |
| Z | 增加、摘、站、揍、坐 |

詞典除了檢索查詢外，參見、關聯語彙、詞義辨析等可以來回自由跳轉，便於學習者全面了解有關信息。

本詞典努力融合中小學生詞彙學習所需要的資源，努力做到讓學生知其然，並知其所以然；不僅授之以魚，還要授之以漁，以提高學習效率，提高語言學習和應用能力。

## （三）當前漢語融媒體學習詞典存在的問題

根據章宜華教授的介紹，在國際辭書界還沒有人把融媒體與辭書聯繫起來，西方辭書強國也沒有提出「融媒體辭書」的概念，但他們在數字化辭書方面已經遠遠走在我們的前面，以光盤和網絡等為媒介的電子辭書已經成為各大辭書出版社的重要出版形式，詞典文本已經融入了圖片、音頻、視頻和人機互動等多媒體和多模態元素。而國內數字辭書發展還比較滯後，有些出版機構甚至對數字辭書有些「抗拒」，「多媒體」和「多模態」這種數字元素仍未進入主流詞典。因此，辭書界首先要解決對融媒體辭書的認識問題，然後從理論和方法上弄清融媒體辭書的技術要素和技術取向（章宜華，2019（6））。

總體來說，融媒體辭書的研究仍處在初步探索階段，現有的研究工作雖在理論和實踐方面取得一定的成績，但與真正落地還有很大的距離，特別是落實到漢語融媒體學習詞典的開發上。其不足表現在：

1. 缺乏指導融媒詞典編纂實踐的相關理論。如何將傳統詞典中被釋義詞的有限或特定描寫改為多媒體或多模態下的全面描寫和註釋，如何在辭書中有效地組織多種媒體內容，如何根據每個語詞的語言屬性及顯示度屬性來確定多媒體內容的比例，這些都還沒有形成具有普遍指導意義的理論。

2. 缺乏應用於融媒詞典建設的專用資源。傳統詞典受制於紙本媒介的限制，無法利用更多類型的語言資源、更多媒介（語音、圖片、視頻）的內容信息來對詞條進行解釋，而在新媒體環境下，構建和加工專門服務於詞典編纂的語言資源和多媒體資源是融媒體辭書編纂的重要基礎。

3. 缺乏服務於融媒體詞典編纂與展示的原型平臺設計。現有平臺大多停留在紙質文本電子化的初級階段，而融媒體詞典建設平臺需要更加有效地建構不同資源的邏輯關係和語義關係，並能夠結合人工智能技術更加準確地捕捉用戶的查詢需求，智能地呈現出滿足用戶需要的內容信息，從而提供更加智能化、個性化的辭書服務。

## 二、臺灣的融媒體學習詞典狀況

據我們了解，目前臺灣沒有「融媒體」詞典的說法，但臺灣詞典的數字化、網絡化比大陸要早得多，並且有多媒體詞典，融媒體的因素在網絡詞典中也逐步突顯出來。

### （一）《重編國語辭典》創新性地實現了數字化、網絡化

《國語辭典》1931 年開始編纂，1937 年出版其第一冊，1945 年竣工，共計八冊，1947 年又合為四冊發行。《國語辭典》入臺後，受到了當地極大的推崇，特別是在國音教學方面，發揮了極其重要的正音作用。《國語辭典》被臺灣使用數十年後，因世局變化、社會發展和學術思想的更新，便陸續有人提出了重編的建議。臺灣地區「教育部」接

收了各方意見成立了「重編國語辭典編輯委員會」。《重編國語辭典》於 1981 年由臺灣商務印書館發行。《重編》問世後，頗受各界讀者的歡迎，需求量也日益增多。為能使詞典內容更加適應信息時代下的讀者需求，也為滿足當時兩岸人民的殷切期盼，1994 年 9 月完成學術網絡版，1996 年 7 月完成光盤版及學術網絡二版，1997 年 3 月完成學術網絡版三版，1998 年 4 月完成學術網絡四版，2007 年 12 月完成學術網絡版 ver.2，初版至四版累計使用次數 257,671,025 人次，2015 年 11 月完成學術網絡五版，2021 年 11 月完成學術網絡六版。

### （二）《國語辭典簡編本》前瞻性地實現了多媒體化

臺灣地區 1981 年 6 月完成《重編國語辭典》修訂本編輯後，開始籌備編纂《國語辭典簡編本》。《國語辭典簡編本》於 1996 年編輯完成。2000 年 6 月推出學術網絡初版，總計收字 6500 個，收詞 45000 個。該辭典主要適用於小學生及初學華語者，為配合釋義解說，附有 1000 多張插圖，除了名物圖片外，還有表現抽象概念的概念圖，以及具有對比性質的形容詞附圖。利用這些圖片，將跑、跳、走、抱的動作表現得更清楚，也對高矮、胖瘦、快慢、軟硬、薄厚等形容詞有了更明白的說明。這不但強化了辭典的釋義內容，也擴大了辭典的使用功能。除了文字、圖片外，同時還作了內文錄音，特別委請當地教育部廣播電臺的播音人員錄製。內文的外來語部分，請加拿大的高伯松先生（Sebastian Gault）錄製。附錄中的閩南語本字（一）則請原撰稿人楊秀芳教授負責。錄音系統由中研院 Csmart 小組研發。除文字資料與聲音檔外，還將一千餘張圖片改編成圖片檢索的索引，讀者可利用圖片進入詞條內文。由此可見，《國語辭典簡編本》實際上已經成為一本多媒體辭典，而且已經加入了融媒體的因素。《國語辭典簡編本》2000 年 6 月推出學術網絡初版後，到 2015 年 10 月，累計使用次數為 82930730 人次；2014 年 12 月推出學術網絡版第二版，到 2021 年累計使用次數為 113097666 人次。可見其受歡迎的程度。

《國語辭典簡編本》插圖是為了輔助文字釋義，所以所收圖片原則上都有對應的詞目釋義，但也有小部分圖片因與內容的關係，則僅提供圖片做參考，如「海洋類」等。

《國語辭典簡編本》的附圖包括手繪線描圖、淡墨圖、彩圖及彩色照片等四類。全書約有 1225 個詞條有附圖，因內含多詞參見同一圖的情況，故實收圖片 968 張，其中線描圖 235 張、淡墨圖 274 張、彩圖 267 張、彩色照片 192 張。附圖依據涵蓋的主題，分單一主題圖與綜合主題圖。單一主題圖以手繪圖和照片表現，綜合主題圖只有手繪圖。單一主題中的一般名物圖主要是黑白線描圖，抽象主題的概念圖一般是漫畫並著有淡墨，兼收錄照片。所收錄圖片按主題分為 22 大類和 34 小類，具體如下：

1. 烹飪，如蒸籠、粽子……

2. 民俗，如杯筊、跳加官、舞獅……

3. 服飾，(1) 服裝，如馬褂、棉襖、長袍……(2) 飾品配件，如別針、拉煉、釦子……

4. 對比形容詞，如薄厚、輕重、陰晴……

5. 動物，(1) 動物，如白熊、麻雀、天鵝……(2) 昆蟲，如毛蟲、螳螂、蝴蝶……

6. 天文氣象，如氣旋、日蝕……

7. 童玩，如木馬、毽子、扯鈴……

8. 概念圖，如拔、跑、走……

9. 古玩器，如缽、耒、樽……

10. 工具，如扳手、電鑽、剪刀……

11. 交通工具，如巴士、馬車、飛機……

12. 建築，如蒙古包、教堂、清真寺……

13. 學術，如類比、象形文字、五度制調值……

14. 植物，(1) 花卉，如百合花、茉莉花、玫瑰花……(2) 蔬菜，如菠菜、白菜、南瓜……(3) 水果，如枇杷、蘋果、葡萄……(4) 塊根，(5) 塊莖，(6) 核

15. 書法，如筆鋒、撇、硯臺

16. 日用品，(1) 電器用品，如電視機、冷氣機、洗衣機……(2) 日用品，如馬桶、花盆、傘……(3) 文具用品，如回形針、信封、算盤……

17. 人體部位，如口腔、人中、耳……

18. 綜合，如臺灣精品、國徽……

19. 綜合主題圖，如辦公室、太空、世界政區圖……

20. 音樂，(1) 中國樂器，如琵琶、大鼓、南胡……(2) 西洋樂器，如風琴、鋼琴、小提琴……(3) 五線譜

21. 武器，如大炮、坦克車、航空母艦……

22. 運動，(1) 運動器材，如馬錶、飛盤、風浪板……(2) 運動項目，如棒球、標槍、高低槓……

由此可見，《國語辭典簡編本》內含文字、圖片、語音，而且還可以用圖片進行反向檢索，是一部名副其實的多媒體辭典。

## (三)《國語小字典》繼承了《國語辭典簡編本》的傳統

《國語小字典》是繼《重編國語辭典》和《國語辭典簡編本》之後推出的面向小學生及教師的字典。它繼承了《國語辭典簡編本》的傳統，為了輔助釋義、增加趣味性，部分詞條附有圖片。《國語小字典》的編纂者認為，語文反映文明的成就及人類的智慧，長久以來，無論東西方都利用辭典來加以匯聚和記錄。更何況自網絡流行以來，信息傳播已非一日千里足以形容，於是，將詞典加以數字化，使其內容持續更新及精緻的要求亦隨之而來。在今日無國界的數字環境中，這些成果的國際競爭正在無聲地進行着，擁有越多、越優質的資料庫，擁有越龐大的讀者羣，在網絡世界的力量就越顯強大。臺灣的幾部辭典所形成的語文資料庫，長久以來，在網絡世界中代表了臺灣的成就，為使這些成果持續擴大影響，就要不斷努力維護並求新求精。這是一個全新的語文環境，為提升全民的語文水準，為追求國家的語文地位，我們理應擔起這份責任。2000 年 7 月公佈了學術網絡版初版，收字 4036 個，598 張附圖；2018 年 2 月公佈了學術網絡版第二版，收字 4307 個，673 張附圖。該辭典也特地將所附圖片編成圖片索引，可以藉助圖片線索反向查詢內文，方便語文和親子教育利用。

另外，臺灣教育部電子辭典網站其他辭典如《異體字字典》《成語典》《臺灣閩南語常用辭典》《臺灣客家話常用辭典》《臺灣原住民族歷史語言文化大辭典》等都有網絡版。其中《臺灣閩南語常用辭典》《臺灣客家話常用辭典》所舉詞條、例句都附閩南語和客家話的音檔，《臺灣原住民族歷史語言文化大辭典》共分 17 個種族類別和 20

個分類主題，所舉詞條都附照片說明。以上詞典詳細情況參見該辭典網站。

### （四）中華語文知識庫初具融媒體特徵

2012 年推出的中華語文知識庫（臺灣版）包括中華語文大辭典、兩岸差異用詞、兩岸學術名詞、漢字流變、漢字影音。可以通過字詞、部首、注音、漢語拼音等進行查詢。除了詞庫查詢外，特別設計了「漢字說故事」「兩岸每日一詞」「詩詞吟唱教學」等視頻欄目。

**1.「漢字說故事」動畫**

《漢字源流彙編》收錄常用漢字 3000 個，每個字依次列出甲骨文、金文、戰國文字、小篆、隸屬、楷書等六種字體，以深入淺出的方式說明漢字形體演變，體現漢字發展的歷史過程，使讀者明白字形源流與演變規律，希望有助於小學生或外國人更深刻地了解漢字，進而達到推廣的目的。為了讓漢字向下扎根，協助教師提高初學者的學習動機，特別設計了「漢字說故事 I」「漢字說故事 II」動畫，選用了 200 個結構單純、筆劃簡單的漢字，帶領使用者從甲骨文開始探索漢字的身世。為確保內容品質，邀請中央研究院歷史語言所甲骨文權威李宗焜博士進行審訂，以深入淺出的方式傳達正確的知識。

**2.「兩岸每日一詞」短視頻**

該視頻由中華文化總會、中華電視公司合作製播，主要以兩岸民眾日常口語溝通時容易誤用的詞語為主。通過輕鬆、生動的情景短劇表現劇中主角，包括臺灣獼猴、大陸熊貓，藉由分享動物園中的生活趣聞，引領觀眾了解語文差異。例如「咖啡伴侶」與「奶精」。

【說明】早期雀巢公司生產一款沖泡咖啡、紅茶等飲料時所使用的粉末狀奶精品牌，稱之為 Coffee-Mate，被譯作「咖啡伴侶」，後來成為大陸的奶精代名詞，不管是粉狀或液態，都被當作是咖啡的最佳伴侶。相比之下，臺灣稱奶精或奶球，較少稱咖啡伴侶，似乎不那麼浪漫。

【短視頻】

猴子說：大家都說猴子性子急，但我覺得你們大陸人比我更猴急！大白天的，喝個咖啡都有人拉生意！服務生竟然問我要不要「伴侶」！我嚇了一跳，趕緊說，沒帶錢，想把他嚇跑，他還說，不要錢！

熊貓說：喝咖啡要伴侶本來就不用錢啊，不加伴侶，味道很苦耶，多難喝啊！

猴子說：伴侶不是人嗎？怎麼會讓咖啡變好喝！

熊貓說：你才不是人，大陸說的「咖啡伴侶」，就是 coffee mate，是你們臺灣說的「奶精」啦！

猴子說：這樣我就知道了，下回我喝咖啡，我可以多要兩個嗎？

**3.「詩詞吟唱教學」短視頻**

為弘揚傳統文化，體現當代精神，中華文化總會與輔仁大學中文系合作製播古典詩詞吟唱教學短視頻，引領大眾在多元學習的途徑中，領略詩詞聲情美感與藝術表現。除了能豐富中華語文知識庫的內容，也可擴大古典詩詞吟唱的推廣成效。

由此可見，中華語文知識庫網絡版有文字、圖片、動畫、短視頻等多媒體、多模態信息，初步具備了融媒體辭典的特徵。它們的不足在於多媒體融合不夠。

## 三、漢語融媒體學習詞典的發展方向

### （一）「以用戶為中心」是漢語融媒體學習詞典研發必須堅持的基本原則

堅持「以用戶為中心」的原則是學習詞典編纂的基本要求。據我們對用戶需求調查及訪談反饋數據顯示，融媒體詞典是學習詞典堅持「以用戶為中心」原則的必然選擇。融媒體詞典要融入多媒體、多模態信息，但平面詞典文本仍然是核心。堅持以用戶為中心的原則就要適應用戶的認知水平和認知能力，滿足用戶的學習需求。要適應用戶的認知水平及認知能力，融媒體學習詞典須做到以下幾點：堅持通俗易懂的釋義原則，用元語言釋義是可以接受的一種理念，用已經學過的詞語解釋未學過的詞語，用插圖、音頻、小視頻甚至方言等解釋最基礎的詞語；釋義語言整體來説可以有不同的風格、呈現多元狀態，例句及其他説明要與學習者的水平和能力相匹配。融媒體學習詞典要滿足用戶的需求，就要滿足用戶學習語言知識的需要和提高語言應用能力的需要。滿足用戶學習語言知識的需要，在總體規模上，應奉行「夠用為度，實用為上」的原則。除了提供詞典常規的詞目、注音、詞性、釋義、例句外，還要增加語義説明、文化背景、知識背景、詞義辨析、關聯語彙等內容，以提高學習效率。滿足語言應用能力的提升就要提供不同層次學習者提高語言能力的範本。

### （二）融媒體漢語辭書建設相關理論研究

作為傳承中華優秀語言文化的有效載體，在傳統漢語詞典的基礎上，如何引入融媒體的理念，守正創新，構建漢語融媒體詞典理論，使其真正符合中國特色，落地生根，指導漢語學習詞典編纂實踐。我們將結合《當代漢語學習詞典》的編纂與出版實踐，重點探索在融媒體環境下辭書內容的結構組織形式、編輯模式以及出版模式的創新方法，重點解決多元內容的融合機制，包括融合的內容、融合的方式、媒體融合的比例等，從而能夠有效指導融媒辭書的編纂實踐。

### （三）面向融媒體漢語學習詞典的資源整合利用

漢語學習詞典應該堅持以用戶為中心的理念，適應學習者的認知能力和認知水平，不僅授之以魚，還要授之以漁，切實提高語言學習能力和質量。為此，漢語學習詞典除了具有傳統詞典裏的內容，即每個詞條包括詞目、注音、詞性標註、釋義、例句等外，還包括語義說明（字的形音義的關係、多義詞的義項引申、語義構詞規則）、文化信息、關聯語彙、詞義辨析等，每個項目都需要大量豐富的語言資源支持，目前有些資源已經開發出來了，有些還需要進一步開發。如何在詞典系統裏充分整合利用這些資源，並探索出整合利用這些資源的有效機制，這是我們必須解決的問題。我們將結合《當代漢語學習詞典》編纂，開發相關的資源，積極探索在詞典系統內如何有效整合利用這些資源，以完全不同於傳統紙質詞典的品質，以豐富多彩的內容、適合不同層次學習者的語言表達、靈活便捷的檢索手段、賞心悅目的呈現方式獲得學習者的青睞。同時，在實踐中，探索通過合理有償購買、眾籌等辦法構建資源共享的務實有效的機制。

### （四）多媒體、多模態信息庫的構建與實現

融媒體的重要特徵是在詞典內部進行多媒體、多模態信息的融合，基於目前國內外對於融媒體辭書的認識，到底應該融合哪些媒體、融合哪些模態的信息，如何融合，這是必須要解決的問題。我們將結合《當代漢語學習詞典》的開發實踐，探索紙媒、網絡、手機 App 等多媒體的融合。開發插圖資源庫、小視頻資源庫，詞語注音的音頻資源庫，經典片段、釋義等的音頻資源庫，詞語文化背景、文化色彩的視頻、音頻資源庫。探索其有效融合，利用這些資源讓融媒體詞典真正「動」起來、「活」起來。

### （五）融媒體辭書原型平臺的設計與實現

將融媒體理論、技術與辭書編纂理論及實踐相結合，提出如下圖所示的融媒體辭書原型的總體結構設計。依據該原型設計，融媒體辭書由多種媒介版本辭書、融媒體辭書基礎平臺、詞條信息數據庫、語料庫 4 個部分組成。擬以《當代漢語學習詞典》為實踐對象，在該辭書編纂過程中不斷進行理論研究和實踐檢驗，持續驗證和改進該融媒體辭書原型的總體設計，最終獲得一個切實可行的具有廣泛指導意義的融媒體辭書總體設計。

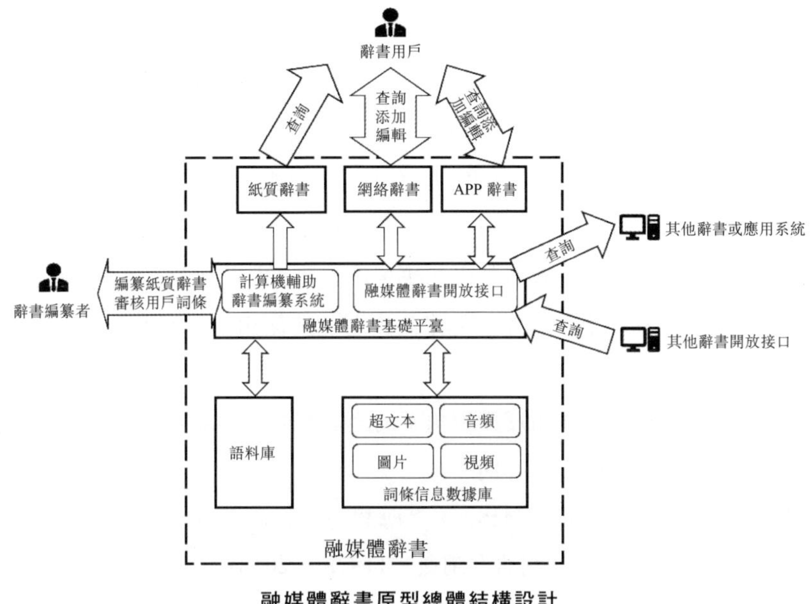


融媒體辭書原型總體結構設計

## （六）基於生成詞庫理論的詞語關鍵語義特徵挖掘及融媒體環境構建

依據生成詞庫理論，每個詞語都有多種屬性，包含多個語義特徵（宋作艷，2015）。人們認識事物、理解詞義時往往會抓住該事物、該詞義區別於其他事物、詞義的主要特徵進行信息加工，比如蘋果有很多特徵，人們通常會抓住其形狀、顏色、味道、口感等幾個方面的特徵認知，將其與梨、芒果等水果區別開來。融媒體詞典容量再大，人的精力是有限的，因此我們要在詞語的眾多語義特徵中選取關鍵語義特徵，以此作為構建該詞語融媒體環境的基礎。依據生成詞庫理論，挖掘每個詞語的關鍵語義特徵，開發信息庫，以此構建詞語融媒體環境，以切實滿足學習者的需要。

## 參考文獻


程榮　2010 《同義詞大詞典》（辭海版），上海辭書出版社。

董琨　2015 《漢語拼音詞彙》（專名部分），上海辭書出版社。

郝瑜鑫　2016 《在校學生漢語語文詞典使用情況研究》,《出版科學》第 4 期。

洪桂治　2019 《融媒體升級對外漢語學習詞典》,《中國社會科學報》第 3 期。

金沛沛　2019 《基於學習者需求的漢語學習詞典語用信息選取分析》,《辭書研究》第 4 期。

金沛沛　2020 《學習者使用反饋視角下的漢語學習詞典語用信息編纂研究》,《雲南師範大學學報》第 6 期。

亢世勇　2015 《新編同義詞詞林》，上海辭書出版社。

亢世勇　劉海潤 2018 《新詞語大詞典》（1978—2018），上海辭書出版社。

亢世勇等　2018 《語言資源開發與應用》，外語教學與研究出版社。

亢世勇　2020 《關於漢語融媒體學習詞典的思考 —— 以〈當代漢語學習詞典〉為例》,《魯東大學學報》（哲學社會科學版）第 2 期。

李宇明　2019 《促進「融媒辭書」發展，加強辭書生活研究》，中國辭書學會微信公眾號（2019-03-22）。

李宇明　2019 《融媒體縱橫談》，語標微信公眾號（2019-04-12）。

李宇明　王東海 2020 《中國辭書歷史發展的若干走勢》,《魯東大學學報》（哲學社會科學版）第 1 期。

劉璐　亢世勇　2017 《基於物性結構理論的無向型名詞語義構詞研究 —— 以漢語同義語素雙音節合成詞為例》,《中文信息學報》第 3 期。

劉善濤　王曉　2014 《對外漢語學習詞典插圖配置研究 —— 以商務館學漢語詞典對外漢語學習詞典插圖配置研究 —— 以〈商務館學漢語詞典〉為例為例》,《辭書研究》第 2 期。

宋作艷 2015 《生成詞庫理論與漢語事件強迫現象研究》，北京大學出版社。

蘇新春 2019 《義務教育常用詞表》（草案），商務印書館。

王興隆、亢世勇　2021 《新時代融媒體漢語學習詞典的融合特徵及其優化路徑 —— 以〈當代漢語學習詞典〉為例》,《語言文字應用》第 4 期。

吳月梅　2017《漢語圖解詞典》，商務印書館。

楊玉玲　2022《融媒時代外向型漢語學習詞典編纂理念與實踐》,《首都師範大學學報》第 2 期。

楊玉玲　李宇明　2023《外向型漢語學習詞典的供需錯位和出路》,《辭書研究》第 6 期。

俞士汶等　1998《現代漢語語法信息詞典詳解》，清華大學出版社。

張志毅，張慶雲　2005《新華同義詞詞典》，商務印書館。

章宜華　2007《對我國電子詞典發展策略的幾點思考》,《辭書研究》第 2 期。

章宜華　2011《基於用戶認知視角的對外漢語詞典釋義研究》，商務印書館。

章宜華　2019《融媒體時代詞典編纂出版的機遇與挑戰》,《語言文字報》。

章宜華　廖彩宴　2019《融媒體時代辭書創新人才的培養與制度建設——兼談辭書強國與人才隊伍建設的關係》,《辭書研究》第 3 期。

章宜華　2019《論融媒體背景下辭書編纂與出版的創新》,《語言戰略研究》第 6 期。

章宜華　2021《融媒體視角下多模態詞典文本的設計構想》,《辭書研究》第 2 期。

章宜華　2021《融媒體英語學習詞典的設計理念與編纂研究》,《外語電化教學》第 3 期。

章宜華　2022《略論融媒體辭書的技術創新和理論方法》,《語言文字應用》第 1 期。

**網絡資源：**

《重編國語辭典修訂本》網絡版網址：https://dict.revised.moe.edu.tw/

《國語辭典簡編本》網絡版網址：https://dict.concised.moe.edu.tw/

《國語小字典》網絡版網址：https://dict.mini.moe.edu.tw/

《異體字字典》《成語辭典》《臺灣閩南語常用辭典》《臺灣客家話常用辭典》《臺灣原住民族歷史語言文化大辭典》網絡版網址：https://www.edu.tw/Content_List.aspx?n = 83D8D70FE4468412

中華語文知識庫（臺灣版）網絡版網址：https://www.chinese-linguipedia.org/search.html

# The current situation and development trend of Chinese Learner's Dictionary of Convergence Media

**Abstract:** Chinese Learner's Dictionary of Convergence Media is a multimodal electronic dictionary that breaks through the traditional paper dictionary to the direction of user-centricity, information digitization and media diversification, and is the object of exploration and excavation in the contemporary lexicography community. From the perspective of the current development trend of learner's Dictionary of Convergence Media in China: the mainland is actively building a theoretical system of convergent media dictionary, focusing on the mode and path of compilation guided by theory, and has developed user-oriented "JUZI Chinese" "Contemporary Chinese Learning Dictionary" and other foreign-oriented dictionary and domestic-oriented convergent media dictionaries; The concept of "convergent media" has not yet been formed in Taiwan, but the digitization, networking, and mediaization of dictionaries have been realized earlier, and the characteristics of convergent media have begun to take shape. Convergence dictionaries are a new topic in lexicography, and some achievements have been made, but there are still many things worth improving and exploring. The article points out that there are six focus points for the future of the Chinese Convergence Media Learning Dictionary: (1) Adhere to the basic principle of "user-centered" ; (2) Construct and improve relevant theoretical systems; (3) Accelerate the integration and utilization of resources; (4) Construct multimedia and multimodal information databases; (5) Design a prototype platform for convergent media dictionaries; (6) excavate the key meaning characteristics of the term and construct a convergent media environment. With these six directions as the starting point, Chinese Learner's Dictionary of Convergence Media will reach a new level.

**Key words:** Convergence Media ; Cross-Strait Learning Dictionary ; development

# 《漢語新詞語詞典（2000—2020）》評介

商務印書館副編審　劉婷婷

中國社會科學院語言研究所副編審　李志江

人類的語言是隨着社會前進的步伐而不斷演進的，其中詞彙是最活躍的組成部分。社會的政治、經濟、文化、科技、軍事的發展以及人們的思想觀念、生活方式等的變化，就使得大量反映新事物、新概念的新詞、新語、新義不斷湧現出來。新詞、新語、新義是反映社會現實的一面鏡子。

## 一、《漢語新詞語詞典（2000—2020）》是漢語新詞語研究的新成果

1978 年，以黨的十一屆三中全會的召開為標誌，我國進入了社會主義建設的新時期。改革開放使我國在各個方面都出現了蓬勃的新局面，由此產生的新詞語數量之多、變化之快，在漢語詞彙史上是前所未有的。1984 年，呂叔湘先生發表文章，號召「大家來關心新詞新義」。在隨後的將近二十年時間裏，漢語新詞語的研究成為語言應用研

究的一個熱點，也成為詞彙學研究的一個專題。學術論文大多集中在探討新詞語定義的範疇、產生的原因、結構的類型、語用的拓展等方面，同時，收錄大量新詞語的各種辭書也應運而生。在這個熱潮中，第一部多年本辭書當推《漢語新詞詞典》(1987 年，上海辭書出版社)，而以《新華新詞語詞典》(2003 年，商務印書館）和《新詞語大詞典》(2003 年，上海辭書出版社）的出版告一段落。先後累計出版有幾十部之多，收穫頗豐。

新世紀以來，我國社會的政治、經濟、文化、科技、軍事的發展勢頭猛，速度快，相應的，新詞語產生的數量更多，涉及的範圍更廣。但與此形成反差的是，新詞語的研究逐漸進入了一個相對的平靜期，新詞語辭書的出版也比較有限了，近幾年更顯得有些寂寥。時光荏苒，新世紀轉眼過去了二十多年。在這二十多年裏，漢語裏不斷湧現的新詞、新語、新義中，有哪些語義比較明確，使用比較廣泛，已經沉澱下來可以進入漢語基礎詞彙行列呢？正當我們對此有所思考並期盼回應的時候，2023 年 1 月，侯敏編著的《漢語新詞語詞典(2000—2020)》(以下簡稱《漢語新詞語詞典》）在商務印書館出版了。這部辭書可謂應時而生，成為新詞語研究領域的新創獲，新詞語辭書編纂的新成果。

侯敏教授長期在中國傳媒大學任教，曾擔任國家語言資源監測研究中心有聲媒體語言分中心負責人。其主要研究方向為語言規劃及語言規範化、機器翻譯、語料庫語言學、修辭研究、對外漢語教學、話語分析等，尤其專注於傳媒語言語料庫的研製工作，並多年擔任「漢語新詞語」編年本的主編。「漢語新詞語」編年本由教育部語言文字信息管理司策劃，起步於 2006 年，至 2020 年共出版了 14 本。以此為基礎形成的《漢語新詞語詞典》，正文收錄了2000年至2020年間產生的漢語新詞、新義4200餘條；附錄一收錄了同期產生的新的字母詞300餘條；附錄二收錄了20世紀產生、21世紀仍在使用，但《現代漢語詞典》等規範型詞典沒有收錄的新詞語500餘條。這些詞語集中反映了二十多年來中國在政治、經濟、科技等各領域的飛速發展，反映了人民生活及社會面貌的巨大變化。

## 二、《漢語新詞語詞典（2000—2020）》的編纂特點

《漢語新詞語詞典》以新詞語界定的研究成果為指導，以大規模語料庫為依託，反映平面、有聲、網絡各類媒體語料，體現詞語的使用頻度，注意例句的時間跨度，強調客觀性和真實性，方便讀者的查檢和使用。

### （一）以新詞語界定為指導

新詞語的「新」是一個相對的概念，對於它的界定，學界多有不同的看法，其中曹煒（2004）的，鄒嘉彥、游汝傑（2008）的，亢世勇（2008）的觀點比較有代表性。曹煒認為：「『新』主要模糊在兩個地方：一是時間概念，即出現了多久以後的詞語才不是『新詞語』；二是範圍問題，即指的是形式新還是內容新，還是兩者都是新的。」曹煒認為從時間概念來看，是20世紀80年代以來；從範圍概念來看，新詞語包括「形式、意義全新的詞語」和「形式新、意義舊的詞語」，

以及「形式舊、意義新的詞語」。鄒嘉彥、游汝傑認為，「義項增加的舊詞」（如「下崗」）和「詞義擴大的舊詞」（如「福娃」）等也是新詞。亢世勇認為：「從詞本身來講，詞形、詞義、用法三方面中任何一個方面是新的就是新詞。」

《漢語新詞語詞典》對新詞語的界定兼採各家之長。侯敏指出：「新詞語的『新』，可以從系統和個體兩個方面來認識：從系統的角度看，新詞語是指那些在某一時間點以語言系統中已有詞語或已有詞語的已有意義作為參照物，在原有語言系統中不存在的詞語或意義；從個體角度看，新詞語是指那些處於自己生命週期開始階段的詞語或意義。」以此為指導，《漢語新詞語詞典》為新詞語的提取和確認制訂了五項原則：原則一，新詞語產生的時間段是 2000—2020 年，如果在 1999 年 12 月中旬以後首次出現且目前還經常使用的，也收錄其中。原則二，以語文詞為主，事件詞、專有名詞一般不收。原則三，收詞考慮頻次因素，但不是唯一。原則四，有些詞語過去在民間應該使用過，但《現代漢語詞典》和背景語料中沒有出現，也作為新詞收入。原則五，品位低的不收。五項原則中，最為重要的是原則一。有了這一原則，《漢語新詞語詞典》所收新詞語就有了明確的起訖時間。與此同時，詞典對屬於舊詞的新義、新用法的，在詞目右上方標註星號 (*) 以示區別。

2000—2020 年是新世紀的頭二十年，這一階段新詞語的產生和使用，帶有深刻的時代烙印，也印證了時代前進的腳步。例如，《漢語新詞語詞典》中列出的「微博、微信、彈幕、流量、雲課、電商、網購、剛需、賦能、動車、高鐵、邊會、戰疫、約談、中國夢、大灣區、黑科技、大數據、元宇宙、新常態、公祭日、細顆粒物、一帶一路、人類命運共同體」等等，這些新詞語，都是我國這二十多年生命活力指數很高的「時代新詞」，對於我們放眼回顧和加強理解社會生活方方面面的發展和變化有着重要的參考意義。

## （二）以建立語料庫為手段

在語料庫語言學問世以前，辭書的編纂主要依據人工收集的語料。直到20世紀70年代，英國約翰·辛克萊教授建立了COBULD語料庫，並採用詞語索引技術對語料進行大規模調查，開創了現代詞典編纂的先河（宋紅波、王雪利，2013）。時至今日，語料庫已成為編纂辭書不可或缺的手段，《漢語新詞語詞典》也不例外。《漢語新詞語詞典》的調查語料分為兩個集合，一個是背景庫，一個是調查庫。背景庫的作用是確定新詞語的身份，過濾掉非新詞語，其中包括1950年至1999年的《人民日報》和1998年、1999年的《光明日報》，共126萬個文本，10.6億字次。調查庫的作用是了解展示新詞語在當代漢語媒體中的使用狀況，庫中包括2001年至2020年9月報紙和廣播電視節目轉寫文本的語料，共446萬個文本，50億字次。兩大語料庫結合使用，使得所有詞目更加具有代表性、嚴謹性。

我們認為，《漢語新詞語詞典》對語料庫的利用具有三大亮點：

一是語料都是來自各種媒體，包括平面媒體（報紙）、有聲媒體（廣播電視節目轉寫文本）以及網絡媒體。來自各種媒體的語料保證了所選新詞語傳播的廣泛性，説明它是在儘可能大的範圍內進行的，而不是僅僅囿於狹小的語言環境，這就使詞典的收詞立目具有説服力。與其他為編寫新詞語詞典而建立的語料庫相比，《漢語新詞語詞典》的語料庫除了規模巨大以外，它還包括有聲媒體的語料，足見語料覆蓋面之廣。

例如【快旅慢遊】一條。

【快旅慢遊】kuài lǚ màn yóu ★★遊客花費在旅途路上的時間短，留在景區景點遊玩的時間長。例 我們搞旅遊的都知道，旅遊講究快旅慢遊嘛。（河南衞視 · 溝通無限 2004.4.24）｜為了突出高鐵旅遊「快旅慢遊」的特點，各地也開始挖掘有吸引力的一日、兩日為主的「週末遊」線路。（《新京報》2011.6.1）

這裏第一個例句選自電視節目的轉寫文本，獨具特色。

二是例句標註來源信息。詞典中的每一個詞目一般配有兩個例句，每一個例句後面都會標註來源信息。清晰的來源保證了例句的客觀性和真實性，與此同時，不同的媒體有不同的讀者對象，因此來源信息也有助於了解新詞語的使用分佈。兩個例句中，第一個例句選取出現時間早的。由於編年本強調當年出現的才是年度新詞，所以基於編年本理念的例句，來源信息的年份就是該詞語在媒體上出現的年份。而第二個例句一般重在體現該詞語的用法以及介紹相關場景。

例如【阿爾法狗】一條。

【阿爾法狗】Ā'ěr fǎ gǒu ★★★★名詞。一款人工智能的下圍棋軟件。由谷歌旗下 Deep Mind 公司的團隊開發。也稱「阿爾法圍棋」。阿爾法，希臘字母表中第一個字母 α 的音譯；狗，英語 Go（圍棋）的音譯。例「阿爾法狗」是一款圍棋人工智能程序，也是第一款能擊敗專業圍棋選手的計算機軟件。（《北京青年報》2016.3.13）｜人類的胸懷可能也是人工智能機器無法擁有的——在李世石輸給「阿爾法狗」後，韓國棋院授予「阿爾法狗」名譽九段稱號。（《人民日報》2016.3.17）

通過選取的兩個例句，能夠了解其出現在國內主流媒體的時間是

2016 年，具體為 3 月中旬，也能夠大體了解這個新詞語是一款用於圍棋的人工智能程序，最初是與韓國棋手李世石公開對弈。

三是為一些新詞語配有知識窗，知識窗前用「📖」標記。雖然，為新詞語配知識窗不是《漢語新詞語詞典》的首創，但它能夠從大量語料中或者提取語源，或者介紹與新詞語有關的知識，儘量做到應有則有，文字簡明，充分發揮語料庫的作用，豐富了新詞語註釋的內容。

例如【囧】一條。

【囧】jiǒng ★★★★形容詞。（網）原為古字，意思是光明。現取其形，用來表示窘迫、鬱悶、無奈。例 要是有個年輕人上學期英語 59，差一分及格。他周圍的朋友就會說：囧！表達一種悲傷和無奈的情緒。（中央電視臺 · 第一時間 · 馬斌讀報 2008.4.25）｜《午門囧事》連載於晉江原創網站，以小說形式展現當下在年輕人中頗為流行的「囧文化」現象。（《北京青年報》2008.8.23）

📖「囧」起初是作為表情符號在網絡上流傳開來的。它最外面的「口」被看作人臉，有棱有角，裏面的「八」代表眼睛，小「口」是嘴巴，合在一起看，就是一張讓人忍俊不禁的無可奈何的臉。

這個知識窗的內容，交代了為什麼「囧」能夠「表示窘迫、鬱悶、無奈」，是溯源，對其釋義具有補充作用。

又如【神舟飛船】一條。

【神舟飛船】Shénzhōu Fēichuán ★★★★中國自行研製，具有完全自主知識產權，達到或優於國際第三代載人飛船技術的航天器，由返回艙、軌道艙、推進艙和附加段構成。已完成神舟一號至神舟十三號的系列飛行試驗。例 神舟飛船升空標誌着我國航天技術開闢了新紀元。（《人民日報》2000.11.7）｜神舟飛船 5 次成功發射的實踐表明，中

國載人航天發射場已成為世界上最先進的發射場之一。(《中國青年報》2005.10.13)

📖 我國神舟系列載人飛船由專門為其研製的長征二號F火箭發射升空，發射基地是酒泉衛星發射中心，回收地點在內蒙古中部的四子王旗航天着陸場。與國外第三代飛船相比，神舟飛船具有起點高、具備留軌利用能力等特點。從1999年11月20日發射神舟一號開始，我國在20年間共發射了13艘神舟飛船。神舟一號、神舟二號是無人飛船；神舟三號、神舟四號搭載了模擬人；神舟五號搭載了航天員楊利偉，飛行21小時；神舟六號搭載費俊龍、聶海勝，飛行4天19小時；神舟七號搭載翟志剛、劉伯明、景海鵬，飛行2天20小時；神舟八號搭載模擬人，飛行18天；神舟九號搭載景海鵬、劉旺、劉洋，飛行12天；神舟十號搭載聶海勝、張曉光、王亞平，飛行15天；神舟十一號搭載景海鵬、陳冬，飛行32天；神舟十二號搭載聶海勝、劉伯明、湯洪波，飛行3個月；神舟十三號搭載翟志剛、王亞平、葉光富，飛行6個月。

這個知識窗的內容，是基於大量語料整理出來的，它把神舟系列載人飛船先後的十三次飛行交代得清清楚楚，使讀者能夠一目了然。

### （三）以新詞語分級為突破

《漢語新詞語詞典》用星級（★）來標示詞語的使用頻度。將新詞語的使用在語料庫中進行檢索統計，頻次在2000次及以上的，標為五星級，表示高頻使用；頻次在2000以下1000及以上的，標為四星級，表示較高頻使用；頻次在1000以下100及以上的，標為三星級，表示中頻使用；頻次在 100 以下的，標為二星級，表示低頻使用。例如：

五星級：萌　打虎　粉絲　剛需　酒駕　秒殺　熱搜刷臉　網銀　下沉　線下　戰區　零容忍　廉租房　支付寶　頂層設計　快遞小哥　直播帶貨

四星級：囧　對標　抖音　掛科　共情　金句　拉風　陸生　破冰　人設　微課　站位　國防生　傷不起　雲課堂　審美疲勞　網絡暴力　五險一金

三星級：燃　對表　村晚　電詐　飯圈　逛吃　國祭　遛娃　全馬　甩鍋　脱單　置頂　薅羊毛　碳中和　通識課　滿血復活　人氣指數　知識圖譜

二星級：槑　粉圈　港普　囧劇　聯診　霾沙　暖評　鋭詞　部編本　帶節奏　鏡面人　撒狗糧　制天權　通用規範漢字表

在新詞語中能夠細分出不同的活躍程度，難能可貴，是新詞語詞典編寫中值得倡導的一個新突破。我們認為，新詞語分級標註，在辭書編纂和國際中文教育兩方面都很有意義：

一是辭書編纂方面的意義。「漢語新詞語」系列是《現代漢語詞典》等語文辭書修訂時的參考資料之一，一些符合收錄標準的新詞語會適時收入語文辭書。《漢語新詞語詞典》依據使用頻度對新詞語進行分級，這又使語文辭書吸收新詞語時有了重要依據。雖然詞頻高的新詞語不一定就有長久的生命力，但是詞頻低的新詞語一般來説很難成為基礎詞彙。

二是國際中文教育方面的意義。新詞語是否應引入國際中文教育是學界不斷爭論的問題。一方面，教學大綱的更新不及時使得其中的基本詞彙不能滿足實際教學需要，此時具有廣泛性、時效性、趣味性的新詞語的積極作用不可忽視；但另一方面，新詞語尤其是網絡新詞語的隨意性和不穩定性又使得教育者不得不認真審視其教育的可行性。而《漢語新詞語詞典》對新詞語進行分級，能夠有效幫助教師對新詞語進行選擇。避開穩定性差、隨意性強的網絡新詞語，選擇那些適合教學的、能激發學生學習興趣的、能豐富交流內容的、符合基本構詞法的、有助於提高實際交際水平的詞彙（劉小梅，2011）。

## 三、《漢語新詞語詞典（2000—2020）》的學術研究及思考

我們知道，一部辭書的成功編纂，學術領航是第一位的。如果沒有先進的編纂理念，沒有充分的學術研究，僅僅依靠大量的語料，僅僅憑藉滿腔的熱情，那麼辛辛苦苦推出的可能只是材料堆積的平庸之作、雷同之作。換言之，一部優秀的辭書，其中必然整體上蘊含着與時俱進的學術思想，字裏行間體現着眾多學術研究的新成果。《漢語新詞語詞典》之所以特色鮮明，具有很好的學術價值和應用價值，就是侯敏教授及其帶領的團隊長期監測漢語新詞語，始終堅持新詞語研究的結果。令人稱道的是，該詞典在正文之後附有《當代漢語新詞語使用調查》一文，對所收錄的4200餘條新詞語進行了詳細的數據統計，對它們的基本面貌從詞語長度、詞性分佈、構成材料、領域分佈、頻度分佈、時代特徵各個方面做出周到的考察和中肯的分析。有思想，有理論，有材料，有比較，編研結合，值得我們認真學習體會。

《當代漢語新詞語使用調查》列出的一些數據引起了我們的思考，

似有進一步討論的必要。比如，新詞語的領域分佈中，生活類 1805 個，佔 42.34%；軍事類 25 個，佔 0.59%；農業類 19 個，佔 0.45%。呈現出不平衡的情況。生活類新詞語佔比高是可以理解的，但軍事類、農業類新詞語過少，顯然與實際情況不符。這可能與參與選詞的大多是大學的年輕教師及研究生有關，他們對校園生活比較熟悉，而對社會的其他方面關注不夠。這說明新詞語的篩選需要多方面的專業人士參與，以避免單純依靠數字說話，也避免受制於個人認識的局限。

從《漢語新詞語詞典》的收詞情況來看，在 2000—2020 年的 21 年間，收錄的新詞語（主要是語文詞）平均每年大約 200 個，這個數量似乎偏少（或許每年能夠出現 500 個及以上）。現在 AI 系統發展很快，應用越來越普及，它能不能在新詞語產生的數量上、分佈上給我們提供更多的幫助呢？這是需要進一步研究和解決的。當然，在新詞語資料的收集上，人工介入一定不可偏廢。經驗證明，人工收集新詞語，固然費時費力，但是目的性強，資料的應用率普遍較高，況且有些新義的發現，離不開收集者的理解和判斷。

目前，《漢語新詞語詞典》推出的是紙質版，我們期待着將來還能夠推出網絡版，運用數字化手段為更多的讀者服務。網絡版不受版面空間的限制，可以較為充分地增加各類插圖，鏈接相當數量的小視頻，從而使詞條呈現的內容更加豐富，特別是直觀的感受有利於讀者對新詞語的加深了解和把握應用，也有利於新詞語的普及和推廣。同時，它也為及時地補充新詞語詞目，不斷擴展和更新註釋內容提供了極大的方便。辭書的融媒化是我國辭書事業發展的大趨勢，《漢語新詞語詞典》有條件先做起來，而且相信它能夠做得很好。

## 四、《漢語新詞語詞典（2000—2020）》對大華語新詞語研究的推動

《漢語新詞語詞典》的出版為漢語新詞、新語、新義研究注入了生機與活力，拓展了研究的邊界和視角。我們認為，它也為大華語視閾下新詞語的研究提供了可資借鑒的寶貴語料，客觀上起到了推動作用。

所謂「大華語」，是指「以普通話／國語為基礎的全世界華人的共同語」(參見《全球華語大詞典》序)。陸儉明先生說：「語言是隨着社會的發展而不斷發展變化的，語言變異是絕對的，隨時隨地的。而各華文社區只要較長時間不往來，不交流，加之要受其他語言的影響，自然就會有差異。⋯⋯建立並確認『大華語』概念的好處是，有助於增強世界華人的凝聚力和認同感，有助於建立和諧的華人社會。」(陸儉明，2019) 在大華語視閾下進行新詞、新語、新義研究，能夠促進華語區之間的相互了解，幫助華語區之間的充分交流。「華語的國際化是必然的趨勢。在中國或者其他華語區學習華語的人，二三十年之後，可能在不同的華語區生活、流動。」(周清海，2021) 面對將來的發展，我們現在的語言研究應該做好準備。

商務印書館於 2010 年、2016 年先後出版了李宇明主編的《全球華語詞典》和《全球華語大詞典》。前者主要收錄 20 世紀 80 年代以來的華人社區的常見的特有詞語約 10000 條。後者收錄華語通用詞語和特有詞語約 88400 條。以 A 母和 B 母為例，《漢語新詞語詞典》收錄有 217 條，其中《全球華語大詞典》已收的有 50 條，未收的有 167 條，如「艾特、傲嬌、霸屏、白菜價、白肺、白富美、白加黑、半馬、報復性消費、抱團取暖、背鍋、悲催、北斗、備胎、比心、鄙視鏈、閉

環、變道超車、標配、標題黨、表情包、玻璃心、博眼球、補刀、不婚族」等。這些大都可以補充到《全球華語大詞典》中去。

既然《漢語新詞語詞典》可以為《全球華語大詞典》提供相當數量的新詞語，相信同一時段內，各個華語區都會湧現出為數不少的新詞語，它們都可以匯聚到《全球華語大詞典》中去。因此，積極開展各華語區的新詞語研究，持續做好新詞語的收集和整理，把修訂《全球華語大詞典》作為大華語視閾下新詞語研究的平臺，有着重要的現實意義和歷史意義。

## 參考文獻

曹煒　2004　《現代漢語詞彙研究》，北京大學出版社。

侯敏　2008　《報紙、廣播電視、網絡（新聞）年度新詞語——中國語言生活狀況報告（2007）》，商務印書館。

亢世勇　2008　《現代漢語新詞語計量研究與應用》，中國社會科學出版社。

劉小梅　2011　《網絡新詞與對外漢語教學》，《遼寧行政學院學報》第 8 期。

陸儉明　2019　《樹立並確認「大華語」概念》，《世界華文教學》第 1 期。

宋紅波　王雪利　2013　《近十年國內語料庫語言學研究綜述》，《山東外語教學》第 3 期。

周清海　2021　《從「大華語」的角度談語言融合、語文政治化與語文教學》，《中山大學學報（社會科學版）》第 3 期。

鄒嘉彥　游汝傑 2008　《漢語新詞與流行語的採錄和界定》，《語言研究》第 2 期。

# 語言服務質量與漢語詞語雅俗

北京師範大學人文和社會科學高等研究院教授　周　荐

**提　要**　語言服務有各種不同的類型，也有高低不同的層次。各種類型的語言服務的層次性反映在有各種不同的質量要求和質量標準上：由本語至目標語的翻譯過程，信達雅是質量要求，也是質量標準；同語種間的語言服務，也存在着服務質量高下的不同，其中由詞語雅、俗所扮演的角色對於語言服務質量的高低起着相當重要的作用，值得認真研究。

**關鍵詞**　語言服務　詞語　雅俗

## 一、語言服務的質量和要求

語言服務有各種不同的類型，語際間的服務，即是語言翻譯工作。語言翻譯有質量要求和標準，著名的「信」「達」「雅」就是由我國清末新興啟蒙思想家嚴復提出的。嚴復在《天演論》中的「譯例言」談到：「譯事三難：信、達、雅。求其信，已大難矣！顧信矣，不達，雖譯，猶不譯也，則達尚焉。」「信」，指的是目的語的意義不與本語的原文相悖，即譯文要準確，不偏離，無遺漏，也不要隨意增減本語所表達的原文的意思；「達」，指的是不拘泥於本語原文的形式，目的語的譯文要通順、暢達；「雅」，指的是目的語的譯文所選用的詞語要得體，追求文章本身的古雅，簡明而優雅。串起來講，嚴復要求翻譯時要將內容、結構、文采三者兼顧起來，漢語的譯文要符合漢語的特點，注重話語的完整性、內容的準確性，語法結構通順而暢達，同時也要求譯文具有中文的文采，要有中國讀者可接受的文學性、可讀性。如果將嚴復的「信達雅」作為一個完整的要求，那麼他對外文譯成漢語文的要求，就是一句話：要盡善盡美。語際服務的至善境界是盡善盡美，而盡善盡美説到根本上就是典雅。

嚴復的這個「信達雅」，從翻譯的過程看，更是分開來的三點要求。「信」是忠實於本語的原文，不望文生訓，更不隨意增刪本語所傳達的原文的意思，譯文的每一個意思都可還原到本語的原文中，在本語的原文中找到根據。這一條應該是對翻譯過程而言的，是最起碼的要求。實際翻譯過程種不難見到有的譯者隨意增刪本語的原文的意思，致使目的語與本語的內容不相符合，兩者對不上。「達」，是對目的語語法結構的完整性的要求，只有語法成分不缺失、結構完整，才能使習慣了目的語表達的人們順達而曉暢地接受譯文所表達的語意。這一條應該是對目的語而言的，也是對目的語的必須的要求。我們也能看到，有的譯者本語能力強而目的語水平低下，有的相反，本語能力差而目的語水平高，這就容易出現結構缺失、不完整的情況。「雅」，是美文的要求，它不僅要求沒有內容上的隨意的增減，要文從字順，沒有成分缺失，結構嚴整，而且，對中國人，尤其是中國的讀書人而言要深具文采，筆墨生香。這一條當然更是針對目的語而言的，是對譯文的高標準、嚴要求。我們也看到翻譯作品日多，水平參差不齊，有的文采煥然，有的實難恭維。嚴復就翻譯過程提出的「信達雅」要求，多數情況下是就目的語——漢語而言的，有些情況下也是對譯者（或雙語人）的要求。

同語之間（同語人，包括同操共同語或某一方言的人，也包括一方操共同語另一方操方言，或一方操甲方言一方操乙方言，彼此存在一定的交流溝通窒礙的人）的交際交流，是說、聽交替進行的互動行為，是說者、聽者共同完成的一個言語交際活動，因此它是同語人之間彼此的服務，這樣的一個活動同樣需要「信、達、雅」。同語人之間的言語交際交流活動的「信、達、雅」，是對交際雙方提出的同樣的要求，是需要說者、聽者共同遵守並完成的交際準則。同語人之間的「信」，就是傳遞的信息要完整而準確；「達」，就是詞句表達沒有缺失，語意傳遞暢達；「雅」，就是文采斐然，讓對方或受眾樂於接受。同語交際和語際交流一樣，「信」「達」是基礎性的，必須做到的，而「雅」則是高一層次的，是追求的至高目標。

中國古人十分重視語言交際中的達意，《論語．衛靈公》中記錄了孔子一句著名的話「辭達而已矣」。「辭達而已矣」是孔子針對其所深惡痛絕的「巧言令色，鮮矣仁」而言的。「辭達而已矣」強調言辭以表達意思為目的，反對雕琢浮誇的花言巧語，因為你再花言巧語，辭不達意一切都是枉然。何晏《集解》引孔安國的話說：「凡事莫過於實，辭達則足矣，不煩文艷之辭。」可以說是參透了聖人的話的精神實質的。同語人之間交流，拾遺補缺是題中應有之義，但如果過分雕琢，那就是值得警惕的現象了。

孔子很重視言辭表達及其技巧，但他並不主張過分的文飾。孔子當然是十分重視「文」的，即文辭的藻飾的，說：「言之不文，行而不遠。」宋代的蘇軾在《答謝民師書》中為夫子的意思做了詳盡的闡釋，說：「夫言止於達意，即疑若不文，是大不然。求物之妙，如繫風捕影，能使是物了然於心者，蓋千萬人而不一遇也。而況能使了然於口與手者乎？是之謂辭達。辭至於能達，則文不可勝用矣。」蘇軾此話的意思是，有人說言語能達意就夠了，似乎不必講究文理，這樣的說法大謬不然。探求事物的奧妙，就像要繫住風捕捉影子，能夠做到成竹於胸的人，大概千萬人中也沒有一個，更何況能夠口說和手寫都確切表達的人呢？辭達是一種境界，要善加把握，既不能「言之無文」，也不能「巧言令色」，只有將兩者運用到爐火純青的地步，言辭也才真正到了能夠達意的地步，那麼文理就用之不竭了，也自然而然成就了典雅的文章。

## 二、語言服務的吉凶、利害、雅俗

同語間的語言服務的質量，因地域不同而有差別，如英文的“coming soon”，港澳坊間常見「不日」這樣典雅的中文譯詞，內地多說「不久」「很快」「即將」之類，其間可見雅俗之別；因共同語和方言的不同而存在差異，如共同語「隨你的便」，南方方言「隨便你」，東北方言「愛咋咋着」「愛咋咋地」，其間亦可見地域之別；也會因個人而有一些顯著的不同，這種不同在一些人雅俗詞語的不同使用而有巨大的差別。

中國人無論是給他人還是給自己取名，都是很講究的，一般都有趨吉避凶、趨利避害的目的和用意。中國古人所取的名，也有趨利避害、趨吉避凶的考慮，很少有取用不吉利的字而從字面上又看不到趨避目的的名字。古人的名字間或用上不很吉利的字，但是通常配以他字，達到轉凶為吉、化害為利的目的。例如漢中宗原名「劉病已」，後才改名「劉詢」。「病」字用為名，並不吉祥，但加一「已」字，既說明了劉詢曾經病秧子的過去，又說明他已徹底痊癒，完全康復。西漢名將「霍去病」，名字中亦有一「病」字，也似不吉，但加一「去」字，也表明病體康復，完好如初。他如隋唐史學家「李百藥」，宋詩人「辛棄疾」，名字也都是類似的情況。有的詞，古人今人可能會有不同的選擇。例如「貳臣」，在封建時代指前朝官吏投降新朝後繼續做官的人，後泛指叛逆者。古代或無人以「貳臣」為名，因為他們多以「逆子貳臣」為恥；現代名「貳臣」者並不鮮見，或因現代一些人並不明瞭「貳臣」的本意？再如趙本山二人轉團隊有個女弟子名「呂品」。「呂品」是個高雅別致的名字，也與她美麗端莊的外表十分相稱，但卻不知為何她起了個「丫蛋」的藝名。但就是在春晚大舞臺上，《不差錢》這個小品使「丫蛋」而不是「呂品」一舉成名天下知。看來語言服務質量的雅俗在不同的交際領域和場合或有不一樣的效果。

近現代以來中國人為自己或為他人取名字，常有個取賤名以求平安的習俗，認為取個賤名好養活。例如孩子出生後怕不長命，而取名「狗剩」。意指這個孩子是狗都不屑於搭理之物，老天爺自然不會垂顧而帶走他。「剩」還有一說，是男陰之意，也是以穢物取名，目的仍是希望不引起垂涎者留意到。「剩」之有男陰義，或與其閹割義有關。《齊民要術》：「擬供廚者宜剩之。剩法，生十餘日，用布裹齒脈碎之。」此處的「剩」即閹割義。如今一些北方農村地區，有人稱自家的男孩時略去「狗」字只稱「剩」或「剩兒」，意思也大略相同。在所取賤名中，「狗」是一個更為常見的字，除「狗剩」外，「狗子」「二狗」「阿狗」「狗仔」之類的稱呼皆是。北方地區有將兒子取名為「狗不理」的，天津著名的「狗不理」包子舖，據說就是據原籍山東的老闆之乳名所取。人名屬於專名，餐館的名字、店舖等的字號也都是專名。不少餐館、店舖等有將人名直接用於店名的習慣，除上面說到的天津的「狗不理包子舖」，北京的「王麻子剪刀」，安徽的「傻子瓜子」，都是直接將人的綽號用為店名或商品名，物名譽滿全球，人名反而不彰。語言服務質量之雅俗選擇在營銷領域和日常生活中或也存在着不一樣的效果。

餐館等店舖取名十分講究，菜餚等商品名也不可小視。如何使所取商品名尤其是菜餚名叫得響亮，吊起饕客胃口，進而最大限度地贏得回頭客，是給菜餚等取名必須要考慮的。用吉祥字詞給菜餚取名自是首選，例如魯菜的「四喜丸子」，粵菜的「孔雀開屏魚」，川菜的「口水雞」，徽菜的「書香豆腐盒」。響亮而能勾起老饕食慾的名字不一定非用吉祥的字詞不可，也可用表面上不吉利的字，以達出人意表的效果，給食客留下深刻印象。天津話將不屑於被理睬的一類人稱為「狗食」，家長常叮囑自己家的孩子：「你不要搭理他，這人就是個狗食。」「狗食」由指人的稱謂而延申為指該類人士喜歡光顧的低檔次餐館的稱謂，於是有了所謂的「狗食館」。最初的「狗食館」或許食品檔次、衛生條件都差強人意，而今「狗食館」則成了物美價廉的代名詞，是中低消費者喜歡的所在。與天津的「狗食館」相似的是西安的「蒼蠅館」。顧名思義，最初此類餐館，衛生條件或許稍差一些，食客要邊吃喝邊揮動手臂轟趕蒼蠅，因此而有「蒼蠅館」的稱謂。如今「蒼蠅館」早已成了中下層人士常常光顧的餐館，不但衛生條件已得到大大改善，鮮見蒼蠅的蹤跡，而且菜品質量大幅提升，但是人們仍習慣用「蒼蠅館」來指稱之，意思也由原來實指蒼蠅多的餐館改指如今經濟實惠、方便快捷的就餐場所。餐館取名故意用上表示不潔的字詞，出人意表，劍走偏鋒，卻可在語言服務上收到意外效果。餐館取名是如此，菜品取名自然也可援例，用本表不潔不淨事物的字詞來為佳餚命名。例如蘇州有一種麵條名「奧竈麵」，蘇州話「奧竈」是不乾淨的意思。清翟灝《通俗編》收「鏖糟」一詞，引元末明初人陶宗儀《輟耕錄》:「今以不潔為鏖糟。」蘇州「奧竈麵」的「奧竈」本此。「奧竈麵」並非不潔，且味道鮮美而獨特，不但是本地人的美食，也贏得眾多遊客的青睞，稱其「奧竈麵」或有商業上的考慮。成都有一種用花生和糖製成的特產小吃「狗屎糖」，特別暢銷。該糖最初命名為「狗屎」，或因其色、其形真的與狗屎存在一定的相似度，但人們如今已不在意這些，這種小吃的美味已牢牢拴住了食客的心。天津話管花生米叫「果仁」，一種用特殊的炒製方法炒熟的花生米稱「狗屁果仁」。花生米與狗屁應無任何關係，但是人們並不在乎這種命名的理據，注重的是這種小吃的美味，「果仁」而以「狗屁」命名，也是以賤名贏得主顧的垂顧。臺灣有一道名菜「蒼蠅頭」，是用蒜苗、豆角、辣椒等炒熟的。或許因為這道菜的食材都切得十分細小，宛如蒼蠅頭一般，才如此命名？也未可知。但是名一叫開，便贏得無數食客的芳心。「狗澆尿」是青海一種特色的食品，跟狗尿無關，更不可能是狗將尿（或將狗尿）澆在食物上做成，它只是一種本地的油炸餅。設若不稱之為「狗澆尿」而稱之為「油炸餅」，估計這道青海美食不會為多少人記住了。經商有方，生財有道，從這種命名的技巧可以看出商人們是如何利用語言創造商機的，亦可見語言服務因雅俗而產生的效果。

以上無論是給人取名還是給店肆、商品命名，都是名賤實貴。人與人打交道時，在稱謂的問題上更是頗為講究的。漢語史上有大量的敬謙辭，反映的是中國人在稱謂上敬人謙己的優良傳統。但是，一段時期以來，一些十分刺目的詞語湧現於各種社交場合，甚至有用表生殖器的字詞直接用於稱謂，令人瞠目。稱讚對方（不論對方的性別）能力超強、十分厲害，之前我們多說「牛」，現在不少人徑說「牛屄」。大概是為避免視覺的衝擊力，書面上這個詞常寫作「牛逼」「牛 B」或「NB」。[①] 這樣的文字形式已經走上了街頭小店的宣傳招牌，比比皆是。既然稱讚對方（可不分性別）可以用表示女陰的字，調侃對方（也可不分性別）裝腔作勢或對一些事假裝不知時，原說「裝蒜」，現在乾脆說「裝屄」或「裝逼」，攻訐或辱罵對方（同樣不分性別）愚蠢透頂時也可稱之為「傻屄」，書寫上有時作「傻 B」「傻逼」或「傻 X」。「屄」無論是寫成「逼」「B」還是以符號「X」代之，人無不知它是女陰的意思。類似的還有「撕逼」一詞。這裏的「逼」大概也是女陰的隱晦寫法。既然用女陰造出的詞可用於交際交流，用男陰造詞而用於交際似乎更不需要理由，於是便出現了「屌絲」這樣的詞。古人遇到此詞，還會換上他字以避免視覺衝擊力，如《水滸傳》中的起義軍將領李逵天天嚷嚷「殺去東京，奪了鳥位」，「鳥」有男陰義，明代之前讀音也與「屌」同（邢公畹 1982），「鳥」在彼時同音替代的也正是「屌」字。當下一些人還把本是名詞的「屌」字活用作動詞，如「我都懶得屌他」。此處的「屌」或就是「搭理」之意。既然男女生殖器都可堂而皇之地

---

① B，不僅可代「屄」字，還可代他字。例如 2022 年 11 日 5 日東方資訊有條信息稱馬蓉「不僅自導自演了『家 B』，還聲淚俱下的在媒體面前喊話王寶強」。這裏的「家 B」，應該是「家暴」的意思。

造詞，並用於交際，表示男女都有的正常生理活動的詞自然更沒有理由避諱，於是「屁民」等就被造出。「屁民」一詞可用來對自己的謙稱，也可用指稱芸芸眾生，一經造出迅速使用開來，甚至上了嚴肅的媒體。與「屁」有關的詞語還有個「屁餐」。2007 年 2 月 14 日《參考消息》曾轉引德國《法蘭克福評論報》2007 年 2 月 12 日一篇題為《「屁餐」應該消失》的文章，談到「屁餐」的由來，是北京有家餐館將英文 fast food（「快餐」）誤寫成 fart food（「屁餐」）所致。但這一誤寫，卻使「屁餐」爆火。跟排泄道有關的詞可以造出，跟生殖道有關的詞自然也可造出。一個未必是新詞的詞「臥槽」，最近一些年大行其道。「臥槽」也寫作「我靠」(或略作「靠」)「我操」等等。說「臥槽」等未必是新詞，是因為它們其實都是「我肏」的隱晦的書寫形式。但是，它的使用卻不像文字那樣隱晦，有時竟明目張膽，令人齒冷。2021 年 7 月 29 日東京奧運會上出現了令全世界華人為之臉紅的一幕：我國參加羽毛球賽的某女運動員，每贏一個球便狂呼一聲國罵「我肏」。該運動員本人事後解釋此舉是為給自己鼓勁，但她卻給她所代表的祖國帶來了難以言說的尷尬和恥辱。書面上，有人將男人對對方母輩女性的侮辱性的性行為寫作「草泥馬」，字雖隱晦，難掩穢跡。網絡上流傳的一個帖子，一中年女人稱讚自己所做的飯菜好吃，說「真（中間略去表男陰的兩字）香」。這還是正常的語言表達和交際嗎？它已經是嚴重超標的語言污染，是無法容忍的語言暴力！當然，並非用不俚俗的字組合而成的就是雅詞。一些人常將不雅的事物對象掛在嘴邊，表面上看這些詞是用不那麼俚俗的詞語造就的，可事實上它仍十分惡俗，如「舔菊」。

或許有人會說，這種現象是語言的雅俗問題，是由於當下語言創造和傳播的草根化所使然。為達趨吉避凶目的而取賤名，自古皆然，可以理解；為達出人意表效果而用不潔淨的字給菜餚或食肆取名，有商家的考慮，也可接受；但是無論出於什麼目的直接將表示生殖器或性行為的字詞用於交際交流，實有辱斯文。幾千年的中華文明史上鮮少出現如今的情況，堂堂的中華文明怎麼會產生出如此不堪的現象？今日西方人如何看素有禮儀之邦之稱的中國的人民？未來世代的人們如何看待經歷過數千年文明洗禮的我們的今天？實在是值得每一個當代中國人認真思索的一個大問題。

## 參考文獻

王石川　2013　《評論：語言正在被污染 該給語言洗洗臉了》，《新民晚報》3月19日。
邢公畹　1982　《說「鳥」字的前上古音》，《民族語文》第3期。
周荐　2020　《漢語詞彙和語文辭書問題探論》，吉林大學出版社。

# 附　錄

# 詩　歌

## 黃坤堯

### 第十二屆海峽兩岸現代漢語問題學術研討會

十二蟾圓四地宣。銀坑高會憶芳年。
程公酒興抒懷抱，現漢科研劇變遷。
珠海潮音日月貝，北京師院綺羅仙。
語文學術增華采，讜論弘言兩岸聯。

二〇〇五年程祥徽教授邀赴珠海銀坑酒會，初晤周荐，酒興遄飛，促成兩岸四地現代漢語研討會，當年十一月即在天津南開大學舉辦第一屆迄今。

### 朱小健教授邀約夜遊日月貝劇院

豪車半自駕，京粵壯橫遊。
日月臨雙貝，霓虹映十洲。
萬邦朝賀席，四季海雲舟。
蜂蝶翩翩舞，魚龍夜未休。

同遊者李宇明、竺家寧，會場宣佈歡迎外交使節出席者尤多。

## 周荐教授招飲北師大關東人家賦謝

昨夜關東岸，人家蔥餅香。
斜暉散霞綺，古樹鬱蒼茫。
汾酒清新麴，竹林歲月長。
語文逢盛宴，現漢付周郎。

## 逍遙遊：懷念程祥徽教授二首

### 其一

遊戲人間幻亦仙。南來説法駐雲煙。
羊羣放牧風霜外，蠔鏡汪洋歲月邊。
泛梗五編聞再續，潮言七絕賦新天。
六棉酒興詩魂在，語海文江仰大千。

### 其二

逍遙泛梗大灣區。東亞開基賦壯圖。
九鼎新編懷抱熱，卅年從教歲華趨。
詞源精粹存神韻，句調依稀掌智珠。
臺海行吟逢酒黨，金門陳釀醉顏腴。

# 朱小健

## 友聚偶得

2023 年 11 月 25 日晚，與來珠海討論現代漢語的港臺京老友同遊情侶路野狸島日月貝，適逢「2023 廣東旅遊文化節」開幕，多國駐華使節到場祝賀。黃坤堯教授有詩記之，所謂「萬邦朝賀席，四季海雲舟」是也。因步黃先生詩韻以附驥尾：

大疫餘生處，欣隨舊雨遊。
奇燈燃貝島，艷夜漫香洲。
探語勤為徑，研文苦作舟。
新知歡聚後，勠力豈思休。

# 李宇明

## 海峽兩岸現代漢語問題學術研討會十二屆十八年有感

南開首屆霧神州，
倏忽光陰近廿秋。
卷卷宏文千紙鶴，
人人壯志萬兜鍪。
語言差異多通話，
文字簡繁得運籌。
藝苑常需根護理，
憑欄海峽弄潮頭。

2023 年 11 月 26 日初稿於珠海，12 月 4 日修改於醫院病榻（周荐兄潤色）

# 周　荐

## 第十二屆海峽兩岸現代漢語問題研討會召開憶往

香洲問計破冰年，
酒興詩思兩岸緣。
共仰終南禪佛境，
縈懷寶島漢唐天。
回眸揾淚為遷客，
攬轡歸鄉作巨椽。
寒極雪融春世界，
人聲鳥語滿山川。

## 第十二屆海峽兩岸現代漢語問題學術研討會得句

一語同聲唱未來，
潮平岸闊喚春回。
鳳凰山谷彤雲起，
竟是嚴冬傲雪梅。

# 書　法

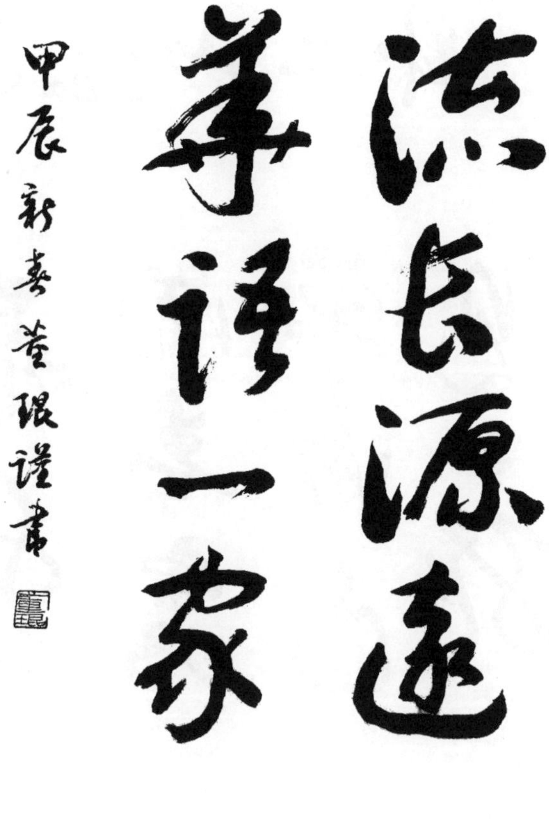

**董　琨（一幅）：**

流長源遠 華語一家　甲辰新春 董琨謹書

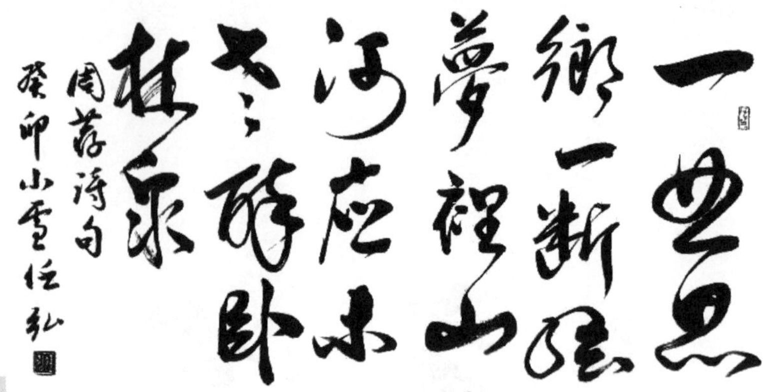


1

2

**任　弘（三幅）：**

1. 一曲思鄉一斷弦，夢裡山河應未老，醉臥林泉。

2. 雨水洗春容，平田已見龍。

3. 世味年來薄似紗，誰令騎馬客京華。小樓一夜聽春雨，深巷明朝賣杏花。

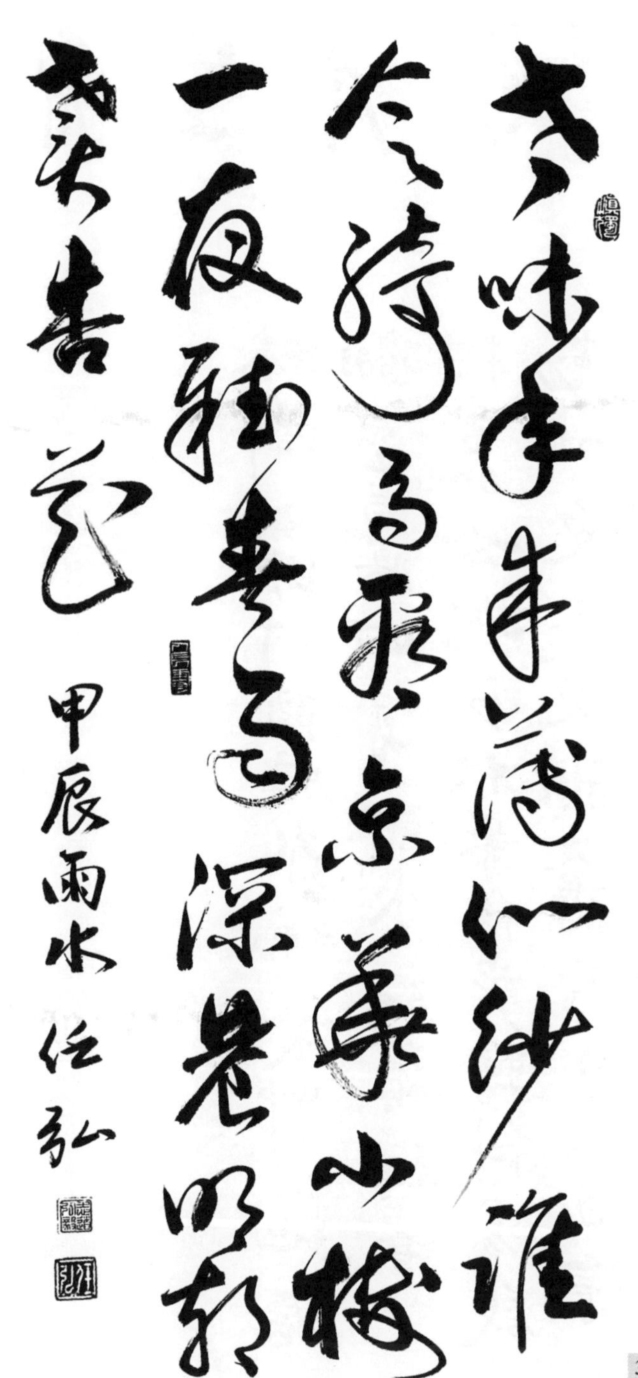

3

盪胸生層雲

杜甫詩句 朝暾堂主

1

林斷山明竹隱牆亂蟬衰艸小池塘翻空白鳥時時見照水紅蕖細細香村舍外古城旁杖藜徐步轉斜陽殷勤昨夜三更雨又得浮生一日涼

蘇東坡鷓鴣天

辛丑孟夏時聞林中鷓鴣聲 朝暾堂主人

2

3

## 崔希亮（七幅）

1. 盪胸生層雲

2. 林斷山明竹隱牆，
亂蟬衰草小池塘。
翻空白鳥時時見，
照水紅蕖細細香。
村舍外，古城旁，
杖藜徐步轉斜陽，
殷勤昨夜三更雨，
又得浮生一日涼。

3. 半生落魄已成翁，
獨立書齋嘯晚風。
筆底明珠無處賣，
閒抛閒擲野藤中。

4

5

4. 早聽寒鐘起，披煙過板橋。尚餘茅店月，猶照浙江潮。
草露芒鞋濕，青山綠水遙。五雲何處是，招手問漁樵。

5. 竹露松風蕉雨，茶煙琴韻書聲。

6. 靈雨洗觚空明自在，長風蕩水圖畫天生。

7. 大福永安以德作表，牟壽罔極唯仁之符。

## 仇志群（一幅）

香洲問計破冰年，酒興詩思兩岸緣。共仰終南禪佛境，縈懷寶島漢唐天。

回眸揾淚為還客，攬轡歸鄉葺舊椽。寒極雪融春世界，人聲鳥語滿山川。

第十二屆海峽兩岸現代漢語問題學術研討會合影

會議現場

學者留影

专家席
专家席

第十二届海峡两岸

第十二届海峡两岸现代汉语问题学术研讨

孙中山纪念馆

中山故居公园
宋庆龄

前言
PREFACE

文化考察

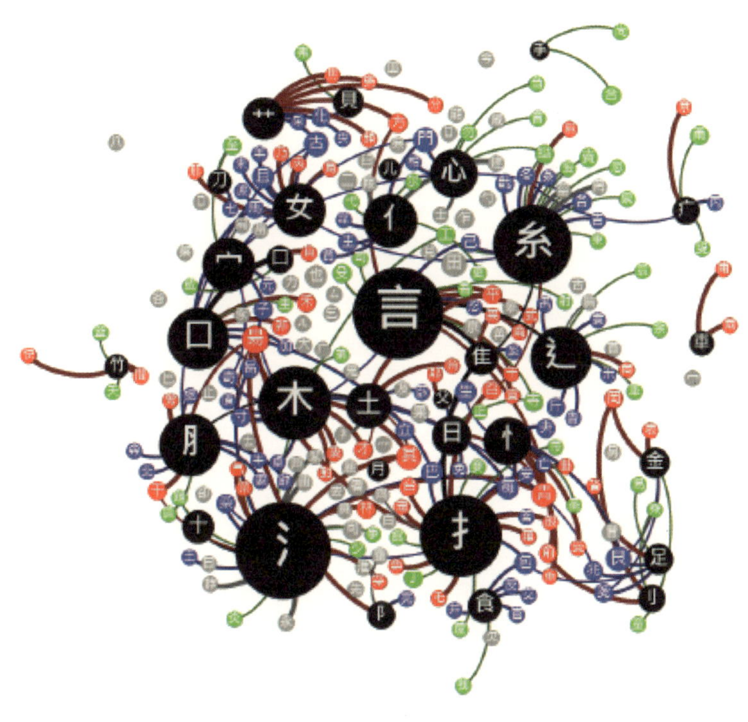


圖一 《漢字積木》部件表音規則社會關係網絡圖

# 編後話

海峽兩岸現代漢語問題學術研討會是一個系列性的研討會，首屆研討會 2005 年 11 月 5 日至 7 日在南開大學召開；之後，第二屆研討會 2006 年 11 月 13 日至 14 日在澳門科技大學，第三屆研討會 2007 年 12 月 8 日至 10 日在香港嶺南大學，第四屆研討會 2009 年 6 月 12 日至 14 日在臺灣師範大學，第五屆研討會 2010 年 12 月 6 日至 9 日在廣州大學，第六屆研討會 2011 年 11 月 29 日至 12 月 1 日在澳門理工學院，第七屆研討會 2013 年 3 月 8 日至 9 日在香港理工大學，第八屆研討會 2014 年 6 月 12 日至 13 日在臺灣師範大學，第九屆研討會 2015 年 10 月 9 日至 11 日在魯東大學，第十屆研討會 2017 年 4 月 10 日至 11 日在澳門大學，第十一屆研討會 2018 年 12 月 6 日至 9 日在香港中文大學。第十二屆研討會本計劃 2020 年某個適當的時間在臺南某大學舉辦的，但因突發的大疫，也因島內眾所周知的政情變化，研討會的舉辦一直延宕至 2023 年初仍未定。教育部和國家語委當機立斷把舉辦第十二屆研討會的任務交給北京師範大學珠海校區來完成，這是對我們學校的高度信任。北京師範大學人文和社會科學高等研究院語言科學研究中心接受下承辦第十二屆海峽兩岸現代漢語問題學術研討會的任務後，在較短的時間內進行了緊張、認真、細緻的籌備工作，並於 2023 年 11 月 25 日至 26 日成功舉辦了第十二屆研討會。會議籌備期間，我們向教育部語言文字信息管理司、學校領導作了專門彙報，得到了上級領導機關和學校各級領導的大力支持，有重點地約請一些學者準備論文莅臨會議，得到了專家學者們的鼎助；會議舉行期間，教育部語言文字信息管理司的領導，北京師範大學、人文和社會科學高等研究院的領導親臨會議給予指導，語言科學研究中心的師生以及校內其他單位的一些老師積極參加會議的研討，以各種方式參加到接待工作中。這一切，對保證會議的圓滿成功起到了至關重要的作用。從會後反饋的信息看，來自祖國內地和臺港澳的近五十位專家學者對本屆研討會學術研討的組織，對會後翠亨村孫中山故居文化考察的安排，對會議的種種接待工作等，都是比較滿意的。會議甫結束，我們及時進行了工作總結，並迅即開始了本文集作品的徵稿和編輯工作。收入文集的學術論文廿四篇，領導致辭三篇，詩歌九首，書法十二幅，照片近二十幀，基本上反映出本系列研討會從 2005 年發軔發展至今的學術水準，展示出兩岸四地學者們的精神風貌。我們希望待大家拿到出版後的文集時，也能對本書的內容、裝幀設計等表示滿意。

本文集的作品徵集工作，由博士生曹運波同學負責；傅愛蘭教授、周荐教授做了統稿工作，完成了整部文集的主編任務。由於時間緊任務重，文集中或會存在這樣那樣的缺點和不足，倘然，責任完全由主編者承擔，也請大家不吝教正。我們也真誠希望本系列性研討會不久之後能夠在兩岸四地繼續輪流舉辦下去，使之成為連接兩岸四地語言學者的一個長久的紐帶，讓我們大家把我們共同的母語研究得愈發深透。

主編者

2024 年 4 月 8 日

# 潮平兩岸闊：
# 第十二屆海峽兩岸現代漢語問題學術研討會文集

傅愛蘭　周　荇　主編

責任編輯　俞　笛
裝幀設計　鄭喆儀
排　　版　賴豔萍
印　　務　劉漢舉

出版　中華書局（香港）有限公司
香港北角英皇道 499 號北角工業大廈一樓 B
電話：（852）2137 2338　傳真：（852）2713 8202
電子郵件：info@chunghwabook.com.hk
網址：http://www.chunghwabook.com.hk

發行　香港聯合書刊物流有限公司
香港新界荃灣德士古道 220-248 號
荃灣工業中心 16 樓
電話：（852）2150 2100　傳真：（852）2407 3062
電子郵件：info@suplogistics.com.hk

印刷　美雅印刷製本有限公司
香港觀塘榮業街 6 號 海濱工業大廈 4 樓 A 室

版次　2024 年 12 月初版

規格　16 開（238mm×165mm）

ISBN　978-988-8912-16-2